KB092955

제인 에어 1

Jane Eyre

제인 에어 1

샬럿 브론테

최인하 옮김

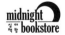

midnight 심야 책방 bookstore

차례

제1장

산책은 꿈도 꿀 수 없는 날이었다. 사실 아침나절에는 한 시간쯤 잎이 다 떨어져버린 관목 숲 사이를 이리저리 걸어 다녔다. 하지만 점심을 먹고 나자(리드 부인은 손님이 없는 날이면 일찌감치 식사를 마쳤다) 매서운 겨울바람이 불면서 시커먼 구름이 몰려오더니 온몸이 홀딱 젖을 만큼 굵은 빗줄기가 쏟아지기 시작했다. 더 이상 나가 노는 것은 어림없었다.

나로서는 기쁜 일이었다. 오랫동안 걷는 건 정말 싫었다. 특히나 으슬으슬 추운 날 오후에 하는 산책은 더욱 끔찍했다. 어둑어둑 땅거미가 질 무렵 추위에 떨며 집으로 돌아올 때면 손가락과 발가락이 모두 꽁꽁 얼어붙어 얼얼했다. 보모인 베시에게 꾸지람을 들어 속이 상한 데다 일라이자나 존, 조지아나보다 훨씬 체력이 약하다는 사실까지 생각하면 나 자신이 한껏 초라하게만 느껴졌다.

일라이자와 존, 조지아나는 지금 거실에서 자기들 엄마 곁에 빙 둘러앉아 있다. 난롯가의 소파에 비스듬히 누운 채 사랑스러운(지금은 서로 다투거나 울지도 않는) 아이들과 함께 있는 리드 부인의 모습은 정말이지 행복해 보였다. 하지만 나는 그 자리에 낄 수가 없다. 리드 부인은 나를 함께 어울리지 못하게 하며 이렇게 말했다.

"안됐지만 어쩔 수 없는 일이구나. 넌 좀 떨어져 지내렴. 네가 더 상냥하고 어린애답게, 또 사랑스럽고 활기차게 행동하려 애쓴다고 베시가 알려주거나 내 두 눈으로 직접 확인할 때까지 말이야. 더 밝고 솔직하고 꾸밈없이 굴기 전까진 행복하고 귀여운 어린이만 받을 수 있는 특권을 너한테는 주지 않을 거다."

나는 억울하다는 듯이 물었다.

"베시가 저를 뭐라고 말했는데요?"

"제인, 나는 말꼬리를 잡거나 꼬치꼬치 따지고 드는 사람을 정말로 싫어해. 더구나 이렇게 버릇없이 윗사람에게 대드는 아이는 딱 질색이라니까. 어디 아무 데나 가서 앉아라. 그리고 공손하게 말할 수 있을 때까지 입 다물고 있어."

거실 옆에는 아침 식사를 하는 조그만 식당이 붙어 있었다. 나는 식당 안으로 살그머니 들어갔다. 그곳에는 책장이 하나 있었다. 나는 그림이 많이 들어 있는 것을 고르려고 신경 쓰면서 책 한 권을 꺼냈다. 그러고는 창가 자리에 앉아 다리를 들어 올려 의자 위에서 터키 사람처럼 책상다리를 했다. 모직으로 된 두툼한 붉은 커튼을 내 쪽으로 잡아당겨 둘러치자 이중으로 감춰진 은신처에 자리 잡은 듯한 기분이 들었다.

내 오른쪽에는 여러 겹으로 주름진 진홍빛 커튼이 시야를 막아주고 왼쪽에는 투명한 유리창이 11월의 스산한 날씨로부터 나를 지켜주었다. 물론 완전히 분리시켜주지는 못했다. 책장을 넘기는 틈틈이 나는 겨울날 오후의 풍경을 살펴보았다. 저 멀리에는 희뿌연 안개와 구름만이 가득했고 눈앞에서는 흠뻑 젖은 잔디와 폭풍우에 사납게 흔들리는 관목들이 펼쳐져 있었다. 그 위를 비가 쉼 없이 쏟아지며 한바탕 휩쓸고 지나가자 연이어 강풍이 휘잉 구슬픈 소리를 내며 오랫동안 불어댔다.

나는 다시 책으로 눈길을 돌렸다. 읽고 있던 책은 비윅의 《영국 조류사》였다. 나는 (대체적으로) 책의 본문에는 그다지 관심이 없었다. 그런데 머리말에서 어린 내가 보기에도 그저 새하얀 빈 종이처럼 넘겨버릴 수 없는 흥미로운 부분을 발견했다. 바닷새의 서식지, 다시 말해 바닷새들만 사는 '외떨어진 돌섬과 갑(岬)' 그리고 '최남단 린드니스나 네이즈에서 북쪽의 노스케이프에 이르기까지 섬들이 빼곡히 자리 잡고 있는 노르웨이의 해안'에 대한 내용이었다.

북쪽 대양이 멀고 먼 세상 끝

벌거벗은 채 슬픔에 잠긴 섬들 주변에서 크게 소용돌이치고

대서양의 거센 파도가

폭풍우 몰아치는 헤브리디스 제도 사이로 쏟아져 들어온다.

라플란드, 시베리아, 스피츠베르겐, 노바 젬블라, 아이슬란드, 그린란드의 황량한 해안을 이야기한 부분도 내 눈길을 사로잡았다.

거기에는 이렇게 적혀 있었다.

"광활하게 펼쳐진 북극대, 쓸쓸한 공간으로 이루어진 황량한 지역, 몇 세기에 걸친 추위 속에서 단단하게 쌓인 빙원이 산등성이마다 새하얀 빛을 입히고 극지를 에워싸며 몇 곱절은 더 강해진 혹한이 수렴되는, 서리와 눈의 저장소."

나는 나름대로 이 죽음과 같은 순백의 땅을 상상해보았다. 아이들의 머릿속에 흐릿하게 떠오르는 알 듯 말 듯한 생각들이 다 그렇듯 어렴풋하긴 하지만 이상하리만치 인상적이었다. 머리말 속의 글은 뒤에 등장하는 그림들과 연결되어 있었다. 거대한 파도와 물보라 속에 외롭게 홀로 서 있는 바위, 적막한 해안에 발이 묶인 부서진 배, 지금 막 가라앉고 있는 난파선을 구름 사이로 내려다보는 을씨년스럽게 창백한 달 등에 의미를 더해주었다.

외딴 교회 그림도 있었는데 비문이 새겨진 묘비와 묘지 입구, 나무 두 그루가 그려져 있었다. 또 낮은 지평선이 부서진 담벼락에 가려져 있으며 막 떠오른 초승달이 저녁 무렵이라는 것을 알려주었다. 그림을 보는 내내 머릿속에서 떠오르는 감정이 무엇인지 나는 도무지 알아낼 수가 없었다.

잔잔한 바다 위에 꼼짝 않고 떠 있는 두 척의 배를 보고 나는 바다의 유령이라고 생각했다.

도둑이 둘러맨 짐 가방을 악마가 뒤에서 잡아 누르고 있는 그림이 나오자 나는 황급히 책장을 넘겨버렸다. 너무나 무서웠기 때문이다.

멀리 떨어진 바위 위에 앉아 교수대 주변에 모인 군중을 바라보는 검은 뿔이 달린 악마의 그림도 무섭기는 마찬가지였다.

각각의 그림에는 이야기가 담겨 있었다. 내 미숙한 이해력과 유치한 감정으로는 이해하기 어려운 것들도 있었지만 무척이나 흥미로웠다. 겨울밤 베시가 이따금 들려주던 이야기만큼이나 말이다. 베시는 어쩌다 기분이 좋을 때면 놀이방 난롯가에 다리미판을 가져다 놓고 근처에 우리를 둘러 앉혔다. 그리고 리드 부인의 레이스 장식을 손질하거나 나이트캡 가장자리의 주름을 잡으면서 옛날이야기나 더 오래된 민담 또는 (나중에서야 알았지만) 《파멜라》나 《모어랜드의 헨리 백작》에 나오는 사랑 이야기나 모험담 한 구절을 들려주곤 했다. 그럴 때면 우리는 이야기에 푹 빠져 열심히 귀를 기울였다.

무릎 위에 비워의 책을 올려놓은 채 읽고 있으니 정말이지 행복했다. 나만의 행복이었다. 이 순간 방해받지 않기를 바랐지만 희망대로 되지 않았다. 식당 문이 벌컥 열렸기 때문이다.

"야! 청승!"

존의 목소리가 울려 퍼졌다. 그러고는 잠시 잠잠했다. 방이 텅 비어 아무도 없는 듯 보였기 때문일 것이다.

"도대체 어디 간 거야?"

존이 다시 말을 이었다.

그러고선 누이들을 향해 소리쳤다.

"일라이자! 조지아나! 제인은 여기 없어. 비가 오는데도 밖으로 뛰쳐나갔다고 엄마한테 일러. 못된 계집애 같으니라고!"

'커튼을 쳐놓길 잘했어.'

나는 존이 내 은신처를 발견하지 못하기를 간절히 빌었다. 존 혼자서는 절대 찾아내지 못했을 것이다. 눈썰미도 좋지 않고 머리도 둔한 편이었으니까. 그런데 그때 일라이자가 문틈으로 머리를 슬쩍 들이밀더니 이렇게 외쳤다.

"오빠! 틀림없이 저 창가 자리에 있을 거야!"

그 말이 들리자마자 나는 커튼 밖으로 나갔다. 존에게 질질 끌려나올 생각을 하니 몸서리가 쳐졌기 때문이다.

"무슨 일인데?"

나는 주눅이 든 채로 머뭇거리며 물었다.

"아니, '주인님, 무슨 일이십니까?'라고 해야지! 이리 와봐!"

존은 이렇게 말하며 팔걸이의자에 앉더니 자기 앞으로 가까이 오라고 손짓했다.

존 리드는 열네 살 먹은 학생이었다. 열 살인 나보다 네 살 더 많았다. 나이에 비해 몸집은 크고 통통했는데, 피부색이 거무죽죽하고 어딘가 아파 보였다. 넓적한 얼굴에 이목구비는 흐릿하고 팔다리가 두툼하며 손발이 컸다. 식탁에서 늘 허겁지겁 게걸스럽게 먹는 습관 때문인지 담즙이 많이 나와서 눈빛은 늘 흐리멍덩하고 볼살이 축 늘어져 있었다. 지금 학교에 있어야 하는데도 '허약한 체질이라는 이유로' 어머니가 집으로 데리고 온 지가 벌써 한두 달이 지났다. 담임선생인 마일스 씨는 집에서 보내주는 케이크나 사탕을 조금만 덜 먹어도 건강에 아무 이상이 없을 거라고 장담했다. 그러나 어머니에게 그런 쓴소리가 귀에 들어올 리 없었다. 리드 부인은 존의 혈색이 나쁜 이유를 공부할 양이 지나치게 많고 집이 너무 그립기 때문일 거라고 생각했다.

존은 어머니나 누이들에게 그다지 애정이 없었다. 그리고 나를 미워해 못살게 굴었다. 일주일에 두세 번이나 하루에 한두 번 정도가 아니라 시도 때도 없이 괴롭혔다. 내 온 신경은 존이 두려워 바들바들 떨렸고 그가 가까이 오기만 해도 뼈에 붙은 살점이 모두 오그라드는 듯한 기분이었다. 공포심이 밀려올 때면 나는 당황해서 어찌할 바를 몰랐다. 존이 겁을 주거나 괴롭혀도 호소할 데가 없었다. 하인들이 내 편을 들어 어린 주인의 비위를 건드릴 리도 없고 리드 부인도 이 문제에는 눈과 귀를 막아버렸다. 부인은 자신이 버젓이 있는 자리에서 존이 나를 때리거나 욕해도 보이지도 들리지도 않는 척했다. 물론 부인이 없을 때 나를 괴롭히는 일은 훨씬 더 자주 일어났다.

평소처럼 나는 존이 시키는 대로 그의 의자 옆으로 다가갔다. 존은 삼 분 동안이나 혀뿌리가 빠질 정도로 힘껏 나를 향해 혀를 내밀었다. 나는 존이 당장이라도 때릴 거라는 걸 알고 있었다. 날아올 주먹이 겁나기는 했지만 나는 그저 그의 역겹고 추한 모습을 바라볼 뿐이었다. 내 생각이 표정에 그대로 드러났는지 존은 느닷없이 있는 힘껏 때렸다. 나는 비틀거리다가 겨우 균형을 잡으며 의자에서 한두 걸음 물러섰다.

"이건 좀 전에 우리 엄마한테 건방지게 말대답한 벌이야."

존이 거칠게 말했다.

"그리고 커튼 뒤에 몰래 숨어들어 간 데다가 방금 그런 눈으로 날 쳐다본 벌이라고! 이 쥐새끼야!"

존 리드의 욕설에 이골이 나 있던 나는 전혀 말대꾸할 생각이 없었다. 그저 욕설 뒤에 어김없이 따라오는 주먹질을 어떻게 견딜까 하는 걱정뿐이었다.

"커튼 뒤에서 뭐했어?"

존이 물었다.

"책 읽었어."

"책 줘봐."

나는 창가로 가서 책을 가져왔다.

"너는 우리 집 책을 보면 안 돼. 엄마가 그러는데 너는 우리 집에 얹혀사는 거래. 돈도 없으면서. 네 아버지는 돈 한 푼 안 남기고 죽었대. 그러니까 넌 구걸해서 먹고 살아야지, 여기서 우리 같은 좋은 집 애들이랑 같이 살면서 우리 엄마 돈으로 산 옷을 입으면 안 된단 말이야. 이제부터 내 책장을 뒤지면 가만 안 둬. 이 책들은 내 거야. 이 집에 있는 건 전부 다 내 거라고. 몇 년만 있으면 그렇게 될 거야. 얼른 문 옆에 가서 서. 거울이랑 창문은 피해서."

나는 영문도 모른 채 시키는 대로 문가에 가서 섰지만 책을 집어던지려는 존의 모습을 보고는 깜짝 놀라 본능적으로 비명을 지르며 몸을 피했다. 그러나 이미 늦었다. 나는 날아온 책에 맞아 쓰러지며 머리를 문에 부딪혔다. 상처에서 피가 흐르고 몹시 쓰라렸다. 두려움이 극에 달하자 순간 다른 감정이 북받쳐 올랐다.

"이 잔인하고 못된 놈아!"

나는 흥분된 목소리로 외쳤다.

"넌 살인마야. 노예감독, 로마 폭군아!"

나는 골드스미스의 《로마서》를 읽었기 때문에 네로나 칼리굴라 같은 폭군 황제에 대해 잘 알았다. 마음속으로야 늘 존을 폭군들과 비교하고 있었지만 이렇게 큰 소리로 외치게 될 줄은 몰랐다.

"뭐? 뭐라고! 나한테 하는 소리야? 일라이자, 조지아나. 너희도 이 계집애가 하는 소리 들었지? 엄마한테 다 일러줄 거야! 그전에 우선……."

존은 무작정 달려들어 내 머리칼과 어깨를 움켜잡았다. 난 필사적으로 맞서 싸웠다. 존의 모습은 정말이지 폭군이나 살인마와 다름없었다. 머리에서부터 목덜미를 타고 피가 한두 방울 흘러내리는 게 느껴졌고 상처가 꽤 욱신거렸다. 그러자 아픔 때문인지 나는 순간적으로 두려움을 까맣게 잊고 미친 듯이 그에게 덤벼들었다. 내 손으로 무슨 짓을 했는지 모르지만 그는 "쥐새끼! 쥐새끼!"라고 마구 소리를 질러댔다.

존의 구원자는 가까이에 있었다. 일라이자와 조지아나가 어머니를 부르러 위층으로 달려간 것이다. 부인은 금세 베시와 하녀 애벗을 데리고 나타났다. 그들은 존과 나를 떼어놓으며 이렇게 말했다.

"어머, 어쩜 이렇게 도련님한테 사납게 덤벼드는 거지?"

"살면서 이런 꼴은 처음 보네!"

그러자 리드 부인이 말했다.

"저 애를 붉은 방으로 데려가!"

말이 떨어지기가 무섭게 네 개의 손이 나를 붙잡아 위층으로 끌고 갔다.

제2장

　끌려가는 내내 발버둥을 치며 반항했다. 나로서는 처음 있는 일이었지만 평소에도 나를 안 좋게 보던 베시와 애벗은 나를 더욱 나쁜 아이라고 생각하게 되었다. 사실 나는 살짝 제정신이 아니었다. 프랑스 사람들 말로 하자면 '정신이 나간 상태'였다. 한순간 반항한 대가로 이상한 벌을 받게 되리라는 사실을 알아차린 나는 반항하는 노예처럼 자포자기한 상태에서 죽기 살기로 저항해보자고 마음먹었다.

　"애벗, 팔 좀 꽉 잡아봐요. 미친 고양이가 따로 없네."

　"창피해라! 창피해! 제인 아가씨, 도련님을 때리는 괘씸한 짓을 하다니요. 아가씨한테는 은인의 아드님이고 어린 주인님이시잖아요."

애벗이 외쳤다.

"주인이라고요? 걔가 어떻게 내 주인이에요? 그럼 내가 하녀예요?"

"아니죠. 하녀보다도 못해요. 자기 밥값도 못하잖아요. 여기 앉아서 뭘 잘못했는지 생각해봐요."

그들은 리드 부인이 말한 방으로 나를 끌고 가서 의자 위에 앉혔다. 나는 마치 용수철처럼 벌떡 일어나려 했지만 네 개의 손이 어느새 나를 꼼짝 못 하게 붙잡았다.

"가만있지 않으면 묶어놓는 수밖에 없어요. 애벗, 양말 대님 좀 빌려줘. 내 것은 금방 끊어질 거야."

베시가 말했다. 애벗은 굵은 다리에서 대님을 풀려고 몸을 돌렸다. 그 모습을 보면서 또 한 번 묶여 굴욕당할 생각을 하니 흥분이 좀 가라앉았다.

"풀지 말아요. 가만히 있을게요."

나는 흥분을 가라앉히고 말했다.

그리고 이를 증명이라도 하려는 듯이 의자를 두 손으로 꼭 잡았다.

"그럼 얌전히 있어요."

베시가 말했다. 그리고 내가 정말 진정됐는지 확인하고 나서야 나를 붙잡고 있던 손을 놓았다. 그들은 팔짱을 끼고 서서 정말 제정신으로 돌아왔는지 믿지 못하겠다는 표정으로 내 얼굴을 쳐다봤다.

"지금까지는 한 번도 이런 적이 없잖아."

베시가 애벗을 돌아보며 말했다.

"하지만 그럴 만한 성격이었어요. 가끔 마님께 이런 애라고 말씀드린 적이 있는데 같은 생각이시더라고요. 조그만 게 어찌나 앙큼한지. 저만 한 나이에 저렇게 감추는 게 많은 애는 처음이에요."

애벗의 말에 베시는 아무 대답도 하지 않았다. 하지만 곧 내게 물었다.

"마님께 신세지고 있다는 사실을 잊지 말아요. 아가씨를 키워주시잖아요. 여기서 쫓겨나면 고아원에 가게 될 거라고요."

이 말을 듣자 나는 뭐라 할 말이 없었다. 처음 듣는 말도 아니었다. 가장 어렸을 때의 기억을 더듬어봐도 늘 그런 이야기를 들었다. 내가 얹혀살고 있다는 소리는 귀에 못이 박히도록 들었다. 마음이 아프기는 했지만 정확히 그게 무슨 뜻인지 이해되지 않았다. 그때 애벗이 끼어들었다.

"마님이 같이 키워주신다고 도련님이나 다른 아가씨들하고 똑같다고 생각하면 안 돼요. 그분들은 부자가 되겠지만 아가씨는 아니에요. 겸손하게 행동하고 그분들의 마음에 들려고 노력해야 해요."

"이게 다 아가씨를 위해 하는 말이에요."

베시가 전보다 나긋나긋해진 말투로 덧붙였다.

"더 상냥하고 쓸모 있는 사람이 되려고 노력해보세요. 그러면 계속 여기서 살 수 있겠지만 성질 부리고 버릇없이 굴면 틀림없이 쫓겨나고 말 거예요."

"그리고 하나님도 벌을 주실 거예요. 심술을 부리면 벼락에 맞아 죽을지도 몰라요. 그럼 어디로 가는지 알아요? 베시, 우리 이제 나가요. 무슨 말을 해도 도저히 안 통하겠어요. 제인 아가씨, 혼자서 기도하고 있어요. 회개하지 않으면 저 굴뚝에서 악마가 내려와 잡아갈지도 몰라요."

애벗이 말했다. 두 사람은 방을 나가며 문까지 잠가버렸다.

이 '붉은 방'은 평소엔 거의 사용하지 않았다. 어쩌다 게이츠헤드 저택에 손님이 몰려와 다른 방들을 전부 사용하는 상황이 아니면 이 방에서 자는 일은 절대 없었다. 하지만 '붉은 방'은 이 저택에서 가장 넓고 호화로운 침실 중 하나였다. 육중한 둥근 기둥으로 받친 마호가니 침대는 짙은 빨간색의 비단 커튼이 드리워져 마치 방 한가운데에 서 있는 신전 같았다. 항상 블라인드가 내려진 두 개의 커다란 창문에도 주름 장식과 꽃무늬가 있는 비단 커튼이 반쯤 쳐져 있었다. 카펫도 붉은색이고 침대 발치에 놓인 탁자도 빨강 탁자보로 덮여 있었다. 벽은 분홍빛이 도는 옅은 황갈색이었다. 옷장과 화장대, 의자는 까만 광택이 나는 마호가니로 만들었다. 이처럼 주변이 어두운 가운데 베개와 겹겹이 쌓인 이불이 눈처럼 새하얀 마르세유산 비단 침대보에 덮여 저 높이서 하얗게 빛났다. 침대 머리맡에는 푹신한 쿠션이 깔린 커다란 소파가 있었다. 새하얗고 앞에 발 받침대까지 있어 마치 희끄무레한 빛을 띤 옥좌처럼 보였다.

불을 거의 때지 않아 방 안에는 냉기가 돌고 아이들 방과 부엌이 멀어 떨어져 있다 보니 조용했다. 또 사람들이 거의 드나들지 않는다고 알고 있어 그런지 엄숙한 느낌마저 들었다. 유일하게 하녀가 매주 토요일에 들어와 지난 한 주간 거울과 가구 위에 쌓인 먼지를 청소했다. 그리고 리드 부인이 가끔씩 옷장 비밀서랍에 넣어둔 물건들을 확인하러 들어오곤 했다. 서랍 안에는 갖가지 서류와 보석함 그리고 죽은 남편의 초상화 등이 들어 있었다. 바로 이 죽은 남편이라는 단어에 이 방의 비밀이 담겨 있었다. 마치 마법의 주문처럼 이처럼 으리으리한 방을 쓸쓸하게 내버려두도록 만든 것이다.

리드 외삼촌은 구 년 전에 돌아가셨다. 이 방에서 숨을 거뒀고 장의사들이 시체를 안치해 관을 옮긴 곳도 바로 여기였다. 그날 이후로 우울한 장례식 느낌 탓인지 사람들은 이 방에 잘 들어오지 않게 되었다.

베시와 못된 애벗이 나를 붙잡아 앉힌 자리는 대리석 벽난로 옆에 놓인 나지막하고 길쭉한 의자였다. 눈앞에는 침대가 보였고 오른쪽에 시커멓고 높다란 옷장이 서 있었다. 옷장 표면은 사물들이 은은하게 반사되면서 여러 가지 빛깔로 반짝였다. 왼쪽에는 커튼이 처진 창문이 있고 옷장과 창문 사이에 있는 커다란 거울이 공허하면서도 장엄한 방과 침대를 비추고 있었다. 움직일 용기가 나자 나는 문이 정말 잠겨 있는지 가까이 다가가 확인해보았다. 맙소사, 문은 감옥보다 더 굳게 잠겨 있었다. 다시 자리로 돌아가려고 거울 앞을 지나치다가 나는 마치 뭔가에 홀린 듯 거울 속 깊은 곳에 시선을 빼앗겼다. 그 속에서는 모든 것이 실제보다 더 차갑고 어둡게 보였다. 거기에는 작고 이상한 아이가 마치 유령처럼 나를 보며 서 있었다. 어둠 속에서 창백한 얼굴과 팔이 도드라져 보이고 모든 것이 정지된 가운데 두려움에 가득 찬 두 눈만 이리저리 움직이는 모습이 유령을 보는 듯했다. 베시가 저녁때 종종 들려주던 이야기에 등장하는, 반은 요정이고 반은 도깨비인 작은 유령 같았다. 그 유령은 날이 저문 뒤 수풀이 뒤덮인 쓸쓸한 황야의 골짜기를 걸어가는 나그네 앞에 자주 나타나곤 했다. 나는 앉아 있던 의자로 돌아왔다.

그때 나는 공포에 사로잡혀 있었다. 그렇다고 완전히 무릎 꿇은 것은 아니었다. 내 피는 여전히 뜨거웠고 반란을 일으킨 노예가 된 기분에 취해 있었다. 지금의 암울한 상황에 겁먹기도 전에 지난 일들이 울컥 떠올랐다. 머릿속에 지나간 날들에 대한 기억이 빠른 속도로 밀려들었던 것이다.

존 리드의 갖은 구박과 학대, 거만한 누이들의 냉대, 리드 부인의 증오, 하인들의 편애까지 모든 것이 마치 더러운 우물 밑바닥에 쌓여 있던 침전물들을 휘저은 듯 불안한 내 마음속에서 떠올랐다. 왜 나는 늘 시달리고, 주눅 들고, 의심받고, 야단맞아야 하지? 왜 사람들은 나를 싫어하지? 왜 나는 사람들의 마음에 들려고 애써도 잘 안 되지? 고집 세고 이기적인 일라이자는 존중을 받는다. 그리고 모든 사람이 성질이 고약하고 심술궂은 데다가 건방진 조지아나의 응석을 받아준다. 사람들은 그 애의 예쁘장한 모습과 발그레한 볼, 굽실거리는 금발 머리를 보기만 해도 기분이 좋아져 어떤 잘못을 해도 모두 눈감아 주는 듯했다. 존은 비둘기의 목을 비틀거나 새끼 공작을 죽여도, 양떼 사이에 개를 풀어놓는 것뿐 아니라 온실에서 포도나 가장 귀한 화초의 꽃봉오리를 따더라도 혼을 내기는커녕 누구 하나 말리는 사람이 없었다. 그는 자기 어머니를 '할망구'라고 불렀다. 자신한테 가무잡잡한 피부색을 물려줬다며 욕설을 퍼붓고 어머니의 말 같은 건 대놓고 무시했다. 어머니의 비단 옷을 찢어놓거나 더럽히는 일은 수없이 많았다. 하지만 그는 여전히 '사랑스러운 내 새끼'였다. 반면 나는 실수하지 않으려고 애썼다. 주어진 일마다 잘하려고 노력했다. 그런데도 버릇없고 성가시고 엉큼하며 뚱한 애라는 소리만 들었다.

방금 전 존에게 맞아 넘어지면서 다친 머리가 아직도 욱신거리며 피가 났다. 존이 별다른 이유 없이 나를 때려도 나무라는 사람이 아무도 없었다. 오히려 맞지 않으려고 대든 나만 실컷 혼이 났다.

"불공평해! 불공평하다고!"

너무 괴로운 나머지 순간적으로 아이답지 않게 내 이성이 이렇게 외쳤다. 그리고 이성만큼 한껏 고무된 내 의지도 견디기 어려운 이 억압에서 벗어나려면 지금까지와는 다른 방법을 써야 한다고 부추겼다. 가출을 하거나 아니면 밥도 안 먹고 물도 안 마시다가 굶어 죽어버리는 거다!

을씨년스럽던 그날 오후 내 영혼은 얼마나 놀랐던가! 머릿속은 혼란스럽고 마음속에는 반항심이 가득 차올랐다. 그러면서 내 마음은 지독한 무지와 어둠 속에서 얼마나 싸웠던가! '나는 왜 이렇게 고통받는 거지?' 하는 의문이 끊임없이 떠올랐지만 도무지 그 답을 알아낼 수가 없었다. 정확히 몇 년이 걸렸는지는 모르지만 아주 오랜 시간이 지난 지금 나는 그 이유를 아주 잘 알고 있다.

나는 게이츠헤드 저택과 어울리지 않았다. 그 집에서 나는 없는 사람이나 마찬가지였다. 리드 부인이나 그 집 아이들뿐 아니라 하인들과도 잘 맞지 않았다. 그들이 나를 좋아하지 않았던 것처럼 나도 그들을 좋아하지 않았다. 그들은 자신들 가운데 누구와도 통하지 않는 사람까지 애정을 가지고 대할 필요가 없었다. 나는 기질과 재능, 성향이 전혀 다른 이질적인 존재이자 그들에게 아무런 이익이나 즐거움도 주지 못하는 쓸모없는 존재였다. 그들의 대우에 분노하고 그들의 판단을 경멸하는 병균을 품고 있는 해로운 존재였다. 비록 지금처럼 남의 집에 얹혀살면서 의지할 곳 없는 처지라 해도 내가 쾌활하며 밝고 털털하며 예쁘고 잘 뛰어노는 아이였다면 리드 부인은 나를 좀 더 너그럽게 대했을 것이고 아이들도 친구처럼 친절하게 대해 줬을 것이다. 하인들도 걸핏하면 나를 아이들 방의 희생양으로 삼지는 않았을 것이다.

붉은 방을 비추던 햇빛이 서서히 사라지기 시작했다. 네 시가 지나면서 구름이 잔뜩 끼었던 오후가 쓸쓸한 황혼녘으로 바뀌었다. 쉬지 않고 계단 창문을 두드리는 빗소리와 집 뒤편 숲에서 휘몰아치는 바람 소리가 들렸다. 온몸이 점점 돌처럼 차가워지고 용기도 서서히 사그라졌다. 몸에 밴 굴욕감과 회의, 고독감이 스러져가는 내 분노에 찬물을 끼얹었다. 모두 내가 못됐다고 하는데 어쩌면 맞는 말인지도 모른다. 어떻게 굶어 죽을 생각을 했을까? 그것은 틀림없이 죄악이었다. 나는 죽을 수 있을까? 게이츠헤드 교회의 지하 납골당이 그렇게 매력적인가? 리드 외삼촌도 그 납골당에 안치되었다는 말을 들은 적이 있다. 이런 생각을 하고 있자니 차츰 무서워졌다. 사실 나는 리드 외삼촌이 기억나지 않는다. 내가 아는 것이라곤 그가 내 외삼촌이며 어릴 적 고아가 된 나를 데려왔고 임종 때 리드 외숙모한테서 친자식처럼 키우겠다는 약속을 받아냈다는 것뿐이다. 리드 부인은 그 약속을 지켰다고 생각할지도 모른다. 그녀의 성격으로 볼 때 그게 최선을 다한 것이었을지도 모른다. 남편이 세상을 떠난 마당에 아무 관계도 아니고 피 한 방울 안 섞인 훼방꾼을 어떻게 진심으로 좋아할 수 있겠는가? 억지 약속에 얽매여 사랑할 수 없는 남의 아이에게 어머니 노릇을 해야 하고, 마음에 안 드는 아이가 자기 가족 틈에 끼어 사는 모습을 보는 것은 정말 짜증 나는 일이었을 것이다.

문득 이런 생각이 들었다. 리드 외삼촌이 살아 있었다면 틀림없이 나를 예뻐해 주셨을 것이다. 나는 하얀 침대와 그늘진 벽을 바라보기도 하고 이따금 은은하게 빛나는 거울에 시선을 주기도 하면서 죽은 사람들을 떠올려보았다. 죽은 사람들은 임종 때 했던 유언이 지켜지지 않으면 무덤 속에서도 눈을 감지 못하고 약속을 어긴 사람들에게 벌을 주고 학대받는 이들의 복수를 하기 위해 이 세상에 다시 나타난다고 했다. 그러자 리드 외삼촌의 영혼이 구박받고 사는 조카를 보다 못해 교회나 죽은 사람들이 사는 세계를 빠져나와 여기 내 눈앞에 나타날지도 모르겠다는 생각이 들었다. 나는 얼른 눈물을 닦고 울음을 삼켰다. 엉엉 소리 내어 울면 나를 달래려고 초자연적인 목소리가 들릴 것만 같았고 어둠 속에서 후광을 띤 얼굴이 나타나 나

를 측은한 눈길로 내려다보지 않을까 두려웠기 때문이다. 머릿
속으로 이런 생각을 하면 위안이 될 수 있겠지만 실제로 눈앞에
서 일어난다면 무서울 것 같았다. 나는 이런 생각을 하지 않으
려고 애쓰며 마음을 최대한 진정시키려고 했다. 눈을 덮은 머리
카락을 쓸어넘기고 고개를 들어 용감하게 캄캄한 방 안을 둘
러보았다. 그때 한 줄기 빛이 벽에 어슴푸레 비쳤다. 나는 커튼
틈으로 달빛이 스며들었나 하고 생각했다. 그런데 그게 아니었
다. 달빛이라면 멈춰 있을 텐데 그 빛은 움직였다. 내가 지켜보
는 동안 미끄러지듯 천장 위로 올라가더니 내 머리 위에서 흔들
렸다. 지금이라면 잔디밭을 걸어오는 사람이 손에 든 램프 불
빛이라고 생각했을 테지만, 그때는 두렵고 불안해서 쏜살같이
움직이는 그 빛이 저승에서 온 신호라고 생각했다. 심장이 두
근거리고 머리에서 점점 열기가 치솟았다. 마치 날개가 퍼덕이
는 듯한 소리가 귓가에서 들리더니 내 옆에 뭔가 가까이 있는
것 같았다. 나는 가슴이 답답하고 숨이 막혔다. 도저히 견딜
수가 없어 나도 모르게 고래고래 소리를 질렀다. 그리고 문으
로 달려가 필사적으로 자물쇠를 흔들었다. 바깥 복도 위를 달
려오는 발소리가 들렸다. 곧이어 베시와 애벗이 문을 열고 들어
왔다.

"제인 아가씨, 어디 아파요?"

베시가 물었다.

"시끄러워라. 간 떨어지는 줄 알았잖아요."

애벗이 외쳤다.

"나갈래요! 제발 아이들 방으로 가게 해줘요!"

내가 소리쳤다.

"왜 그래요? 어디 다쳤어요? 뭐라도 봤어요?"

베시가 물었다.

"네, 불빛을 봤어요. 유령이 나타난 줄 알았다고요."

나는 베시의 손을 꽉 붙들었고, 그녀는 내 손을 뿌리치지 않았다.

"일부러 소리 지른 거예요. 어쩜 그렇게 고함을 질러대는지! 정말 무서워서 그런 게 아니라 우리를 여기로 오게 하려고 일부러 그랬을 거예요. 난 무슨 속셈인지 다 안다니까."

애벗이 정나미가 떨어진다는 듯 말했다.

"아니, 무슨 소란이야?"

그때 위압적인 소리가 들려왔다. 리드 부인이 가운을 휘날리고 모자를 펄럭거리며 요란스럽게 복도를 걸어왔다.

"애벗, 베시! 내가 직접 만나러 올 때까지는 제인을 붉은 방에 가둬놓으라고 하지 않았나?"

"마님, 제인 아가씨가 너무 크게 소리를 질러서요."

베시가 변명했다.

"놔!"

대답은 이것뿐이었다.

"베시의 손을 놓으라고! 이런 방법으로는 절대 나올 수 없다는 걸 명심해. 나는 특히 어린애가 잔꾀 부리는 건 딱 질색이거든. 속임수가 통하지 않는다는 걸 꼭 가르쳐주겠어. 여기 한 시간 더 있어. 고분고분 조용히 있어야 내보내줄 거야."

"외숙모 살려주세요. 용서해주세요. 정말 못 견디겠어요. 차라리 다른 벌을 받을게요. 꼭 죽을 것 같아서 그래요."

"조용히 해! 이렇게 난리를 치니 정말 꼴 보기 싫구나."

사실이었다. 리드 부인은 나를 어린 연기자로 보았던 것이다. 그녀는 진심으로 내가 증오심에 불타고 성격은 비열하며 지독하게 이중적인 아이라고 생각했다.

베시와 애벗이 떠난 뒤 나는 미친 듯이 괴로워하며 격렬하게 흐느꼈다. 리드 부인은 더는 참을 수 없었는지 나를 방 안으로 밀어 넣고는 자물쇠로 문을 잠가버렸다. 부인이 옷자락을 끌며 사라지는 소리가 들렸다. 그녀가 사라지자마자 발작을 일으켰던 모양이다. 나는 곧바로 정신을 잃었는지 아무 기억도 나지 않는다.

제3장

그다음 생각나는 것은 마치 끔찍한 악몽을 꾼 듯한 기분으로 깨어났고 바로 눈앞에서 굵고 검은 줄들 사이로 비치는 무서운 붉은 빛을 보았다는 것이다. 또한 바람 소리나 물소리에 묻힌 듯 희미한 목소리도 들었다. 흥분과 불안 그리고 이 모든 것을 압도한 공포심으로 내 몸과 마음은 모두 혼란스러웠다. 하지만 곧이어 누군가가 나를 안아 올려 앉을 수 있도록 내 몸을 받쳐준 것을 느꼈다. 누구도 나를 이렇게 부드러운 손길로 일으켜주거나 받쳐준 적이 없었다. 베개인지 팔인지는 알 수 없었지만 머리를 기대고 있으니 편안했다.

오 분쯤 지나자 구름이 걷히듯 내 혼란스러움도 사라졌다. 나는 내 침대에 누워 있었고 붉은 빛은 아이들 방에 피워놓은 난롯불이었다. 어느새 밤이었다. 탁자 위에는 촛불 하나가 켜져 있었다. 침대 발치에 대야를 들고 서 있는 베시 옆으로 한 신사가 머리맡에 놓인 의자에 앉아서 허리를 굽혀 나를 바라보고 있었다.

게이츠헤드 저택에 살지 않고 리드 부인과도 아무 연관이 없는 낯선 사람이 방에 있다는 사실을 알게 되자 뭐라 말로 표현할 수 없는 안도감이 느껴졌다. 내가 보호받고 있으며 안전하다고 믿게 되자 마음이 진정됐다. 물론 애벗보다는 베시가 곁에 있는 편이 나았지만 나는 베시한테서 고개를 돌려 신사의 얼굴을 살펴보았다. 내가 아는 사람이었다. 하인들이 아플 때면 리드 부인이 부르는 약제사 로이드 씨였다. 자기 자신이나 아이들이 아프면 의사를 불렀다.

"자, 내가 누구지?"

그가 물었다.

나는 그의 이름을 말하면서 손을 내밀었다. 그는 내 손을 잡고 미소 지으며 말했다.

"이제 금방 나을 거야."

그러고 나서 나를 눕힌 뒤 베시에게 내가 밤새 푹 잘 수 있도록 신경 쓰라고 일렀다. 그는 지시사항을 몇 가지 더 알려주더니 내일 다시 들르겠다고 말한 뒤 떠나버렸다. 나는 슬펐다. 그가 머리맡에 앉아 있는 동안은 든든하고 내 편이 생긴 것만 같

있는데, 그가 문을 닫고 나가자 방 안은 온통 캄캄해졌고 이루 다 표현할 수 없는 슬픔에 짓눌려 내 가슴은 또다시 덜컥 내려 앉았다.

"잠이 올 것 같아요?"

베시가 다정하게 물었다.

그녀의 목소리가 금방이라도 험해질까 봐 두려워 나는 대답할 용기가 나지 않았다.

"노력해볼게요."

"뭐 좀 마실래요? 아니면 뭘 먹을 수 있겠어요?"

"아니요, 베시. 고마워요."

"그러면 이제 나도 자러 가야겠어요. 벌써 자정이 넘었거든요. 하지만 밤중이라도 필요한 게 있으면 불러요."

이렇게나 공손하다니! 용기백배한 나는 다른 질문을 던졌다.

"베시, 나 어떻게 된 거죠? 어디 아픈 거예요?"

"붉은 방에서 울다가 병이 난 것 같아요. 틀림없이 금방 나을 거예요."

베시는 이렇게 말한 뒤 가까이에 있는 하녀 방으로 갔다. 그녀의 목소리가 들려왔다.

"세라, 나랑 아이들 방에서 같이 자자. 오늘 밤 저 불쌍한 애랑 도저히 단둘이 못 있겠어. 어쩌면 저 애는 죽을지도 몰라. 발작이라니 정말 이상하지 않아? 뭔가 본 게 아닐까 싶어. 마님이 좀 심하셨어."

세라와 베시가 함께 들어와 잠자리에 들었다. 두 사람은 잠들기 전에 삼십 분 정도 소곤거렸는데 이따금씩 내 귀에도 그 내용이 들렸다. 그것만으로도 무슨 이야기를 하는지 똑똑히 알 수 있었다.

"뭔가가 스윽 지나쳐 가더래. 온통 하얗게 입은 게. 그러고는 사라졌다는 거야……. 그 뒤로 커다랗고 새카만 개 한 마리가 따라갔고……. 저 침실 문을 세 번이나 쾅쾅 두드렸대……. 묘지에 있는 주인어른 무덤 바로 위로도 한 줄기 빛을 봤다던데……."

마침내 두 사람은 잠이 들었다. 난롯불과 촛불도 꺼졌다. 나는 파랗게 질려 긴긴밤을 뜬눈으로 지새웠다. 어린아이들만이 느낄 수 있는 공포로 귀와 눈뿐 아니라 마음까지 잔뜩 긴장하고 있었다.

붉은 방 사건이 있고 나서 몸이 오랫동안 심하게 아프거나 하지는 않았다. 다만 정신적 충격은 오랜 기간 지속되었다.

'그래요, 리드 부인. 나는 당신 때문에 끔찍한 정신적 고통을 겪었어요. 그렇지만 당신을 용서해드릴게요. 자신이 무슨 짓을 저질렀는지도 모를 테니까요. 당신은 내 마음을 갈기갈기 찢어놓으면서도 내 못된 버릇을 뿌리 뽑는 중이라고 생각했겠죠.'

다음 날 정오 무렵, 나는 일어나 옷을 입고 숄을 두른 채 아이들 방 난롯가에 앉아 있었다. 기운이라곤 하나도 없었지만 표현할 수 없는 비참한 마음이 오히려 더 괴로웠다. 비참한 기분에 휩싸여 나는 소리 없이 눈물만 흘렸다. 뺨을 타고 흐르는 짭짤한 눈물을 닦아내기가 무섭게 또 한 줄기 눈물이 흘러내렸다. 그러나 나는 행복해야 한다고 생각했다. 집에 리드네 가족이 아무도 없었기 때문이다. 모두 리드 부인과 마차를 타고 외출했고 애벗도 다른 방에서 바느질을 하고 있었다. 베시는 이 방 저 방 다니면서 장난감을 치우고 서랍도 정리했다. 그러다가 예전과 달리 이따금 나한테 상냥하게 말을 건넸다. 늘 꾸중이나 듣고 심부름을 해도 칭찬 한번 듣지 못하던 내게 지금의 이 상태는 평화로운 낙원과도 같았다. 하지만 내 신경은 녹초가 돼버려 어떤 평온함도 위로가 되지 않았고 어떤 즐거움에도 기분이 좋아지지 않았다.

부엌에 갔던 베시가 밝은 색 도자기 접시에 타르트를 하나 담아 가져왔다. 이 접시 위에는 나팔꽃과 장미 봉오리로 이루어진 화관 속에 앉아 있는 극락조가 그려져 있었는데, 나는 접시를 볼 때마다 감탄을 금치 못했다. 항상 그 접시를 좀 더 자세히 보여달라고 애원하곤 했지만 내게는 그런 특권을 누릴 자격이 없다며 매번 거절당했다. 그런데 그 귀한 접시가 지금 내 무릎 위에 놓여 있었다. 베시는 그 접시에 담긴 맛있는 타르트를 먹으라고 상냥하게 권하기까지 했다. 하지만 그런 호의도 이제 다 부질없었다. 셀 수 없이 바랐지만 오랫동안 거절당했던 다른 부탁들처럼 너무 늦어버렸다. 나는 그것을 먹을 수가 없었다. 새의 깃털과 꽃의 빛깔도 이상하리만치 빛이 바래 보였다. 나는 타르트 접시를 멀찌감치 밀어버렸다. 베시가 책을 읽고 싶으냐고 물었다. '책'이라는 말에 순간적으로 기운이 난 나는 서재에서 《걸리버 여행기》를 갖다 달라고 부탁했다. 정말 재미있어서 몇 번이나 읽었던 책이다.

나는 이 책의 이야기가 사실이라고 믿었기 때문에 다른 옛날 이야기보다 훨씬 더 재미있었다. 디기탈리스 잎과 꽃 사이, 버섯 아래와 오래된 담벼락을 구석구석 타고 올라간 담쟁이덩굴 밑까지 살펴보았지만 결국 난쟁이 요정들은 찾지 못했다. 그래서 한참 후에 나는 그들이 영국을 떠나 숲이 더 무성하고 인구도 적은 어느 원시적이고 미개한 나라로 갔다는 슬픈 사실을 믿기로 했다. 나는 소인국이나 거인국이 지구 어딘가에 있어서 언젠가 긴 여행을 떠나면 소인국에서는 그 작은 들판과 집, 숲, 난쟁이들, 조그만 암소들과 양떼 그리고 새들을 보고, 또 거인국에서는 숲처럼 높이 자란 밀밭, 어마어마하게 힘센 사냥개와 고양이, 탑처럼 우뚝 솟은 거인들을 내 두 눈으로 직접 볼 수 있을 거라고 믿었다. 그토록 아끼던 책을 두 손에 받아들고 책장을 넘기면서 신기한 그림 속에서 지금껏 읽을 때마다 느꼈던 재미를 찾아보았지만 모두 섬뜩하고 따분할 뿐이었다. 거인들은 비쩍 마른 마귀들이었고 난쟁이들은 심술궂고 무시무시한 도깨비 같았다. 걸리버는 가장 무섭고 위험한 마을을 쓸쓸하게 떠돌아다니는 나그네였다. 더는 읽을 수가 없어 책을 덮은 뒤 탁자 위 손도 대지 않은 타르트 접시 옆에 올려놓았다.

이제 막 청소와 정리를 마친 베시는 손을 씻은 뒤 예쁜 새틴과 비단 천 조각이 가득 든 작은 서랍을 열어 조지아나의 인형에 씌울 새 모자를 만들기 시작했다. 그러면서 노래를 불렀다.

아주 오래전
우리가 떠돌아다니던 시절에

이 노래는 전에도 가끔 들은 적이 있는데 언제 들어도 즐거웠다. 베시의 목소리가 아름다웠기 때문이다. 적어도 나는 그렇게 생각했다. 그녀의 목소리는 여전히 아름다웠지만 나는 그 노래에서 말할 수 없는 슬픔을 느꼈다. 베시는 일에 열중할 때면 가끔 그 노래의 후렴을 아주 낮고 느릿느릿하게 불렀다. 그럴 때면 '아주 오래전'이라는 구절이 마치 장송곡처럼 구슬프게 들렸다. 그녀는 또 다른 노래를 부르기 시작했는데, 이번에는 정말로 애절한 노래였다.

발은 아프고 몸은 지쳤네.

갈 길은 멀고 산은 험한데

가여운 고아가 가는 길

달도 없이 쓸쓸히 황혼이 지네.

왜 나 홀로 멀리 가야 하나

잿빛 바윗덩이들이 쌓인 광활한 황야로.

매정한 사람들, 다정한 천사만이

가여운 고아가 가는 길을 지켜보네.

멀리서 부드러운 밤바람이 불어오고

구름 한 점 없이 맑은 하늘에 별이 반짝이네.

자비로운 하나님은 가여운 고아에게

위로와 희망을 주시니

설령 부서진 다리에서 떨어지고

속아서 늪지대를 헤매도

하느님 아버지는 축복과 약속으로

가여운 고아를 품에 안으리.

집도 가족도 없지만 힘이 되는 생각 있으니

천국은 나의 집, 그곳에서 쉬리

하느님은 가여운 고아의 친구라네.

"이런! 제인 아가씨, 울지 말아요."

노래를 마친 뒤 베시가 말했다. 그러나 그 말은 난롯불을 향해 "꺼져라!" 하고 말하는 것과 마찬가지였다. 내가 겪은 끔찍한 고통을 베시가 어떻게 알겠는가! 오전에는 로이드 씨가 다시 찾아왔다.

"아니, 벌써 일어났어?"

그는 아이들 방으로 들어오며 말했다.

"유모, 아가씨는 어때요?"

베시는 내가 나아졌다고 대답했다.

"그러면 좀 더 활기차야 할 텐데. 제인, 이리 와보렴. 이름이 제인 맞지?"

"네. 제인 에어예요."

"그래, 제인 에어 양. 그런데 울고 있었구나. 왜 우는지 얘기해줄래? 어디 아프니?"

"아프지 않아요."

"마님과 같이 마차를 타고 밖에 나가지 못해서 그래요."

베시가 끼어들었다.

"설마 그럴 리가! 그런 일로 토라질 나이는 지났잖아."

나도 그렇게 생각했다. 내 마음과 달리 억울한 소리를 듣자 자존심이 상한 나는 재빨리 대꾸했다.

"저는 한 번도 그런 일로 운 적이 없어요. 마차 타고 나가는 걸 정말 싫어하거든요. 저는 자신이 비참해서 우는 거예요."

"어머나, 아가씨도 원!"

베시가 어이없다는 표정을 지어 보이며 말했다.

사람 좋은 약제사는 살짝 당황한 듯 보였다. 나는 그의 앞에서 있었고, 그는 나를 가만히 바라보았다. 그의 작은 회색 눈은 맑지는 않지만 지금 생각해보면 예리한 데가 있었다. 얼굴은 무섭게 생겼지만 마음씨는 좋아 보였다. 그는 한참 동안 나를 살펴보더니 물었다.

"어제는 왜 아팠던 거니?"

"넘어졌거든요."

베시가 또다시 끼어들어 대답했다.

"넘어졌어? 그것도 어린애들이나 그러잖니! 네 나이에 아직도 제대로 못 걷는 거야? 여덟 살이나 열 살은 될 텐데."

"맞아서 쓰러진 거예요."

또 한 번 자존심이 상한 나는 퉁명스럽게 말했다.

"하지만 맞아 쓰러져서 병이 난 게 아니에요."

나는 베시가 끼어들지 못하게 얼른 덧붙였다.

로이드 씨는 코담배를 꺼내 들이마시고 있었다. 그가 담뱃갑을 다시 조끼 주머니에 집어넣으려고 할 때 하인들의 점심시간을 알리는 종소리가 요란하게 울렸다. 이 종소리가 무슨 뜻인지 알고 있는 로이드 씨가 베시에게 말했다.

"유모를 부르는 소리네요. 나가보세요. 그동안 제인 양에게 이야기를 좀 해주고 있을 테니."

베시는 방에 그냥 있고 싶어 했지만 게이츠헤드 저택은 식사 시간을 엄격하게 지켰기 때문에 하는 수 없이 나가야 했다.

"넘어져서 병이 난 게 아니구나. 그럼 왜지?"

베시가 나가자 로이드 씨가 물었다.

"유령이 나오는 방에 갇혀 있었어요. 깜깜한 밤까지요."

로이드 씨는 미소를 지으며 동시에 얼굴을 찌푸렸다.

"유령이라니! 역시 어린아이구나. 유령이 무섭니?"

"리드 외삼촌 귀신은 무서워요. 그 방에서 돌아가시고 관에 들어가셨거든요. 베시나 다른 사람들도 웬만해선 밤에는 그 방에 들어가지 않는다고요. 촛불 하나 없이 나만 그 방에 가둔 건 너무했어요. 너무 끔찍해서 평생 못 잊을 거예요."

"말도 안 돼! 그래서 비참해진 거야? 그럼 지금처럼 밝은 대낮에도 무섭니?"

"아뇨, 그렇지만 이제 금방 또 밤이 될 거잖아요. 그리고 저는 불행해요. 다른 일 때문에도 정말 불행해요."

"다른 일? 몇 가지만 이야기해줄래?"

그 말을 듣는 순간 내가 얼마나 속 시원히 다 털어놓고 싶었는지 모른다. 하지만 대답하기가 정말 어려웠다. 아이들은 자신이 느끼는 감정을 어떻게 이해해야 할지 모른다. 머릿속으로 얼마간 분석한다고 해도 그 결과를 말로 표현할 줄 모른다. 나는 내 이야기를 털어놓는 것으로 슬픔을 조금이나마 덜어낼 수 있는 처음이자 유일한 기회를 놓칠까 봐 두려웠다. 그래서 우물쭈물하다가 변변찮긴 하지만 최대한 진실하게 이야기하기 시작했다.

"우선 저는 엄마와 아빠가 안 계시고 언니랑 오빠도 없어요."

"친절한 외숙모와 사촌들이 있잖니."

나는 머뭇머뭇하다가 서투르게 대답했다.

"하지만 존 리드는 저를 때려서 쓰러뜨렸어요. 외숙모는 저를 붉은 방에 가뒀고요."

로이드 씨는 다시 담뱃갑을 꺼냈다.

"게이츠헤드 저택이 정말 아름다운 집이라고 생각하지 않니? 이렇게 좋은 집에 사는 데도 고맙지 않아?"

"우리 집이 아니잖아요. 애벗이 그러는데 저는 여기서 하녀보다도 못하대요."

"무슨 소리! 설마 바보처럼 이렇게 좋은 집을 떠나고 싶어 하는 건 아니지?"

"다른 갈 데가 있으면 당연히 나갈 거예요. 하지만 어른이 될 때까지는 여길 떠날 수 없어요."

"그건 모르는 일이지, 누가 알겠니. 그런데 리드 부인 말고 다른 친척은 없니?"

"없는 것 같아요."

"아버지 쪽으로 아무도 없어?"

"모르겠어요. 언젠가 한 번 외숙모한테 물어봤는데 어쩌면 가난하고 신분이 낮은 친척이 있을 수도 있겠지만 자기는 잘 모른다고 하셨어요."

"만약 그런 친척이 있으면 가고 싶니?"

나는 곰곰이 생각해보았다. 가난은 어른에게도 암울하지만 아이들에게는 더욱 끔찍하다. 아이들은 가난하지만 부지런히 일하며 살아가는 부끄럽지 않은 생활을 모른다. 가난이란 말과 함께 그저 누더기 같은 옷이나 부족한 음식, 불 꺼진 난로, 무례한 태도, 천한 악행을 떠올릴 뿐이다. 내게 가난은 그저 수모와 같은 뜻이었다.

"아뇨, 가난한 사람이 되고 싶진 않아요."

나는 대답했다.

"너한테 친절해도?"

나는 고개를 가로저었다. 가난뱅이들이 도대체 무엇으로 친절을 베풀 수 있을지 알 수가 없었다. 그들처럼 말하고 그들의 행동을 따라 하고 교육도 받지 못한 채 가끔 게이츠헤드 마을의 오두막 문 앞에서 보았던, 아이들을 돌보거나 빨래를 하는 가난한 여자들처럼 자라고 싶지는 않았다. 나는 아직 자유를 얻기 위해 신분을 버릴 정도로 용감하지는 않았다.

"네 친척들이 그 정도로 가난하니? 노동자들이야?"

"모르겠어요. 리드 외숙모께선 혹시라도 제게 친척이 있다면 틀림없이 모두 빈털터리일 거라고 하셨어요. 저는 구걸하며 돌아다니긴 싫어요."

"그럼 학교에는 다니고 싶니?"

나는 다시 곰곰이 생각해봤다. 학교가 어떤 곳인지 몰랐다. 베시는 소녀들이 발목에 차꼬를 차고 등에는 자세 교정을 위한 보호대를 대고 앉아 대단히 고상한 체하며 엄격한 규칙에 따라 생활해야 하는 곳이 학교라고 말하곤 했다. 존 리드는 학교를 싫어했고 선생님을 욕했다. 하지만 그의 취향이 나와 같으리라는 법은 없었다. 베시는 게이츠헤드 저택에 오기 전 함께 살았던 주인집 아가씨들한테서 들었던 무시무시한 학교 규율들을 얘기해주었다. 그렇지만 소녀들이 학교에서 배우는 내용들 또한 그것만큼이나 흥미로웠다. 베시는 소녀들이 그린 아름다운 풍경화나 꽃그림, 그들이 부르는 노래와 연주하는 곡, 직접 떠서 만든 지갑, 번역한 프랑스 책을 자랑하듯 말했고 듣고 있는 내 마음속에서는 경쟁심이 생겨났다. 게다가 학교에 가면 모든 것이 완전히 바뀌게 된다. 그것은 기나긴 여정이면서 게이츠헤드를 떠나 새로운 삶을 시작해야 한다는 뜻이었다.

"사실은 학교에 가고 싶어요."

깊이 생각한 끝에 나는 이렇게 결론을 내렸다.

"그래. 어떻게 될지는 아무도 모르지."

로이드 씨가 자리에서 일어나며 말했다.

"이 아이는 환경을 좀 바꿔줄 필요가 있겠어. 신경이 너무 쇠약해졌군."

그가 이렇게 중얼거렸다.

이때 베시가 돌아왔다. 그와 동시에 집 앞 자갈길로 마차가 달려오는 소리가 들렸다.

"유모, 리드 부인이 돌아오신 건가요? 가기 전에 부인께 드릴 말씀이 있어요."

로이드 씨가 말했다.

베시는 그를 작은 식당으로 안내했다. 나중에 일어난 일로 보아 로이드 씨가 리드 부인에게 나를 학교에 보내라고 권한 것 같았다. 그리고 부인은 그 권유를 선뜻 받아들인 것이 분명했다.

어느 날 밤 아이들 방에서 바느질을 하던 애벗과 베시는 침대에 누워 있던 내가 잠든 줄 알고 이렇게 말했다.

"마님은 성가시고 못된 아이를 내보내게 되어 속 시원하다고 하셨어요. 항상 다른 사람들 눈치나 살피고 남몰래 못된 꾀나 부린다고 말이에요."

애벗이 말했다. 그녀는 내가 어린 가이 포크스(가톨릭 탄압에 저항해 영국 의사당을 폭파시킨 영국인—옮긴이)라도 되는 것처럼 말했다.

그날 밤 나는 애벗이 베시에게 하는 말을 듣고 내 부모님에 대해 처음으로 알게 되었다. 아버지는 가난한 목사였고, 어머니는 신분이 어울리지 않는다며 모두 말리는데도 아버지와 결혼했다. 그러자 자신의 말을 거역한 딸에게 화가 난 외할아버지는 한 푼도 주지 않고 어머니를 내쫓았다. 결혼한 지 일 년 만에 아버지는 교구의 공장지대 빈민가를 방문했다가 당시 유행하던 티푸스에 걸렸으며, 어머니도 아버지에게 전염되어 두 분 다 한 달 사이에 차례로 세상을 떠나신 것이다.

베시는 이야기를 다 듣고 한숨을 쉬며 말했다.

"애벗, 제인 아가씨도 정말 가엽다."

"그래요. 저 아가씨가 착하고 예쁘기만 했어도 모두 처량한 신세를 불쌍히 여겼을 거예요. 하지만 저런 밉상을 누가 좋아하겠어요."

애벗이 대꾸했다.

"사실 좋아하긴 어렵지. 조지아나 아가씨처럼 귀여우면 같은 처지라도 좀 더 안쓰러웠을 텐데."

베시가 맞장구를 쳤다.

"그럼요. 저는 조지아나 아가씨가 정말 좋아요. 긴 곱슬머리에 파란 눈이고 피부색은 어찌나 고운지! 마치 그려놓은 것 같아요. 베시, 오늘 저녁에는 치즈 토스트가 먹고 싶네요."

애벗이 신이 나서 말했다.

"나도요. 구운 양파도 곁들여서요. 자, 우리 내려가요."

그들은 방을 나갔다.

제4장

로이드 씨와 대화를 나눈 뒤 베시와 애벗의 이야기까지 듣자
나는 희망이 생겨 빨리 병이 낫길 바랐다. 금세 변화가 찾아올
것만 같아 간절한 마음으로 조용히 기다렸다. 그러나 꽤 긴 시
간이 흘렀다. 며칠 그리고 몇 주가 지났다. 그동안 내 건강은
회복됐지만 이리저리 생각해오던 문제에 대해선 누구도 말하
지 않았다. 리드 부인은 이따금 매서운 눈초리로 나를 살폈지
만 말을 건네지는 않았다. 그리고 내가 아프고 난 다음부터는
자신의 아이들을 나한테서 더 확실하게 분리시켰다. 나는 작
은 골방에서 혼자 잠자고 밥도 혼자 먹어야 했다. 사촌들이 계
속 거실에서 노는 동안 나는 아이들 방에서 하루를 보냈다. 나
를 학교에 보내려는 낌새는 전혀 보이지 않았다. 그렇지만 나

는 부인이 나와 한 지붕 아래서 오래 지낼 수 없을 거라는 사실을 본능적으로 알았다. 나를 바라보는 그녀의 눈빛에 그 어느 때보다도 강렬한 미움이 담겨 있었기 때문이다.

일라이자와 조지아나는 어머니가 시켰는지 노골적으로 말도 섞지 않으려고 했다. 존은 나를 볼 때마다 혀를 내밀며 놀려댔는데 어느 날은 내게 복수하려고 했다. 하지만 지난번처럼 엄청난 분노와 극도의 반항심이 끓어오른 내가 곧바로 대들자 그만두는 게 낫다고 생각했는지 내가 자기 코를 부러뜨렸다고 욕설을 퍼부으며 달아났다. 실제로 나는 툭 튀어나온 그의 코에 온 힘을 모아 주먹을 날렸다. 그런 내 모습과 표정에 겁먹은 존이 달아나는 꼴을 보자 좀 더 혼내주고 싶은 생각이 들었지만 그는 이미 자기 어머니 곁에 가 있었다. 그는 엉엉 울면서 '저 심술궂은 제인 에어'가 미친 고양이처럼 달려들었다며 이야기를 지어내기 시작했다. 그러나 부인은 매몰차게 존의 말을 막았다.

"존, 그 애 얘기는 하지 마. 내가 근처에 가지 말라고 말했지. 쟤는 상대할 가치도 없어. 그러니까 너랑 누이들도 전부 저 아이랑 어울리면 안 돼."

계단 난간에 기대서 있던 나는 두 번 생각하지도 않고 불쑥 소리쳤다.

"걔네들이 저랑 어울릴 자격이 없는 거예요!"

리드 부인은 꽤 통통한 체구였다. 하지만 대담한 내 말을 듣자마자 쏜살같이 계단을 뛰어 올라오더니 회오리바람처럼 나를 아이들 방에 몰아넣곤 침대 한쪽 가장자리에다 짓눌렀다. 그러고는 오늘 하루 여기서 움직이거나 단 한 마디라도 입 밖에 내면 가만두지 않겠다고 단호한 목소리로 을러댔다.

"리드 외삼촌이 살아 계셨다면 뭐라고 하셨을까요?"

순간 나도 모르게 생각지도 않은 말을 내뱉었다. 머리의 허락도 받지 않고 혀가 지껄인 것이다. 막을 새도 없이 그 말이 입 밖으로 튀어나왔다.

"뭐라고?"

리드 부인이 낮은 목소리로 말했다. 한결같이 차갑고 침착한 그녀의 잿빛 눈동자에 두려운 빛이 스치는 듯했다. 그녀는 붙들고 있던 내 팔을 놓으며 마치 아이인지 악마인지 모르겠다는 표정으로 나를 뚫어져라 쳐다보았다. 이제 물러나려야 물러날 수가 없었다.

"리드 외삼촌은 하늘에서 외숙모가 무슨 행동을 하는지, 어떤 생각을 하는지 다 보고 계세요. 우리 아빠와 엄마도 마찬가지고요. 온종일 저를 가둬놓고 죽길 바라는 것도 다 알고 계실 거예요."

리드 부인은 이내 정신을 차렸는지 나를 있는 힘껏 흔들어대고 양쪽 뺨을 세차게 갈기더니 말도 없이 나가버렸다. 그 대신 베시가 한 시간이나 나에게 설교를 늘어놓았다. 그녀는 지금까지 키운 아이들 가운데 내가 가장 고약하고 불량한 애라고 했다. 나는 그 말이 절반 정도는 맞다고 생각했다. 사실 나도 내 안에서 나쁜 감정이 끓어오르고 있음을 느꼈기 때문이다.

11월과 12월 그리고 어느새 1월도 절반이 지났다. 예년과 다름없이 크리스마스와 신년 축하파티가 게이츠헤드에서도 성대하게 열렸다. 사람들은 서로 선물을 주고받았으며 만찬과 저녁 파티가 열렸다. 물론 나는 이 모든 즐거움을 누릴 수 없었다. 유일한 재미라고는 그저 일라이자와 조지아나가 예쁘게 차려입거나 얇은 모슬린 드레스에 진홍색 허리띠를 매고 곱슬머리를 곱게 빗은 다음 응접실로 내려가는 모습을 바라보는 것뿐이었다. 그리고 나서는 아래층에서 연주하는 피아노와 하프 소리, 집사와 하인들이 바삐 오가는 소리, 다과를 건넬 때 유리잔과 사기그릇들이 쨍하고 부딪치는 소리, 응접실 문을 여닫을 때 이따금 들리는 사람들의 웅성거리는 소리에 귀를 기울일 뿐이었다. 그러다 싫증이 나면 계단 꼭대기에서 물러나 쓸쓸하고 적막한 아이들 방으로 돌아왔다. 그 방에서는 약간 슬프긴 했지만 비참하지는 않았다. 솔직히 나는 손님들과 어울리고 싶지 않았다. 함께 있어도 나에게 신경 쓰는 사람은 아무도 없었다. 베시가 좀 더 친절하고 다정했다면 나는 신사숙녀들이 가득 찬 방에서 리드 부인의 날카로운 시선을 받느니 베시와 함께 조용히 보내는 저녁이 더 큰 선물이라고 생각했을 것이다. 하지만 베시는 아가씨들에게 옷을 입히고 나면 금세 촛불을 들고 시끌 벅적한 부엌이나 하녀 방으로 가버렸다. 그러면 나는 어두컴컴 한 아이들 방에서 무릎에 인형을 얹은 채 유령이 나타나지 않을까 가끔씩 주위를 살피며 난롯불이 스러질 때까지 앉아 있었다. 그리고 난로의 불씨가 검붉게 사라지면 서둘러 옷을 벗고 추위와 어둠을 피해 침대 이불 속으로 도망치곤 했다. 나는 항상 인형을 안고 침대에 들어갔다. 인간은 무언가를 사랑해야만 살 수 있다. 애정을 쏟을 만한 대상이 없었던 나는 용케도 작은 허수아비처럼 초라하고 낡아빠진 인형을 사랑하고 아끼는 데서 즐거움을 찾았다. 나는 작은 인형이 살아 있으며 감정도 있다고 여기면서 진심으로 대했다. 돌이켜보면 지금으로서는 이해가 되지 않지만 잠옷 속에 인형을 감싸 안지 않고는 잠을 잘 수가 없었다. 인형이 내 품 속에 편안하고 따뜻하게 안겨 있으면 나도 행복했고 인형도 행복할 거라고 믿었다.

손님들이 돌아가기를 기다리면서 베시가 계단을 올라오는 발소리에 귀를 기울이는 시간은 너무 길고 지루했다. 베시는 사이사이 골무나 가위를 찾으러 오거나 저녁 식사로 빵이나 치즈 케이크 등을 가져다주곤 했다. 그러고는 내가 먹을 동안 침대에 걸터앉아 있다가 다 먹고 나면 이불을 덮어주고 두 번 입을 맞춰주며 "제인 아가씨, 잘 자요"라고 말했다. 이렇게 상냥할 때 베시는 세상에서 가장 좋고 예쁘며 친절한 사람이었다. 그래서 나는 그녀가 항상 이렇게 기분 좋고 상냥하기를 진심으로 바랐다. 또 툭하면 내게 쌀쌀맞게 굴고 야단친다거나 무리한 일을 시키지 않았으면 했다.

베시 리는 타고난 재주가 뛰어난 여자임에 틀림없었다. 무슨 일이든 잘하고 옛날이야기도 맛깔나게 들려주었다. 적어도 그녀가 해주는 이야기를 들으며 내가 판단하기론 그랬다. 내 기억에 그녀는 얼굴과 몸매도 예뻤다. 검은 머리와 까만 눈동자, 아주 예쁘장한 이목구비에 안색이 맑고 고운 늘씬한 젊은 여자였다. 그렇지만 변덕스럽고 성질이 급하며 원칙이나 정의 같은 문제에는 무관심했다. 그런 그녀였지만 나는 게이츠헤드 저택에서 베시가 가장 좋았다.

1월 15일 아침 아홉 시쯤이었다. 베시는 아침을 먹으러 내려갔고 리드 부인은 아직 사촌들을 불러 모으지 않았다. 일라이자는 닭 모이를 주려고 정원에 나갈 때 입는 두툼한 코트를 입고 모자도 썼다. 일라이자는 이 일을 좋아했고 하녀에게 달걀을 팔아 그 돈을 모으는 것도 즐겼다. 장사에 소질이 있는 데다가 꼬박꼬박 저축하는 습관도 있었다. 달걀과 병아리뿐 아니라 구근 뿌리와 씨앗, 접목 등의 가격을 정원사와 흥정하는 것만 봐도 알 수 있었다. 정원사는 이미 정원에 있는 물건들 중에서 일라이자가 팔고 싶어 하는 것은 모두 사주라고 리드 부인한테서 명령을 받았다. 일라이자는 아마 돈만 많이 준다면 자신의 머리칼이라도 잘라서 팔았을 것이다. 처음에는 이렇게 모은 돈을 헝겊이나 낡은 종이에 싸서 아무도 모르는 한구석에 숨겨두었다. 하지만 숨겨둔 돈의 일부를 하녀들이 발견하자 아끼는 재산을 잃어버릴까 봐 두려워 5할이나 6할이라는 높은 이자로 자기 어머니에게 맡겼다. 그리고 그렇게 매 분기별로 받는 액수를 작은 수첩에 정확하게 적어두었다가 일 년에 네 번 이자를 챙겼다.

조지아나는 높은 화장대 의자에 앉아 거울을 보며 머리를 매만지고 있었다. 다락방 서랍에 한가득 들어 있던 조화와 빛바랜 깃털을 찾아내어 곱슬머리에 꽂았다. 나는 자신이 돌아오기 전까지 침대를 말끔하게 해놓으라는 베시의 지시를 받고 침대를 정리하고 있었다. (이제 베시는 아랫사람에게 하듯 나한테 방을 정리하거나 의자 같은 물건에 쌓인 먼지를 털라고 시키곤 했다.) 이불 주름을 펴고 잠옷을 개고 나서 나는 어질러진 그림책과 인형의 가재도구를 정리하려고 창가로 갔다. 그때 갑자기 조지아나가 자기 장난감은 그대로 두라고 (작은 의자, 거울 그리고 예쁜 접시와 찻잔들이 그녀의 물건이었다) 하기에 나는 하던 일을 멈췄다. 특별히 할 일이 없던 나는 꽁꽁 언 유리창에 생긴 꽃무늬 모양의 성에에 입김을 불어 마당이 보일 만큼 닦기 시작했다. 마당은 고요하고 서리가 심하게 내려 돌이 되어버린 듯했다.

창밖으로 문지기의 오두막과 마찻길이 보였다. 유리창을 뒤덮고 있던 은백색 성에가 녹아 바깥이 보일 정도가 되자 정문이 열리면서 마차 한 대가 들어오는 것이 보였다. 나는 길을 올라오는 마차를 무심히 쳐다보았다. 게이츠헤드에 들어오는 마차는 많았지만 내 흥미를 끄는 손님을 태우고 온 적은 단 한 번도 없었다. 집 앞에 마차가 서더니 종소리가 시끄럽게 울렸다. 처음 보는 사람이 들어왔다. 이 모든 일이 나와는 상관이 없었기 때문에 내 관심은 이내 굶주린 작은 지빠귀에게로 옮겨갔다. 새는 여닫이 창 근처 벽에 달라붙은 가지만 앙상한 벗나무 가지에 앉아 지저귀고 있었다. 마침 식탁 위에 아침에 먹고 남은 빵 부스러기와 우유가 놓여 있었다. 빵 조각을 바스러뜨려 창틀에 뿌려주려고 창문을 열려고 하는데 베시가 방으로 뛰어 들어왔다.

"제인 아가씨, 앞치마 벗어요. 거기서 뭐하는 거예요. 아침에 세수는 했어요?"

나는 대답도 하지 않고 창문을 또 한 번 잡아당겼다. 새에게 빵부스러기를 꼭 주고 싶었다. 마침내 창이 열렸고 빵부스러기를 창대돌과 벗나무 가지 위에 조금씩 뿌려주고 나서야 나는 창문을 닫고 대답했다.

"아니요, 이제 겨우 먼지를 털었는데요."

"덜렁대는 골칫거리 같으니. 그런데 지금 뭐해요? 얼굴이 빨개진 걸 보니 꼭 나쁜 짓이라도 한 것 같은데. 창문은 왜 열었어요?"

군이 대답할 필요는 없었다. 베시는 너무 바빠서 내 설명 따위는 들을 겨를이 없어 보였다. 그녀는 나를 세면대로 끌고 가서는 비누와 물, 까칠까칠한 수건으로 내 얼굴과 손을 사정없이 거칠게, 하지만 다행스럽게도 대강 문질렀다. 뻣뻣한 빗으로 머리를 빗기고 앞치마도 벗겨주었다. 그러고는 서둘러 층계 꼭대기로 나를 데려가서 누가 찾아왔으니 어서 식당으로 내려가 보라고 했다.

도대체 나를 찾는 사람이 누군지 물어보고 싶었다. 그리고 리드 외숙모도 거기 함께 있는지 궁금했다. 하지만 베시는 벌써 아이들 방의 문을 닫고 나간 다음이었다. 나는 천천히 계단을 내려갔다. 거의 석 달 가까이 리드 부인이 있는 자리에 간적이 없었다. 너무 오래 아이들 방에서만 갇혀 지내다 보니 작은 식당과 거실이 무시무시한 곳처럼 느껴져 들어가기가 두려웠다.

어느새 나는 텅 빈 복도에 서 있었다. 작은 식당의 문이 눈앞에 보였다. 나는 몹시 두려웠다. 나는 부당한 벌을 받아 두려움을 갖게 된 겁쟁이가 되어 있었다. 아이들 방으로 되돌아가기도, 그렇다고 그대로 응접실에 들어가기도 무서웠다. 불안한 마음에 이러지도 저러지도 못하면서 그렇게 십 분쯤 서 있었다.

그때 작은 식당에서 요란한 종소리가 들려와 나는 결심했다. 꼭 들어가야 했다.

'누가 나를 찾는 거지?'

두 손으로 뻑뻑한 문고리를 돌리는 일이 초 동안 마음속으로 이렇게 생각했다.

'이 방에 리드 외숙모 말고 또 누가 있을까? 남자일까? 여자일까?'

문고리가 돌아가며 문이 열렸다. 나는 방에 들어서자마자 무릎을 살짝 굽히며 인사하고 고개를 들었다. 눈앞에 '검은 기둥'이 서 있었다. 내 눈에는 그렇게 보였다. 검은 옷을 입은 가늘고 긴 형체가 카펫 위에 우뚝 서 있었다. 맨 꼭대기에 달린 얼굴은 마치 조각해놓은 가면을 기둥머리에 올려놓은 듯했다.

리드 부인은 평소처럼 난롯가 의자에 앉아 나에게 가까이 오라는 손짓을 했다. 내가 다가가자 부인은 돌기둥 같은 손님에게 나를 소개했다.

"부탁드린 아이가 바로 이 애입니다."

그 사람은 남자였다. 그는 내가 서 있는 쪽으로 천천히 돌아서더니 짙은 눈썹 아래 잿빛 눈을 번쩍이며 샅샅이 훑어보듯 나를 살펴보았다. 그러고는 굵은 목소리로 말했다.

"체구가 작네요. 몇 살입니까?"

"열 살이오."

"그렇게나 많아요?"

그는 믿기지 않는다는 듯 나를 몇 분 동안이나 찬찬히 살펴보다가 이윽고 물었다.

"이름이 뭐지?"

"제인 에어요."

나는 이렇게 말하고 그를 올려다봤다. 키가 굉장히 큰 신사였다. 하지만 당시에는 내가 정말 작았다. 그는 이목구비가 큼직큼직하고 골격도 거칠며 단순해 보였다.

"그래, 제인 에어야. 너는 착한 애니?"

나는 그렇다고 대답할 수가 없었다. 내 주변 사람들은 모두 그렇지 않다고 생각했기 때문이다. 나는 잠자코 있었다. 리드 부인이 나를 대신해 고개를 가로저으면서 말했다.

"브로클허스트 선생님, 여기선 그 이야기를 하지 않는 게 좋겠습니다."

"그렇게 말씀하시니 유감이네요. 이 애와 얘기를 좀 나눠봐야겠군요."

그는 허리를 직각으로 구부려 리드 부인의 맞은편 소파에 앉으며 이렇게 말했다.

"자, 이리 와보렴."

나는 카펫 위로 걸어갔다. 그는 나를 자기 앞에 똑바로 세웠다. 이제 그의 얼굴이 내 얼굴과 거의 같은 눈높이에 있었다. 거대한 코, 함지박만 한 입, 툭 튀어나온 치아까지 정말 못생긴 얼굴이었다.

"세상에 못된 아이만큼 불쌍한 존재는 없어. 특히나 못된 여자 아이는 더더욱. 나쁜 애들이 죽으면 어디로 가는지 아니?"

그가 물었다.

"지옥에 가죠."

나는 재빨리 누구나 알고 있는 답을 말했다.

"지옥은 어디지? 어떤 곳인지 말해볼래?"

"사방이 불구덩이예요."

"그럼 너는 불구덩이에 빠져 평생 불에 타고 싶니?"

"아니요."

"불구덩이에 가지 않으려면 어떻게 해야 하지?"

잠시 고민 끝에 나온 대답이 나는 썩 마음에 들지 않았다.

"계속 건강하게 살고 죽으면 안 돼요."

"어떻게 건강하게 살지? 너보다 어린 아이들도 날마다 죽는단다. 나는 하루 이틀 전에도 다섯 살짜리 어린애를 땅에 묻었어. 착한 아이였으니까 영혼은 지금 천국에 있을 거야. 너는 죽어서 천국에 못 갈지도 모르니 겁을 내야 해."

그의 의심을 없애줄 수 있는 상황이 아니었으므로 나는 그저 카펫 위에 놓인 그의 큰 발에 시선을 고정한 채 빨리 그 자리를 떠날 수 있기만을 바라면서 한숨을 내쉬었다.

"네가 진심에서 우러나와 한숨을 쉬었고 여태까지 고마운 네 은인에게 폐를 끼친 걸 뉘우쳤기를 바란다."

'은인이라고? 은인! 다들 리드 외숙모를 은인이라고 하네. 그러면 은인은 정말 기분 나쁜 거군.'

나는 마음속으로 외쳤다.

"아침저녁으로 기도는 드리니?"

그가 심문하듯 계속 물었다.

"네."

"성경책도 읽고?"

"가끔이오."

"재미있니? 성경 읽는 걸 좋아해?"

"요한묵시록, 다니엘서, 창세기, 사무엘서를 좋아해요. 출애굽기랑 열왕기, 역대기, 욥기와 요나서도 약간 좋아하고요."

"그러면 시편은? 시편도 좋아하지?"

"아뇨."

내가 말했다.

"아니라고? 놀랍구나! 내게 너보다 어린 아들이 있는데 시편을 여섯 편이나 외운단다. 걔한테 '생강 과자를 먹을래? 시편을 외울래?' 하고 물어보면 '와! 시편을 외울래요. 천사들은 시편을 노래해요'라고 말하면서 '저는 이 세상에서 작은 천사가 되고 싶어요'라고 한단다. 그러면 깊은 신앙심 덕분에 상으로 과자를 두 개나 받지."

"시편은 재미가 없어요."

나는 겨우 한 마디 했다.

"그게 바로 네가 나쁜 마음을 품고 있다는 증거야. 마음을 고쳐달라고 하느님께 기도해야 한단다. 깨끗한 새 마음을 달라고 말이야. 돌덩이처럼 차가운 마음을 가져가고 사람다운 따뜻한 마음을 내려달라고."

마음을 고치는 방법을 물어보려는데 리드 부인이 끼어들어 내게는 앉으라고 하더니 혼자 이야기를 늘어놓기 시작했다.

"브로클허스트 선생님, 삼 주 전에 드린 편지에서 언뜻 말씀드렸듯이 이 아이는 제가 바라는 성격이나 기질이 전혀 없어요. 부디 로우드 학교에 입학시켜 교장 선생님과 여러 선생님이 특별히 엄하게 감독해주시고, 특히 이 아이의 가장 나쁜 점인 남을 속이는 버릇을 고쳐주세요. 제인, 네 앞에서 이 이야기를 했으니 브로클허스트 선생님을 속이려고 해서는 안 된다."

내가 리드 부인을 무서워하고 싫어하는 것은 어쩌면 당연한 일이었다. 그녀는 천성적으로 내게 잔인하게 상처를 주었다. 그녀와 함께 있으면 나는 전혀 행복하지 않았다. 아무리 꼬박꼬박 시키는 대로 해도, 마음에 들려고 애써도 그녀는 저런 말들을 늘어놓았고 내 노력은 물거품이 되어버렸다. 이렇게 낯선 사람 앞에서 비난받고 있자니 너무 슬퍼서 가슴이 찢어질 듯했다. 내가 맞이하게 될 새로운 생활에 대한 희망마저 벌써부터 꺾어버리고 있었다. 말로 표현할 수는 없지만 부인은 내가 가는 길에 혐오와 무정함의 씨를 뿌려댔다. 브로클허스트 씨의 눈에 나는 교활하고 못된 아이처럼 보일 것이다. 이 오해를 어떻게 바로잡을 수 있을까!

'방법 따윈 없어!'

나는 이렇게 생각하며 애써 울음을 삼켰다. 그리고 내 괴로운 마음을 그대로 드러내는 눈물을 서둘러 닦아냈다.

"어린아이들이 남을 속이는 것은 정말 슬픈 일이에요. 거짓말하는 거나 마찬가지지요. 그리고 거짓말쟁이들은 결국 불과 유황이 활활 타는 구덩이에 빠지게 될 겁니다. 리드 부인, 저 애를 지켜보도록 하겠습니다. 템플 선생과 다른 선생들에게도 일러두겠습니다."

브로클허스트 씨가 말했다.

"이 아이의 미래를 생각해서 그에 걸맞는 교육을 시켜주세요. 쓸모 있고 겸손해질 수 있도록 말이에요. 방학에도 계속 로우드에서 지내게 해주시고요."

내 은인, 리드 부인이 말했다.

"부인, 아주 현명한 판단을 하셨네요. 겸손은 기독교인의 미덕이고 특히나 로우드 학생들에게 아주 잘 어울리지요. 그래서 저는 학생들이 겸손하게 자랄 수 있도록 특별히 신경 써서 지도 하고 있습니다. 어떻게 하면 학생들의 세속적인 허영심을 최대한 자제할 수 있을지 연구하고 있었는데 최근에 성공했다는 증거가 나타났어요. 제 둘째 딸 오거스타가 아내와 학교에 왔다가 돌아가면서 이렇게 말하더군요. '아빠, 로우드 학생들은 전부 조용하고 검소해 보여요. 머리도 귀 뒤로 빗어 넘기고 긴 앞치마를 입은 데다 겉옷에 작은 호주머니도 달려 있고요. 가난한 집 애들 같아요. 엄마와 내 옷을 보는 모습이 마치 태어나서 비단 옷을 처음 보는 것 같더라고요.'"

"그게 바로 제가 원하는 바예요."

리드 부인이 대답했다.

"영국 땅을 다 뒤져봤지만 제인 에어에게 로우드보다 더 어울리는 학교는 못 찾았어요. 견실함이야말로 그 무엇보다 중요하다고 생각해요."

"부인, 견실함은 기독교인의 임무 중에서 으뜸입니다. 로우드 학교는 모든 면에서 일관되지요. 검소한 식사에 간편한 옷차림, 단순한 시설에 강건하고 활동적인 습관까지 이런 것들이 현재 우리 학교와 학생들의 하루 일정입니다."

"좋습니다. 그러면 이 아이를 로우드의 학생으로 받아주시고 아이의 처지와 미래에 걸맞은 교육을 해주실 거라고 믿어도 되겠지요?"

"그럼요. 선별된 재목을 기르는 우리 학교에 보내셔도 좋습니다. 아이도 로우드 학교에 보내주신 걸 고마워하게 될 거라고 믿습니다."

"그럼 되도록 빨리 보내겠습니다. 사실 저는 이 아이를 책임지는 게 갈수록 버거워져 하루라고 빨리 벗어나고 싶어요."

"알겠습니다. 그럼 이만 실례해야겠군요. 저는 한두 주 후에나 돌아갑니다. 교회 부감독인 제 친구가 놓아주질 않아서 그전에는 떠날 수가 없네요. 하지만 이 아이를 받는 데 아무런 지장이 없도록 템플 선생에게 신입생이 간다고 일러두겠습니다. 안녕히 계세요."

"안녕히 가세요. 부인과 큰 따님, 오거스타와 시어도어 그리고 브로턴 도련님께도 인사 전해주세요."

"네, 그러겠습니다. 애야, 여기 《어린이 지침서》라는 책이 있으니 기도를 올리고 읽어보렴. 특히 '거짓말과 속임수를 일삼던 못된 아이 마사 G가 별안간 끔찍하게 죽는 이야기'를 잘 읽어봐라."

브로클허스트 씨는 그렇게 말하면서 표지가 씌워진 작고 얇은 책 한 권을 내 손에 들려주었다. 그러고 나서 종을 울려 마차를 불러 타고는 떠났다.

이제 리드 부인과 나만 남았다. 고요한 가운데 몇 분이 흘렀다. 부인은 바느질을 하고 나는 그녀를 바라보고 있었다. 그당시 리드 부인은 서른예닐곱 살 정도 되었을 것이다. 어깨가

떡 벌어지고 팔다리 힘이 세며 체격이 튼튼했다. 통통하기는 하지만 뚱뚱하지는 않았다. 얼굴은 좀 큰 편이고 아래턱이 잘 발달되었다. 이마는 좁고 커다란 턱은 튀어나왔지만 입과 코는 반듯했다. 옅은 눈썹 아래로 연민이라곤 찾아볼 수 없는 눈이 반짝였다. 피부색은 어둡고 푸석푸석했으며 머리는 옅은 황갈색이었다. 강철 같은 체질이라 병이라고는 그녀 곁에 얼씬도 하지 못했다. 또한 정확하고 영리한 관리자라서 가족과 소작인들을 완벽하게 통솔했다. 유일하게 자식들만 이따금 어머니의 권위를 깔보며 반항하곤 했다. 그녀는 옷을 잘 입었고 그 멋진 옷을 더 돋보이게 해주는 외모와 풍채를 지니고 있었다.

나는 리드 부인한테서 이삼 미터 떨어진 낮은 의자에 앉아 그녀의 모습과 이목구비를 꼼꼼히 뜯어보았다. 내 손에는 거짓말쟁이의 갑작스러운 죽음에 관한 작은 책이 들려 있었다. 마치 내게 적절한 경고라도 되는 양 이 이야기를 읽어보라고 했다. 지금 막 있었던 일과 리드 부인이 나에 대해 브로클허스트 씨에게 한 말, 그 대화 내용이 새록새록 내게 상처가 되었다. 그 말을 처음 들었을 때처럼 한 마디 한 마디가 되살아나 분한 마음이 솟구치는 듯했다.

리드 부인이 고개를 들어 나를 보았다. 나와 시선이 마주치자 바느질을 하던 그녀의 손가락도 움직임을 멈췄다.

"나가. 아이들 방으로 돌아가!"

부인이 명령했다. 내 표정이나 다른 무언가 때문에 기분이 상한 게 틀림없었다. 한껏 참고는 있지만 화가 난 말투였다. 나는 일어나서 문 쪽으로 가다가 돌아섰다. 그리고 방을 가로질러 창가에 있는 그녀에게 바짝 다가섰다.

말해야만 했다. 너무 심하게 당하고만 살아왔으니 이제 달라져야 했다. 그런데 어떻게 하지? 복수할 힘이 나한테 있나? 나는 최대한 퉁명스럽게 쏘아붙였다.

"저는 거짓말 안 해요. 제가 그런 아이였다면 외숙모를 좋아한다고 말했겠죠. 분명히 말씀드리지만 저는 외숙모를 좋아하지 않아요. 존 리드를 빼면 이 세상에서 외숙모가 제일 싫어요. 이런 거짓말쟁이 이야기는 외숙모의 딸 조지아나한테나 주세요. 거짓말하는 건 제가 아니라 조지아나니까요."

리드 부인의 손은 여전히 바느질감 위에 있었다. 얼음처럼 차가운 시선은 내 눈을 싸늘하게 응시했다.

"할 말이 더 남았니?"

마치 어린아이가 아니라 어른을 상대하는 듯한 말투였다.

그녀의 눈과 목소리에 그동안 내가 품고 있던 반감이 모조리 치솟았다. 도저히 흥분을 감당할 수 없어 온몸을 바들바들 떨며 말했다.

"외숙모가 저와 피 한 방울 섞이지 않아서 정말 다행이에요. 죽을 때까지 외숙모라고도 부르지 않겠어요. 제가 어른이 되어도 절대 만나러 오지 않을 거예요. 외숙모가 저한테 어떻게 해 줬느냐고 누군가 물어보면 생각만 해도 끔찍했다고 말할 거예 요. 정말 잔인하게 대했다고 말할 거예요."

"제인, 네가 어떻게 감히 그런 소리를 하니?"

"리드 부인, 어떻게 감히 그러냐고요? 어떻게 감히? 그게 사 실이니까요. 제겐 감정이 없어서 손톱만큼의 사랑이나 친절 없 이도 살아갈 수 있다고 생각하시나 봐요. 하지만 저는 그렇게 못살아요. 외숙모에게 동정심 같은 건 전혀 없어요. 외숙모가 저를 붉은 방에 처넣은 것도 영원히 잊지 못할 거예요. 거칠고 난폭하게 밀어 넣고 저를 가뒀잖아요. 두려움에 숨이 막혀 '한 번만 봐주세요'라고 고통스럽게 울부짖는데도 말이에요. 못된 아들이 먼저 나를 때렸는데 그 벌은 전부 제가 받았죠. 누가 물 어보면 정확한 사실을 말해줄 거예요. 사람들은 부인을 좋은 사람이라고 생각하지만 사실은 나쁜 사람이고 인정머리도 없 는 사람이에요. 부인이야말로 사람들을 속이고 있어요."

이 말을 다 끝내기도 전에 나는 처음으로 느껴보는 야릇한 자유와 승리감에 의기양양해졌다. 보이지 않던 구속에서 벗어 나 꿈도 꾸지 않았던 자유의 세계로 마침내 들어가게 된 것 같 았다. 아무 이유 없이 이런 감정에 사로잡힌 건 아니었다. 리드 부인은 깜짝 놀란 듯했다.

그녀의 무릎에서 바느질감이 툭 떨어졌다. 두 손이 허공으로 올라가더니 몸이 앞뒤로 흔들렸다. 그녀의 얼굴은 금방이라도 울 것처럼 잔뜩 일그러졌다.

"제인, 네가 오해하는 거야. 도대체 이게 무슨 일이니? 왜 그렇게 벌벌 떨어? 물이라도 좀 마실래?"

"필요 없어요!"

"그럼 뭐 필요한 거 없니? 나는 진심으로 네 친구가 되고 싶어."

"됐어요. 외숙모는 브로클허스트 씨에게 제가 나쁜 아이이고 남을 속이는 버릇이 있다고 했어요. 로우드에 있는 모든 사람에게 당신이 어떤 사람이고 저한테 무슨 짓을 했는지 다 말해줄 거예요."

"제인, 네가 몰라서 그래. 어른은 아이들의 단점은 고쳐줘야 하는 거야."

"저는 남을 속이는 단점 같은 건 없어요!"

나는 소리를 질렀다.

"그렇지만 너는 화를 잘 내잖니. 그건 인정해야지. 자, 이제 아이들 방으로 가렴. 착하지, 누워서 좀 쉬어라."

"저는 착하지 않아요. 눕고 싶지도 않고요. 여기서 살기 싫으니 당장 학교에 보내주세요."

"정말 당장이라도 보내고 싶구나."

리드 부인은 나지막이 중얼거리더니 바느질감을 싸들고 재빨리 방에서 나갔다.

싸움에서 이긴 나는 방 안에 홀로 남았다. 지금까지 내가 겪었던 가장 치열한 싸움에서 난생처음으로 이겼다. 나는 브로클허스트 씨가 서 있던 카펫 위에 서서 잠깐 동안 승자의 고독을 즐겼다. 먼저 의기양양한 미소를 지었다. 그러나 이 강렬한 기쁨은 빨라졌던 맥박이 진정되듯 금세 사그라졌다. 어린아이는 좀 전의 나처럼 어른과 싸우거나 걷잡을 수 없이 분노를 터트리고 나면 꼭 후회의 고통과 쓸쓸한 무기력감을 느끼게 된다. 리드 부인을 비난하고 위협했을 때 내 마음은 살아 있는 듯 눈부시게 불타오르는 히스 언덕 같았다. 그리고 불이 꺼진 뒤 시커멓게 재만 남은 언덕의 모습은 삼십 분 동안 조용히 돌이켜 생각해보니 내 행동이 얼마나 난폭했는지 그리고 미워하고 미움받는 처지가 얼마나 쓸쓸한지를 깨달았을 때의 내 마음 같았다.

나는 난생처음으로 복수심 같은 것을 맛보았다. 이것은 마치 향기로운 포도주 같아서 한 모금 삼킬 때는 향긋하고 몸이 따뜻해지지만, 쇠붙이를 먹은 것처럼 녹슨 듯한 그 맛은 독약이라도 마신 느낌이 들었다. 지금 같으면 나는 부인에게 가서 용서를 빌고 싶었을 것이다. 하지만 그렇게 하면 그녀는 두 배로 나를 모욕하면서 공격할 것이고, 나는 성격상 난폭한 내 성격이 자극을 받게 될 거라는 걸 경험과 직감으로 알고 있었다.

나는 거친 말을 내뱉기보다 좀 더 나은 능력을 발휘하고 싶었다. 분노하며 우울해하기보다 골치 아프지 않은 다른 감정을 느끼고 싶었다. 그래서 《아라비안나이트》를 집어 들었다. 앉아서 읽어보려고 애썼지만 도무지 내용이 머릿속에 들어오지 않았다. 늘 흥미진진하게 읽던 이 책과 나 사이에 온갖 상념이 헤엄쳐 다니는 듯했다.

나는 작은 식당의 유리문을 열었다. 관목 숲은 매우 고요했다. 된서리가 햇빛이나 선들바람에도 녹지 않은 채 땅을 뒤덮고 있었다. 나는 치맛자락으로 얼굴과 팔을 감싸고 한적한 농장을 산책하기로 했다. 하지만 말없는 나무들과 툭툭 떨어지는 전나무 방울들 그리고 바람에 휩쓸려 떨어져 한데 얼어붙은 적갈색 낙엽 등 그 어떤 것도 내게 즐거움을 주지 못했다. 나는 대문에 기대어 풀을 뜯는 양 한 마리 없이 텅 빈 들판을 바라보았다. 짧은 풀들로 덮인 들판에 새하얗게 서리가 내려 있었다. 몹시 흐린 날이었다.

'금방이라도 눈이 쏟아질 것 같은' 우중충한 하늘이 온 세상을 뒤덮고 있었다. 그러더니 이내 눈송이가 떨어져 꽁꽁 얼어붙은 오솔길과 하얗게 변한 풀밭 위에 녹지도 않고 사뿐히 내려앉았다.

"이제 어쩌지? 어떻게 해야 할까?"

나는 비참한 심정으로 이 말을 수없이 되뇌었다.

이때 문득 나를 부르는 소리가 또렷하게 들려왔다.

"제인 아가씨! 어디 있어요? 점심 먹어야죠!"

베시라는 걸 알았지만 나는 꼼짝도 하지 않았다. 그녀가 가벼운 발걸음으로 길을 따라 내려왔다.

"말썽쟁이! 부르는데 왜 안 오는 거예요?"

그녀가 말했다.

늘 그렇듯 베시는 살짝 화난 기색이었지만, 홀로 생각에 잠겨 있다가 베시를 보니 기운이 났다. 사실 리드 부인과 싸워 이기고 나니 유모의 노여움쯤은 크게 신경 쓰이지도 않았다. 나는 젊고 밝은 그녀의 발랄한 기분을 느끼고 싶어 두 팔로 그녀를 꼭 껴안으며 말했다.

"베시, 혼내지 말아요."

여느 때보다 훨씬 더 솔직하고 대담한 행동이었고, 그녀도 내행동이 마음에 들었던 모양이다.

"아가씨는 정말 별나단 말이야. 여기저기 헤매고 다니는 고독한 꼬마 아가씨, 이제 학교에 간다죠?"

베시가 나를 내려다보며 말했다.

나는 고개를 끄덕였다.

"이 가여운 베시와 헤어지는 게 서운하지 않아요?"

"베시가 나를 신경이나 쓴 적이 있나요? 매일 야단만 치잖아요."

"그거야 제인 아가씨가 겁 많고 수줍은 괴짜니까 그렇죠. 좀 더 대담하게 굴어봐요."

"에이! 더 많이 얻어맞으라고요."

"말도 안 돼! 하긴 좀 심하게 구박당하긴 했죠. 지난 주일에 우리 어머니가 날 만나러 오셨다가 아가씨를 보고 자기 자식이면 절대 아가씨처럼 두지 않을 거라고 하셨어요. 자, 들어가요. 좋은 소식이 있어요."

"나한테 좋은 소식이 있을 리 없잖아요."

"무슨 소리예요! 그렇게 슬픈 눈으로 나를 보다니! 마님과 아가씨들, 존 도련님은 오후에 다과회에 초대받아 가실 테니까 아가씨는 나랑 차를 마셔요. 요리사한테 과자를 조금 구워달라고 할게요. 그다음에는 옷장을 정리할 테니 좀 도와주고요. 곧 아가씨 짐을 싸야 할 테니까요. 마님께서는 하루 이틀 내로 아가씨를 보낼 작정이신가 봐요. 가져가고 싶은 장난감이 있으면 고르세요."

"베시, 앞으로 내가 이 집을 나갈 때까지 야단치지 않는다고 약속해요."

"음, 알았어요. 아가씨는 매우 착한 아이라는 걸 명심해요. 나를 겁내지 말아요. 어쩌다 혹시 좀 무섭게 말하더라도 말대꾸하지 말고요. 그럼 화가 더 난다고요."

"앞으로는 겁내지 않을 것 같아요. 베시를 알게 되었으니까.

하지만 이제는 다른 사람들을 겁내게 되겠죠."

"아가씨가 겁을 먹는다면 그 사람들이 아가씨를 싫어하게 될
거예요."

"베시처럼?"

"나는 절대 아가씨를 싫어하지 않아요. 다른 누구보다 좋아
하는데요."

"그렇게 보이지 않는걸요."

"예리하기는! 말투가 많이 달라졌네요. 어쩜 이렇게 대담해
졌죠?"

"이제 곧 베시와 헤어질 거니까요. 또……."

나는 부인과 있었던 일을 이야기하려다가 그만두었다. 다시
생각해보니 말하지 않는 편이 나을 듯했다.

"나랑 헤어져서 기쁜 거예요?"

"천만에요. 지금은 오히려 좀 미안한걸요."

"지금은? 좀? 우리 아가씨는 정말 냉정하네요! 작별의 입맞
춤을 해달라고 부탁하면 해주지 않겠군요. 좀 하고 싶지 않다
면서 말이에요."

"기꺼이 해줘야죠. 고개를 숙여봐요."

베시가 허리를 굽혔다. 우리는 끌어안았고 나는 한껏 편안해
진 마음으로 베시를 따라 집에 돌아왔다. 그날 오후는 평화롭
고 화목하게 지나갔다. 그날 밤 베시는 자신이 알고 있는 가장

재미있는 이야기를 들려주었고 가장 좋아하는 노래도 불러주었다. 내게도 햇살이 비치는 날이 있었다.

제5장

1월 19일 아침, 새벽 다섯 시를 갓 넘기자 베시가 촛불을 들고 방으로 들어왔다. 나는 벌써 일어나 옷도 거의 다 입은 상태였다. 침대 옆 좁은 창으로 이제 막 저물고 있는 반달의 빛이 새어 들어왔고, 나는 그 빛 아래서 이미 삼십 분 전부터 세수를 하고 옷을 챙겨 입었다. 아침 여섯 시에 문지기 집 앞을 지나는 역마차를 타고 게이츠헤드를 떠나기로 돼 있었던 것이다. 일어난 사람은 베시밖에 없었다. 그녀는 벌써 아이들 방에 불을 피우고 지금은 내게 줄 아침을 준비하고 있었다. 여행 생각으로 한껏 들뜬 어린아이들에게 입맛이 있을 리 없다. 나도 그랬다. 베시는 빵과 함께 데운 우유 몇 숟가락을 먹으라고 자꾸 권하다가 소용이 없자 비스킷 몇 개를 종이에 싸서 가방에 넣어주었다. 그러고 나서 내게 외투를 입히고 모자를 씌워준 다음 자신도 숄을 두르고 함께 아이들 방을 나왔다. 리드 부인의 침실 앞을 지날 때 베시가 물었다.

"들어가서 마님께 작별인사를 할래요?"

"싫어요. 어젯밤 베시가 저녁 먹으러 내려간 사이에 외숙모가 내 침대로 오셨어요. 내일 깨울 필요 없다고 하시더라고요. 사촌들도 그렇고요. 그리고 자기가 나한테 가장 좋은 친구였다는 걸 항상 잊지 말라고, 사람들한테도 그렇게 말하고 또 고마워하라고 하셨어요."

"그래서 뭐라고 했어요?"

"아무 말도 안 했어요. 이불을 덮어쓰고 벽 쪽으로 돌아누워 버렸죠."

"그러면 안 돼요, 아가씨."

"아니요, 돼요. 베시의 그 마님은 내 친구가 아니라 원수라고요."

"제인 아가씨! 그렇게 말하면 안 돼요."

"게이츠헤드야, 안녕!"

복도를 지나 현관문을 나서면서 나는 소리쳤다.

달도 기울어 밖은 캄캄했다. 베시는 젖은 계단과 눈이 녹아 질척해진 자갈길을 등불로 밝혀줬다. 겨울의 새벽 날씨는 살을 에는 듯 추웠다. 서둘러 마찻길을 걸어가는데 이가 계속 덜덜

거리며 부딪쳤다. 문지기 집에는 불이 켜져 있었다. 도착하니 문지기의 아내가 이제 막 불을 피우는 중이었다. 어젯밤 미리 갖다 놓은 여행 가방이 끈으로 꽁꽁 묶여 있었다. 이제 몇 분만 지나면 여섯 시였다.

시계가 여섯 시를 알리자마자 멀리서 마차 바퀴 소리가 들렸다. 역마차가 다가오고 있었다. 나는 문간으로 나가 어둠을 뚫고 빠르게 다가오는 마차 불빛을 지켜봤다.

"아가씨 혼자 가는 거예요?"

문지기의 아내가 물었다.

"네."

"얼마나 가는데요?"

"80킬로미터쯤이오."

"그렇게나 멀리? 리드 마님은 어린애를 혼자 그렇게 멀리 보내면서 걱정도 안 되시나 몰라."

역마차가 문 앞에 멈춰 섰다. 말 네 마리가 끄는 마차에는 손님들이 가득했다. 차장과 마부가 큰 소리로 빨리 타라고 재촉했다. 내 트렁크가 마차에 실렸다. 베시의 목에 매달려 작별 입맞춤을 하던 나도 억지로 떼어졌다.

"아가씨를 잘 보살펴주세요."

차장이 나를 들어 올려 마차에 태우자 베시가 외쳤다.

"네, 네!"

차장이 무심한 표정으로 대답했다. 문이 닫히고 누군가 "출발!"이라고 외쳤다. 그러자 마차가 달리기 시작했다. 이렇게 나는 베시 그리고 게이츠헤드와 헤어져 당시에는 머나먼 신비한 지역이라고 여기던 미지의 장소로 실려갔다.

그 여행에 대해서는 기억나는 게 거의 없다. 그저 하루가 이상할 정도로 길고 수백 킬로미터를 달린 것처럼 느껴졌다. 마차는 여러 마을을 지나 매우 큰 어느 마을에 멈춰 섰다. 말들도 쉬게 하고 손님들도 식사를 하려고 내렸다. 차장은 나를 여관으로 데려가 식사를 하라고 권했지만 나는 입맛이 없었다. 그러자 그는 커다란 방에 나를 혼자 남겨두고 나가버렸다. 그 방 양옆에는 벽난로가 있고 천장에는 샹들리에가 달려 있었다. 그리고 벽 위쪽에는 악기가 가득한 붉은 색 작은 장식장이 있었다. 혹시 누가 들어와 나를 잡아가지 않을까 불안한 생각이 들어 한참을 방 안에서 서성거렸다. 베시가 난롯가에서 들려주던 이야기에 자주 등장하던 유괴범들이 실제로도 있다고 믿었기 때문이다. 드디어 차장이 돌아와 나를 다시 마차에 태웠다. 그러고는 자기 자리로 올라가 뿔피리를 불자 마차는 다시 L 시의 자갈길을 덜거덕거리며 달리기 시작했다.

오후에는 비가 내리고 안개가 옅게 끼었다. 노을이 지자 게이츠헤드에서 꽤 멀리 왔다는 생각이 들기 시작했다. 이제 더는 마을도 지나지 않았다. 지평선 위로 거대한 잿빛 언덕들이 솟아 있었고 바깥 풍경도 달라졌다. 황혼이 짙어갈 무렵 마차는 나무들이 우거진 어두운 계곡을 내려갔다. 날이 완전히 어두워져 앞이 보이지 않았다. 나는 한참 뒤에야 나뭇가지를 뒤흔드는 성난 바람 소리를 들었다.

바람 소리에 마음이 편해진 나는 잠에 빠져들었다. 그러나 오래지 않아 별안간 마차가 멈춰 서는 바람에 잠에서 깨고 말았다. 마차 문이 열리자 하녀처럼 보이는 한 여인이 밖에 서 있었다. 나는 등불 빛으로 그녀의 얼굴과 옷차림을 살펴보았다.

"여기 제인 에어라는 아이가 타고 있나요?"

그녀가 물었다.

"네."

내가 대답하자 마차는 나와 내 짐을 내려놓고는 쏜살같이 떠나버렸다.

너무 오래 앉아 있었더니 온몸이 뻐근했다. 더구나 마차의 소음과 흔들림 때문에 머리가 멍했다. 나는 정신을 차리고 주변을 둘러봤다. 비바람이 몰아치고 주변은 온통 깜깜했지만, 눈앞에 담장과 열려 있는 문이 어렴풋이 보였다. 나는 새로운 안내인과 함께 그 문으로 들어갔다. 안에 들어서자 그녀는 문을 닫고 잠갔다. 건물 한 채가 보였는데 창문이 아주 많고 그중 몇 개는 환하게 불이 켜져 있었다. 건물이 옆으로 쭉 늘어서 있어 하나인 것 같기도 하고 여러 개인 것처럼 보이기도 했다.

우리는 물을 튀기면서 넓은 자갈길을 걸어가 어느 건물 안으로 들어섰다. 하녀는 복도를 지나 불을 피워놓은 방으로 나를 안내했다. 그러고는 그곳에 나를 혼자 남겨두고 나갔다.

나는 그대로 서서 꽁꽁 얼어 감각조차 없는 손가락을 불에 녹이며 주위를 둘러보았다. 촛불은 없지만 난롯불이 어른거리면서 도배된 벽과 카펫, 반짝반짝 윤이 나는 마호가니 가구가 언뜻언뜻 보였다. 이 방은 거실이었다. 게이츠헤드 저택의 응접실처럼 넓거나 화려하지는 않았지만 이 정도면 충분히 아늑했다. 벽에 걸린 그림이 무슨 내용일까 생각하고 있을 때 문이 열리면서 누군가 촛불을 들고 나타났다. 그리고 또 한 사람이 곧바로 따라 들어왔다.

먼저 들어온 사람은 키가 크고 머리칼과 눈동자가 검으며 이마가 하얗고 넓은 여성이었다. 그녀는 숄을 걸치고 진지한 표정으로 등을 꼿꼿이 편 채로 서 있었다.

"이렇게 어린 아이를 혼자 보냈네."

그녀는 탁자 위에 촛불을 올려놓으며 말했다. 그리고 나를 잠깐 동안 유심히 살펴보더니 덧붙였다.

"피곤해 보이는구나. 얼른 잠부터 재워야겠어. 힘들었지?"

"조금요."

"당연히 배도 고프겠지. 밀러 선생, 자기 전에 음식을 좀 먹여요. 부모님이랑 떨어져 학교에 들어온 게 이번이 처음이니?"

나는 부모님이 안 계시다고 말했다. 그녀는 부모님이 돌아가신 지 얼마나 되었는지, 내 나이와 이름이 무엇인지, 읽기와 쓰기나 바느질을 할 수 있는지 등을 물었다. 그런 다음 두 번째 손가락으로 내 뺨을 부드럽게 어루만지며 말했다.

"착한 아이가 되어라."

그러고는 밀러 선생과 같이 나를 방에서 내보냈다. 그 여자는 스물아홉 살 정도 되어 보였고 나와 함께 나온 여자는 그보다 약간 더 어려 보였다. 조금 전 그 여자의 목소리와 모습, 분위기는 몹시 인상 깊었다. 밀러 선생은 더 평범하게 생겼고 발그레한 얼굴에 근심 걱정이 가득해 보였다. 늘 일이 쌓여 있는 사람처럼 발걸음을 재촉하고 서둘러 움직였다. 나중에야 그녀가 보조교사라는 것을 알았는데 정말 그렇게 보였다. 나는 밀러 선생을 따라 넓고 복잡한 건물 안의 수많은 방과 복도를 지났다. 을씨년스러울 정도로 적막한 그곳을 지나자 많은 사람이 웅성거리는 소리가 들렸고 우리는 이내 넓고 긴 방에 들어섰다. 방 양옆에는 송판으로 만든 커다란 탁자가 두 개씩 놓여 있고 탁자 위마다 촛불 한 쌍이 켜져 있었다. 그리고 긴 의자에는 아홉 살이나 열 살부터 스무 살까지 다양한 나이의 소녀들이 앉아 있었다. 실제로는 팔십 명이 안 되었지만 어슴푸레한 촛불 아래에서는 셀 수 없을 정도로 많아 보였다. 학생들은 모두 독특한 갈색 모직 드레스와 긴 무명 앞치마를 입고 있었다.

마침 자습 시간이 되어 학생들은 내일 배울 부분을 외느라 정신이 없었다. 아까 들린 웅성거림은 학생들이 중얼거리며 뭔가를 외는 소리였다.

밀러 선생은 내게 문가에 놓인 의자에 앉으라고 손짓한 뒤 긴 방 앞쪽으로 걸어가며 소리쳤다.

"반장들, 교과서를 걷어요."

네 개의 탁자에서 키 큰 소녀가 한 명씩 일어나 돌아다니면서 책을 걷어갔다. 밀러 선생이 또 명령했다.

"반장들, 저녁 식사 가져와요."

키 큰 소녀들이 나가서 각자 쟁반을 하나씩 들고 들어왔다. 뭔지 모를 음식과 물 주전자 그리고 컵이 쟁반 한가운데 놓여 있었다. 학생들은 음식을 나눠 받았다. 물을 마시고 싶은 사람은 한 모금씩 물을 따라 마셨다. 컵은 하나를 다 같이 돌려썼다. 목이 말랐던 나는 차례가 돌아오자 물을 마셨다. 하지만 음식에는 손을 대지 않았다. 들떠 있는 데다가 피곤해서 아무것도 먹을 수가 없었다. 그제야 그 음식이 얇게 자른 귀리 빵이라는 것을 알았다.

식사를 마치자 밀러 선생이 기도를 올렸다. 기도가 끝난 뒤에는 두 사람씩 줄지어 위층으로 올라갔다. 나는 너무 피곤해서 침실이 어떤지 살펴볼 겨를도 없었다. 단지 방이 교실처럼 매우 길어 보였을 뿐이다. 그날 밤 나는 밀러 선생과 한 침대에서 잤다. 선생은 내가 옷 갈아입는 것을 도와주었다. 자리에 누우면서 흘낏 보니 침대가 줄지어 늘어서 있고 두 사람이 한 침대에 재빨리 들어가 누웠다. 채 십 분도 지나지 않아 유일하게 켜져 있던 촛불이 꺼졌다. 나는 고요하고 칠흑 같은 어둠 속에서 곯아떨어졌다.

그날 밤은 쏜살같이 지나갔다. 나는 너무 피곤해서 꿈도 꾸지 않았다. 딱 한 번 맹렬하게 휘몰아치는 바람 소리와 억수같이 쏟아지는 빗소리에 깨긴 했다. 밀러 선생이 내 옆에 누워 있는 것이 느껴졌다. 다시 눈을 떴을 때는 종소리가 요란하게 울리고 있었다. 소녀들은 자리에서 일어나 옷을 입었다. 아직 해도 뜨기 전이라 방 안에는 촛불 한두 개가 희미하게 타고 있었다. 나는 마지못해 몸을 일으켰다. 끔찍하게 추웠다. 덜덜 떨면서 최대한 옷을 껴입고 아무도 세면대에 없을 때까지 기다렸다가 세수를 했다. 여섯 명이 방 한가운데 있는 세면대에서 대야 하나를 돌려쓰다 보니 자리가 쉽게 나지 않았다. 다시 종이 울리자 소녀들은 두 사람씩 나란히 차례로 계단을 내려가 희미하게 불이 켜진 썰렁한 교실로 들어갔다. 밀러 선생이 기도를 올리고 나서 외쳤다.

"반별로 집합!"

계속해서 소란스럽자 밀러 선생은 거듭 소리쳤다.

"조용히!"

"정숙!"

소란이 진정되자 네 개의 탁자에 하나씩 놓인 의자 앞에 학생들이 반원형으로 섰다. 모두 손에 책을 들고 있었으며, 각 탁자 위에 성경 같은 큰 책이 한 권씩 놓여 있었다. 잠시 후 몇몇 학생이 낮게 웅성거리는 소리가 들렸다. 선생이 반마다 돌아다니자 그 소리마저 멈췄다.

멀리서 종이 울리자마자 여선생 세 명이 교실로 들어왔다. 그리고 한 명씩 의자에 앉았다. 밀러 선생은 문에서 가장 가까운 네 번째 탁자에 가서 앉았다. 이 탁자에는 가장 어린 학생들이 모여 있었다. 나도 이 하급반에 배정받아 맨 끝자리에 앉았다.

드디어 일과가 시작되었다. 우선 그날의 기도문을 읽고 성경 구절을 복창한 뒤 한 시간가량 성경을 읽었다. 예배가 끝났을 때는 이미 날이 밝아 있었다. 종이 지칠 줄 모르고 네 번째로 울렸다. 각 반의 학생들은 아침을 먹으러 줄지어 다른 교실로 갔다. 나는 드디어 뭔가 먹겠구나 하는 생각에 정말 기뻤다. 전날 아무것도 먹지 못했기 때문에 배가 고파 쓰러질 지경이었다.

식당은 넓지만 천장이 낮고 음침했다. 두 개의 기다란 식탁 위에는 김이 모락모락 피어오르는 뜨거운 음식이 담긴 그릇이 놓여 있었다. 그러나 실망스럽게도 그 냄새가 식욕을 떨어뜨렸다. 음식을 먹어야 할 학생들은 고약한 냄새가 코를 찌르자 모두 불만스러운 표정을 지었다. 줄의 맨 앞에 서 있던 상급반의 키 큰 학생들이 속삭였다.

"역겨워! 죽이 또 탔어!"

"조용!"

누군가 소리쳤다. 이번에는 밀러 선생이 아니라 상급반 선생이었다. 체구가 아담하고 검은 머리에 맵시 있는 옷차림을 하고 있었지만, 어딘가 뚱해 보이는 여자로 상석에 앉아 있었다. 또 다른 식탁에는 좀 더 통통한 여자가 앉아 있었다. 나는 어제 만났던 선생을 찾아보았지만 보이지 않았다. 밀러 선생은 내가 앉은 식탁 끝자리에 자리 잡았고 다른 식탁 끝자리에는 외국인으로 보이는 나이 많은 선생이 앉아 있었다. 알고 보니 프랑스어 선생이었다. 우리는 식사하기 전에 긴 감사기도를 올리고 찬송가를 불렀다. 그리고 하인이 선생들에게 차를 가져다주자 그제야 식사가 시작됐다.

배가 고파 죽을 지경이던 나는 맛을 느낄 새도 없이 한두 숟가락을 허겁지겁 떠먹었다. 하지만 허기가 조금 가시자 구역질나는 음식을 먹고 있다는 것이 느껴졌다. 탄 죽은 썩은 감자만큼이나 형편없는 맛이었다. 아무리 굶주린 사람도 뱉어낼 정도였다. 모두 느릿느릿 숟가락을 움직였다. 학생들은 한 번 맛을 보고 나서 삼켜보려고 애썼으나 대부분 포기하고 말았다. 그렇게 식사 시간이 끝났다. 정작 아침을 먹은 사람은 아무도 없었다. 먹지도 않은 식사에 감사기도를 올린 뒤 우리는 또 한 번

찬송가를 불렀다. 그리고 식당에서 나와 교실로 향했다. 거의 마지막으로 식당에서 나오던 내가 식탁 옆을 지나면서 흘낏 보니 한 선생이 죽 그릇을 가져와 맛보고 있었다. 그녀는 다른 교사들을 쳐다봤다. 모두 불쾌한 표정을 지었고 그중 건장한 선생이 중얼거렸다.

"이것도 음식이라고. 창피해서 원!"

수업 시작 전까지는 십오 분이 남아 있었다. 그사이 교실은 소란스러워졌다. 이 시간에는 큰 소리로 자유롭게 떠들어도 되는 듯 와자지껄 시끄러웠다. 모두 아침 식사에 대해 이야기하면서 거침없이 욕을 퍼부었다. 불쌍한 아이들! 위안받을 방법이라곤 이것밖에 없었던 것이다. 교실 안에는 밀러 선생밖에 없었다. 키 큰 학생들이 밀러 선생에게 다가가 부루퉁한 표정으로 심각하게 이야기를 했다. 누군가 브로클허스트 씨의 이름을 말했다. 밀러 선생은 안 된다는 듯 고개를 가로저었다. 그러나 그녀는 학생들의 분노를 애써 달래려고 하지는 않았다. 그녀도 불만스러운 게 분명했다.

교실에 있는 시계가 아홉 시를 가리키자 밀러 선생은 학생들 사이에서 나와 교실 한가운데 서서 외쳤다.

"조용! 모두 자리에 앉아요."

다시 기강이 세워졌다. 오 분도 채 되지 않아 소란스럽던 학생들 사이에 질서가 잡히고 시끄럽게 떠들어대던 소리도 비교적 잠잠해졌다. 상급반 교사들은 모두 시간에 맞춰 수업을 시작했지만 다들 뭔가를 기다리는 듯했다. 교실 양쪽으로 나란히 놓인 긴 의자에 팔십 명의 여학생이 꼼짝도 하지 않고 똑바른 자세로 앉아 있었다. 이상한 집단처럼 보였다. 모두 곱슬머리 같은 것은 보이지 않을 정도로 빗질해 머리를 바싹 뒤로 묶었다. 폭이 좁은 칼라가 목 위로 높이 올라온 갈색 옷을 입고 드레스에는 스코틀랜드 지갑처럼 생긴 작은 리넨 주머니가 달려 있었다. 바느질감을 넣는 용도로 사용하는 듯했다. 모두 긴 털양말을 신고 놋쇠 버클이 달린 조잡한 신발을 신었다. 이런 옷을 입은 학생들 가운데 이십 명 정도는 다 자란 소녀, 아니 처녀 같았다. 그들에게는 이 교복이 어울리지 않았다. 아무리 예쁜 학생도 교복을 입으니 이상해 보였다.

나는 계속해서 학생들을 보면서 이따금 선생들도 살펴보았다. 누구 하나 마음에 꼭 드는 사람이 없었다. 통통한 선생은 품위가 없어 보이고 검은 머리 선생은 약간 사나워 보이며 프랑스어 교사는 냉정하고 독특해 보였다. 불쌍한 밀러 선생은 고생에 찌들고 과로를 한 듯 안색이 창백했다. 내가 이 사람 저 사람을 둘러보고 있을 때 갑자기 모든 사람이 용수철이 튕기듯 벌떡 일어났다.

'무슨 일이지?'

아무 지시도 듣지 못한 나는 당황스러웠다. 그리고 내가 미처 정신을 차리기도 전에 학생들은 다시 자리에 앉았다. 그러나 학생들의 눈이 일제히 한 곳을 향했기 때문에 나도 그쪽으로 눈길을 돌렸다. 그곳에는 전날 밤 나를 맞아준 분이 있었다. 그녀는 긴 교실 끝에 놓인 난로 근처에 서 있었다. 그러고는 두 줄로 서 있는 학생들을 말없이 근엄한 표정으로 둘러보았다. 밀러 선생이 다가가 그녀에게 뭔가를 묻고는 자리로 돌아가서 크게 외쳤다.

"1반 반장, 지구본을 가져와요."

밀러 선생과 이야기를 나눈 그녀는 반장이 지구본을 가지러 간 사이 천천히 교실 앞으로 걸어갔다. 내게는 존경심이 매우 크게 자리 잡고 있는 듯했다. 그녀의 발걸음을 눈으로 좇으면서 느꼈던 경외심을 아직도 품고 있었기 때문이다. 밝은 낮에 보니 그녀는 키가 크고 호리호리하며 피부가 하얬다. 또 갈색 눈동자에는 인자한 빛이 돌고 긴 속눈썹은 그린 듯했으며 이마는 희고 시원해 보였다. 짙은 갈색 머리카락은 당시 유행하는 스타일로 양쪽 관자놀이 근처에 동그랗게 늘어뜨려 놓았다. 그 당시에는 머리를 리본으로 묶거나 곱슬머리를 길게 늘어뜨리는 머리 모양은 인기가 없었다. 옷차림도 유행하는 자줏빛 천에 단조로워 보이지 않도록 스페인식 검은 벨벳 장식을 달았고 허리춤에는 금시계가 번쩍거렸다. 그 무렵엔 시계가 지금처럼 흔하지 않았다. 그녀의 인상을 좀 더 자세히 그려보면 안색은 창백하면서도 맑고, 모습과 태도는 우아했다. 이 정도면 템플 선생의 모습을 가장 비슷하게 표현한 것이리라. 나는 나중에 그녀가 교회에 가져다주라고 내게 맡긴 기도서에 적힌 것을 보고 이름이 마리아 템플이라는 것을 알았다.

템플 선생은 바로 로우드 학교의 교장이었다. 그녀는 탁자 위에 놓인 한 쌍의 지구본 앞에 앉아 상급반 학생들에게 지리를 가르치기 시작했다. 하급반 학생들은 각자 선생들에게 불려가 한 시간 동안 역사와 문법 등을 암기한 뒤 받아쓰기와 산수 공부를 했다. 좀 더 나이가 많은 몇몇 학생은 템플 선생에게 음악을 배웠다. 각 수업 시간은 정확하게 시간을 쟀다. 드디어 시계가 열두 시를 가리키자 교장 선생이 일어나 말했다.

"학생들에게 할 말이 있습니다."

수업이 끝나 어수선했지만 그녀의 목소리가 들리자 잠잠해졌다. 그녀는 말을 이었다.

"여러분, 오늘 아침으로 먹을 수 없는 음식이 나왔습니다. 틀림없이 다들 배가 고플 거예요. 그래서 여러분에게 빵과 치즈를 간식으로 주라고 말해놓았습니다."

다른 선생들이 놀란 표정으로 그녀를 쳐다보았다.

"이 일은 내가 책임지겠습니다."

그녀는 다른 선생들을 향해 설명하듯 이렇게 말하고 나서 교실을 나갔다.

어느새 빵과 치즈를 나눠 받은 학생들은 몹시 기뻐했고 활기가 넘쳤다. 잠시 후 "운동장으로!" 하고 명령이 떨어졌다. 학생들은 모두 무명 끈이 달린 조악한 밀짚모자를 쓰고 잿빛 모직 망토를 입고 있었다. 나도 같은 차림으로 행렬을 따라 밖으로 나갔다.

넓은 운동장은 밖이 보이지 않을 정도로 높은 담에 둘러싸여 있었다. 한쪽으로는 베란다가 쭉 이어지고, 수십 개의 작은 화단으로 나눠진 교정 한가운데 주변으로는 넓은 길이 나 있었다. 이 화단은 학생들이 직접 가꾸는데 각각 책임자가 정해져 있었다.

한창 꽃이 필 때야 매우 아름답겠지만 1월 말인 지금은 꽃들이 전부 추위에 시들어 갈색으로 말라 있었다. 서서 주변을 두리번거리고 있자니 몸이 덜덜 떨려왔다. 야외에서 운동하기에 좋은 날씨가 아니었다. 비가 오지는 않지만 이슬비에 가까운 뿌연 안개가 잔뜩 끼어 우중충했다. 게다가 어제 내린 비로 발밑이 아직도 질척거렸다. 건강한 아이들은 뛰어다니며 춤을 추고 놀았지만, 안색이 좋지 않고 여윈 학생들은 추위를 피해 쉴 겸 베란다에 몰려 있었다. 추위에 떨고 있는 소녀들의 몸에 짙은 안개가 스며들자 여기저기서 콜록거리는 잔기침 소리가 들려왔다.

나는 아직 누구에게도 말을 걸지 않았고 아무도 내게 관심을 보이지 않았다. 홀로 서 있었지만 혼자라는 느낌에 이미 익숙해져 있어 크게 우울하지도 않았다. 나는 베란다 기둥에 기대선 채 잿빛 망토를 끌어당겨 단단히 여몄다. 밖으로는 살을 에는 듯한 추위와 안으로는 뱃속을 긁어대는 굶주림을 잊기 위해 다른 것들을 보고 다른 생각을 하려고 애썼다. 그러나 막연하고 단편적인 생각들이어서 기록할 만한 것이 없다. 여기가 어딘지도 나는 잘 몰랐다. 게이츠헤드와 내 지난 과거는 가늠할 수 없을 정도로 먼 곳으로 흘러간 듯했다. 현재는 낯설고 막연하기만 했고, 장래는 짐작조차 할 수 없었다. 나는 마치 수녀원 같은 운동장과 학교 건물을 둘러보았다. 학교의 절반은 낡고 오래된 잿빛 건물이지만 나머지 반은 새 건물이었다. 교실과 기숙사가 있는 새 건물은 문설주가 달린 격자무늬 창문에 불이 켜져 있어 마치 교회처럼 보이기도 했다. 입구 위쪽 돌 현판에는 이렇게 쓰여 있었다.

'로우드 학원. 이 건물은 서기 ○○○○년 이 지역 브로클허스트 저택의 나오미 브로클허스트 여사가 재건했다.

이와 같이 너희 빛을 사람에게 비춰 그들이 너희의 착한 행실을 보고 하늘에 계신 너희 아버지께 영광을 돌리게 하라.'

나는 〈마태복음〉 5장 16절을 읽고 또 읽었다. 구절 안에 그 뜻이 들어 있을 것 같았다. 그러나 그 의미를 정확히 이해할 수가 없었다. 나는 '학원'이 무슨 뜻이고, 첫 대목과 성경 구절이 어떤 관련이 있는지 알아내려고 애썼다. 그때 바로 등 뒤에서 기침 소리가 들렸다. 고개를 돌리니 가까운 돌 벤치에 한 소녀가 앉아 있었다. 그녀는 몸을 굽힌 채 책을 읽고 있었다. 내가 서 있는 곳에서도 책 제목이 보였다. 《라셀라스》(1759년 작품으로, 영국 작가 새뮤얼 존슨의 소설—옮긴이)라고 쓰여 있었다. 책 제목은 낯설지만 그래서인지 오히려 흥미가 생겼다. 그녀는 책장을 넘기다 우연히 고개를 들었고 나는 바로 말을 걸었다.

"그 책 재미있어?"

나중에 책을 빌려달라고 할 생각이었다.

그 애는 잠시 뜸을 들였다. 그러곤 나를 살펴보며 이렇게 대답했다.

"응, 재미있어."

"무슨 내용이야?"

내가 다시 물었다.

생판 모르는 아이에게 이렇게 말을 붙이는 배짱이 어디서 생겼는지 나도 모르겠다. 내 성격이나 평소 습관과는 전혀 어울리지 않는 행동이었다. 책 읽는 모습을 보고 어딘가 모르게 공감했던 것 같다. 가볍고 유치한 책들이긴 하지만 나도 책 읽는 것을 좋아했기 때문이다. 심각하고 내용이 너무 많은 책들은 이해하기가 어려웠다.

"네가 한번 봐."

나는 책을 훑어봤다. 잠깐 살펴보니 제목과 달리 내용이 재미있을 것 같지는 않았다. 가벼운 내 취향에 비해 《라셀라스》는 지루해 보였다. 요정이나 도깨비도 나오지 않고 글씨마저 빡빡하게 들어찬 책에 신나고 다양한 이야기가 있을 리 없었다. 나는 책을 돌려주었다. 그녀는 말없이 책을 받아들더니 계속 읽으려고 했다. 나는 다시 한 번 용기를 내어 말을 걸었다.

"입구 위에 쓰여 있는 저 글이 무슨 뜻인지 좀 알려줄래? 로우드 학원이 뭐야?"

"네가 살게 될 이 집을 말하는 거야."

"그런데 왜 학원이야? 다른 학교들이랑 달라?"

"자선학교라서 그래. 너나 나, 다른 애들도 모두 자선기금을 받는 아이들이거든. 너도 고아일 것 같은데, 어머니나 아버지께서 돌아가셨지?"

"응, 내가 너무 어려서 기억도 안 날 때 돌아가셨어."

"여기 애들 모두 부모님 중 한 분 아니면 두 분 다 안 계셔. 그래서 고아들을 교육시키기 위한 학원이라고 부르는 거야."

"우리는 돈을 안 내는 거야? 공짜로 여기서 살아?"

"우리가 내거나 후원자들이 일 년에 15파운드씩 내지."

"그런데 왜 자선학교라고 불러?"

"기숙사 비용이랑 수업료로 15파운드는 모자라니까 부족한 금액을 기부금으로 메우거든."

"누가 기부해?

"이 근처나 런던에 사는 인정 많은 신사숙녀들."

"나오미 브로클허스트는 누구니?"

"저기 현판에 써 있는 것처럼 이 학교의 새 건물을 세운 분이야. 그 아드님이 학교를 운영해."

"왜?"

"그분이 이 학교 관리인이면서 회계 담당이니까."

"그럼 시계를 차고 우리에게 치즈와 빵을 주라고 한 키 큰 선생님의 학교가 아니야?"

"템플 선생님? 아니야! 그러면 얼마나 좋을까! 템플 선생님은 하루 일과를 모두 브로클허스트 씨에게 보고해야 해. 브로클허스트 씨는 아이들 음식과 옷을 사주셔."

"브로클허스트 씨도 여기 살아?"

"아니, 3킬로미터쯤 떨어진 저택에 살아."

"좋은 사람이야?"

"목사님이고 좋은 일도 많이 하신대."

"키 큰 여자분이 템플 선생님이라고 했지?"

"응."

"그러면 다른 선생님들은 이름이 뭐야?"

"뺨이 발그레한 분이 스미스 선생님이야. 재봉과 재단을 가르치시지. 옷이나 코트처럼 우리가 입는 것들은 전부 우리 손으로 만들어. 검은 머리에 키가 작은 분은 스캐처드 선생님이야. 역사랑 문법을 가르치는데 2학년 암기를 담당하시지. 숄을 걸치고 노란 리본이 달린 손수건을 허리에 매고 계신 분이 피에로 부인이야. 프랑스 릴에서 왔고 프랑스어를 가르치시지."

"너는 선생님들이 좋아?"

"당연하지."

"키 작고 까만 머리 선생님도 좋아해? 무슨 선생님이더라? 나는 너처럼 그 이름 발음이 안 되네."

"스캐처드 선생님은 화를 잘 내시지. 그 선생님이 화나지 않게 조심해. 피에로 부인도 나쁜 사람은 아니야."

"그렇지만 템플 선생님이 최고야, 그렇지?"

"템플 선생님은 착하고 엄청 똑똑하셔. 다른 선생님들보다 더 높아. 아는 것도 훨씬 많거든."

"너는 여기 오래 살았어?"

"이 년 정도."

"너도 고아야?"

"어머니만 돌아가셨어."

"여기 있어서 행복해?"

"너는 궁금한 것도 참 많다. 이 정도면 다 알려준 것 같은데. 이제 책 좀 읽어야겠어."

그때 점심시간을 알리는 종소리가 울렸다. 모두 다시 건물 안으로 들어갔다. 식당은 아침에 코를 괴롭히던 그 지독한 냄새와 별반 다르지 않은 냄새로 가득했다. 음식은 거대한 놋그릇 두 개에 담겨 나왔는데 김이 모락모락 피어오르는 사이로 썩은 비계 냄새가 진동했다. 학생들은 상태가 좋지 않은 감자와 썩은 고기를 섞어 만든 음식을 꽤 넉넉하게 배급받았다. 먹을 수 있는 만큼 먹고 나니 매일 이런 음식만 나오는 것인지 궁금했다.

우리는 점심을 먹자마자 교실로 올라갔다. 수업이 시작되었고 다섯 시까지 계속됐다.

그날 오후 유일하게 눈에 띄는 사건이 하나 있었다. 베란다에서 대화를 나누던 소녀가 역사 시간에 스캐처드 선생에게 꾸중을 듣고 넓은 교실 한복판에 서 있었다. 나는 그 벌이 매우 수치스러워 보였다. 특히나 다 큰 소녀라면 더욱 그럴 것이다. 그녀는 적어도 열세 살은 넘어 보였다. 나는 그녀가 너무 창피해서 괴로워할 거라고 생각했다. 하지만 놀랍게도 그녀는 눈물을 훔치거나 얼굴을 붉히지 않았다. 모두가 쳐다보는 가운데 침착하고도 심각한 표정으로 서 있었다.

'어떻게 저처럼 묵묵하고 꿋꿋이 견디는 거지?'

나는 속으로 생각했다. 내가 저 자리에 서 있었다면 쥐구멍이라도 찾아서 기어 들어가고 싶었을 것이다. 그녀는 자신이 받고 있는 벌과 현재 자신이 처한 상황을 초월해 뭔가 생각하는 듯했다. 예전에 백일몽이라는 말을 들어본 적이 있는데, 그녀는 지금 백일몽을 꾸고 있는 것일까? 그녀의 눈은 바닥에 고정되어 있지만 실제로 뭔가를 보고 있지는 않았다. 그녀의 눈은 자신의 마음속을 향하고 있었다. 그녀는 눈앞에 존재하는 것이 아니라 기억 속에 있는 무언가를 보고 있었다. 궁금했다. 어떤 아이일까. 착한 아이일까, 나쁜 아이일까.

다섯 시를 조금 넘긴 뒤 우리는 저녁으로 작은 잔에 담긴 커피와 갈색 빵 한 조각을 먹었다. 나는 걸신들린 사람처럼 빵을 먹어치운 다음 맛있게 커피를 마셨다. 하지만 더 먹고 싶었다. 여전히 배가 고팠다. 삼십 분 쉬고 나서 다시 수업을 받고 물한 잔과 귀리 비스킷을 먹었다. 그러고는 기도를 올린 뒤 잠자리에 들었다. 로우드에서의 내 첫날은 이렇게 지나갔다.

제6장

이튿날도 전날과 마찬가지로 어스름한 양초 불빛 아래서 일어나 옷을 입는 것으로 하루를 시작했다. 그렇지만 오늘 아침에는 씻을 수가 없었다. 물주전자의 물이 꽁꽁 얼어붙었기 때문이다. 어젯밤 날씨가 갑자기 바뀌어 매서운 북동풍이 밤새창문 틈으로 불어 들어와 우리는 침대 위에서 벌벌 떨며 자야했고 물 주전자에 담긴 물도 얼어버렸다.

기도와 성경 낭독이 무려 한 시간 반이나 계속되자 나는 금방이라도 얼어 죽을 것만 같았다. 마침내 아침 식사 시간이 되었다. 오늘 아침에는 죽이 타지 않아 먹을 만했지만 양이 너무적었다. 내 몫이 어찌나 적어 보이던지! 두 그릇은 먹어야 배가찰 것 같았다.

그날 나는 4학년 반에 배정받고 정규 학업 과정도 정해졌다. 지금까지는 로우드의 일과를 그저 보기만 하는 구경꾼이었다면 이제부터는 직접 해야 하는 배우가 된 것이다. 처음에는 암기가 익숙지 않아 수업 시간이 너무 길고 힘들었다. 과목이 자주 바뀌어 혼란스럽기도 했다. 하지만 기쁘게도 오후 세 시쯤 스미스 선생이 내게 2미터쯤 되는 모슬린 천과 바늘, 골무 등을 주면서 교실 조용한 구석으로 데려가 앉히더니 천 가장자리에 단을 올리는 법을 알려주었다. 그 시간에는 다른 학생들도 대부분 재봉질을 했는데, 한 반만 스캐처드 선생이 앉아 있는 의자 주변에 둘러서서 책을 읽고 있었다. 교실 전체가 조용해서 수업 내용뿐 아니라 학생들의 대답이나 그걸 듣고 스캐처드 선생이 꾸짖거나 칭찬하는 소리까지 다 들렸다. 영국사를 배우고 있었다. 나는 책을 읽고 있는 학생들 틈에서 베란다에서 본 소녀를 발견했다. 그녀는 수업이 시작할 즈음에는 앞자리에 앉아 있더니 발음을 잘못했는지, 끊어 읽을 곳을 놓쳤는지 갑자기 뒷자리로 보내졌다. 구석 자리에 있는데도 스캐처드 선생은 계속해서 그녀를 주시하며 쉴 새 없이 지적했다.

"번스! 안짱다리 하지 말고 발끝을 바깥으로 돌려!"

(번스는 그 아이의 성인 듯했다. 여기서는 남학교처럼 학생들을 성으로 불렀다.)

"번스, 눈에 거슬리니까 턱 내밀지 말고 끌어당겨!"

"번스, 고개 똑바로 들어. 내 앞에서 그런 꼴은 안 돼!"

학생들은 한 과를 두 번씩 읽은 후 책을 덮고 선생님의 질문에 대답했다. 수업은 찰스 1세의 통치에 관한 부분이었고 선생님은 학생들에게 수출입품 관세, 선박세 등에 대해 다양한 질문을 던졌다. 학생들 대부분이 제대로 대답하지 못했다. 그러나 어떤 어려운 문제도 번스는 막힘없이 대답했다. 그녀는 이 과목의 내용을 모두 외우고 있는 듯했다. 어디를 물어봐도 기다렸다는 듯 대답하는 것이었다. 나는 스캐처드 선생이 그녀의 집중력을 칭찬할 거라고 생각했다. 하지만 선생은 오히려 그녀를 야단쳤다.

"너는 어쩜 이렇게 더럽고 마음에 드는 점이 없니! 오늘 아침에 손도 안 씻었지!"

번스는 대답하지 않았다. 나는 그녀가 왜 가만히 있는지 궁금했다.

'왜 오늘 아침에 물이 얼어서 손뿐만 아니라 얼굴도 못 씻었다고 변명하지 않는 거지?'

나는 의아했다.

이때 스미스 선생이 실타래를 잡아달라고 하는 바람에 나는 그쪽으로 시선을 돌렸다. 스미스 선생은 실을 감으면서 중간중간 전에 학교에 다닌 적이 있는지, 이름을 수놓을 수 있는지, 바느질이나 뜨개질을 할 줄 아는지 물었다. 스미스 선생이 보내주기 전까지 나는 스캐처드 선생을 관찰할 수가 없었다. 내가 다시 자리에 돌아왔을 때 스캐처드 선생은 뭔가를 명령하고 있었다. 그 말을 알아듣지는 못했지만 번스는 재빨리 책을 넣어두는 작은 창고에 들어가 삼십 초 만에 나뭇가지를 모아 한쪽 끝을 묶어 만든 회초리를 들고 나왔다. 그녀는 이 회초리를 공손하게 스캐처드 선생에게 드린 뒤 지시도 받지 않고 스스로 앞치마를 풀었다. 선생은 곧바로 회초리 다발로 번스의 목덜미를 열두 번이나 호되게 때렸다. 번스는 눈물 한 방울 흘리지 않았다. 정작 나는 이 광경에 분노가 끓어오르고 손이 떨려 바느질을 할 수 없었다. 그러나 깊은 생각에 빠진 듯한 번스의 표정은 여느 때와 똑같이 조금도 바뀌지 않았다.

"정말 독한 애라니까! 네 칠칠치 못한 버릇은 도저히 못 고치겠다. 회초리 치워!"

스캐처드 선생이 소리를 질렀다. 번스는 시키는 대로 했다. 나는 서고에서 나오는 그녀를 유심히 쳐다보았다. 그녀는 막 손수건을 주머니에 넣고 있었는데 야윈 그녀의 뺨 위로 눈물 자국이 반짝거렸다.

로우드에서 보내는 하루 일과 중 저녁 자유 시간이 가장 즐거웠다. 다섯 시에 빵 한 조각과 커피 몇 모금을 삼키고 나면 허기는 채울 수 없어도 어느 정도 활기를 되찾았다. 긴 하루 동안 쌓인 긴장이 풀리고 교실은 오전보다 더 아늑했다. 붉게 땅

거미가 지는 가운데 떠들어도 상관없고 수많은 목소리가 한데 뒤엉켜 해방감이 느껴졌다.

스캐처드 선생이 번스를 때리는 모습을 본 저녁, 나는 책상과 의자 그리고 깔깔거리는 학생들 사이를 서성거렸다. 늘 그렇듯 혼자였지만 전혀 외롭지 않았다. 창가를 지날 때는 가끔 커튼을 걷고 밖을 내다보았다. 눈이 펑펑 내리고 있었다. 벌써 유리창 아래쪽에는 눈이 쌓였다. 나는 창문 가까이에 귀를 대고 실내에서 나는 시끌벅적 떠드는 소리와 바깥에서 나는 울부짖는 듯한 바람 소리를 들었다.

아늑한 집과 다정한 부모 곁을 떠나왔다면 지금 이 순간 나는 집을 떠나온 것을 뼈저리게 후회했을 것이다. 거친 바람에 슬퍼지고 어둠 속에서 들리는 시끄러운 소리에 심란했을 것이다. 그러나 나는 집도 부모도 없었다. 이런 이유로 묘하게 흥분되고 들떠 바람이 더 세게 휘몰아치고 어둠은 더 짙어졌으면 했고 웅성거리는 소리도 떠들썩하게 바뀌기를 바랐다.

나는 의자를 뛰어넘고 책상 밑을 기어 난롯가로 다가갔다. 번스가 높은 난로 철망 옆에 무릎을 꿇고 앉아 있는 모습이 보였다. 그녀는 주변의 소란 따위는 전혀 신경 쓰지 않고 희미한 불빛 옆에서 조용히 책 읽는 데만 집중하고 있었다.

"아직도 《라셀라스》 읽는 거야?"

그녀의 뒤로 다가가며 내가 물었다.

"응, 거의 다 읽어가."

그녀가 말했다. 그렇게 오 분 정도가 흐른 뒤 그녀는 책을 덮었다. 나는 기뻤다. '이제 이야기할 수 있겠다' 하고 생각한 것이다. 나는 그녀 옆에 앉았다.

"번스 말고 이름은 뭐야?"

"헬렌."

"멀리서 왔어?"

"북쪽으로 멀리 올라가서 스코틀랜드 국경 근처."

"다시 돌아갈 거야?

"그러고는 싶지만 앞일은 모르니까."

"너는 로우드를 떠나고 싶지?"

"아니, 왜? 나는 여기에 교육을 받으러 왔으니까 공부를 다 마치기 전에는 집에 못 가."

"하지만 스캐처드 선생님이 너한테 너무 심하시잖아?"

"심하다고? 전혀! 엄하긴 하지만, 내 단점을 싫어하셔서 그런 거야."

"내가 너라면 그 선생님을 싫어하고 대들 거야. 선생님이 날 때리면 손에서 회초리를 빼앗아 눈앞에서 부러뜨리고 말 거야."

"설마 네가 그렇게 하지는 않겠지만 만약에라도 그런다면 브로클허스트 씨가 너를 여기서 쫓아낼 거야. 그렇게 되면 네 친척들이 슬퍼하겠지. 경솔하게 행동하면 주변 사람들에게 폐를 끼치게 되니까 그것보다는 혼자 고통을 참고 견디는 게 낫지. 성경에도 보면 악을 선으로 갚으라고 나오잖아."

"하지만 매를 맞거나 사람들이 가득한 교실 한가운데에 서 있는 건 너무 창피하잖아. 더구나 이제 다 컸는데! 나는 너보다 훨씬 어리지만 못 견디겠는걸."

"그렇지만 피할 수 없을 때는 참아야지. 참아야 할 운명인데 참을 수 없다고 하는 건 나약하고 어리석은 거야."

나는 그 말을 듣고 놀랐다. 그녀의 인내심은 잘 이해가 되지 않았다. 더구나 체벌한 사람을 참고 용서하는 것은 이해도 공감도 할 수 없었다. 나는 헬렌 번스가 내 눈에는 보이지 않는 빛으로 사물을 보고 있다는 느낌을 받았다. 어쩌면 그녀가 옳고 내가 틀린 것인지도 모른다. 하지만 이 문제를 더 깊이 생각하고 싶지는 않았다. 펠릭스처럼 더 편한 때에 다시 생각해보려고 이 문제를 미뤄두기로 했다.

"헬렌, 너한테 단점이 있다고 했지? 그게 뭐야? 내 눈에는 네가 참 훌륭해 보여서 말이야."

"그럼 이번에 알아둬. 사람은 겉만 보고 판단하면 안 돼. 스캐처드 선생님이 그러시는데 나는 칠칠치 못하대. 물건도 잘 안 치우고 정리한 대로 두는 법도 없지. 조심성도 없고 규칙도 잘 잊어버려. 수업 시간에 다른 책을 읽고, 꼼꼼하지도 못해. 게다가 너처럼 가끔씩 규칙에 따르지 못하겠다고 말하곤 하지. 그래서 스캐처드 선생님이 화를 내시는 거야. 선생님은 원래부터 깔끔하고 정확하며 꼼꼼하시거든."

"무뚝뚝하고 잔인해."

이렇게 덧붙였지만 헬렌은 별다른 말이 없었다.

"템플 선생님도 스캐처드 선생님처럼 엄하게 대하셔?"

템플 선생의 이름이 나오자 슬픔 어린 그녀의 얼굴에 잔잔한 미소가 떠올랐다.

"아니, 템플 선생님은 정말 좋은 분이셔. 어느 누구라도 엄하게 대하고 나면 오히려 마음 아파하시지. 학교에서 제일가는 문제아라 해도 말이야. 선생님은 내가 잘못하면 상냥하게 타일러주시지. 그리고 잘하면 후하게 칭찬해주시고. 그런데 선생님이 그렇게 부드럽고 합리적으로 충고해주셔도 단점을 고치지 못하는 걸 보면 내 성격이 고약한 게 확실해. 선생님의 칭찬을 받으면 굉장히 기쁘지만 계속해서 조심하고 신중하자고 마음을 먹지 못해."

"그거 참 이상하네. 조심하는 건 어렵지 않은데."

내가 말했다.

"너는 그럴 수 있을 것 같아. 오늘 아침 네가 공부하는 걸 봤는데 정말 집중하더라. 밀러 선생님이 가르치고 질문하시는 동안 전혀 딴 생각을 안 하던데. 그런데 내 마음은 자꾸 여기저기 날아다녀. 부지런히 스캐처드 선생님의 말에 귀 기울이고 집중해야 할 때도 목소리가 아예 안 들리는 때도 많아. 그냥 꿈꾸는 것 같아. 가끔은 내가 지금 노섬벌랜드에 있고 주변에서 들리는 소리는 우리 집 근처 디프덴을 흘러내리는 작은 시냇물 소리 같다는 생각이 들어. 하지만 내가 대답할 순서가 되면 꿈에서 깨야 해. 꿈결 같은 시냇물 소리에 귀를 기울이고 있었으니 뭘 읽었는지 몰라서 대답을 못 할 수밖에."

"하지만 오늘 오후에는 대답을 잘했는걸."

"그건 그냥 우연이었어. 오늘 배운 과목은 전부터 관심이 있었거든. 오늘 오후에는 시냇물 꿈 대신에 옳은 일을 하고 싶어 하던 찰스 1세가 어쩜 저렇게 어리석고 그릇된 행동을 했을까 하는 생각을 했어. 그렇게 고결하고 양심적인 국왕이 왕이라는 특권밖에 보지 못했다는 게 안타까워. 더 먼 미래를 보고 시대정신이 어디로 흘러가는지 알았다면 좋았을걸! 그래도 나는 찰스 1세를 좋아하고 존경해. 그분이 가엾고 그렇게 살해당해서 불쌍해. 그래, 적들이 더 나빠. 그분을 죽이다니 말이야. 감히 국왕을 죽이다니!"

헬렌은 지금 혼잣말을 하고 있는 거나 다름없었다. 지금 하는 이야기에 대해 내가 거의 아는 것도 없고 잘 이해하지도 못한다는 사실을 잊고 있는 듯했다. 나는 다시 내 수준의 이야기를 꺼냈다.

"그럼 템플 선생님께 배울 때는? 그때도 딴 생각을 해?"

"아니, 거의 안 그래. 템플 선생님은 대개 새로운 걸 알려주시거든. 알아듣기 적당한 말로 설명해주시고 게다가 내가 딱 알고 싶어 하던 것들을 알려주실 때가 많아."

"음, 그럼 템플 선생께는 좋은 학생이겠네?"

"응, 소극적이지만. 나는 노력을 안 해. 내키는 대로 할 뿐이지. 그러니까 착하다고 할 수도 없어."

"아냐, 할 수 있어. 너는 너한테 잘해주는 사람들한테는 착하게 보이는 거잖아. 나는 그거라도 얼마나 바라는데. 잔인하고 불공평한 사람들한테 잘해주고 해달라는 대로 다 해주면 나쁜 사람들은 뭐든 자기 마음대로 하려고 할 거야. 그들은 절대 겁먹지 않아. 그래서 변하지도 않고 점점 나빠지는 거야. 아무 이유 없이 누가 때리면 정말 세게 되갚아줘야 해. 나는 그래야 한다고 생각해. 정말 세게 받아쳐서 우리를 때린 사람이 다시는 그러지 못하게."

"너도 좀 더 나이가 들면 마음이 바뀔 거야. 아직은 그냥 어린 아이니까."

"헬렌, 하지만 나는 이런 느낌이 들어. 내가 아무리 잘 보이려고 해도 계속해서 나를 싫어하는 사람들은 나도 싫어해야 해. 나를 부당하게 벌준 사람들에게 저항해야 해. 나를 사랑해주는 사람을 나도 사랑해야 하고, 또 내가 벌 받을 짓을 했으면 어떤 벌이라도 달게 받아야지."

"이교도와 야만인들이나 그렇게 생각하는 거야. 기독교인이나 문명인들은 안 그래."

"어떻게? 이해가 안 가."

"폭력은 미움을 극복하는 좋은 방법이 아니야. 복수가 상처를 치유하는 확실한 방법이 아닌 것처럼."

"그럼?"

"신약성서를 읽으면서 예수님의 말씀과 행동을 살펴봐. 예수님의 말씀을 규칙으로 삼고, 예수님의 행동을 본보기로 삼아."

"그분이 뭐라고 하셨는데?"

"원수를 사랑하고 너희를 저주하는 이들을 축복하라. 그리고 너희를 증오하고 악의적으로 이용하는 자에게 친절하라."

"그럼 나는 리드 외숙모를 사랑해야겠네. 하지만 그렇게는 못 해. 절대로 존을 축복할 수 없어."

이번에는 헬렌 번스가 내 이야기를 궁금해했다. 나는 내 방식대로 내가 받은 고통과 억울했던 지난 이야기를 쏟아냈다. 흥분해 과격해진 나는 느낀 대로 아무것도 빼거나 더하지 않고 말했다.

헬렌은 참을성 있게 내 이야기를 들어주었다. 뭐라 할 말이 있을 거라고 생각했지만 그녀는 아무 말도 하지 않았다.

"음, 리드 외숙모는 정말 피도 눈물도 없는 나쁜 여자야. 안 그래?"

"분명히 너한테 너무 가혹했어. 하지만 스캐처드 선생님처럼 그분도 네 단점이 싫어서 그런 걸 거야. 그런데 너는 리드 외숙모가 네게 한 행동이나 말을 어쩜 그렇게도 상세하게 기억하니? 그분의 부당한 행동이 네 마음속에 아주 깊은 상처로 남았나 봐. 나는 아무리 심한 괴롭힘을 당해도 마음속에 깊이 새겨 두지 않아. 그분이 너를 가혹하게 대해 분노가 사무쳤더라도 전부 잊어버리면 네가 좀 더 행복해지지 않을까. 남을 미워하고 남이 잘못한 것들을 기억하면서 살기엔 우리 인생이 너무 짧아. 이 세상 사람은 누구나 단점을 안고 살아가야 해. 하지만 금방 썩어서 흙이 될 우리 몸을 벗어버리면서 그 단점들도 같이 털어버릴 때가 올 거야. 타락과 죄악은 이 거추장스러운 육신과 함께 떨어져 나가고 오직 영혼의 불꽃만 남게 되는 거야. 눈으로는 볼 수 없는 생명과 생각의 본질이 창조주가 인간에게 불어넣었을 때처럼 순수하게 남을 거야. 그리고 영혼은 처음 온 곳으로 되돌아가는 거지. 인간보다 더 고결한 존재에게 전달되는 걸지도 몰라. 희미한 인간 영혼이 영광의 단계를 밟아 최고의 천사가 되어 빛나는 거지. 반대로 인간에서 악마로 추락하는 일은 없겠지. 그래, 절대 없을 거야. 그런 일은 믿을 수 없어. 누구도 알려준 적이 없고 나도 말한 적 없지만 나는 믿음이 있어. 그래서 기쁘고 그 믿음에 의지해서 살고 있지. 왜냐하면 믿음은 모두에게 희망을 주거든. 다음 생에도 믿음은 공포나 깊은 구렁텅이가 아니라 영원한 안식처를 마련해줄 거야. 그리고 이 신념으로 나는 죄인과 죄악을 명확히 구분할 수 있어. 죄는 미워하되 죄인은 미워하지 않을 수 있는 거지. 믿음만 있으면 복수심으로 마음이 불안하거나 타락한 사람을 혐오스럽게 바라보는 일도 없어. 부당함도 나를 짓밟지 못해. 나는 최후를 기다리면서 평온하게 사는 거야."

이 말을 마치면서 늘 수그리고 다니는 헬렌의 머리는 아래로 더 처졌다. 이제 이야기는 그만하고 생각에 잠기고 싶은 듯했다. 그러나 그녀에게 명상에 잠길 시간은 주어지지 않았다. 이내 덩치가 크고 억센 반장이 다가와 강한 컴벌랜드 지방 사투리로 소리쳤다.

"헬렌 번스! 당장 가서 네 서랍 정리하고 바느질감도 접어놔. 안 그러면 스캐처드 선생님께 이를 거야!"

헬렌은 꿈에서 깨어난 듯 한숨을 쉬며 일어났다. 그리고 대꾸도 없이 시키는 대로 했다.

제7장

로우드에서 보낸 첫 학기는 마치 한 시대를 보낸 듯 길게 느껴졌다. 물론 황금기도 아니었다. 새로운 규칙과 낯선 일과에 익숙해지기 위해 여러 가지 어려움과 힘겹게 싸워야 했다. 혹시 이 싸움에서 지는 건 아닐까 하는 두려운 생각이 들어 나는 더 힘들었다. 물론 육체적 고통도 만만치 않았다.

1월과 2월 내내 눈이 왔고 3월 초까지도 바깥에는 눈이 쌓여 있었다. 눈이 녹아 길이 질척해지자 걸어 다닐 수가 없어 우리는 교회에 가는 일 말고는 운동장 밖으로 나가지 못했다. 운동장이라는 이 제한된 공간에 매일 한 시간씩 나가 바람을 쐬어야만 했는데, 우리가 입은 옷들은 혹독한 추위를 막아주기엔 턱없이 얇았다. 장화가 없으니 신발 안에 눈이 들어와 금세 발이 축축해졌다. 장갑을 끼지 못한 맨손도 발과 마찬가지로 동상에 걸렸다. 매일 밤 부어오른 발 때문에 미친 듯이 화가 났고 아침이면 피부가 벗겨져 쓰라리고 발가락이 구부러지지 않아서 고통을 참아야 했던 일이 지금도 생생하게 떠오른다. 그리고 먹을 음식이 너무 적어서 괴로웠다. 식욕 왕성한 성장기 어린아이들이 간신히 목숨을 부지할 정도밖에 안 되는 음식을 먹었다. 음식이 부족하니 상급생들이 나이 어린 하급생들을 괴롭히기도 했다. 배가 고픈 상급생들은 기회가 있을 때마다 하급생들을 어르거나 협박해 음식을 빼앗았다. 나도 여러 번 차 마시는 시간에 받은 소중한 빵을 두 명의 상급생에게 나눠주어야 했다. 그리고 세 번째 학생에게 커피까지 절반 주고 나서는 너무 배가 고파 남몰래 눈물을 흘리며 남은 커피를 삼키곤 했다.

추운 계절의 일요일은 더 암울했다. 우리는 브로클허스트 씨가 맡고 있는 브로클브리지 교회까지 3킬로미터도 넘는 길을 걸어가야 했다.

출발할 때부터 추웠고 교회에 도착할 때쯤이면 꽁꽁 얼어붙을 지경이 되었다. 아침 예배를 보고 있으면 온몸이 마비되는 것 같았다. 너무 멀어 학교까지 점심을 먹으러 갈 수 없어 우리는 예배 중간에 늘 먹던 것처럼 보잘것없는 크기의 차가운 고기와 빵을 먹었다.

오후 예배가 끝나면 우리는 또다시 온몸으로 바람을 맞으며 언덕길을 걸어 돌아왔다. 매서운 겨울바람이 눈 덮인 산등성이 너머 북쪽을 향해 불어오면 얼굴 살점이 떼어져 나가는 듯한 느낌이 들었다.

템플 선생은 바람에 펄럭이는 체크무늬 외투를 여미고 뒤편으로 늘어진 우리 행렬을 따라오셨다. 그리고 우리가 정신 차리고 앞으로 걸을 수 있게 기운을 북돋아주려고 '용감한 병사들처럼' 전진하라며 자신도 씩씩하게 걸으시던 모습이 생생하다. 가여운 다른 선생들은 자신들부터 너무 지쳐버려서 학생들을 응원해줄 여력 따위는 없었다.

학교에 돌아와 활활 타오르는 난롯불을 쬘 수 있기를 얼마나 바랐던가! 하지만 하급생들에게는 그 바람마저도 이뤄지지 않았다. 상급생들이 교실 난로를 두 줄로 둥그렇게 둘러싸는 바람에 어린 학생들은 그들 뒤에서 가느다란 팔을 앞치마로 감싼 채 웅크리고 앉아 있을 수밖에 없었다.

차 마시는 시간에 빵이 평소처럼 반 개가 아니라 한 개가 온전히 나온다는 것이 유일한 위안거리였다. 빵에는 버터도 얇게 발려 나왔다. 우리는 일주일에 한 번 일요일마다 이 특별식을 기다렸다. 나는 이 풍족한 음식의 절반 정도를 남겨두고 싶었지만 어김없이 다른 학생에게 나눠주어야 했다.

일요일 저녁에는 교리문답과 〈마태복음〉 5장에서 7장까지 외거나 밀러 선생의 긴 설교를 들었다. 하품을 참지 못하는 걸로 봐서 선생들도 피곤한 게 틀림없었다. 중간에 〈사도행전〉에 나오는 '유두고(사도 바울이 설교할 때 졸다가 3층에서 떨어져 죽었으나 바울이 기도로 살려냈다—옮긴이)' 사건과 비슷한 광경이 벌어졌다. 가끔 어린 학생 대여섯 명 정도가 쏟아지는 졸음을 못 참고 유두고처럼 3층까지는 아니지만 네 번째 줄 의자에서 떨어졌다가 반쯤 죽은 사람처럼 끌어올려지곤 했다. 치료법은 설교가 끝날 때까지 교실 한가운데 몰아서 세워놓는 것이었다. 그러나 거기서도 졸다가 다리가 풀려 다 같이 쓰러진 적도 있었다. 그러면 반장의 높은 의자를 가져다가 기대어 받쳐놓았다.

브로클허스트 씨가 학교에 왔던 일은 아직 이야기하지 않았다. 사실 내가 로우드에 온 첫 달에는 그가 아직 여행에서 돌아오지 않았다. 아마 친구인 부감독 집에서 더 오래 머물렀던 모양이다. 그가 없어서 나는 안도했다. 굳이 말하지 않아도 그가 학교에 올까 봐 두려워한 이유를 알 것이다. 하지만 마침내 그가 왔다.

로우드에 온 지 삼 주가 지났을 무렵 어느 날 오후, 나는 석판을 손에 들고 앉아 큰 수의 나눗셈 문제를 풀고 있었다. 무심코 창문 쪽을 향해 눈을 들었는데 막 그 앞을 지나가는 사람이 보였다. 호리호리한 모습을 본 나는 거의 본능적으로 알아차렸다. 그리고 이 분 뒤 선생을 비롯한 모든 학생이 일제히 일어섰을 때 누구를 맞이하는지 굳이 쳐다볼 필요도 없었다. 황새걸음으로 교실을 가로질러 템플 선생 곁에 선 사람은 지난번 게이츠헤드의 난롯가 카펫 위에 서서 나를 기분 나쁘게 쳐다보며 인상을 썼던 바로 그 검은 기둥이었다. 나는 건축물과도 같은 이 사람을 곁눈질로 살짝 훔쳐보았다. 내 직감이 옳았다. 브로클허스트 씨는 외투 단추를 채우니 전보다 키가 더 크고 말랐으며 엄하게 보였다.

그가 나타났을 때 내가 경악한 데는 이유가 있었다. 외숙모가 내 성품이 나쁘다고 브로클허스트 씨에게 귀띔해준 것과 그가 템플 선생이나 다른 선생들에게 그 이야기를 전하겠다고 했던 것을 똑똑히 기억했다. 지금껏 나는 그가 이야기를 벌써 해버렸을까 봐 두려웠다. 그리고 매일 '돌아올 사람'을 경계하면서 보냈다. 그가 내 과거를 이야기하면 사람들은 나를 나쁜 아이로 낙인찍을 것이다. 그런데 이제 그가 여기 와 있었다. 그는 템플 선생 곁에 서서 그녀에게 뭔가를 속삭였다. 틀림없이 내가 얼마나 나쁜 아이인지 알려주고 있을 것이다. 나는 템플 선생이 미움에 가득 차서 경멸하는 눈빛으로 나를 노려보는 순간을 불안해하며 조마조마한 심정으로 기다렸다. 우연찮게 교실 맨 앞에 앉아 있던 나는 브로클허스트 씨의 이야기를 대부분 들을 수 있었다. 다행히 걱정하고 있는 이야기가 아니었다.

"템플 선생, 내가 로턴에서 사온 실은 쓸 만할 거요. 무명 슈미즈를 꿰매는 데 제격이겠다 싶어 거기에 맞는 바늘까지 사왔소. 스미스 선생에게 내가 깜빡하고 뜨개바늘은 기록에 빠뜨렸고 전해줘요. 서류는 다음 주 중으로 보내겠다고요. 무슨 일이 있어도 학생 한 명당 바늘은 하나씩만 나눠주라고도 하세요. 더 많이 가지고 있으면 조심성이 없어져 잃어버리기 십상이죠. 아, 선생! 그리고 털양말은 주의해야겠어요. 지난번 왔을 때 뒤뜰에 널린 빨래를 보았더니 꽤 많은 검은 양말이 손보지 않은 상태로 널려 있더군요. 구멍이 큰 걸로 봐서 학생들이 자주 꿰매지 않는 모양이에요."

그쯤에서 그가 말을 멈췄다.

"말씀대로 주의하겠습니다."

템플 선생이 대답했다.

"그런데 템플 선생, 세탁부에서 그러는데 몇몇 학생이 새 깃장식을 일주일에 두 개나 사용했다더군요. 너무 많아요. 하나만 사용하라고 교칙에 정해져 있지 않습니까."

그가 말했다.

"사정이 있었습니다. 지난주 목요일에 아그네스와 캐서린 존스턴이 로턴에 사는 친구들로부터 차 모임에 초대받았습니다. 그때 제가 새 깃을 달고 갈 수 있도록 내준 겁니다."

템플 선생의 말에 브로클허스트 씨가 고개를 끄덕였다.

"뭐 한 번 정도는 괜찮겠죠. 하지만 그런 일이 자주 생기지 않도록 해주세요. 그리고 놀란 일이 또 하나 있습니다. 관리자와 지출 정산을 하다 보니 지난주에 간식으로 치즈와 빵을 두 번이나 주셨더군요. 어떻게 된 겁니까? 아무리 봐도 교칙에 그렇게 간식을 주라고 적혀 있지 않은데요. 누가 마음대로 바꾼 겁니까? 무슨 권한으로요?"

"제 책임입니다! 그날 아침 식사가 너무 엉망이어서 도저히 학생들이 먹을 수가 없었습니다. 그래서 점심때까지 차마 학생들을 굶길 수가 없었어요."

템플 선생이 대답했다.

"선생, 내 말 좀 들어보세요. 아시겠지만 내 교육 방침은 학생들을 사치와 방종에 익숙해지도록 하는 게 아니라 강인한 정신과 인내심, 자제력을 길러주는 겁니다. 요리를 망치거나 양념이 과하거나 부족하게 들어가 입맛이 떨어지는 일이 생겼을 때 좀 더 맛있는 음식으로 보상한다든지, 몸이 원하는 대로 해주는 식으로 학교의 교육 목표를 훼손해서는 안 됩니다. 그때야말로 일시적인 궁핍을 이겨낼 수 있는 불굴의 정신을 이끌어내도록 독려해 의식을 교화해야죠. 그때는 간단한 설교를 해주면 좋겠지요. 훌륭한 교사라면 이런 기회에 초기 기독교인들의 고난이나 순교자들의 고통 그리고 제자들에게 십자가를 짊어지고 자신을 따르라고 말씀하신 예수님의 가르침, 즉 '사람은 빵으로만 사는 것이 아니라 하느님의 입에서 나오는 말씀으로 살리라' 아니면 '너희가 나를 위해 굶주리고 목마른 자는 복이 있나니'라는 구절을 들려줄 것입니다. 선생, 선생이 탄 죽 대신 치즈와 빵을 아이들의 입에 넣어주었을 때 사악한 아이들의 몸은 살찌웠을지 모르지만 불멸의 영혼을 굶주리게 했다는 생각은 못 했을 겁니다!"

브로클허스트 씨는 감정이 격해졌는지 말을 멈췄다. 템플 선생은 그가 말을 시작할 때는 땅을 보고 있었지만 이제는 똑바로 앞을 응시했다. 그녀의 얼굴은 대리석처럼 창백했을 뿐 아니라 차갑고 단단해 보였다. 특히 그녀의 입은 조각가가 끌로 열어야 할 만큼 굳게 닫혀 있었고 이마는 점차 돌처럼 굳어갔다.

그동안 브로클허스트 씨는 뒷짐을 진 채 난로 곁에 서서 당당하게 학생들을 둘러보았다. 그때 갑자기 그가 눈을 깜빡였다. 뭔가를 보고 눈이 부시거나 놀란 듯했다. 그는 돌아서서 그전보다 더 빠른 억양으로 말했다.

"선생, 템플 선생! 저기 저 곱슬머리 학생은 누군가요? 빨간 머리에다 머리 전체가 고불고불하지 않소."

지팡이로 그쪽을 가리키는 그의 손이 부들부들 떨렸다.

"줄리아 세번입니다."

템플 선생이 침착하게 대답했다.

"줄리아 세번이오? 그런데 저 학생과 다른 몇몇 학생은 왜 머리가 굽실거리는 겁니까? 왜 학교의 규율과 교칙을 무시하고 저렇게 공공연하게 세상의 유행에 따르는 거냐고요! 복음을 전

파하는 자선학교에 다니면서 저렇게 머리카락을 전부 말아놓다니요!"

"줄리아는 타고난 곱슬머리입니다."

템플 선생이 더욱 차분하게 대답했다.

"타고났다고! 좋아요. 하지만 우리는 타고난 것들을 다 따를 수 없지요. 나는 학생들이 하느님의 은총을 받기를 바랍니다. 그런데 왜 머리를 부풉니까? 머리를 단정하게 빗어 꽉 묶고 다니라고 몇 번이나 말했잖아요. 템플 선생, 저 학생 머리카락을 전부 잘라버려야겠어요. 내일 미용사를 보내겠습니다. 머리가 너무 길어 보기 흉한 학생들도 눈에 띄는군요. 저기 키 큰학생에게 돌아서라고 하세요. 상급생들은 전부 일어나 벽을 보고 서라고 하세요."

템플 선생은 자기도 모르게 새어나오는 웃음을 감추려는 듯 손수건을 입에 갖다 댔다. 하지만 그녀는 학생들에게 지시를 내렸다. 상급생들은 그 뜻을 알아채고 따랐다. 나는 의자 등받이에 기대고 앉아 불만스러운 상급생들의 눈초리와 찡그린 표정을 볼 수 있었다. 브로클허스트 씨가 그 모습을 봤으면 좋았을 텐데 말이다. 그랬다면 학생들의 외모는 얼마든지 간섭할 수 있겠지만 생각까지는 어쩔 수 없다는 사실을 깨달았을 것이다.

브로클허스트 씨는 살아 있는 메달 같은 여학생들의 뒷머리를 오 분이나 꼼꼼하게 뜯어본 뒤 판결을 내렸다. 그 말 한 마디 한 마디가 마치 장례식에 울리는 죽음의 종소리 같았다.

"땋아 올린 머리는 다 잘라야 해요."

이에 템플 선생이 항의하는 듯했다. 그럼에도 브로클허스트 씨는 전혀 개의치 않고 말을 이었다.

"선생, 내가 섬기는 주님의 왕국은 이 세상에 존재하는 게 아닙니다. 내 사명은 학생들의 육체적 욕망을 억제하는 겁니다. 땋은 머리나 값비싼 옷차림이 아니라 겸손하고 맑은 정신으로 자신을 가꾸도록 가르치는 거죠. 그런데 우리 앞에 있는 학생들은 전부 머리를 땋고 있어요. 허영심을 가지고 땋아 내린 겁니다. 다시 말하지만 꼭 잘라버려야 합니다. 이것 때문에 얼마나 많은 시간이 낭비되는지 생각……."

그때 브로클허스트 씨가 말을 멈췄다. 세 여성이 교실로 들어왔기 때문이다. 그들은 좀 더 일찍 와서 옷차림에 대한 브로클허스트 씨의 설교를 들었어야 했다. 벨벳과 비단, 모피로 화려하게 차려입었기 때문이다. 셋 중 어린 두 명은 열여섯과 열일곱 살의 예쁘장한 소녀들로 당시 유행하던 타조 깃털 장식이 달린 회색 수달피 모자를 쓰고 우아한 모자 아래로 정교하게 말아놓은 풍성한 머리칼을 늘어뜨리고 있었다. 중년 부인은 족제비 털로 테두리를 장식한 고급 벨벳 숄을 두르고 앞머리에는 프랑스식 곱슬머리 가발을 쓰고 있었다.

이 세 여성은 브로클허스트 씨의 부인과 두 딸이었다. 템플 선생은 이들을 공손히 맞아 교실 맨 앞자리의 귀빈석으로 안내했다. 그녀들은 목사인 아버지이자 남편과 함께 마차를 타고 와서 위층 방을 꼼꼼하게 뒤져본 것 같았다. 그사이 브로클허스트 씨는 관리인과 사무를 보고 세탁부한테 이것저것 캐물은 뒤 교장 선생에게 설교를 늘어놓고 있었던 것이다. 이때 부인은 침대 시트와 기숙사 점검을 맡고 있는 스미스 선생에게 갖가지 잔소리를 하려던 참이었지만 나는 그 말을 들을 여유가 없었다. 내 신경은 온통 다른 곳에 쏠려 있었다.

이때까지 나는 브로클허스트 씨와 템플 선생이 나누는 대화를 주워들으면서 동시에 눈에 띄지 않으려고 잔뜩 경계하고 있었다. 눈에 띄지만 않으면 무사할 거라고 생각했다. 그래서 의자에 깊숙이 앉아 열심히 셈을 하는 척하며 석판을 들어 얼굴을 가리고 있었다. 그 석판이 내 손에서 미끄러지지만 않았어도, 그래서 쨍그랑 요란한 소리를 내며 떨어지지만 않았어도 모두의 시선이 내게 쏟아져 들키는 일은 없었을 것이다. 이제 모든 것이 끝났음을 알았다. 하지만 두 동강이 난 석판을 주우려고 몸을 구부리면서도 최악의 경우에 대비해 최대한 기운을 냈다. 그리고 그 순간이 왔다.

"칠칠치 못하기는! 신입생 같은데 잊지 말고 저 학생에 대해 한 마디 해야겠군요."

브로클허스트 씨가 말했다.

그러고는 내가 미처 한숨 돌리기도 전에 큰 소리로(그 소리가 어찌나 크던지!) 이렇게 외쳤다.

"석판을 깨뜨린 학생을 앞으로 나오게 하세요."

도저히 내 발로는 걸어나갈 수가 없었다. 마비라도 된 듯했다. 하지만 양옆에 앉아 있던 키 큰 학생 둘이 나를 일으켜 무시무시한 재판관 앞으로 떠밀었다. 그러자 템플 선생이 나를 부드럽게 부축해 그에게로 데려가면서 낮은 목소리로 속삭이며 위로했다.

"제인, 두려워하지 마. 선생님이 보기에 이건 실수였으니까 벌을 받지는 않을 거야."

친절한 속삭임이 마치 비수처럼 내 가슴에 파고들었다.

'이제 곧 저 선생님도 나를 거짓말쟁이라며 경멸할 거야.'

그러자 리드 부인과 브로클허스트 일당에게 분노가 치밀어 올라 심장이 고동치기 시작했다. 나는 헬렌 번스 같은 아이가 아니었다.

"저 의자를 가져와."

브로클허스트 씨가 방금 반장이 앉았던 높은 의자를 가리키며 말했고 의자가 옮겨졌다.

"저 아이를 의자에 세워요."

누군지는 모르지만 누군가 나를 의자 위에 올려 세웠다. 그

때는 그런 세세한 것까지 신경 쓸 겨를이 없었다. 다만 그들이 나를 브로클허스트 씨의 코 높이까지 올려 세웠고, 그의 얼굴이 1미터도 안 되는 거리에 있었으며, 오렌지색과 보라색이 감도는 실크 외투와 은빛 깃털 구름이 발밑에서 물결치는 것을 보았을 뿐이다.

브로클허스트 씨는 헛기침을 했다.

"숙녀분들!"

그가 자기 가족을 돌아보면서 말했다.

"템플 선생과 여러 선생님 그리고 학생 여러분, 여기 이 여학생이 보이지요?"

당연히 보고 있었다. 그들의 눈초리는 마치 돋보기의 볼록 렌즈처럼 내게 집중되어 있어서 내 피부가 타들어 가는 듯했다.

"보시다시피 이 학생은 아직 어립니다. 보통 어린아이 같아 보이죠. 하느님께서는 우리 모두에게 주신 것과 같은 모습을 이 학생에게도 주시는 은혜를 베푸셨습니다. 겉으로 보기에는 눈에 띌 만한 점이 보이지 않습니다. 누가 이 학생이 이미 악마의 종이면서 심부름꾼이라고 생각하겠습니까? 하지만 애석하게도 이건 사실입니다."

브로클허스트 씨가 잠시 말을 멈췄다. 나는 마비된 듯했던 온몸의 신경을 안정시키기 시작했다. 이미 엎질러진 물이었다. 더는 창피해하지 말고 당당히 맞서야 한다는 생각이 들었다.

검은 대리석 기둥 같은 목사가 비장한 목소리로 말을 이어 갔다.

"친애하는 학생 여러분, 대단히 슬프고 가슴 아픈 일입니다. 하느님의 양이었을지 모르는 이 학생은 이제 버림받았습니다. 나는 이 학생이 하느님의 어린 양 중 한 마리가 아니라 침입자이자 이방인이라고 여러분에게 경고해야 할 의무가 있습니다. 여러분은 이 학생을 조심해야 합니다. 이 학생을 따라 해서는 안 됩니다. 되도록 어울리거나 놀지 말고 친구가 되지 마세요. 선생님들은 이 학생을 잘 지켜봐야 합니다. 행동거지를 주시하고 말을 신중히 따져보며 행동을 잘 살피면서 육체를 벌해 영혼을 구하세요. 그렇게 해서라도 이 아이가 구원받을 수 있다면 말입니다. 왜냐하면 (이렇게 말하니 내 혀가 떨립니다) 기독교 국가에서 태어난 이 어린 학생은 범천왕에게 기도를 올리고 인도의 크리슈나 옆에 무릎을 꿇는 이교도의 아이보다 더 사악한, 바로 거짓말쟁이이기 때문입니다."

이때 십 분간 휴식 시간이 주어졌다. 그동안 나는 완전히 정신을 차릴 수 있었다. 그러자 브로클허스트 씨의 아내와 두 딸이 손수건을 꺼내 눈에 가져가는 것이 보였다. 중년 부인은 앞뒤로 몸을 흔들었고 딸들은 "충격이야!"라고 속삭였다.

휴식이 끝나자 브로클허스트 씨가 다시 말을 이었다.

"나는 이런 사실을 저 아이의 은인한테서 들었습니다. 고아가 된 이 아이를 맡아 친딸처럼 키워준 자비로운 부인이시죠. 한데 이 학생은 배은망덕하게도 그분의 친절과 자비심을 너무나 못되고 끔찍하게 갚았습니다. 그 훌륭한 부인은 순진한 자식들이 나쁜 본보기를 보고 물들까 봐 두려워 어쩔 수 없이 이 학생을 떨어뜨려놓은 것입니다. 예전에 유대인들이 환자를 베데스다 연못에 보낸 것처럼 이 아이를 고치려고 여기에 보낸 것이죠. 그러니 교장 선생님을 비롯한 모든 선생님, 제발 이 학생 주변에 물이 고여 썩지 않게 해주시길 바랍니다."

이렇게 극단적인 결론을 내리고 난 브로클허스트 씨는 외투 맨 윗단추를 채우고는 가족들에게 나지막이 몇 마디 하더니 일어나서 템플 선생에게 고개를 숙여 인사했다. 그리고 이 위대한 사람들은 당당하게 교실을 빠져나갔다. 내게 판결을 내린 재판관은 문가에서 돌아서더니 이렇게 말했다.

"저렇게 삼십 분간 세워놓으세요. 그리고 오늘 하루는 누구도 저 애에게 말을 걸지 마세요."

나는 높은 의자 위에 서 있었다. 교실 한가운데에 있는 것만으로도 창피해서 견딜 수 없을 거라고 했던 내가 수치스럽게도 모두가 보는 앞에서 의자 위에 서 있었다. 그때 내 감정은 말로 표현할 수가 없다. 여러 감정이 북받쳐 숨이 막히고 목이 죄어오는 듯했다. 그때 한 소녀가 다가와 나를 지나쳤다. 지나쳐 가면서 눈을 들어 나를 바라보았다. 묘한 눈빛이었다. 그 눈빛을 보자 미묘한 감정이 느껴지고 새로운 힘도 솟아났다. 마치 순교자나 영웅이 노예나 희생자의 옆을 지나다 그들에게 힘을 불어넣어 준 것과도 같았다. 나는 점점 격해지는 마음을 억누르고 고개를 든 뒤 의자 위에 꼿꼿하게 서 있었다. 헬렌 번스는 스미스 선생에게 가벼운 질문을 하러 갔다가 하찮은 질문이라며 꾸중을 듣고 다시 자기 자리로 돌아갔다. 헬렌은 내 옆을 지나치며 내게 미소를 지어 보였다. 나는 그 환한 미소를 아직도 기억한다.

그 미소는 훌륭한 지성과 진정한 용기에서 나온 것이었다. 마치 천사의 얼굴에 나타난 미소처럼 그녀의 독특한 생김새, 갸름한 얼굴, 퀭한 회색 눈까지 환하게 비추고 있었다. 그런데 그녀의 팔에는 '게으름뱅이 표식'이 붙어 있었다. 한 시간 전에 헬렌이 연습문제를 베끼다 잉크를 묻혔기 때문이다. 스캐처드 선생은 헬렌에게 다음 날 점심으로 빵과 물만 먹으라는 벌을 내렸다. 완벽한 사람은 없다! 옥에도 티가 있는 법인데 스캐처드 선생 같은 사람의 눈에는 사소한 단점만 보일 뿐 찬란하게 빛나는 그 모습 전체는 보이지 않았다.

제8장

삼십 분도 되지 않아 시계가 다섯 시를 쳤다. 수업이 끝나고 모두 차를 마시러 식당으로 몰려갔다. 그제야 나는 용기를 내어 의자에서 내려왔다. 이미 주위는 어둑어둑해졌다. 나는 한쪽 구석으로 가서 바닥에 주저앉았다. 지금까지 나를 버티게 해주던 마법 같은 힘이 사라지기 시작했다. 그러자 이내 슬픔이 밀려와 나를 에워쌌다. 나는 바닥에 엎드린 채 소리 내어 울었다. 헬렌 번스도 없었고, 위로받을 데라곤 아무것도 없었다. 홀로 남겨진 나는 자포자기의 심정으로 눈물만 펑펑 쏟아냈다.

나는 로우드에서 착하게 굴고 친구도 많이 사귀면서 인정과 사랑을 받는 사람이 되고 싶었다. 그리고 벌써 눈에 띄게 나아지고 있었다. 바로 그날 아침에 드디어 우리 반의 수석이 되었던 것이다. 밀러 선생이 다정하게 칭찬도 해주었고 템플 선생도 내게 미소를 지어 보였다. 그리고 그림 그리는 법도 가르쳐주겠다고 하셨고 앞으로 두 달 동안 꾸준하게 열심히 하면 프랑스어도 배울 수 있게 해주겠다고 약속했다. 친구들도 내게 친절했다. 또래 친구들한테 동등하게 대접받았고 나를 괴롭히는 애도 없었다. 그런데 이제 나는 또다시 무너지고 짓밟혔다. 과연 다시 일어설 수 있을까?

그럴 리 없다는 생각이 들자 죽고만 싶었다. 흐느끼면서 이렇게 중얼거리고 있을 때 누군가 다가왔다. 나는 벌떡 일어났다. 헬렌 번스였다. 꺼져가는 난롯불이 길고 텅 빈 교실을 걸어오는 그녀를 비췄다. 헬렌은 커피와 빵을 가져왔다.

"이리 와서 좀 먹어."

헬렌이 말했다. 지금 상태로는 물 한 모금, 빵 한 쪽만 먹어도 목이 멜 것만 같아서 나는 모두 밀쳐냈다. 헬렌은 놀란 눈으로 나를 바라보았다. 나는 흥분을 가라앉히려고 애썼지만 소용없었다. 그저 엉엉 울기만 했다. 헬렌은 내 곁에 앉아 두 팔로 무릎을 감싼 뒤 얼굴을 대고 인도 사람처럼 가만히 있었다. 먼저 말을 건 사람은 나였다.

"헬렌, 넌 왜 모두가 거짓말쟁이라고 생각하는 나 같은 애랑 같이 있어?"

"모두? 너를 거짓말쟁이라고 말하는 소리를 들은 사람은 거우 팔십 명밖에 안 돼. 이 세상에 살고 있는 사람은 수억 명이 넘는다고."

"하지만 그 수억 명이 나랑 무슨 상관이야. 내가 아는 그 팔십 명이 나를 경멸하는데."

"제인, 네가 잘못 알고 있는 거야. 이 학교에서 누구도 널 경멸하거나 미워하지 않을 거야. 틀림없이 사람들은 너를 불쌍하게 여기고 있을걸!"

"브로클허스트 씨가 그런 말을 했는데도 어떻게 나를 불쌍하게 생각하겠어?"

"브로클허스트 씨는 하느님도 아니잖아. 그렇다고 훌륭하거나 존경받을 만한 사람도 아니야. 여기서 그를 좋아하는 사람은 거의 없어. 좋아할 만한 일을 절대 안 하거든. 오히려 너를 특별히 귀여워했다면 아마 모두가 너를 대놓고 싫어하거나 몰래 미워할 거야. 그렇지 않으니까 사람들이 너를 동정하는 거야. 하루 이틀 정도는 선생님들이나 학생들이 너를 차가운 눈으로 볼지도 몰라. 하지만 모두 마음속으로는 너를 좋아하고 있을 거야. 네가 참고 계속해서 착하게 행동하면 감추고 있던 그 마음이 금방 겉으로 드러날 거야. 그리고 제인……."

헬렌이 말을 멈췄다.

"헬렌, 왜?"

그녀의 손을 잡으며 내가 물었다. 그녀는 내 손가락을 가볍게 비벼 녹여주면서 말을 이었다.

"세상 사람들이 널 미워하고 못된 아이라고 해도 너 스스로 양심에 비춰 옳고 떳떳하다면 친구가 생길 거야."

"내가 스스로를 아껴야 한다는 건 잘 알아. 하지만 그것만으로는 안 된다고. 다른 사람들한테 사랑받지 못한다면 차라리 죽는 게 나아. 외롭거나 미움받는 건 못 참겠어. 헬렌, 너나 템플 선생님 그리고 내가 좋아하는 다른 사람들에게 진정으로 사랑받을 수 있다면 나는 팔이 부러지거나 황소에 받혀도 좋아. 말 뒤편에 서 있다가 뒷발굽에 가슴을 채여도 상관없어."

"제인, 그만해! 너는 인간의 사랑에 대해 생각이 너무 많아. 게다가 너무 충동적이고 격하다고. 네 몸을 만들고 생명을 주신 하느님은 너한테 약한 너 자신이나 너만큼 나약한 존재가 아닌 다른 뭔가를 마련해놓으셨어. 이 지구나 인간 외에 눈에 보이지 않는 영혼의 세계가 있어. 그 세계는 어디를 가나 우리를 둘러싸고 있지. 그 영혼들은 우리를 지켜보고 보호해주라는 사명을 받았거든. 그리고 고통과 치욕 속에서 죽어가거나 사람들의 손가락질과 미움을 받아도 우리가 고통받는 걸 보면 천사들이 우리 결백을 알아줄 거야. 우리한테 죄가 없다면 말이야. 브로클허스트 씨가 리드 부인에게 들은 나쁜 이야기를 근거도 없이 부풀려서 말했지만 내가 사실을 알고 있듯이 말이야. 나는 네 반짝이는 눈과 맑은 얼굴을 보면 네가 착한 아이

130

라는 걸 알 수 있어. 하느님은 우리에게 큰 상을 주시려고 육체에서 영혼이 벗어나가기만 기다리고 계셔. 그런데 너는 왜 괴로워하는 거지? 삶은 곧 끝날 거고 죽음은 행복과 영광을 향해 들어가는 문이라는 게 확실한데 말이야."

나는 잠자코 있었다. 헬렌 덕분에 마음이 좀 진정되는 듯했다. 하지만 그녀가 전해주는 평온 속에는 말로 표현할 수 없는 슬픔이 담겨 있었다. 헬렌이 말하는 동안 어느 부분인지는 모르겠지만 깊은 슬픔이 느껴졌다. 말을 마친 그녀가 가쁘게 숨을 몰아쉬고 잔기침을 하자 나는 막연히 불안해져 내 슬픔을 순간적으로 잊어버렸다. 나는 헬렌의 어깨에 머리를 기대고 내 두 팔로 그녀의 허리를 감쌌다. 헬렌이 나를 끌어당겼고 우리는 말없이 그대로 있었다. 오래지 않아 누군가 교실로 들어왔다. 바람이 거세게 불어 짙은 구름을 말끔히 걷어내자 달이 모습을 드러냈다. 그리고 그 달빛이 창문으로 흘러들어 우리와 우리에게 다가오는 이의 모습을 비췄다. 우리는 그 사람이 누군지 단번에 알아보았다.

"제인 에어, 너를 찾으러 왔단다. 내 방으로 가자. 마침 헬렌 번스도 같이 있으니 함께 가도 좋아."

템플 선생이 말했다.

우리는 그녀를 따라 꼬불꼬불한 복도를 지나 계단을 올라가 방에 도착했다. 방은 난롯불을 환하게 지펴놓아서 아늑했다.

템플 선생은 헬렌 번스에게 난로 옆 안락의자에 앉으라고 말한 뒤 자신은 다른 의자에 앉아서 나를 옆으로 불렀다.

"다 울었니? 펑펑 울고 나니까 덜 슬프니?"

그녀가 나를 보며 말했다.

"아닌 것 같아요."

"왜?"

"억울해서요. 선생님이나 다른 사람들이 이제 저를 나쁜 아이라고 생각하실 테니까요."

"우리는 앞으로 네가 보여주는 모습으로 너를 판단할 거야. 계속 착하게 행동하면 모두 너를 좋아할 거야."

"정말 그럴까요, 선생님?"

"그럼."

선생은 한쪽 팔로 나를 감싸 안으며 말했다.

"그런데 브로클허스트 씨가 아까 말한 네 은인이라는 부인은 누구니?"

"리드 외숙모요. 외삼촌이 돌아가시면서 저를 외숙모께 맡기셨어요."

"그럼 외숙모가 자진해서 너를 맡은 게 아니야?"

"아니에요. 외숙모는 저를 맡게 된 게 불만이셨어요. 하인들이 그러는데 외삼촌이 돌아가시면서 외숙모에게 저를 끝까지 키우겠다는 약속을 받아내셨대요."

"제인, 알다시피, 아니 모른다면 내가 알려주마. 범죄자도 기소가 되면 자신을 변호할 수 있어. 너는 거짓말쟁이라는 비난을 받고 있지만 최선을 다해 변명해봐. 네가 기억하는 대로 다 말해보렴. 하지만 없었던 일을 지어내거나 있었던 일이라도 과장해서는 절대 안 돼."

나는 최대한 정확하고 적절하게 말해야겠다고 마음속으로 다짐했다. 그리고 해야 할 말만 조리 있게 하기 위해 몇 분간 생각을 정리하고 나서 내 서글펐던 어린 시절 이야기를 모조리 들려줬다. 슬퍼하느라 지쳤는지 이야기하는 동안 나는 분노가 치밀어오르는 게 아니라 점점 침착해졌다. 그리고 함부로 사람을 원망하면 안 된다는 헬렌의 충고를 기억하면서 미움과 원한을 평소보다 더 자제했다. 흥분을 억누르고 간단히 말하니 이야기는 한층 더 믿음직하게 들렸다. 나는 이야기를 계속하면서 템플 선생이 내 말을 완전히 믿고 있다는 느낌이 들었다.

이야기하던 중 내가 기절했을 때 로이드 씨가 나를 치료해주러 왔던 이야기를 하게 되었다. 나는 '붉은 방'에서 있었던 그 끔찍한 일을 영원히 잊을 수 없었다. 자세히 이야기하다 보니 어느새 감정이 격해졌다. 용서해달라고 미친 듯이 울부짖는 나를 리드 부인이 귀신이 나오는 캄캄한 방에 다시 가뒀을 때 내 가슴에 사무친 고통은 그 무엇으로도 덜어지지 않았다.

이야기를 마치자 템플 선생은 한동안 말없이 나를 보더니 온화한 표정으로 말했다.

"로이드 씨는 나도 좀 아는 분이란다. 그분께 편지를 써야겠다. 그분도 네 말이 맞는다고 하시면 공식적으로 내 누명을 벗을 수 있을 거야. 제인, 나는 네가 결백하다고 믿어."

템플 선생은 내게 입을 맞춰주시고는 나를 옆에 세워두셨다. (나는 선생님 곁에 서는 것이 정말 좋았다. 선생님 얼굴이며 옷, 장신구 한두 개 그리고 하얀 이마와 윤기 나는 곱슬머리, 반짝이는 눈동자를 바라보면 마냥 즐거웠다.) 그러고는 헬렌 번스에게 말했다.

"헬렌, 오늘 밤엔 좀 어때? 낮에는 기침을 많이 했니?"

"심한 정도는 아니었어요."

"그럼 가슴이 아픈 건 어때?"

"좀 나아졌어요."

템플 선생은 일어나서 헬렌의 손목을 잡고 맥을 짚어본 뒤 다시 자리에 앉았다. 그리고 나지막이 한숨을 쉬었다. 잠시 깊은 생각에 빠져 있는가 싶더니 일어나면서 명랑하게 말했다.

"너희는 오늘 내 손님이야. 그러니 손님 대접을 해야지."

선생이 종을 울렸다. 그리고 하녀가 달려오자 말했다.

"바버라, 나 아직 차를 안 마셨어요. 좀 차려와요. 두 아가씨들 잔도 같이."

금세 하녀가 찻상을 차려왔다. 그때 난롯가 작은 탁자 위에 놓인 사기 찻잔과 반짝이는 찻주전자가 얼마나 아름다워 보였는지 모른다. 찻잔에서 피어오르는 김과 토스트 냄새는 또 얼마나 좋던지! 배가 고파오기 시작했는데 실망스럽게도 양이 너무 적었다. 템플 선생도 이 사실을 알아차린 듯했다.

"바버라, 빵이랑 버터를 좀 더 가져와요. 세 사람이 먹기에 너무 적어요."

바버라가 나갔다가 곧 돌아왔다.

"선생님, 하든 부인이 평소와 똑같이 드렸다고 하네요."

하든 부인! 가정부인 하든 부인은 고래 뼈처럼 딱딱하고 쇳덩어리처럼 차가운 여자로, 브로클허스트 씨와는 죽이 아주 잘 맞았다.

"아, 좋아! 그럼 이걸로 때워야겠군."

템플 선생이 말했다. 하녀가 방을 나가자 그녀는 우리를 향해 웃으며 말했다.

"다행히 오늘은 보충할 거리가 나한테 있지."

템플 선생은 헬렌과 나를 탁자 가까이로 불러 얇디얇지만 맛있어 보이는 토스트 한 조각과 홍차 한 잔을 우리 앞에 내놓았다. 그리고 일어나서 서랍을 열더니 종이로 싼 꾸러미 하나를 꺼냈다.

선생은 우리 눈앞에 큼지막한 시드 케이크를 꺼내놓았다.

"돌아갈 때 조금 싸주려고 했는데 토스트가 너무 적으니 지금 먹자."

선생은 케이크를 넉넉하게 잘라주었다.

그날 저녁은 마치 신들의 만찬을 즐기는 것 같았다. 그리고 무엇보다 내어준 음식으로 아낌없이 배를 채우는 우리를 흐뭇하게 바라보며 웃으시던 선생을 볼 수 있어서 기뻤다. 차를 다 마시고 찻상을 내보낸 선생은 우리를 다시 난롯가로 불렀다. 우리는 선생의 양옆에 앉았다. 뒤이어 헬렌과 선생은 대화를 나눴다. 나는 둘의 대화를 들을 수 있는 것이 특권처럼 느껴졌다.

템플 선생은 늘 어딘가 모르게 차분하고 표정에는 위엄이 서려 있었다. 또한 세련되고 예의 바른 말씨를 쓰고 어떤 상황에서든 흥분하거나 열을 올리는 일이 없었다. 템플 선생을 바라보며 그녀의 말에 귀를 기울이다 보면 기분이 좋아지면서 외경심이 들어 마음까지 정화되었다. 내 마음이 꼭 그랬다. 하지만 헬렌 번스를 보자 놀라지 않을 수 없었다.

기운을 되찾아주는 음식과 활활 타오르는 난롯불, 존경하는 선생 곁에서 받는 친절 그리고 헬렌의 독특한 마음속에 든 무언가가 기력을 북돋아준 것인지도 모르겠다. 그 힘이 깨어나 불타기 시작했다. 우선 여태까지는 창백하고 핏기 없어 보이던 헬렌의 볼이 발그레해지더니 눈이 반짝반짝 빛났다. 그 눈은 템플 선생의 눈과는 또 다른 아름다움을 담고 있었다. 예쁜 눈동자 빛깔과 긴 속눈썹, 그린 듯한 눈썹 자체가 아니라 눈빛의 의미와 움직임, 광채가 아름다웠다. 그녀의 영혼은 입술 위에 머물러 어디서 나오는지 알 수 없는 말을 흘려보냈다. 열네 살 소녀의 마음이 어떻게 이처럼 순수하고 풍부하며, 웅변의 새 연못을 가질 수 있을 만큼 어떻게 이처럼 크고 깊을 수 있을까! 이것이 내가 기념하고 싶은 그날 밤 헬렌과 나눈 대화였다. 그녀의 영혼은 마치 보통 사람의 일생을 짧은 시간 동안 서둘러 마치려는 듯했다. 두 사람은 내가 한 번도 들어보지 못한 것들을 이야기했다. 앞선 시대와 나라, 머나먼 나라, 이미 밝혀졌거나 아직 추측만 하고 있는 자연의 신비 그리고 여러 가지 책에 대해서도 이야기했다. 얼마나 많은 책을 읽었는지, 또 얼마나 많은 지식을 가지고 있는지 몰랐어도 그저 놀라울 뿐이었다. 그들은 프랑스의 유명인과 작가도 많이 알고 있었다. 하지만 내 놀라움이 절정에 달한 부분은 따로 있었다. 템플 선생이 헬렌에게 아버지께 배운 라틴어를 복습하는지 묻더니 책장에서 베르길리우스의 책을 꺼내와 한 페이지를 읽고 해석해보라고 한 것이다. 헬렌은 시키는 대로 책을 읽어나갔다. 한 줄 한 줄 읽어나갈 때마다 나는 헬렌을 더욱 존경하게 되었다. 거의 다 읽었을 무렵 취침을 알리는 종이 울렸다. 지각은 용납되지 않았다. 템플 선생은 우리를 꼭 끌어안으며 말했다.

"너희에게 하느님의 축복이 내리길!"

템플 선생은 헬렌을 나보다 좀 더 오래 껴안았다. 선생은 마지못해 그녀를 놓아주었다. 문을 나설 때도 계속해서 헬렌을 응시했고 슬픔 섞인 한숨을 내쉬었다. 그러더니 헬렌을 위해 흘린 눈물을 닦아냈다.

침실에 들어서자마자 스캐처드 선생의 목소리가 들렸다. 선생은 서랍을 조사하고 있었는데 바로 헬렌 번스의 서랍을 열고 있었다. 들어가자마자 헬렌은 심하게 야단을 맞았다. 선생은 그녀에게 지저분하게 처박아둔 여섯 가지 물건을 내일 어깨에 핀으로 꽂고 있으라는 지시를 내렸다.

"정말 창피할 정도로 아무렇게나 넣어놓았거든. 정리하려고 했는데 깜빡했어."

헬렌이 낮은 목소리로 내게 속삭였다.

다음 날 아침, 스캐처드 선생은 보드지에 커다란 글자로 '게으름뱅이'라고 써서 헬렌의 넓고 부드러우며 지적인 이마에 부적처럼 붙였다. 헬렌은 당연한 벌이라는 듯 화도 안 내고 참으며 그 종이를 저녁까지 붙이고 다녔다. 나는 오후 수업이 끝나고 스캐처드 선생이 나가자마자 헬렌에게 달려가 부적을 찢어 불속에 던져버렸다. 헬렌은 느끼지 못하는 분노가 온종일 내 마음속에서 타올랐다. 뜨겁고 굵은 눈물이 뺨에서 쉴 새 없이 흘러내렸다. 체념한 듯한 헬렌의 서글픈 모습을 보니 가슴이 찢어질 듯 아팠다.

이런 일이 있고 일주일쯤 지났을 때 템플 선생은 로이드 씨한테서 답장을 받았다. 그분이 내가 한 말이 맞다고 확인해준 모양이었다. 템플 선생은 전교생이 모인 자리에서 제인 에어에 대한 비난이 맞는지 조사한 결과 제인이 누명을 깨끗하게 벗었고, 그래서 참 기쁘다고 말했다. 그러자 다른 선생들도 내게 악수를 청하며 입을 맞춰주었고 학생들도 여기저기서 기쁜 목소리로 소곤댔다.

그렇게 무거운 짐을 내려놓은 나는 그때부터 새로운 마음가짐으로 공부했다. 어떤 어려움이라도 이겨내고 내 길을 만들어나가리라 마음먹었다. 정말 열심히 공부했다. 노력하는 만큼 결과도 좋았다. 타고난 기억력은 좋지 않았지만 노력하니 좋아졌고 연습을 통해 이해력도 높아졌다. 몇 주일 후 나는 상급반으로 올라갔다. 그리고 두 달이 되기도 전에 프랑스어와 그림을 배워도 좋다는 허락을 받았다. 에트르(Etre) 동사의 시제 변화 두 개를 배웠고 이날 처음으로 오두막집을 그렸다. 그런데 이 오두막집의 벽들은 피사의 사탑보다 더 기울어져 있었다. 나는 잠자리에 들면서 배고픔을 잊기 위해 상상 속에서 따끈따끈하게 구운 감자와 흰 빵 그리고 갓 짜낸 우유로 '바르베시드의 만찬(《아라비안 나이트》에 나오는 일화로 빈 접시 위에 상상으로 차린 음식들을 뜻함—옮긴이)'을 차리곤 했는데 그날은 그것조차 잊어버렸다. 그 대신 어둠 속에서 그림을 그리며 즐거워했다. 내키는 대로 붓을 휘둘러 집과 숲, 그림 같은 바위와 폐허, 네덜란드 풍경화가 알베르트 코이프가 그린 것 같은 소 떼나

장미꽃 봉우리 위를 날아다니는 나비, 잘 익은 버찌를 쪼아 먹는 새, 담쟁이덩굴에 둘러싸여 진주 같은 알을 품고 있는 굴뚝새 둥지 등을 그렸다. 그날 나는 피에로 선생이 보여준 짧은 프랑스 소설을 언제쯤이면 번역할 수 있을지도 생각해보았다. 그러나 만족스러운 답을 얻기도 전에 그만 곯아떨어지고 말았다.

솔로몬의 말은 옳았다.

"채소를 먹으며 서로 사랑하는 것이 살찐 소를 잡아먹으며 서로 미워하는 것보다 나으니라(《잠언》 15장 17절—옮긴이)."

로우드에서의 생활이 궁금하기는 했지만 나는 이제 호사스러운 게이츠헤드의 생활과 바꾸고 싶지 않았다.

제9장

　　로우드에서의 궁핍, 더 정확히 말해 고생은 점차 줄어들었다. 봄이 서서히 다가오고 있었다. 아니, 봄은 벌써 와 있었다. 겨울 서리가 그치자 눈이 녹고 살을 에는 듯한 바람도 잦아들었다. 1월의 매서운 바람에 살갗이 벗겨지고 퉁퉁 부어 절뚝거리며 다니던 발은 4월의 따스한 숨결에 점차 제 모습을 찾아갔다. 새벽이나 밤에도 영하의 기온에 온몸의 피가 얼어붙는 듯한 느낌은 들지 않았다. 이제는 운동장에서 보내는 시간도 견딜 만했다. 심지어 어떤 날은 햇볕이 포근하고 따뜻하기까지 했다. 그리고 매일 밤 돌아다니는 희망의 여신이 내디디는 발걸음마다 세상이 밝아지는 듯 흑갈색의 화단에도 푸른 싹이 돋아났다. 스노드롭과 크로커스, 보라색 앵초, 노란 팬지 등이 이파리 사이로 얼굴을 내밀었다. 목요일 오후에는 수업이 없어 산책을 했는데 길가 산울타리 밑에서 훨씬 더 예쁜 꽃들을 발견하곤 했다.

철 못이 박힌 높다란 담장으로 둘러싸인 운동장 너머에도 큰 즐거움과 기쁨이 있었다. 사방에 신록과 녹음이 우거진 큰 골짜기를 둘러싸고 있는 웅장한 산봉우리와 시커먼 바위, 반짝거리며 소용돌이치는 시냇물을 바라보는 것이었다. 강철 같은 하늘 아래 추위에 얼어붙고 눈에 뒤덮였을 때와 지금의 광경이 어찌나 달라 보이던지! 겨울 내내 죽음처럼 싸늘했던 안개는 동풍에 떠밀려 보랏빛 산봉우리를 따라 이리저리 떠다니다 풀밭과 시냇가로 내려와 마침내 그곳의 얼어붙은 안개와 뒤섞이곤 했다. 시냇물은 거침없이 흐르는 탁류가 되어 이따금 거세게 쏟아지는 빗소리나 휘몰아치는 진눈깨비 소리와 합쳐져 숲을 헤집으며 공중에 요란한 소리로 울려 퍼지기도 했다. 시냇가 양쪽에 자리 잡은 숲에서는 가지만 앙상한 나무들이 마치 해골처럼 서 있었다.

4월이 가고 맑고 화창한 5월이 왔다. 하늘은 푸르고 햇살은 따사로우며 5월 내내 부드러운 서풍과 남풍이 불었다. 이제 초목도 우거지기 시작했다. 로우드의 나무들도 가지를 늘어뜨리고 꽃을 피우며 초록으로 물들었다. 앙상했던 느릅나무와 물푸레나무, 참나무 들은 당당한 제 모습을 찾았다. 잠자고 있

던 숲 속 식물들도 하나둘 깨어났다. 수없이 많은 이끼가 그늘
진 구석구석을 뒤덮고 한 아름 피어난 프림로즈가 묘하게도 바
닥에 떠 있는 태양처럼 빛나고 있었다. 담황색 앵초는 가장 아
름다운 금빛 가루를 흩뿌려놓은 듯 희미하게 빛을 내고 있었
다. 나는 이 모든 것을 누구의 간섭도 없이 자유롭게 그리고 대
개 혼자서 즐겼다. 지금부터 이 뜻밖의 자유와 즐거움을 누리
게 된 이야기를 하려고 한다.

학교가 언덕과 숲 속에 파묻히고 시냇가 위쪽에 있다고 말하
면 살기 좋은 곳이라고 생각할 것이다. 틀림없이 좋은 곳이다.
하지만 건강에도 좋은가는 다른 문제다.

로우드가 자리 잡고 있던 숲 속 골짜기는 안개가 잔뜩 끼어
있어 전염병의 온상이었다. 전염병은 봄이 다가오면서 더 빨리
이 '고아원'에 침입해 학생들로 빽빽한 교실과 기숙사에 발진티
푸스를 옮겨 5월도 되기 전에 학교가 병원이 되어버렸다.

잦은 굶주림을 겪고 감기도 제대로 치료하지 못해 학생들 대
부분이 병에 전염되었다. 반은 뿔뿔이 흩어지고 규칙은 느슨해
졌다. 전염되지 않은 몇몇 학생에게는 거의 무제한으로 자유가
주어졌다. 의사가 병에 걸리지 않으려면 꾸준히 운동해야 한다
고 강조하기도 했지만, 그렇지 않더라도 선생들은 학생들을 규
제할 여유가 없었다. 템플 선생은 환자들을 돌보는 데 온 정신
이 팔려 있었다. 밤에 서너 시간 눈 붙일 때 말고는 병실에서 살

다시피 했다. 다른 선생들은 다행히 전염병의 소굴에서 데리고 나가줄 친구나 친지가 있는 학생들의 짐을 싸고 필요한 준비를 하느라 바빴다. 이미 전염된 많은 학생도 죽음을 맞으러 고향으로 돌아갔다. 몇몇은 학교에서 죽기도 했는데 병의 특성상 지체할 수 없어 곧바로 매장됐다.

병마가 로우드를 떠나지 않으면서 죽음의 그림자가 빈번히 찾아오자 학교 담장 안에는 우울과 공포가 감돌았고 교실과 복도에서는 소독약 냄새가 코를 찔렀다. 온갖 알약이 죽음의 악취를 걷어내려고 헛되이 애쓰는 가운데 문밖에서는 구름 한 점 없이 눈부신 5월 하늘이 장대한 산과 아름다운 숲 위에서 찬란하게 빛나고 있었다. 교정에도 꽃이 만개했다. 접시꽃도 나무만큼 높이 자랐고 백합과 튤립, 장미꽃도 활짝 피었다. 자그마한 화단 가장자리에는 분홍색 아르메리아와 진홍색 데이지가 화사하게 피어났고 찔레꽃은 밤낮으로 향신료나 사과 같은 향기를 내뿜었다. 하지만 이 향기로운 자연의 보물은 간혹 관속에 넣어줄 한 다발의 꽃이 될 뿐 로우드에 사는 대부분의 사람에겐 아무 쓸모도 없었다.

학원에 남아 있는 학생들 가운데 나처럼 병에 걸리지 않은 학생들은 5월의 아름다운 풍광을 마음껏 즐겼다. 아침부터 저녁까지 집시처럼 숲을 헤매고 다닐 수 있었다. 우리는 하고 싶은 대로 하고 가고 싶은 곳에 갈 수 있는 자유를 만끽했다. 생활도 전보다 나아졌다. 브로클허스트 씨와 가족들이 이제 로우드 근처에는 얼씬도 하지 않았기 때문이다. 학교 운영을 세세하게 감시하지도 않았고 고약한 관리인마저 병이 옮을까 봐 두려워 떠나버렸다. 로턴 진료소의 수간호사였던 후임자는 이곳의 생활방식에 익숙하지 않아 비교적 너그러운 편이었다. 게다가 환자들은 음식을 거의 먹을 수가 없으니 식사하는 사람도 적어져 우리의 식사량이 꽤 늘었다. 가끔 점심을 제대로 차릴 시간이 없을 때는 큼지막한 차가운 파이 한 조각이나 두꺼운 빵과 치즈를 나눠주곤 했다. 우리는 이것을 들고 숲으로 가서 가장 좋아하는 자리를 골라 호사롭게 먹었다.

내가 가장 좋아하는 자리는 시냇물 한가운데 솟아 있는 물기가 없고 매끄러우며 널찍한 하얀 바위였다. 그 바위까지 가려면 맨발로 물속을 걸어가야만 했다. 그 바위는 나 말고도 한 명이 더 앉을 수 있을 만큼 넓었다. 그 무렵 나는 메리 앤 윌슨이라는 친구와 가깝게 지냈다. 영리하고 눈치가 빠른 데다가 재치도 있고 기발하면서 남을 편안하게 해주는 친구여서 함께 있으면 즐거웠다. 나보다 몇 살 위인 그녀는 세상 물정에 밝고 내가 궁금해하는 것들을 이것저것 알려주었기 때문에 내 호기심이 많이 채워졌다. 내 단점도 너그럽게 받아주고 어떤 말을 해도 결코 말을 자르거나 하지 않았다. 그녀는 말하기를 좋아하고 나는 분석하기를 좋아했다. 그녀는 가르치는 것을 즐기고 나는 묻는 것을 즐겼다. 우리는 함께 다니면서 크게 발전하지는 않았을지 몰라도 매우 즐거워하면서 잘 지냈다.

그러면 헬렌 번스는 그때 어디에 있었을까? 왜 나는 이 자유로운 날들을 그녀와 함께 보내지 않았을까? 그녀를 잊고 지냈던 걸까? 아니면 그녀와의 순수한 만남에 싫증을 느낄 만큼 내가 형편없는 아이였던 것일까? 내가 처음으로 사귄 친구인 헬렌은 분명 메리 앤 윌슨보다 훨씬 더 훌륭했다. 메리는 재미있는 얘기를 들려주거나 내가 유쾌하고 흥미로운 잡담이나 험담을 신이 나서 떠들어대면 맞장구를 쳐줄 뿐이었다. 하지만 헬렌은 자신과 대화를 나누는 상대에게 수준 높은 대화를 맛볼 수 있는 특권을 안겨주었다.

독자들이여, 이것은 사실이다. 비록 내가 장점보다 단점이 많은 부족한 아이였기는 해도 결코 헬렌 번스가 지겨워진 적은 없었다. 나에게 활기를 되찾아준, 단호하면서도 부드럽고 또 존경스러운 그녀에 대한 내 사랑을 어떻게 멈출 수 있겠는가? 헬렌은 언제 어떤 상황에서도 언짢은 표정을 짓거나 짜증을 부린 적이 없었다.

헬렌은 아팠다. 벌써 몇 주일째 2층 어느 방에 격리되어 있어서 나는 그녀를 볼 수가 없었다. 전해 듣기로 헬렌은 발진티푸스 환자들과 같이 있지 않다고 했다. 그녀는 발진티푸스가 아니라 폐결핵을 앓고 있었기 때문이다. 나는 그때까지만 해도 폐결핵이 시간을 두고 치료하면 낫는 가벼운 병이라고 생각했다.

아주 따뜻하고 화창한 날 오후쯤 헬렌이 템플 선생의 부축을 받아 아래층으로 내려와서 운동장까지 나온 것을 한두 번 보았다. 이 모습을 보고 시간이 지나면 나을 거라고 믿었다. 그러나 나는 다가가서 말을 걸 수가 없었다. 그저 교실 창문을 통해 내다보았을 뿐이다. 그녀는 온몸을 둘둘 싸매고 저 멀리 베란다 아래에 앉아 있어서 제대로 볼 수조차 없었다.

6월 초 어느 날 저녁, 나는 메리 앤과 함께 꽤 늦게까지 숲에서 놀고 있었다. 여느 때처럼 우리는 다른 아이들과 떨어져 멀리까지 걸었다. 그런데 너무 멀리 간 나머지 길을 잃고 말았다. 그러다 다행히 외딴 오두막집을 발견했고 길을 물어볼 수 있었다. 그 오두막집에서는 한 부부가 숲에서 도토리를 먹고 자라는 반은 야생인 돼지를 키우며 살고 있었다. 학교로 돌아오니 어느새 달이 수줍게 얼굴을 내밀었다. 교정에는 망아지 한 마리가 서 있었다. 의사 선생의 말이었다. 메리 앤은 이렇게 늦은 시간에 베이츠 선생을 모셔온 걸 보면 누군가 몹시 아픈 게 틀림없다고 말했다. 메리 앤은 안으로 들어갔고 나는 남아서 숲에서 뽑아온 나무뿌리 한 주먹을 화단에 심었다. 아침까지 그냥 놔두면 시들까 봐 걱정됐기 때문이다. 뿌리를 다 심고 나서도 여전히 운동장을 서성거렸다. 이슬을 머금은 꽃에서는 한층 더 달콤한 향기가 났다. 정말 고요하고 포근하며 기분 좋은 저녁이었다. 여전히 불그레한 서쪽 하늘은 내일도 날씨가 맑을 거라고 알려주는 듯했다. 어느새 달이 어두운 동쪽 하늘에 위풍 당당하게 떠올랐다. 나는 그런 것들을 보며 아이처럼 즐거워했다. 그때 문득 난생처음 이런 생각이 들었다.

'지금 병상에 누워 죽음을 앞두고 있다면 얼마나 슬플까? 세상은 이처럼 즐거운데 말이야. 여기를 떠나 아무도 모르는 곳으로 가야 한다면 정말 쓸쓸할 거야.'

나는 처음으로 그동안 들어왔던 천국과 지옥을 진지하게 생각해보려고 애썼다. 그리고 순간 흠칫하며 어리둥절해졌다. 앞뒤 좌우를 둘러봐도 사방이 온통 헤아릴 수 없는 심연처럼 보였다. 지금 서 있는 이 지점, 즉 현재 말고는 모두 흐릿한 구름과 공허한 혼돈일 뿐이었다. 혼돈 속에서 비틀거리다 빠져버릴지도 모른다고 생각하니 몸서리가 쳐졌다. 이런 생각을 하고 있을 때 현관문 열리는 소리가 들렸다. 그리고 베이츠 선생과 간호사가 함께 나왔다. 간호사는 의사가 말을 타고 떠나자 안으로 들어가 문을 닫으려고 했다. 나는 그녀에게 달려갔다.

"헬렌 번스는 좀 어때요?"

"많이 아프단다."

간호사가 대답했다.

"베이츠 선생님이 헬렌을 진찰하러 오신 거예요?"

"그래."

"선생님께서 뭐라고 하세요?"

"여기 오래 있지는 못할 거라는구나."

만약 어제 이 말을 들었더라면 나는 그저 헬렌이 고향 노섬벌랜드로 돌아가게 됐다고 생각했을 것이다. 헬렌이 죽어간다는 뜻이라고는 상상조차 하지 못했을 것이다. 그러나 나는 이제 단번에 알았다. 헬렌이 이 세상을 떠날 날이 얼마 남지 않았고, 영혼의 나라가 있다면 그곳으로 불려가게 될 거라는 사실을 또렷하게 깨달은 것이다. 충격을 받은 나는 두려움과 슬픔에 온몸이 떨렸다. 그리고 헬렌을 꼭 만나보고 싶었다. 그래야만 했다. 나는 헬렌이 어느 방에 누워 있는지 물어봤다.

"헬렌은 템플 선생님 방에 있단다."

간호사가 대답했다.

"가서 얘기 좀 해도 돼요?"

"아니, 안 돼. 자, 이제 방으로 갈 시간이야. 밤이슬을 맞으면 열병에 걸릴 거야."

간호사가 문을 닫았다. 나는 교실로 통하는 옆문으로 들어갔다. 때마침 아홉 시가 되어 밀러 선생이 학생들에게 취침 시간을 알리고 있었다.

두 시간쯤 지나 아마 열한 시쯤 되었을까. 기숙사는 모두 깊은 잠에 빠져 쥐죽은 듯 조용했다. 그때까지 잠들지 못한 나는 살며시 일어나 잠옷 위에 외투를 걸치고 맨발로 침실을 빠져나와 템플 선생의 방으로 향했다. 그녀의 방은 건물 반대편에 있었다. 이미 가는 길을 알고 있는 데다 구름에 가려지지 않은 여름 달빛이 복도 창문으로 비쳐들어 쉽게 찾을 수 있었다. 열병 환자의 병실이 가까워지자 장뇌와 초산 태우는 냄새가 진동했다. 밤샘하는 간호사에게 들킬까 봐 조마조마해하면서 나는 병실 문 앞을 재빨리 지나쳤다. 들키기라도 하면 침실로 쫓겨갈 게 뻔했다. 나는 꼭 헬렌을 만나야 했다. 죽기 전에 그녀를 안아주고 마지막 입맞춤을 해준 뒤 그녀와 작별인사를 나누어야 했다.

나는 계단을 내려가 아래층을 가로지른 뒤 소리 없이 두 개의 문을 열고 닫는 데 성공했다. 그리고 또 다른 계단을 올라가니 템플 선생의 방이 나왔다. 열쇠 구멍과 문 아래쪽 틈으로 불빛이 새어나왔다. 사방이 고요했다. 가까이 가서 보니 방문이 살짝 열려 있었다. 사방이 꽉 막힌 병실을 환기시키려고 조금 열어둔 듯했다. 나는 조급한 마음을 도저히 억누를 수 없어 극심한 슬픔과 고통으로 덜덜 떨며 문을 열고 방 안을 들여다보았다. 눈으로 헬렌을 찾으면서도 그녀가 죽어 있는 건 아닐까 두려웠다.

템플 선생의 침대 바로 옆 흰 커튼에 반쯤 가려진 조그만 침대 하나가 놓여 있었다. 이불 밑으로 사람의 윤곽이 보이긴 했지만 얼굴이 커튼에 가려 보이지 않았다. 운동장에서 잠깐 대화를 나눴던 간호사가 안락의자에서 졸고 있었고, 촛불은 탁자 위에서 희미하게 타고 있었다.

템플 선생은 방에 없었다. 나중에 안 일이지만 선생은 헛소리하는 환자를 돌보러 발진티푸스 병실에 가 있었다. 나는 가까이 다가가 조그만 침대 옆에 멈춰 섰다. 커튼을 붙잡기는 했지만 한쪽으로 걷어내기 전에 말을 건네고 싶었다. 죽은 모습을 볼까 봐 두려워 망설였던 것이다.

"헬렌! 자니?"

나는 속삭이듯 말했다.

그때 헬렌이 몸을 움직여 커튼을 젖혔다. 그녀는 창백한 얼굴에 기력이 없어 보이긴 했지만 늘 그렇듯 침착했다. 변한 게 없는 얼굴을 보자 이내 두려움이 사라졌다.

"제인?"

헬렌이 특유의 다정한 목소리로 물었다.

'아! 헬렌은 죽지 않아. 사람들이 틀렸어. 죽어간다면 이렇게 침착한 표정으로 말할 수 없지!'

나는 침대 옆으로 가서 그녀에게 입을 맞췄다. 이마가 차가웠다. 양쪽 볼뿐만 아니라 손과 손목도 여위었다. 하지만 헬렌은 평소와 다름없이 미소를 짓고 있었다.

"제인, 여긴 왜 왔어? 열한 시가 넘었잖아. 몇 분 전에 시계 종소리를 들었는데."

"너를 보러 왔지. 네가 많이 아프다는 얘길 들어서 너를 만나지 않고는 잘 수가 없었어."

"작별인사를 하러 왔구나. 그럼 제시간에 맞춰 왔네."

"어디 가는 거야? 집으로 가?"

"응, 나의 머나먼 집, 내 마지막 집으로."

"헬렌, 안 돼! 그러지 마!"

나는 마음이 너무 아파 말을 잇지 못했다. 눈물을 참으려고 애쓰는데 헬렌이 발작적으로 기침을 했다. 하지만 다행히 간호사는 깨지 않았다. 기침이 멎자 헬렌은 기진맥진해져 몇 분을 가만히 누워 있다가 속삭였다.

"제인, 너 맨발이구나. 자, 여기 누워서 이불을 덮어."

나는 시키는 대로 했다. 헬렌이 한 팔로 나를 안았고 나는 그녀에게 바짝 다가갔다. 우리는 말없이 한참을 그렇게 있었다. 그러다 헬렌이 다시 속삭이듯 말했다.

"제인, 나는 정말 행복해. 그러니까 내가 죽더라도 슬퍼하지 마. 슬퍼할 것 없어. 누구나 언젠가는 죽게 되어 있잖아. 내가 걸린 이 병은 아프지도 않아. 부드럽고 천천히 진행되거든. 그래서 마음이 편해. 내가 죽는다고 슬퍼할 사람도 없고 말이야. 아버지가 계시지만 최근에 재혼하셨거든. 아마 내가 보고 싶지 않으실 거야. 그리고 난 일찍 죽으니까 큰 고통을 피하게 된 거지. 나는 이 세상에서 성공할 소질이나 재능이 없어. 만날 실수만 하며 살걸."

"헬렌, 그럼 너는 어디로 가? 거기가 보여? 어딘지 알아?"

"나는 믿어. 내게는 믿음이 있어. 나는 하느님 곁으로 가는 거야."

"하느님은 어디 있는데? 하느님이 뭐지?"

"나와 너를 창조하신 분이지. 하느님께서는 본인이 창조한 것을 결코 파괴하지 않으시는 분이야. 나는 하느님께 전적으로 의지하고 그분의 선하심을 믿어. 그래서 하느님께로 돌아가 그분의 모습을 보게 될 뜻 깊은 날을 손꼽아 기다리고 있어."

"헬렌, 너는 우리가 죽으면 그 영혼이 천국에 간다는 얘기를 믿는 거야?"

"나는 내세를 믿거든. 하느님의 선하심을 믿으니까 아무런 의심 없이 영혼을 맡길 수 있어. 하느님은 아버지이고 친구이시기도 해. 나는 하느님을 사랑하고 그분께서도 나를 사랑하신다는 걸 믿어."

"그럼 나도 죽으면 너를 다시 만날 수 있겠네?"

"당연히 만날 수 있지. 제인, 너도 나처럼 행복의 나라로 올 거야. 위대하고 전능하신 아버지께서는 틀림없이 너를 받아주실 거야."

나는 또다시 물었다. 하지만 이번에는 속으로만 생각했다.

'거긴 어디 있는 걸까? 정말 있기는 한 걸까?'

나는 두 팔로 헬렌을 꼭 껴안았다. 헬렌이 그 어느 때보다 사랑스럽고 소중하게 생각되었다. 도저히 그녀를 보낼 수 없을 것 같았다. 그래서 그녀의 목에 내 얼굴을 묻었다. 헬렌은 더없이 달콤한 목소리로 말했다.

"아, 정말 편하다. 좀 전에 기침을 하고 났더니 좀 피곤해져 이제 잘 수 있을 것 같아. 제인, 나를 두고 가지 마. 곁에 있어줘."

"응, 여기 있을게. 헬렌, 내가 꼭 있을게."

"따뜻하니?"

"응."

"잘 자, 제인."

"잘 자, 헬렌."

우리는 서로에게 입을 맞췄다. 그리고 금세 잠들었다.

깨어보니 아침이었다. 평소와 다른 움직임에 잠에서 깼다. 올려다보니 내가 누군가의 팔에 안겨 있었다. 어제 만났던 그 간호사가 나를 안고 복도를 지나 기숙사로 가고 있었다. 나는 침실에서 빠져나왔다고 혼나지 않았다. 모두 뭔가 다른 일에 신경을 쓰고 있는 듯했다. 이것저것 물어봐도 아무도 대답해주지 않았다. 하루 이틀이 지나서야 새벽녘에 방으로 돌아온 템플 선생이 작은 침대에서 자고 있는 나를 발견했다는 이야기를 들었다. 나는 헬렌의 어깨에 얼굴을 묻고 두 팔로 그녀의 목을 껴안은 채 자고 있었다. 헬렌은 숨을 거둔 뒤였다.

헬렌은 브로클허스트 교회 묘지에 묻혔다. 그녀가 죽은 뒤 십오 년간 묘지는 풀만 무성했다. 하지만 지금은 '헬렌'의 이름과 함께 '부활하리라'라는 글귀가 새겨진 대리석 묘비가 세워져 있다.

제10장

지금까지 하찮은 내 삶에 일어났던 사건들을 자세히 적었다. 내 생애의 첫 십 년을 기록하는 데 거의 그만큼의 장을 할애했다. 하지만 나는 이 책을 자서전으로 쓸 생각이 없다. 그저 흥미를 끌 만한 부분을 어느 정도 기억해내기만 하면 된다. 그래서 이제 팔 년이라는 세월을 뛰어넘으려고 한다. 다만 앞뒤 이야기가 연결되도록 설명 몇 줄을 적어둔다.

로우드가 황폐해지자 발진티푸스는 임무를 마친 듯 서서히 사라졌다. 그러나 그보다 먼저 발병력과 엄청난 희생자 숫자 때문에 세간의 이목이 로우드에 집중되었다. 발병 원인을 조사한 결과 드러난 여러 가지 사실 때문에 사람들의 분노가 들끓었다. 학교가 건강에 좋지 않은 곳에 자리하고 있었으며 학생들이 먹은 음식의 양과 질이 터무니없는 데다 요리할 때 염분이 섞이고 악취 나는 식수를 사용했다. 또한 형편없는 의복과 학교 시설, 숙소 등 모든 것이 폭로됐다. 그로 말미암아 브로클허스트 씨는 손가락질을 당했지만 학교에는 잘된 일이었다.

그 지역에 사는 몇몇 인자한 부자가 낸 넉넉한 기부금으로 더 좋은 위치에 좀 더 편한 건물이 세워졌다. 새로운 교칙을 만들고 식사와 의복 문제도 개선했다. 학교 운영기금도 관리위원회에 맡겼다. 많은 재산과 좋은 가문 때문에 무시할 수 없는 브로클허스트 씨는 여전히 회계감독 자리를 유지했지만 훨씬 더 관대하고 동정심이 많으며 인색하지 않은 사람들에게 실무를 빼앗겼다. 또한 이성과 엄격함, 근검함과 안락함, 연민과 정직을 아우를 수 있는 사람들에게 감독 역할이 주어졌다. 이렇게 개선된 학교는 진정으로 학생들에게 이로운 훌륭한 학교가 되었다. 학교가 다시 태어난 뒤 나는 이 학교에 남아 학생으로 육 년, 선생으로 이 년, 이렇게 팔 년을 보냈다. 그래서 나는 학생과 선생의 입장에서 로우드가 가치 있고 중요한 학교라는 사실을 증명할 수 있다.

지난 팔 년 동안의 내 생활은 늘 단조로웠지만 불행하진 않았다. 아무것도 하지 않은 채 시간만 보내지는 않았기 때문이다. 훌륭한 교육을 받을 수 있는 길이 가까이에 있었다. 좋아하는 과목이 있었고 모든 과목을 잘하고 싶은 의욕도 있었다. 게다가 내가 좋아하는 선생들의 격려를 받았고 선생들을 기쁘게 해드릴 수 있어 즐거웠다. 나는 내게 주어진 혜택을 십분 활용했다. 상급반에서 1등을 했고 그다음엔 선생이 되어 이 년간 열심히 일했다. 그리고 이 년이 지날 무렵 내게 변화가 생겼다.

템플 선생은 모든 변화를 겪으면서 계속 교장 선생 자리에 있었다. 내가 배운 것들 중 가장 재미있던 것은 모두 템플 선생에게 배웠다. 나는 그녀와 우정을 나누고 끊임없이 위로받았다. 그녀는 내 어머니이자 가정교사였으며 나중에는 친구도 되었다. 하지만 이 무렵 그녀가 결혼하면서 남편(목사이며 그녀에게 어울리는 훌륭한 분이었다)을 따라 먼 지역으로 떠났다. 나는 그녀와 헤어지게 되었다.

템플 선생이 떠난 이후 나는 예전의 내가 아니었다. 로우드를 마치 내 집처럼 느끼게 해준 안정감과 그 연결고리가 사라졌기 때문이다. 나는 템플 선생의 여러 성품과 습관을 그대로 본받았다. 균형 잡힌 사고방식과 절제된 감정이 마음속에 자리 잡았다. 나는 의무를 다했고 규율에 충실히 따랐으며 마음도 평온하고 매사가 만족스러웠다. 다른 사람들뿐만 아니라 나 자신이 보기에도 나는 차분하고 기강이 잘 잡힌 사람이었다.

그러나 네이즈미스 목사가 나타나면서 운명은 나와 템플 선생을 갈라놓았다. 그녀는 결혼식을 치르자마자 여행복으로 갈아입고 역마차에 올라탔다. 나는 마차가 언덕을 넘어 사라질 때까지 지켜보았다. 그리고 방으로 돌아와 결혼식을 축하하기 위해 쉬기로 한 나머지 반나절을 고독하게 보냈다.

가만히 앉아 있지 못하고 방 안을 이리저리 서성거렸다. 나는 내가 템플 선생을 잃고 아쉬워하면서 어떻게 그 빈 공간을 메울 수 있을까 생각하는 줄 알았다. 오랜 사색 끝에 정신을 차리고 고개를 들어보니 어느새 오후도 다 지나 캄캄한 밤이 되었다. 그때 나는 새로운 사실을 깨달았다. 말하자면 그동안 나는 변하고 있었던 것이다.

내 마음은 템플 선생에게 빌려왔던 것들을 모두 버렸다. 아니, 그보다는 템플 선생 곁에서 내가 숨 쉬던 고요한 기운을 그녀가 함께 가지고 가버렸다. 그리고 이제 나는 원래의 나로 남겨져 과거의 감정이 스멀스멀 올라오는 것이 느껴졌다. 말하자면 버팀목이 아니라 원동력이 사라진 것이고 평온함을 유지하는 힘이 아니라 평온해야 할 이유가 없어진 것이다.

지난 몇 년 동안 로우드는 내게 이 세상의 전부였다. 나는 로우드의 교칙과 제도 속에서만 살았다. 그리고 이제야 세계가 넓다는 사실이 기억났다. 이 세상은 희망과 두려움, 감동과 흥분 등 온갖 감정을 느끼며 진정한 삶의 지혜를 찾기 위해 위험을 무릅쓰고 넓은 세상으로 나아갈 용기 있는 사람들을 기다리고 있었다.

나는 창가로 다가가 창문을 열고 밖을 내다보았다. 양쪽으로 건물이 보이고 교정이 있었다. 로우드 숲의 끝자락이 보이고 겹겹이 펼쳐진 산들이 지평선을 이루었다. 내 시선은 모두를 지나쳐 저 멀리 큰 산봉우리에 닿았다. 전부터 가보고 싶었던 산이다. 바위와 황야가 경계를 이루고 있어서 그 가운데 있는 산은 마치 감옥의 뜰이나 유배지 같았다. 나는 산기슭을 휘감고 산과 산 사이의 하얀 오솔길을 따라가곤 했다. 얼마나 멀리 가보고 싶었던가! 마차로 저 길을 달려오던 때가 생각났다. 저녁놀이 질 무렵 저 산을 내려왔다. 내가 처음 로우드에 왔던 그날 이후 오랜 시간이 흘렀다. 나는 그날 이후 한 번도 로우드를 떠난 적이 없다. 방학도 학교에서 보냈다. 리드 부인은 나를 한 번도 게이츠헤드로 부르지 않았고 그녀와 가족들 가운데 누구도 나를 찾아오지 않았다. 나는 단 한 번도 편지나 다른 방법을 통해 바깥세상과 연락한 적이 없다. 교칙과 교무, 관례, 사고방식 그리고 학교에 있는 사람들의 목소리와 얼굴, 말투, 옷차림, 좋아하는 것, 싫어하는 것 들이 내 생활의 전부였다.

그리고 이제야 나는 그것만으론 부족하다고 느끼게 되었다. 반나절 만에 팔 년간 계속해오던 틀에 박힌 일상이 지겨워졌다. 나는 자유를 갈망하고 자유를 위해 기도했다. 기도 소리는 바람에 흩어지더니 마침내 사라졌다. 나는 기도를 포기하고 좀 더 겸허하게 애원하기 시작했다. 변화와 자극을 달라고 말이다. 하지만 그 애원 또한 허공으로 사라지는 것 같았다.

"그렇다면 제게 새로운 고역을 내려주소서!"

나는 절박한 심정으로 소리쳤다.

그때 저녁 식사를 알리는 종이 울렸고 나는 아래층으로 내려갔다. 취침 시간이 되기 전까지 끊어졌던 생각을 다시 해볼 여유가 없었다. 심지어 잠자리에서마저 나와 같은 방을 쓰는 그라이스 선생이 쉴 새 없이 잡담을 늘어놓는 바람에 안타깝게도 생각에 잠길 수가 없었다. 그녀가 잠들기만을 얼마나 바랐는지 모른다. 창가에 서면 마지막에 떠올렸던 생각으로 다시 돌아가 나를 구원해줄 암시를 새로 얻을 수 있을 것만 같았다.

마침내 그라이스 선생이 코를 골기 시작했다. 그라이스 선생은 웨일스 출신으로 뚱뚱했다. 매일 밤 그토록 귀에 거슬리던 그녀의 코고는 소리가 그날 밤에는 반갑기 그지없었다. 이제 더는 방해받지 않을 수 있었다. 그러자 잊었던 생각들이 다시 떠오르기 시작했다.

'새로운 예속, 그거야. 거기 뭔가 있겠지.'

나는 혼잣말을 했다(마음속으로 생각했을 뿐 입 밖으로 소리를 내지는 않았다).

'그래, 듣기에 좋은 말은 아니야. 자유, 흥분, 기쁨 같은 단어하고는 다르지. 그런 단어들은 듣기 좋잖아. 하지만 그냥 그렇게 들리는 것뿐이라고. 내게는 공허하고 너무 순식간이라서 시간 낭비일 뿐이지. 그런 말에 귀를 기울이는 것조차 시간 낭비야. 하지만 예속! 이건 실제로 있는 일이지. 이만한 일 정도는 내 의지대로 할 수 있겠지? 불가능한가? 아니지. 가능하고 말고. 그리 어려운 목표도 아니잖아. 머리를 잘 굴려 그 목적을 달성할 방법을 마련하기만 하면 돼.'

나는 머리를 짜내기 위해 정신을 바짝 차리려고 침대에서 벌떡 일어나 앉았다. 밤공기가 쌀쌀했다. 나는 숄을 어깨에 두르고 온 힘을 다해 생각에 전념했다.

'내가 원하는 게 뭐지? 새로운 환경, 새로운 집, 새로운 사람들 틈에서 새로운 일자리를 갖는 것이다. 그 이상은 바라봤자 소용없으니 내 바람은 이 정도로 해두자. 다른 사람들은 어떻게 새 일자리를 구하지? 친구들에게 부탁하겠지. 지금 내겐 친구가 없지만, 이 세상에는 친구가 없는 사람도 많아. 이런 사람들은 스스로 찾아내야 하겠지. 도와줄 사람도 자신밖에 없고. 그런데 어떻게?'

알 수가 없었다. 도무지 방법이 떠오르지 않았다. 그래서 나는 빨리 답을 찾아내라고 머리에 명령했다. 머리는 점점 더 빨리 돌아갔다. 내 머릿속과 양쪽 관자놀이에서 고동치는 맥박이 느껴졌다. 한 시간이나 정신없이 머리를 굴려봤지만 아무런 소득이 없었다. 나는 모든 노력이 수포로 돌아가자 방 안을 한 바퀴 돌고 커튼을 젖혔다. 별이 하나 둘 보였다. 그러다 너무

추워 덜덜 떨며 다시 이불 속으로 기어들어 갔다.

그런데 그사이 친절한 요정이 베개 위에 내가 찾아 헤매던 해답을 떨어뜨려놓은 것이 분명했다. 침대에 눕자마자 한 가지 생각이 떠오른 것이다.

'일자리를 찾는 사람들은 광고를 내잖아. 그러니 나도 ○○ 신문에 광고를 내자!'

'어떻게? 나는 광고라곤 전혀 아는 게 없는데?'

이번 대답은 순식간에 튀어나왔다.

'○○ 주 신문사 편집장 앞으로 광고 문구와 광고료를 보내자. 시간 되는 대로 로턴에 가서 우체통에 넣어야지. 답장은 여기 로턴 우체국의 제인 에어 앞으로 보내라고 하고. 편지를 보내고 일주일쯤 뒤에 답장이 왔는지 물어보는 거야. 답장이 왔다면 그 내용에 따라 움직이면 되지.'

나는 머릿속으로 이 계획을 두세 번 따져본 다음 마음속에 꼼꼼하게 새겼다. 계획은 깔끔하고 효율적이었다. 나는 만족스러운 기분으로 잠이 들었다.

다음 날 아침 나는 일찍 일어났다. 그리고 기상 시간을 알리는 종소리에 다른 이들이 잠자리에서 일어나기 전 광고 문구를 써서 봉투에 넣었다. 광고 문구는 이랬다.

교사 경력이 있는 젊은 여자로(이 년이나 교사로 있었으니까)

십사 세 미만 아동의 가정교사 자리를 구함(나는 이제 막 열여덟 살이 되었으니 내 또래의 학생을 가르칠 수는 없다고 생각했다). 영국 정규교육의 일반 과목뿐 아니라 프랑스어, 미술, 음악 지도 가능(지금은 부족해 보이지만 당시에는 꽤 많은 과목이라는 생각이 들었다).

주소: ○○ 주 로턴 우체국 J. E.

이 편지는 온종일 내 서랍에 들어 있었다. 차 마시는 시간이 지난 뒤 신임 교장 선생에게 개인적으로 볼일도 있고 동료들이 부탁한 심부름을 하러 로턴에 다녀오겠다고 말하자 쉽게 허락이 떨어졌다. 그리고 그날 오후 길을 나섰다. 로턴까지는 3킬로미터가 넘는 거리를 걸어가야 했다. 비가 내렸지만 해가 완전히 지려면 아직 멀었다. 나는 가게 한두 곳에 들렀다가 우체통에 편지를 넣고 학교로 돌아왔다. 비에 흠딱 젖었지만 마음은 가벼웠다.

그다음 한 주는 아주 길게 느껴졌다. 하지만 이 세상 모든 것에 끝이 있듯 마침내 일주일이 지나갔다. 어느 상쾌한 늦가을 저녁 나는 다시 한 번 로턴으로 나갔다. 가는 길은 정말이지 그림처럼 아름다웠다. 가장 경치 좋은 골짜기를 따라 흐르는 시냇물과 나란히 길이 나 있었다.

그러나 이날 내 신경은 아름다운 초원이나 시냇물보다 지금 내가 향하는 작은 도시에서 어쩌면 나를 기다리고 있을지도 모를 편지에 온통 쏠려 있었다.

이번에는 구두를 맞춘다는 핑계를 대고 나왔다. 우선 구둣방에서 신발을 맞춘 뒤 깨끗하고 조용한 거리를 지나 우체국으로 갔다. 콧등에 뿔테 안경을 걸치고 검은색 벙어리장갑을 낀 할머니가 우체국을 지키고 있었다.

"제인 에어 앞으로 온 편지는 없나요?"

마음을 진정시킨 뒤 물었다.

할머니는 안경 너머로 나를 뚫어지게 쳐다봤다. 그리고 서랍을 열더니 손으로 그 안을 한참 뒤적였다. 너무 오래 걸려 내 희망이 점점 사라지기 시작했다. 하지만 마침내 할머니는 한 통의 편지를 꺼내 들었다. 그리고 오 분이나 안경 앞에 편지를 붙들고 있다가 의심스러운 눈초리로 쳐다보며 창구 밖으로 내밀었다. 제인 에어 앞으로 온 것이었다.

"한 통밖에 없나요?"

"더는 없어요."

무뚝뚝한 말투였다. 나는 편지를 주머니에 넣고 학교로 향했다. 규칙상 학교에 여덟 시까지 들어가야 하는데 벌써 일곱 시 반이었다.

학교에 도착하자 여러 가지 일이 나를 기다리고 있었다. 학생들의 자습 시간을 감독했고 공부가 끝나자 기도문을 낭독할 차례였다. 그다음에는 학생들의 취침을 감독했다. 모든 일과가 끝나고 나서는 선생들과 함께 식사를 했다. 겨우 잠자리로 돌아왔을 때는 여지없이 그라이스 선생이 기다리고 있었다. 나는 그녀가 얼마 남지도 않은 양초가 다 탈 때까지 수다를 떨지 않을까 두려웠다. 하지만 다행히 저녁밥을 배불리 먹어서인지 그녀는 금세 잠이 들었다. 내가 옷을 채 갈아입기도 전에 벌써 코를 골았다. 초는 아직 한 치 정도 남아 있었다. 드디어 나는 편지를 꺼냈다.

봉투는 F라는 머리글자로 봉해져 있었다. 내용은 간단했다.

지난주 목요일 ○○ 주 신문에 광고를 내신 J. E. 씨가 기재한 학식을 갖추고 신원과 학력을 보증하는 서류를 제출하신다면 십 세 미만의 소녀가 있는 가정에서 일자리를 제공하겠습니다. 보수는 일 년에 30파운드입니다. 증명서, 성명, 주소 등 상세한 내용을 아래 주소로 보내주시기 바랍니다.

○○ 주 밀코트 인근 손필드, 페어팩스 부인

나는 꽤 오랫동안 이 편지를 들여다봤다. 나이 든 어른의 필체였는데 내용이 다소 애매했다. 조건은 마음에 들었다. 다만 혼자 멋대로 처리하다가 곤경에 처할까 봐 걱정이었다. 무엇보다 내가 노력한 만큼 존경받고 정당한 대접을 받았으면 했다.

생각해보니 내가 하려는 일에 나이 많은 부인이 관련된다 해도 전혀 나쁠 일이 없었다. 페어팩스 부인! 검은 드레스에 모자를 쓴 과부일 듯했다. 쌀쌀맞을지 몰라도 무례하진 않을 것이다. 존경할 만한 전형적인 영국의 노부인일 것이다. 손필드! 틀림 없이 그녀의 집 이름이겠지. 분명 깨끗하고 아담한 집일 거야. 그 집을 제대로 그려보려고 애썼지만 실패했다. ○○ 주 밀코트 라고 했다. 머릿속으로 영국 지도를 그려보았다. 그렇지. 주와 마을을 모두 찾았다. ○○ 주는 지금 내가 살고 있는 곳보다 런던에서 110킬로미터쯤 가깝다. 마음에 들었다. 활기찬 곳에 가보고 싶었다. 강변에 위치한 밀코트는 대규모 공업도시니까 분명 번화할 것이다. 그래서 더욱 좋았다. 적어도 완전히 새로 울 테니까. 기다란 굴뚝과 자욱한 연기만을 상상한 것은 아니 었다. 나는 '하지만 손필드는 아마도 시내에서 꽤 떨어져 있을 거야'라고 생각했다.

이때 초가 다 녹아 불이 꺼졌다.

이튿날은 다음 단계가 기다리고 있었다. 나는 계획을 도저 히 가슴속에만 묻어둘 수가 없었다. 계획이 성공하려면 알려 야 했다. 나는 쉬는 시간에 교장 선생을 찾아갔다. 그녀에게 지 금 내가 받고 있는 월급의 두 배(로우드에서 받는 연봉은 15파운 드에 불과했다)를 받을 수 있는 일자리가 생겼다고 말했다. 그리 고 브르클허스트 씨를 비롯한 다른 위원들에게 이 이야기를 꺼내주고 그들을 보증인으로 내세워도 될지 물어봐 달라고 부탁했다. 교장 선생은 기꺼이 나를 도와주겠다고 말했다. 다음 날 교장 선생은 브로클허스트 씨에게 이 문제를 거론했다. 그는 리드 부인이 내 보호자이므로 이 사실을 부인에게도 알려야 한다고 말했다. 그리하여 나는 리드 부인에게 편지를 썼고 얼마 후 이런 답장이 날아왔다.

'네 문제에 간섭하는 일은 일찌감치 포기했다. 네가 하고 싶은 대로 하렴.'

이 편지는 위원들에게 회람되었다. 그리고 지긋지긋하게 오랜 시간을 끌다가 마침내 더 좋은 일자리로 옮겨도 된다는 정식 허가가 떨어졌다. 또한 내가 로우드에서 교사나 학생으로서 성실히 생활해왔으므로 신원이나 실력을 보증한다는 의미로 로우드 학원의 감독 위원들이 서명한 보증서도 제공해주겠다고 했다. 그로부터 한 달쯤 뒤 나는 그 증명서를 받아 사본을 페어팩스 부인에게 보냈다. 부인은 만족한다며 이 주 후부터 가정교사로 일하라는 내용의 답장을 보내왔다.

나는 분주하게 떠날 준비를 했다. 이 주일은 순식간에 흘러갔다. 욕심이 많지 않아 필요한 만큼의 옷밖에 없었기 때문에 가방은 떠나기 전날 꾸려도 충분했다. 팔 년 전 게이츠헤드에서 갖고 온 바로 그 트렁크였다.

가방은 끈으로 묶어 이름표를 달았다. 이 짐을 로턴까지 운

반할 짐꾼이 삼십 분 후에 오기로 되어 있었다. 나는 내일 아침 일찍 로턴에 가서 역마차를 타기로 했다. 검은 모직 여행복을 꺼내 먼지를 털고 모자, 장갑, 팔 토시를 챙긴 뒤 빠진 물건이 없는지 서랍 안까지 확인했다. 모든 준비가 끝나면 잠시 쉬려고 했는데 도무지 그럴 겨를이 없었다. 종일 바삐 움직였는데도 쉴 틈이 전혀 없었다. 너무 들떠 있었다. 오늘 밤 내 인생의 1막이 끝나고 제2막이 열리려는 이때 쿨쿨 잠이 올 리가 없었다. 변화가 일어나는 과정 하나하나를 두 눈으로 똑똑히 지켜보고 싶어졌다.

마치 불안한 사람처럼 서성거리고 있을 때 휴게실에서 하녀와 마주쳤다.

"선생님, 아래층에 어떤 분이 찾아오셨어요."

하녀가 말했다.

'짐꾼이겠지'라고 생각하며 나는 더 이상 묻지 않고 아래층으로 내려갔다. 부엌을 향해 문이 반쯤 열린 교사용 응접실을 지나 들어가려는데 누군가 뛰어나오더니 말했다.

"아가씨 맞죠. 확실해, 어디서든 나는 딱 알아볼 수 있어!"

한 여인이 발걸음을 멈추게 하며 내 손을 붙잡았다. 옷을 잘 차려입은 하녀 같기도 하고 부인 같기도 했지만 아직 젊어 보였다. 머리와 눈동자가 검고 안색이 밝은 예쁜 여자였다.

"나를 알아보겠어요?"

낯익은 목소리와 미소였다.

"나를 영영 잊어버린 건 아니죠, 제인 아가씨."

그 순간 나는 너무나 기뻐서 그녀를 안고 정신없이 입을 맞추었다.

"베시! 베시! 베시!"

나는 이 말만 되풀이했고 베시는 울다가 웃다가 했다.

우리는 응접실로 들어갔다. 난로 옆에 체크무늬의 겉옷과 바지를 입은 세 살가량 된 아이가 서 있었다.

"내 아들이에요."

베시가 재빨리 말했다.

"결혼했어요, 베시?"

"오 년 됐어요. 마부 로버트 리븐이 남편이에요. 여기 보비 말고 딸이 하나 더 있는데 이름을 제인이라고 지었어요."

"그럼 이제 게이츠헤드에는 안 살아요?"

"문지기 집에 살아요. 문지기 영감이 나갔거든요."

"그렇군요, 베시. 모두 어떻게 지내요? 가족들 얘기 좀 해줘요. 우선 앉아봐요. 보비, 너는 내 무릎에 앉으렴."

하지만 보비는 자기 엄마 옆으로 갔다.

"제인 아가씨는 키가 별로 안 자랐네요, 살도 안 찌고. 학교에서 대접이 좋지 않은 거예요? 일라이자 아가씨는 키가 아가씨보다 머리 하나는 더 크고 조지아나 아가씨는 몸집이 아가씨

두 배는 될 텐데."

리븐 부인이 말했다.

"조지아나는 아름다운 숙녀가 되었죠?"

"그럼요. 지난겨울 마님과 런던에 갔는데 전부 조지아나 아가씨한테 넋을 잃었대요. 그중 어느 젊은 귀족이 아가씨한테 반해 청혼했는데 그분 가족들이 결혼을 반대한 거예요. 그래서 어떻게 되었는지 아세요? 그분과 아가씨가 도망을 쳤지 뭐예요. 그러다 잡혀서 결국 헤어졌어요. 그런데 찾아낸 사람이 바로 일라이자 아가씨였어요. 내 생각엔 질투를 한 것 같아요. 지금 그 둘은 앙숙이 되어 지내요. 매일 싸우면서요."

"그럼 존 리드는 어때요?"

"아아, 그분은 마님께서 바라신 것만큼 잘 지내지 못해요. 대학에 들어갔는데 낙제했다던가……. 사람들이 그러더라고요. 삼촌들이 변호사가 되라고 해서 법률 공부를 하긴 하는데 워낙 방탕해서 삼촌들도 크게 기대하지 않는 눈치예요."

"어떻게 생겼어요?"

"키가 엄청 커요. 잘생긴 청년이라는 사람도 있지만 입술이 너무 두꺼워요."

"그럼 리드 부인은요?"

"마님은 건강하고 얼굴도 보기 좋은데 마음이 편치 않으신가 봐요. 존 도련님 때문에 속상하신 거겠죠. 돈을 물 쓰듯 하거든요."

"외숙모가 베시를 여기로 보내신 거예요?"

"아뇨, 그럴 리가요. 예전부터 아가씨가 보고 싶었거든요.
그러던 차에 아가씨한테 편지가 왔는데 다른 고장으로 떠난다
기에 일부러 보러 온 거예요. 영영 못 만나는 먼 곳으로 가기 전
에 당장 가서 만나봐야지 하고요."

"나를 보고 실망했겠네요."

내가 웃으며 말했다. 베시의 눈에서 존경스러운 빛은 엿보였
지만 감탄한 기색은 없었다.

"아니에요, 아가씨. 꼭 그렇지도 않아요. 제인 아가씨는 아
주 고상해져서 보기에 마치 귀부인 같아요. 예상하던 거의 그
대로예요. 솔직히 아가씨는 어릴 때도 예쁘지는 않았잖아요."

베시의 솔직한 대답을 듣고 나는 미소를 지었다. 맞는 말이
지만 솔직히 그 말이 아무렇지도 않게 들리지는 않았다. 열여덟
살이 되면 대부분의 사람은 남의 마음에 들고 싶어 한다. 그런
데 자신의 외모가 그런 바람을 충족시켜주지 못한다는 것을 알
게 되면 실망할 수밖에 없다.

"그래도 아가씨는 똑똑하잖아요."

베시가 위로하듯 말했다.

"아가씨는 어떤 걸 할 줄 알아요? 피아노는 치나요?"

"조금 칠 줄 알아요."

방 안에 피아노가 있었다. 베시는 피아노로 가서 뚜껑을 열더니 한 곡만 쳐달라고 부탁했다. 내가 왈츠를 한두 곡 치자 그녀는 감탄했다.

"리드 댁 아가씨들은 그만큼 못 쳐요."

베시가 정말 기쁜 듯이 말했다.

"공부라면 아가씨가 리드 댁 아가씨들하고 비교도 안 되게 잘할 거라고 내가 늘 말했잖아요. 그림도 그리나요?"

"저기 벽난로 위에 걸린 그림도 내가 그린 거예요."

그건 수채 물감으로 그린 풍경화였다. 나를 위해 위원들에게 허락을 받아준 게 고마워서 교장 선생에게 선물한 것이었다. 교장 선생은 그 그림을 액자에 끼워 걸어놓았다.

"정말 아름답네요. 리드 아가씨들을 가르치는 미술 선생이 그린 것만큼이나 훌륭해요. 아가씨들의 그림 수준은 발끝에도 못 따라가겠어요. 프랑스어도 할 줄 알아요?"

"네, 읽고 말할 수 있어요."

"모슬린이나 캔버스에 수도 놓을 수 있고요?"

"그럼요."

"어머나! 아가씨는 정말 귀부인이 다 됐네요. 내 그럴 줄 알았지. 이제는 아가씨 친척이 돌봐주지 않아도 잘 지낼 수 있겠어요. 그런데 아가씨한테 물어볼 게 있어요. 혹시 아버님 친척인 '에어' 댁에서 무슨 소식 못 들었어요?"

"한 번도 들은 적이 없어요."

"그렇군요……. 마님께서 늘 아가씨 친척이 가난하고 천한 것처럼 말씀하셨잖아요. 한데 내 생각에는 가난할지는 몰라도 리드 가문 못지않게 점잖은 분들일 거라는 생각이 들어요. 칠 년 전쯤에 에어라는 분이 게이츠헤드로 찾아오셨어요. 아가씨를 만나고 싶다고요. 마님께서 아가씨가 80킬로미터쯤 떨어진 학교에 있다고 말하니까 크게 실망하시는 것 같더라고요. 그분은 외국으로 떠나야 해서 머물 수가 없었나 봐요. 배가 하루 이틀 있다가 런던을 떠나기로 되어 있어서요. 점잖아 보이는 신사분이던데 아가씨 아버님의 형제 같았어요."

"외국 어디로 가셨어요?"

"수천 킬로미터 떨어진 섬이고, 포도주를 만든다고 집사가 그랬는데……."

"마데이라?"

내가 추측해보았다.

"맞아요. 바로 거기예요."

"그래서 떠나셨어요?"

"네, 오래 계시지도 않았어요. 마님이 너무 거만하게 대하셨거든요. 나중에 마님은 그분이 천한 장사꾼이라고 하셨는데 남편은 포도주 사업가인 것 같다고 하더라고요."

"그렇겠네요. 아니면 포도주 사업가 밑에서 일하는 직원이거나 판매업자였겠죠."

베시와 나는 한 시간이 넘게 옛날 얘기를 주고받았다. 그리고 어느새 베시가 떠날 시간이 되어 우리는 헤어져야 했다. 다음 날 아침 나는 로턴에서 역마차를 기다리다가 베시와 잠시나마 다시 만났다. 마침내 우리는 브로클허스트암스 어귀에서 각자의 길로 떠났다. 베시는 게이츠헤드로 가는 마차를 타러 로우드펠 언덕으로 가고 나는 새 일자리와 새로운 삶이 있는 밀코트의 미지의 장소로 데려다 줄 마차에 올랐다.

제11장

　소설 속의 새로운 장은 연극의 새로운 장면과 같다. 그러니
독자들이여, 내가 이제 막을 올리면 밀코트에 위치한 조지 여인
숙의 방을 들여다보고 있다고 상상하기 바란다.

　여인숙 방에 있을 법한 무늬가 큰 벽지에다 여인숙다운 카펫
과 가구, 벽난로 위의 장식품이 있으며 조지 3세와 영국 황태자
의 초상화, 울프 장군의 전사 장면을 그린 그림이 벽에 걸려 있
었다. 천장에 달린 등불과 활활 타오르고 있는 벽난로의 불빛
이 모든 것을 환하게 비춰주었다. 나는 외투를 입고 모자를 쓴
채 불 옆에 앉아 있었다. 팔 토시와 우산을 탁자 위에 올려놓
고 10월의 매서운 추위 속에서 장장 열여섯 시간이나 찬바람
을 맞아 얼어붙은 몸을 녹이고 있었다. 새벽 네 시에 로턴을 떠

났는데 밀코트에 도착해보니 시계가 막 저녁 여덟 시를 가리켰다. 나는 방 안에 편안히 앉아 있는 것처럼 보였지만 마음속으로는 안절부절못했다. 마차가 여기 도착하면 누군가 마중 나와 있을 거라고 생각했다. 편히 내리도록 갖다놓은 나무 발판을 밟고 내려오면서 혹시 누가 내 이름을 부르지 않을까 하며 손필드로 나를 데려다 줄 마차가 보이길 바랐지만 아무도 없었다. 여관 종업원에게 제인 에어를 찾는 사람이 없었느냐고 물어봤지만 없다는 대답뿐이었다. 나는 방으로 안내해달라고 부탁하고 지금 이 방에 앉아 기다리고 있다. 온갖 의심과 두려움으로 마음속이 어지러웠다. 세상 물정에 어두운 젊은 처녀가 모든 관계를 끊고 떠나온 항구에 도착할 수 있을지도 불확실했고, 그렇다고 되돌아가자니 너무 많은 장해물이 가로막고 있었다. 세상 천지에 나 혼자뿐이라는 생각이 들자 기분이 묘했다. 모험의 매력이 이런 기분을 더 즐겁게 만들어주고 자부심이라는 불꽃이 마음을 더욱 따뜻하게 해주지만, 두근거리는 불안감이 이 모든 기분을 어지럽혔다. 삼십 분이 지나도록 혼자 있으려니 마음속에 불안한 마음이 가득했다. 나는 일단 초인종을 눌러보기로 했다.

"이 근처에 손필드라는 곳이 있나요?"

종소리를 듣고 온 종업원에게 물었다.

"손필드요? 모르겠네요. 술집에 가서 물어보겠습니다."

그는 나가더니 금세 다시 돌아왔다.

"혹시 에어 양이신가요?"

"네."

"여기 기다리는 분이 계십니다."

나는 벌떡 일어나 토시와 우산을 챙겨들고 서둘러 복도로 나갔다. 열린 문 앞에 한 남자가 서 있었다. 등불이 켜진 거리에 어렴풋이 말 한 필이 끄는 마차가 보였다.

"이게 선생님 짐이죠?"

남자는 나를 바라보더니 불쑥 복도에 놓인 가방을 가리키며 물었다.

"네."

남자는 수레 같은 마차에 짐을 올렸고 나도 마차에 올라탔다. 그가 마차 문을 닫기 전에 나는 손필드가 얼마나 멀리 떨어져 있는지 물었다.

"10킬로미터쯤 됩니다."

"도착할 때까지 얼마나 걸릴까요?"

"한 시간 반쯤 걸릴 겁니다."

그는 마차 문을 닫고 바깥 자리에 앉았다. 그리고 마차가 출발했다. 마차가 비교적 천천히 달려서 생각할 시간은 충분했다. 나는 드디어 여행이 끝나간다고 생각하니 무척 기뻤다. 우아하지는 않지만 안락한 마차에 기대 편안한 마음으로 이런저런 상념에 빠졌다.

'하인과 마차가 소박한 걸 보니 페어팩스 부인은 그리 멋을 부리는 사람은 아닌 듯하네. 그럴수록 좋지. 사치스러운 사람들과 살았을 때 얼마나 비참했어. 페어팩스 부인은 어린 소녀와 단둘이 살고 있나? 만약 그렇고 사람도 친절하다면 틀림없이 잘 지낼 수 있을 거야. 최선을 다해야지. 최선을 다한다고 항상 보답이 돌아오는 건 아니지만 로우드에서 그렇게 마음먹고 생활했더니 사람들이 모두 날 좋아했잖아. 하지만 리드 외숙모는 내가 최선을 다해도 핀잔만 주었어. 페어팩스 부인이 제2의 리드 외숙모가 아니길 바랄 뿐이야. 만약 그렇다면 나는 거기서 살 수 없어. 최악의 상황이 와도 상관없어. 또 광고를 내면 되지 뭐. 그런데 지금 얼마나 왔지?'

나는 창문을 내리고 밖을 내다보았다. 밀코트는 저 멀리 뒤에 있었다. 불빛이 많은 것으로 보아 로턴보다 훨씬 크고 더 번화한 곳인 듯했다. 눈앞에 펼쳐진 광경을 보건대 마차는 넓은 공유지 위를 달리고 있는 것처럼 보였지만 군데군데 집들이 흩어져 있었다. 로우드와 달리 더 번화하지만 경치는 그저 그렇고, 활기차지만 낭만은 부족한 곳에 와 있는 느낌이었다.

길은 질척거리고 밤안개가 자욱했다. 마부가 계속해서 말을 걷게 내버려두는 바람에 한 시간 삼십 분이면 갈 거리를 두 시간이나 걸려 도착했다. 마침내 마부가 고개를 돌리며 말했다.

"손필드에 거의 다 왔습니다."

나는 다시 밖을 내다보았다. 마침 교회 앞을 지나고 있었다. 낮고 폭이 넓은 탑이 하늘로 솟아 있었다. 교회의 종이 십오 분마다 울렸다. 언덕 위에 마을의 불빛이 마치 가느다란 은하수처럼 퍼져 있었다. 우리가 들어가자 뒤에서 쿵 하고 문이 닫혔다. 마차는 이제 천천히 올라가 기다란 건물 앞에 섰다. 커튼을 친 창문 하나에서 촛불 빛이 비쳤지만 다른 창들은 모두 깜깜했다. 마차가 현관 앞에 멈추자 하녀가 문을 열었다. 나는 마차에서 내려 안으로 들어갔다.

"이쪽으로 오시겠습니까?"

하녀가 앞서 걸으며 말했다. 나는 하녀를 따라 사방으로 높다랗게 문이 나 있는 네모난 홀을 지나갔다. 하녀는 나를 난로와 촛불이 켜진 방으로 안내했다. 두 시간이나 어둠 속에 있다 보니 처음에는 눈이 부셔 아무것도 보이지 않았다. 하지만 시간이 조금 지나자 아늑한 광경이 눈앞에 펼쳐졌다.

작지만 포근한 방이었다. 타오르는 난롯불 곁에는 동그란 탁자가 있고 높은 구식 안락의자에 모자를 쓴 채 검은 비단 옷에 하얀 모슬린 앞치마를 두른 단아하고 자그마한 노부인이 앉아 있었다. 생각보다 덜 우아하고 생각보다 더 상냥하지만 내가 상상한 그대로의 모습이었다. 뜨개질을 하고 있는 그녀의 발치에는 커다란 고양이 한 마리가 얌전히 앉아 있었다. 완벽하게 평화로운 가정의 모습이었다. 새 가정교사에게 이보다 더 마음 놓이는 첫 만남은 없을 것이다. 나를 주눅 들게 만드는 웅장함이나 쩔쩔매게 만드는 기세등등함은 없었다. 내가 들어가자 노부인은 재빨리 일어나 반갑게 다가왔다.

"어서 와요. 오는 동안 지루했죠? 존이 마차를 좀 느리게 몰아요. 추울 텐데 난롯가로 와요."

"페어팩스 부인이신가요?"

내가 물었다.

"맞아요, 앉아요."

부인은 자기 의자로 나를 데려가 숄을 벗기고 모자 끈을 풀어주었다. 나는 손사래를 치며 만류했다.

"아니에요, 괜찮아요. 추워서 손이 얼음장이네요. 리어, 따끈한 니거스(포도주와 더운물, 설탕 등을 넣은 음료—옮긴이)랑 샌드위치를 가져와. 저장실 열쇠는 여기 있어."

부인은 이렇게 말하며 호주머니에서 열쇠 꾸러미를 꺼내 하녀에게 건넸다.

"자, 난로 쪽으로 좀 더 가까이 와요. 짐은 가져왔죠?"

"네."

"짐은 방에 갖다놓으라고 할게요."

부인은 이렇게 말하고 바삐 밖으로 나갔다.

'날 손님처럼 대해주시네. 이렇게 환대받을 줄은 예상도 못했어. 차갑고 무뚝뚝하게 맞아줄 거라고 생각했는데 말이야.
가정교사 대우가 이 정도라고 듣지는 않았는데. 그래도 섣불리
좋아하지는 말아야지.'

나는 이런 생각을 하며 들뜬 마음을 가라앉혔다.

부인은 돌아와 손수 탁자에 있는 뜨개질 거리와 책 두어 권
을 치우고 리어가 방금 가져온 쟁반을 놓았다. 그러고 나서 내
게 음식을 권했다. 지금까지 이런 대접을 받아본 적이 없는 데
다가 그 대상이 고용주면서 손윗사람이기까지 해서 어리둥절했
다. 하지만 부인은 자신의 행동이 격에 맞지 않는다고 생각하
는 것 같지 않아 잠자코 친절을 받아들이기로 했다.

"오늘 저녁에 페어팩스 양을 만나볼 수 있을까요?"

나는 부인이 권하는 음식을 먹으며 물었다.

"뭐라고요? 내가 귀가 좀 어두워요."

마음씨 좋은 부인이 내 입가에 자기 귀를 갖다 대며 말했다.

나는 또박또박 다시 한 번 물었다.

"페어팩스 양이오? 아하! 바렝 양 말이군요! 앞으로 가르치
실 아이 이름은 바렝입니다."

"그렇군요! 부인의 딸이 아닌가 보네요."

"네, 나는 가족이 없어요."

바렝 양과는 무슨 관계냐고 묻고 싶었지만 한꺼번에 너무 많
이 묻는 게 실례인 듯해서 잠자코 있었다. 때가 되면 알게 될 거

라고 생각했다.

노부인은 내 맞은편에 앉아 무릎 위에 고양이를 올려놓으며 말을 이었다.

"반갑네요. 선생님이 오셔서 정말 기뻐요. 이제 말벗도 생겼으니 여기서 사는 게 좀 더 즐거워지겠네요. 원래도 살기 좋은 곳이기는 하지만요. 손필드는 유서 깊은 저택이에요. 최근에 좀 방치되긴 했지만 여전히 훌륭한 곳이죠. 하지만 겨울에는 아무리 훌륭한 저택이라도 혼자면 쓸쓸하거든요. 혼자라고는 했지만 물론 리어는 착한 아이이고 존 부부도 예의 바른 사람들이에요. 하지만 보시다시피 하인들이니까 아무래도 동등한 입장에서 대화를 나눌 수가 없지요. 권위를 잃지 않으려면 적당히 거리를 둬야죠. 기억할지 모르지만 작년 겨울은 정말 추웠고 눈이 오지 않는 날에는 비가 오거나 바람이 불었죠. 11월부터 2월까지 푸줏간 주인과 우편배달부 말고는 이 집에 사람 그림자 하나 없었어요. 매일 밤 혼자 앉아 있으니 정말 우울해지더군요. 가끔 리어에게 책을 읽어달라고 했지만 불쌍한 그 애도 썩 좋아하는 눈치가 아닌 데다 지루해하는 것 같더군요. 봄과 여름에는 훨씬 낫죠. 해가 나고 날이 길어지면 확 달라지잖아요. 그러다 지난 초가을에 아델 바렝과 그 애 유모가 왔어요. 그 애 덕분에 집안에 생기가 넘쳐나게 되었어요. 게다가 선생님까지 오셨으니 얼마나 기쁜지 몰라요."

이 말을 듣고 나니 이 훌륭한 노부인이 정말 좋아졌다. 나는 그녀 쪽으로 의자를 당겨 앉았다. 그리고 그녀가 나와 함께 지내면서 기대하는 것처럼 즐겁기를 진심으로 바란다고 말했다.

부인이 말했다.

"하지만 오늘 밤은 늦게까지 붙들고 있지 않을게요. 벌써 열두 시네요. 종일 여행을 했으니 피곤할 거예요. 발이 녹았으면 침실을 보여줄게요. 내 옆방을 준비했어요. 작기는 해도 정면을 바라보는 넓은 방과 비교해 더 좋을 거예요. 넓은 방이 가구는 더 좋지만 을씨년스러워 나는 거기서 자본 적이 없어요."

사실 긴 여행에 피곤해서 세심한 배려에 감사드린 다음 이제 침실로 가겠다고 말했다. 부인이 촛불을 들고 나가자 나는 그 뒤를 따라나섰다. 부인은 우선 현관문이 잠겨 있는지 살핀 뒤 자물쇠의 열쇠를 빼서 2층으로 올라갔다. 계단과 난간은 참나무로 되어 있고 계단에 있는 창문은 격자 모양으로 높이 나 있었다. 침실로 통하는 긴 복도와 복도의 창문은 집이 아니라 마치 교회 같았다. 지하실 같은 썰렁한 공기가 계단과 복도를 감돌아 쓸쓸하고 고독하게 느껴졌다. 내 침실은 작지만 아늑하고 평범했으며 현대적인 가구로 꾸며져 있었다. 나는 방이 마음에 들었다.

페어팩스 부인이 친절하게 잘 자라고 인사한 뒤 나가자 나는 문을 잠그고 방 안을 느긋하게 둘러봤다. 거대한 방과 어둡고 넓찍한 계단, 길고 서늘한 복도를 보고 받았던 으스스한 인상이 이 생기 있는 작은 방에 들어서자 어느 정도 사라졌다. 몸은 피로하고 마음은 불안했던 하루를 보내고 마침내 안식처에 도착했다는 안도감이 밀려들었다. 감사한 마음이 벅차올라 나는 침대에서 무릎을 꿇고 감사기도를 올렸다. 기도를 마치기 전에 앞으로 내가 갈 길을 보살펴주시고, 아직 애쓴 일이 없는데도 극진히 대해준 친절에 보답할 수 있는 힘을 달라고 애원하는 것도 잊지 않았다. 그날 밤 나는 조금도 불편하지 않았고 방에 혼자 있어도 두렵지 않았다. 만족스러운 데다가 피곤하기도 해서 나는 금세 곯아떨어졌다. 다음 날 눈을 뜨자 대낮처럼 날이 환했다.

내 방은 정말 아늑하고 밝았다. 화사한 푸른색 꽃무늬 커튼 사이로 아침 햇살이 비치면서 로우드의 회칠한 지저분한 벽이나 널빤지가 그대로 드러난 바닥과는 비교도 안 되는 도배한 벽과 카펫이 깔린 마루를 비췄다. 나는 그 광경을 보자 기분이 밝아졌다. 젊은이에게 외부적인 것들은 큰 영향을 미친다. 내게도 꽤 괜찮은 시절이 시작되고 있다는 생각이 들었다. 꽃과 즐거움뿐만 아니라 가시밭길과 괴로움도 함께 있을 것이다. 환경의 변화와 희망찬 새 일자리에 고무되어 내 모든 능력도 깨어나는 듯했다. 무엇을 기대하는지 꼬집어 얘기할 수는 없지만 즐거운 것이었다. 오늘이나 다음 달이 아니라 언젠가 다가올 미래의 어느 날일 것이다.

나는 일어나 신경 써서 옷을 입었다. 아주 단순한 옷밖에 없어 수수하게 보이겠지만 최대한 단정하게 보이고 싶었다. 성격상 부끄럽게 보이거나 부주의하다는 인상을 주고 싶지 않았다. 오히려 최대한 잘 보이고 싶고 되도록 예쁘게 보이고 싶었다. 가끔 내가 좀 더 예쁘게 생기지 않아 속이 상하기도 했다. 때때로 불그레한 볼에 오뚝한 코, 앵두 같은 입술을 가졌으면 했다. 키가 크고 위풍당당하며 균형 잡힌 몸매이길 간절히 바랐다. 작은 키와 창백한 얼굴에 제멋대로 생긴 독특한 이목구비 때문에 불행하다고 느낀 적도 있었다. 나는 왜 이런 열망과 아쉬움을 갖게 된 것일까? 답하기 어려운 질문이었다. 그 당시에는 나 자신한테도 그 이유를 설명하기가 어려웠다. 하지만 나름의 이유는 있었다. 너무나 합리적이고 당연한 이유 말이다. 어쨌든 머리를 곱게 빗고 퀘이커 교도처럼 보이지만 그래도 몸에 꼭 맞아 잘 어울리는 검은색 드레스를 입은 다음 새하얀 깃 장식을 가다듬고 나니 이 정도면 페어팩스 부인 앞에 스스럼없이 나설 수 있고, 새 제자도 내가 싫어 움찔하지 않을 거라는 생각이 들었다. 나는 침실 창문을 열어젖히고 화장대 물건이 가지런히 놓였는지 확인한 뒤 용기를 내어 방을 나섰다.

매트가 깔린 긴 복도를 지나 매끈매끈한 참나무 계단을 내려가니 큰 홀이 나타났다. 나는 걸음을 멈추고 벽에 걸린 그림 몇

점(내 기억에 그중 하나는 갑옷을 입은 험상궂게 생긴 남자의 초상화였고, 다른 하나는 머리에 분을 바르고 진주 목걸이를 한 귀부인의 초상화였다)과 천장에 걸린 청동 램프, 오래되고 손때가 묻어 새까맣고 묘한 조각으로 장식된 커다란 참나무 시계를 바라보았다. 모든 것이 웅장하고 인상 깊었다. 그때까지 그만큼 장엄한 광경을 본 적이 없어서 더욱 그랬을 것이다. 절반이 유리로 된 커다란 현관문은 열려 있었다.

나는 현관문을 나섰다. 이른 아침 가을 햇살이 갈색 숲과 아직 푸르른 들판을 잔잔하게 비췄다. 나는 잔디밭으로 나가 고개를 들어 정면에서 저택을 바라보았다. 건물은 3층짜리로 꽤 컸지만 거대할 정도는 아니었다. 귀족의 저택이라기보다는 신사의 저택 같았고 지붕을 둘러싼 흉벽 덕분에 그림 같은 느낌도 있었다. 회색빛 저택은 까마귀 떼가 날아오르는 숲을 배경으로 우뚝 서 있었다. 새들이 잔디와 정원을 지나 넓은 초원에 내려앉았다. 저택과 풀밭 사이에는 도랑이 있었다. 참나무같이 단단하며 마디가 굵고 많은 가시나무들의 당당한 모습은 손필드라는 이름의 유래를 알려주었다. 저 멀리 언덕이 보였다. 로우드를 둘러싼 언덕처럼 높지도 않고 바위도 많지 않았으며 세상과 갈라놓는 장벽처럼 보이지도 않았다. 그러나 몹시 고요하고 쓸쓸해 보였다. 번화한 밀코트 지방이라는 생각이 들지 않을 만큼의 한적함이 손필드를 에워싸고 있었다. 나무 사이로 언덕배기에 작은 마을의 지붕들이 보였다. 그리고 손필드 근처 교회의 낡은 첨탑이 저택 건물과 대문 사이의 작은 언덕 너머로 보였다.

나는 이 평온한 경치와 상쾌하고 신선한 아침 공기를 즐기며 까마귀 떼의 깍깍거리는 소리를 듣고 있었다. 저택의 넓고 낡은 홀을 바라보며 페어팩스 부인처럼 작고 외로운 여성이 살기에는 너무 큰 집이라는 생각을 하고 있을 때 문 앞에 부인이 나타났다.

"어머, 벌써 나왔네요? 일찍 일어났나 봐요."

부인은 내가 다가가자 다정한 몸짓으로 입을 맞추며 손을 꼭 잡았다.

"손필드가 마음에 들어요?"

나는 고개를 끄덕이며 마음에 든다고 말했다.

"그렇죠, 아름다운 곳이에요. 하지만 로체스터 씨가 아예 여기에 정착하시거나, 적어도 지금보다 더 자주 오시지 않는다면 못 쓰게 되지 않을까 걱정이에요. 아무래도 큰 저택과 멋진 정원에는 주인이 살아야 하거든요."

"로체스터 씨라고요? 그분이 누구신데요?"

나는 처음 듣는 이름에 놀라며 물었다.

"손필드의 주인이오. 주인 이름이 로체스터 씨라는 걸 모르셨어요?"

그녀가 차분한 목소리로 말했다.

물론 나는 몰랐다. 그의 이름을 들어본 적이 없었다. 하지만 노부인은 온 세상이 그의 존재를 알아야 하며, 누구든 본능적으로 알고 있어야 하는 사실로 여기는 듯했다.

"나는 여기가 부인의 저택이라고 생각했어요."

내가 말했다.

"내 집이오? 무슨 그런 생각을! 내 집? 난 그냥 가정부예요. 관리인이죠. 외가 쪽으로 로체스터 씨와 먼 친척이긴 해요. 말하자면 내 남편이 그래요. 남편은 저 언덕 너머에 있는 작은 헤이 마을의 목사였어요. 문가에 있는 교회를 맡고 있었지요. 로체스터 씨의 어머니가 페어팩스 집안인 남편과 육촌 간이었어요. 하지만 나는 절대로 친척 관계를 내세우거나 하지는 않아요. 사실 아무것도 아니니까요. 나 자신도 보통 가정부와 똑같다고 생각해요. 이 집의 주인은 항상 친절해서 나는 더 이상 바라는 게 없어요."

"그럼 제 학생이 될 아이는요?"

"그 아이는 로체스터 씨의 양녀예요. 나한테 가정교사를 구해달라고 부탁하셨거든요. 내 생각에 주인 양반은 그 애를 ○○ 주에서 키우실 모양이에요. 아, 저기 '본'이랑 같이 오네요. 저 애는 유모를 본이라고 부르더군요."

드디어 수수께끼가 풀렸다. 상냥하고 친절한 미망인은 높으신 귀부인이 아니라 나와 같은 고용인이었다. 그렇다고 그녀가 싫어지진 않았다. 오히려 전보다 더 가깝게 느껴졌다. 그녀가 나를 동등하게 대해준 것은 우리가 실제로 평등했기 때문이지 겸손해서가 아니었다. 그래서 더 좋았다. 훨씬 더 자유롭게 행동할 수 있을 거라는 생각이 들었기 때문이다.

이런 생각을 하고 있을 때 소녀가 유모와 함께 잔디밭을 뛰어왔다. 나는 아이를 바라보며 서 있었다. 그 애는 내가 누구인지 알아보지 못한 듯했다. 일곱 살에서 여덟 살 정도로 보이는 꽤 어린 아이였다. 창백한 얼굴에 눈코입이 오밀조밀하고 몸이 자그마한 아이로 숱 많은 곱슬머리가 허리까지 길게 내려왔다.

"아델, 잘 잤니?"

페어팩스 부인이 말했다.

"이리 와서 인사 드리렴. 앞으로 너를 가르치며 똑똑한 숙녀로 만들어주실 선생님이셔."

소녀가 다가왔다.

"이분이 내 선생님이세요?"

그 애는 나를 가리키며 프랑스어로 유모에게 물었다.

"그래."

유모가 대답했다.

"외국인들인가요?"

나는 프랑스어를 듣고 깜짝 놀라 물었다.

"네, 유모는 프랑스 사람이에요. 아델은 대륙에서 태어나 여섯 달 전에 처음 그곳을 떠나왔다더군요. 처음 여기 왔을 때는 영어를 한 마디도 못 했어요. 지금은 조금씩 말하기 시작했죠. 그래도 나는 이 아이의 말을 잘 못 알아듣겠어요. 프랑스어를 섞어서 하거든요. 하지만 선생님은 바로 알아들으실 거예요."

다행히 나는 프랑스인에게 프랑스어를 배웠다. 그리고 기회가 될 때마다 피에로 선생과 대화를 하려고 노력했으며 지난 칠년간 매일 프랑스어를 암기했다. 악센트에 특별히 공을 들여 선생과 최대한 비슷하게 발음하려고 노력했다. 이런 노력 덕분에 나는 프랑스어를 꽤 정확하고 유창하게 말할 수 있었다. 아델과 대화하는 데도 큰 무리는 없을 것 같았다.

아델은 내가 가정교사라는 말을 듣자 다가와서 악수를 청했다. 나는 아침 식사를 하러 가면서 프랑스어로 몇 마디 말을 걸었다. 아이는 처음에는 짧게 대답하다가 식탁에 앉자 커다란 연갈색 눈으로 십 분 정도 나를 살피더니 갑자기 말을 술술 쏟아내기 시작했다.

"어머나! 선생님도 로체스터 아저씨만큼 프랑스어를 잘하시네요. 아저씨한테 하듯이 선생님과도 얘기할 수 있겠어요. 소피도 그렇고요. 소피가 정말 기뻐할 거예요. 여기선 아무도 소피 말을 못 알아듣거든요. 페어팩스 부인은 영어밖에 못 해요. 소피는 제 유모예요. 저하고 연기를 내뿜는 굴뚝이 달린 커다란 배를 타고 바다를 건너왔어요. 연기가 무지무지 많이 났어요. 저는 멀미를 했는데 소피도 하고 아저씨도 했어요. 로체스터 아저씨는 살롱이라는 좋은 방에 있는 소파에 누워 계셨고 소피와 저는 다른 방 작은 침대에 누워 있었어요. 그때 침대에서 떨어질 뻔했어요. 침대가 선반 같았어요. 그런데 선생님 이름은 뭐예요?"

"에어란다. 제인 에어."

"에이르요? 칫, 발음을 못 하겠어요. 음, 그런데 우리 배는 아침에 해가 뜨기도 전 어떤 큰 도시에 멈췄어요. 큰 도시에……. 집들은 시커멓고 연기가 자욱한 큰 도시였어요. 제가 살던 예쁘고 깨끗한 곳이랑은 전혀 딴판이었죠. 아저씨가 먼저 배에서부터 저를 안아서 판자를 건너 내려왔어요. 소피는 그다음에 내렸고 우리 셋은 마차에 올라탔어요. 마차는 우리를 멋지고 큰 집에 내려줬어요. 호텔이라는 곳이었는데 이 집보다 훨씬 더 크고 멋졌어요. 일주일 정도 거기에 머물렀죠. 저하고 소피는 매일 나무가 빽빽이 들어찬 넓은 공원이라고 하는 곳을 산책했어요. 거기엔 저 말고 다른 애도 많았어요. 연못에 예쁜 새들이 있어 새들한테 빵부스러기를 주기도 했어요."

"저렇게 빠른 말을 다 알아들으세요?"

페어팩스 부인이 물었다.

나는 피에로 선생의 유창한 말투에 이미 익숙해져 있어서 아델의 말을 수월하게 알아들었다.

"부탁이 있는데 이 애한테 부모님에 대해 한두 가지만 물어봐 주세요. 부모님이 기억나는지 궁금해서요."

페어팩스 부인이 말했다.

"아델, 그럼 아까 말한 아름답고 깨끗한 마을에서 누구랑 살았어?"

부인한테서 고개를 돌리고 아델에게 물었다.

"아주 예전에는 엄마랑 같이 살았어요. 그런데 엄마는 성모 마리아님한테 가버렸어요. 엄마는 저한테 춤과 노래를 가르쳐 주고 시를 낭송하게 하셨어요. 엄청 많은 신사와 귀부인이 엄마를 보러 오셨죠. 그러면 저는 그 사람들 앞에서 춤을 추기도 하고 무릎에 앉아 노래를 부르기도 했어요. 그게 좋았어요. 선생님께도 노래를 불러드릴까요?"

마침 아델이 식사를 마쳤기에 나는 노래를 불러달라고 했다. 그녀는 의자에서 내려와 나한테 다가오더니 무릎에 앉았다. 그리고 작은 손을 얌전히 포개고 곱슬머리를 뒤로 넘기다 천장을 바라보며 오페라 아리아를 부르기 시작했다. 버림받은 여자의 노래였다. 애인에게 배신당해 슬퍼하는 여인이 자존심을 지키기 위해 하녀를 시켜 화려한 보석과 사치스러운 옷으로 꾸미고 그날 밤 무도회에서 자기를 배신한 남자를 만나 밝게 행동하면서 그가 떠났지만 자신은 아무렇지 않다는 것을 보여주겠다고 다짐하는 내용이었다.

어린아이가 부르기에는 어울리지도 않는 노래였다. 하지만 사람들은 어린아이가 혀 짧은 소리로 부르는 사랑과 질투에 대한 노래를 재미있어 하며 들었을 것 같다. 악취미가 아닐 수 없었다. 적어도 나는 그렇게 생각했다.

아델은 이 노래를 듣기 좋은 가락으로 나이에 어울리게 불렀다. 그리고 노래를 마치자 내 무릎에서 뛰어내리며 말했다.

"선생님, 이번에는 시를 읊어볼게요."

아델은 자세를 잡고는 라퐁텐의 우화 〈쥐들의 동맹〉을 낭송하기 시작했다. 구두점이나 강세, 억양에 세심하게 신경 쓰며 동작까지 곁들여 시를 낭송했다. 아델 또래한테서는 찾아보기 힘든 실력이라 매우 꼼꼼하게 배운 것을 알 수 있었다.

"그건 엄마가 가르쳐주셨어?"

내가 물었다.

"네, 엄마가 늘 이렇게 말했어요. '그럼 너는 어떻게 할 거야? 말해보렴 하고 쥐 한 마리가 말했습니다.' 그리고 엄마는 내 손을 들게 했어요. 질문이 나올 때 억양 올리는 걸 까먹지 않게요. 이번에는 춤을 춰볼까요?"

"아니야, 이제 됐어. 그런데 엄마가 성모 마리아님께 가신 뒤에는 누구하고 살았니?"

"프레데리크 부인이랑 그분 남편하고 살았어요. 저를 돌봐주셨는데 친척은 아니에요. 그분은 가난한 것 같았어요. 집이 그다지 좋지 않았거든요. 거기서 오래 살지는 않았어요. 아저씨가 영국에 가서 같이 살지 않겠느냐고 물어보셔서 그러겠다고 했어요. 프레데리크 부인보다 아저씨를 더 먼저 알았거든요. 로체스터 아저씨는 항상 저한테 친절하셨고 예쁜 옷과 장난감도 많이 사주셨죠. 하지만 약속을 지키지 않았어요. 저를 영국에 데려온 뒤로는 한 번도 오시지 않았거든요."

아침 식사를 마치고 아델과 나는 서재로 갔다. 로체스터 씨가 서재를 공부방으로 쓰라고 한 모양이었다. 책들은 대부분 유리문이 달린 책장 안에 있었고 문이 잠겨 있었다. 하지만 잠가놓지 않은 책장 하나에 초급 수준의 학습 과정에서 필요로 할 만한 책들과 가벼운 문학작품, 시, 전기, 기행문 몇 권과 로맨스 소설 몇 권이 있었다. 로체스터 씨는 가정교사가 개인적으로 읽기에 이 정도면 된다고 생각한 듯했다. 사실 이 정도면 지금으로서는 충분히 만족스러웠다. 로우드에서 이따금 얻어 읽은 보잘것없는 책들에 비하면 훨씬 재미있고 많은 지식을 얻을 수 있을 듯했다. 방 안에는 새것과 다름없는 작지만 고급스러운 피아노 한 대가 있었고, 그림 그릴 때 쓰는 이젤과 지구본 한 쌍도 있었다.

아델은 말은 잘 듣는 편이었지만 공부는 열심히 하지 않았다. 그 아이는 규칙적인 일에 익숙하지 않았다. 그러니 처음부터 심하게 제한하면 안 될 것 같았다. 그래서 나는 여러 가지 이야기를 들려주고 조금 공부하게 한 다음 점심이 되면 유모에게 돌려보냈다. 나는 점심시간까지 아델을 가르칠 때 쓸 작은 그림 몇 장을 스케치하기로 마음먹었다.

그림 가방과 연필을 가지고 2층으로 올라가는데 페어팩스 부인이 나를 불렀다.

"아침 수업이 끝났나 보군요?"

부인은 접이식 문이 열려 있는 방에 있었다. 부인의 목소리에 나는 방으로 들어갔다. 보라색 의자와 커튼, 터키산 카펫, 호두나무 판자를 덧댄 벽, 아름다운 색유리로 된 커다란 창문, 우아한 형태의 높은 천장 등 넓고 훌륭한 방이었다. 페어팩스 부인은 찬장에 놓인 아름다운 보라색 돌로 된 꽃병의 먼지를 털어내고 있었다.

"정말 아름다운 방이네요."

나는 방 안을 둘러보며 감탄했다. 지금까지 이 방의 절반만큼이라도 아름다운 방을 본 적이 없었다.

"그렇죠. 여기는 식당이에요. 환기도 시키고 햇볕도 좀 쐬려고 방금 창문을 열어놓았어요. 거의 안 쓰는 방이라서 공기가 눅눅하거든요. 저쪽 응접실에 가면 마치 지하실에 있는 듯한 기분이에요."

부인은 창문만큼 넓은 아치를 가리켰다. 거기에는 창문처럼 자줏빛 커튼이 묶여 있었다. 폭이 넓은 계단을 두세 칸 올라가 들여다보니 마치 요정의 나라를 보는 것 같았다. 처음 보니 이 세상의 것이 아닌 듯 눈이 부실 정도로 화사했다. 정말 멋진 응접실이었고 그 안에 부인용 내실도 있었다. 두 곳 모두 하얀 카펫이 깔려 있고 화려한 꽃다발이 놓여 있었다. 하얀 포도송이와 포도 잎사귀 무늬의 나무 장식이 천장에 대어져 있고 그 아래에는 진홍빛 침대와 긴 의자가 뚜렷한 대조를 이루며 붉게 빛나고 있었다. 한편 푸른빛이 감도는 하얀 대리석 벽난로 위에는 루비처럼 반짝거리는 보헤미아 유리잔이 장식품으로 놓여 있었다. 창문과 창문 사이에 놓인 대형 거울은 전반적으로 흰색과 붉은 색이 섞인 방 안을 비추었다.

"방을 아주 깔끔하게 정돈해두셨네요. 덮개도 없는데 먼지하나 없어요. 좀 서늘해서 그렇지 매일 누군가 묵고 있는 방 같아요."

내가 말했다.

"로체스터 씨는 자주 오시지 않지만 오실 때는 아무 기별도 없이 갑작스럽게 오시거든요. 오셨을 때 물건에 먼지가 쌓여 있거나 오신 다음에 청소하느라 법석을 떨면 언짢아하시는 것 같아 평소에 방을 정리해두지요."

"로체스터 씨는 까다롭고 꼼꼼한 분인가요?"

"특별히 그렇지는 않지만 신사다운 취향과 습관이 있어 모두 그렇게 관리되길 바라시죠."

"부인은 그분을 좋아하세요? 다들 좋아하나요?"

"아, 그럼요. 이 지역에서 로체스터 댁은 명망 있는 집안이에요. 아주 옛날부터 이 근방 대부분이 로체스터 집안의 소유랍니다."

"그렇군요. 하지만 땅과 상관없이 그분을 좋아하세요? 인품만 보고도 사람들이 좋아하나요?"

"나는 그분을 좋아하지 않을 이유가 없어요. 소작인들도 그분을 공정하며 너그러운 지주라고 생각하고요. 하지만 소작인들과 같이 지내신 적은 거의 없답니다."

"특이한 점은 없나요? 한마디로 어떤 성격이세요?"

"성격은 나무랄 데가 없지만 좀 별난 구석이 있긴 하세요. 여행을 많이 해서 세상에 대해 보고 들은 것도 많으시고요. 똑똑하신데 그분과 대화를 많이 해보지는 않았어요."

"어떤 점에서 특이하세요?"

"글쎄요, 딱 꼬집어 설명하기는 어렵네요. 그분 얘기를 듣고 있으면 그런 생각이 절로 들 거예요. 농담인지 진담인지, 기분이 좋은지 나쁜지 영 알 수가 없거든요. 그러니 그분의 마음을 제대로 알 수가 없어요. 적어도 나는 그래요. 하지만 별거 아니에요. 아무튼 좋은 주인이세요."

내 고용주와 관련해 페어팩스 부인한테서 들은 얘기는 이게 전부다. 세상에는 사람이나 사물의 성격을 파악하거나, 특징을 관찰해서 잘 표현하지 못하는 사람이 있다. 마음씨 좋은 페어팩스 부인은 그런 부류였다. 부인은 내 질문에 제대로 된 답을 하지 못하고 당황했을 뿐이다. 그녀에게 로체스터 씨는 로체스터 씨였다. 신사이고 주인일 뿐 그 이상도 이하도 아니었다. 그밖에 더 묻거나 살펴보지도 않았을 것이고, 그와 관련된 얘기를 더 명확하게 알고 싶어 하는 나를 오히려 의아하게 생각했을 것이다.

함께 식당을 나오자 그녀는 집 안의 다른 곳도 보여주겠다고 했다. 나는 아래위층을 다니면서 가는 곳마다 감탄했다. 어느 방이나 깔끔하게 정돈되어 있고 아름다웠다. 앞쪽의 넓은 방은 내가 보기에 유난히 웅장했고 3층에 있는 몇몇 방은 천장도 낮고 어두웠지만 고풍스러운 분위기를 풍겨 흥미로웠다. 아래층 방에 놓았던 가구들을 유행이 바뀌자 3층으로 옮겨놓은 것 같았다. 좁은 창문으로 희미한 빛이 들어와 수백 년 된 낡은 침대를 볼 수 있었다. 참나무나 호두나무로 만든 옷장에는 종려나무 가지와 천사의 얼굴을 오묘하게 조각해 마치 유대인들이 십계명을 새긴 돌을 넣어둔 성궤처럼 보였다. 등받이가 높고 좁다란 낡은 의자가 여러 줄로 놓여 있었고 의자 쿠션에는 두 세대 전 세상을 떠난 사람들이 손으로 수놓은 반쯤 지워진 낡은 자수의 흔적이 남아 있었다. 이런 유물 때문에 3층은 마치 과거의 집이나 추억의 전당처럼 보였다. 낮 시간에 이 고요하고 진기한 외딴 장소를 둘러보는 것은 좋았지만, 밤에 저 넓고 육중한 침대에서 쉬고 싶은 생각은 전혀 들지 않았다. 참나무 문으로 사방을 둘러싼 침대도 있었고, 오랜 시간 공들여 기묘한 꽃과 새와 사람을 수놓아 만든 낡은 영국풍의 장막으로 덮인 침대도 있었다. 이런 것들이 모두 창백한 달빛 아래에서라면 아주 기이하게 느껴질 듯했다.

"하인들은 이 방에서 자나요?"

"아니요. 하인들은 뒤쪽의 조그만 방에서 자요. 여기는 전혀 사용하지 않아요. 손필드 저택에서 유령이 나온다면 아마 이 방에서일 거예요."

"그럴 것 같네요. 그러면 유령은 없는 거지요?"

"나는 못 봤어요."

페어팩스 부인이 미소를 지으며 대답했다.

"전해지는 이야기도요? 전설이나 귀신 얘기 같은 거요."

"없어요. 그저 로체스터 집안사람들이 대대로 조용하기보다는 좀 사납다고 하더라고요. 그래서 지금은 모두 무덤 속에서 조용히 쉬고 계시나 봐요."

"열병 같은 삶을 마치고 조용히 잠들었구나(셰익스피어의 희곡 《맥베스》 3막 2장에 나오는 맥베스의 대사—옮긴이)."

나는 혼잣말처럼 중얼거렸다.

그때 부인이 방을 나섰다.

"페어팩스 부인, 이번에는 어디로 가세요?"

"지붕에 올라가 보려고요. 같이 올라가서 구경해보겠어요?"

나는 조용히 부인을 따라서 좁은 계단을 올라 다락방으로 갔다. 거기서 다시 사다리를 타고 올라가 들창을 통해 지붕 위로 나갔다. 까마귀 둥지와 같은 높이까지 올라가 둥지를 들여다볼 수도 있었다. 흉벽에 기대 아래를 내려다보며 나는 마치 지도를 들여다보는 듯 저택 부지를 살펴볼 수 있었다. 눈부신 벨벳 같은 잔디밭이 저택의 잿빛 토대를 에워싸고 있었다. 공원처럼 넓은 들판에는 고목들이 여기저기 보였다. 회갈색으로 시들어버린 숲은 나무보다 더 푸른 이끼가 뒤덮인 샛길로 나뉘었고 대문 옆에 있는 교회와 도로, 조용한 언덕이 가을 햇살 속에서 쉬고 있었다. 새하얀 진줏빛 대리석 무늬를 그려놓은 듯한 지평선은 새파란 하늘과 맞닿아 있었다. 특별한 것은 없지만 절로 기분이 좋아지는 풍경이었다. 그곳에서 들창을 통해 내려올 때는 사다리를 내려오는 길이 거의 보이지 않았다. 그때까지 보고 있던 푸른 하늘과 이 저택을 중심으로 펼쳐진 숲과 초원, 푸른 언덕에 비하면 다락방은 지하실처럼 어두웠다.

페어팩스 부인은 들창문을 잠그느라 조금 늦게 내려왔다. 나는 손으로 더듬어가며 다락방에서 나오는 길을 찾아 좁은 계단을 내려가기 시작했다. 그러다 3층의 앞방과 뒷방을 가르는 긴 복도에서 잠시 머뭇거렸다. 복도는 좁고 천장이 낮은 데다가 저 멀리 끝에 자그마한 창이 겨우 하나 나 있어서 어둡기까지 했다. 양쪽에 검은 문들이 닫힌 채 늘어서 있는 것을 보니 마치 '푸른 수염 사내가 사는 성(여섯 명의 아내를 죽였다는 전설의 주인공—옮긴이)'의 복도 같았다.

조심스레 복도를 걸어가는데 이렇게 적막한 곳에서는 들을 수 없을 것 같은 웃음소리가 귓가를 스쳤다. 특이하고 억지로 웃는 듯한 소리가 또렷하게 들렸다. 나는 걸음을 멈췄다. 웃음소리는 잠시 멎었다가 더 큰 소리로 다시 들리기 시작했다. 처음에는 또렷하지만 나지막이 들렸다. 하지만 이내 그 소리는 모든 빈방에 메아리칠 만큼 커졌다. 한 곳에서 나는 소리였지만 어느 방인지 분간할 수가 없었다.

"페어팩스 부인! 저 시끄러운 웃음소리 들으셨어요? 누구일까요?"

나는 페어팩스 부인이 계단을 내려오는 소리를 듣고 그쪽을 향해 물었다.

"하인 중 한 명일 거예요. 아마 그레이스 풀이겠죠."

그녀가 대답했다.

"들으셨어요?"

나는 거듭 물었다.

"그럼요, 자주 들어요. 저기 어느 방에서 바느질을 하거든요.

리어와 함께 어울리면서 종종 저렇게 소란스럽게 굴지요."

나지막한 웃음소리는 계속해서 또렷하게 울리다가 이상한 중얼거림으로 바뀌더니 사라졌다.

"그레이스!"

페어팩스 부인이 소리쳤다.

나는 그레이스가 대답을 할 거라고 생각하지 않았다. 내 평생 그렇게 비극적이고 괴의한 웃음소리는 들어본 적이 없었기 때문이다. 해가 중천에 떠 있고 괴이한 웃음소리와 함께 귀신이 나타날 분위기도 아니었고 공포심을 불러일으킬 만한 장소와 시간도 아니었기에 망정이지 그렇지 않았다면 나는 두려움에 벌벌 떨었을 것이다. 하지만 깜짝 놀란 것만으로도 어리석은 일이었다는 게 금방 밝혀졌다.

바로 앞에 있던 문이 열리더니 하녀가 나타난 것이다. 삼사십 대로 보이는 여성이었다. 어깨가 벌어진 다부진 체격으로 빨간 머리에 사나운 인상이었다. 이토록 낭만적이지도 귀신같지도 않은 귀신은 없을 것이다.

"그레이스, 너무 시끄러워요. 지적받은 걸 잊지 말아요."

페어팩스 부인이 말했다. 그레이스는 말없이 인사를 하고 다시 들어갔다.

"그레이스는 재봉 일을 하고 리어의 일을 거들어요. 부족한 점이 없는 건 아니지만 제법 일을 잘해요. 그런데 오늘 아침 새로운 학생과는 어땠나요?"

부인이 물었다.

대화의 주제는 아델로 바뀌었고 밝고 생기 넘치는 아래층으로 내려올 때까지 이야기는 계속됐다.

큰 홀에서 아델이 우리에게 달려오며 외쳤다.

"식사 준비가 끝났대요! 배고파 죽겠어요!"

페어팩스 부인의 방에 우리를 위한 식사가 차려져 있었다.

제12장

　손필드에서의 생활이 평온하게 시작되자 앞으로 순조로운 날이 계속될 것만 같았다. 이 기대감은 그 집 사람들과 사귀어 가면서도 변하지 않았다. 페어팩스 부인은 겉보기와 마찬가지로 차분한 성품에 친절하며 교육도 충분히 받고 어느 정도 지적 수준을 갖춘 사람이었다. 활발한 데다 버릇없이 자란 내 제자가 가끔 속을 썩이기도 했지만, 그 아이의 교육은 모두 내 소관으로 누구의 간섭도 받지 않고 가르칠 수 있었다. 얼마 지나지 않아 그 애도 변덕을 멈추고 고분고분하며 가르치기 좋은 아이가 되어갔다. 타고난 재능이 뛰어나거나 성격에 두드러진 특징이 있는 것은 아니었다. 보통 아이들보다 특별한 감정이나 취향을 가지고 있지도 않았다. 여느 아이들보다 뛰어난 점이 있는 것도 아니었다. 하지만 문제가 될 만한 결점이나 단점도 없었다. 아델은 적절한 속도로 발전했고 내게 깊지는 않지만 아이다운 생기 넘치는 애정을 품고 있었다. 그 애의 순진함과 쾌활한 수다 그리고 내 마음에 들려고 노력하는 모습에 감동받은 나도 그 애에게 애정을 가지고 대했다. 우리 둘은 서로에게 매우 만족스러워하며 지냈다.

아이들은 천성적으로 천사 같으며 그들의 교육을 맡고 있는 사람은 아이들을 우상처럼 여길 의무가 있다고 주장하는 사람들에게는 내 평가가 냉정하게 들릴지도 모른다. 그러나 나는 부모들의 자부심에 알랑거리고 위선적인 말에 맞장구치거나 남을 속이고자 이 글을 쓰고 있는 것이 아니다. 단지 진실을 말할 뿐이다. 나는 아델의 행복과 발전을 위해 진심으로 걱정하고 있으며 그 애 자체를 좋아했다. 마치 내가 페어팩스 부인의 친절을 고맙게 생각하며 그녀가 내게 보여준 한결같은 배려심과 그녀의 절제된 정신과 성격에 맞추어 함께 보내는 조화로운 시간을 즐거워하는 것과 마찬가지였다.

이런 말을 덧붙인다고 해서 나를 비난하는 사람도 있을 것이다. 이따금 정원을 홀로 산책하거나 대문까지 내려가 문밖으로 길을 내다볼 때, 또는 아델이 유모와 놀고 페어팩스 부인이 식품창고에서 젤리를 만드는 사이 나는 3층 계단을 지나 다락방 들창을 열고 지붕으로 올라가 저 멀리 들판과 언덕, 흐릿한 지평선을 내려다볼 수 있었다. 그럴 때면 지평선 너머까지 볼 수 있는 능력이 있으면 하고 바랐다. 그러면 지금까지 보지 못했던 활기차고 번잡한 마을이나 도시, 세상을 볼 수 있을지 모른다는 생각이 들었다. 나는 지금보다 더 많은 현실적 경험을 해보고 싶었다. 나와 비슷한 사람들을 사귀고, 나와는 다른 사람들과 만나보고 싶었다. 페어팩스 부인과 아델의 장점을 소중하게 여겼지만 이 세상에는 더 뚜렷하고 다른 종류의 선량함도 존재한다고 믿었다. 그것을 내 눈으로 직접 보고 싶었다.

누가 나의 이런 바람을 비난할까? 틀림없이 많은 사람이 분수도 모르고 고마운 줄 모른다고 할 것이다. 하지만 나는 천성적으로 가만있지를 못한다. 심지어는 너무 불안해 괴로울 때도 많았다. 그럴 때면 고요하고 한적한 3층 복도를 왔다 갔다 걸어 다니면서 오랫동안 눈앞에 밝게 빛나는 환상들을 바라보는 것이 유일한 위안이었다. 그 환상은 아주 다양하고 생생하기까지 했다. 그리고 내 마음은 기쁨으로 들썩거리며 괴로움 속에서 활기차게 부풀어 올랐다. 무엇보다 큰 기쁨은 끝없는 이야기에 내 마음속 귀를 기울이는 것이었다. 간절히 바라지만 현실에서는 얻지 못한 모든 사건과 삶, 열정, 감정을 담아 내가 상상 속에서 끊임없이 만들어낸 이야기들 말이다.

인간이란 평온한 삶에 만족해야 한다는 말은 부질없는 소리다. 인간은 활발하게 움직여야 한다. 그리고 움직일 거리를 찾을 수 없으면 만들어내야 한다. 수백만 명의 사람이 나보다 단조로운 삶을 살고 있으며, 또 수백만 명의 사람이 조용히 그들의 운명에 저항하며 살아가고 있다. 정치적 반란이 아니더라도 많은 사람 사이에서 셀 수 없을 정도로 많은 반란이 일어나고 있다. 대개 여자는 얌전해야 한다고 여긴다. 하지만 여자도 남자와 똑같은 감정을 느끼고 오빠나 남동생처럼 능력을 계발해 노력의 결실을 펼칠 무대가 필요하다. 지나치게 엄격한 구속이나 전혀 발전이 없는 삶 때문에 괴로운 것은 남자나 여자나 마찬가지다. 여자보다 더 많은 특권을 누리는 남자들이 여자는 요리를 하거나 양말을 짜거나 피아노를 치거나 주머니에 수놓는 일만 해야 한다는 것은 편협한 생각일 뿐이다. 관습적으로 여자들에게 필요하다고 여겨지던 일을 벗어나 더 많이 배우고 시도해보려는 여성들을 비난하고 비웃는 것도 몰지각한 일이다.

이렇게 혼자 있을 때면 그레이스 풀의 웃음소리가 더 자주 들렸다. 처음 들었을 때 나를 소름끼치게 했던 것처럼 크게 터졌다가 느리게 나지막이 "하하!" 하고 웃는 그 웃음이었다. 괴상하게 중얼거리는 소리도 들렸다. 그 소리는 심지어 웃음소리보다 더 기괴했다. 조용한 날도 있지만 도무지 알 수 없는 소리가 날 때도 있었다. 나는 이따금 그녀를 보기도 했다. 그녀는 대야나 접시 아니면 쟁반을 들고 방에서 나와 부엌에 갔다가 흑맥주 병을 들고 금세 돌아왔다. (낭만적인 독자들이여, 단순히 사실만을 나열하는 것을 용서하기 바란다.) 그녀를 보면 항상 기괴한 웃음소리를 듣고 생겨났던 호기심이 사라졌다. 못생겼지만 차분한 얼굴이어서 도무지 흥미가 생기지 않았다. 나는 대화를 나눠보려고 시도해봤지만 원래 말수가 적은 편인지 항상 단답형의 대답만 할 뿐 말이 이어지지 않았다.

존 부부와 하녀 리어, 프랑스인 유모 소피 등 이 집에 사는 다른 사람들은 모두 괜찮은 사람으로 큰 특징이 없었다. 나는 소피와는 프랑스어로 대화했고 이따금 그녀의 모국에 대해 물어보기도 했다. 하지만 그녀가 자세히 설명하거나 구구절절 이야기하는 성격이 아니라서 대개는 그 대답이 재미도 없고 헷갈리기만 하다 보니 더 물어볼 생각이 들지 않았다.

10월과 11월 그리고 12월은 그렇게 흘러갔다. 1월 어느 날 오후, 페어팩스 부인은 아델이 감기에 걸렸으니 오늘 하루 수업을 쉬었으면 좋겠다고 청했다. 게다가 아델까지 간절히 부탁하자 내가 어렸을 적 수업 쉬는 날이 얼마나 소중했는지가 떠올라 이 시점에서 융통성을 발휘하는 것이 좋을 듯싶어 결국 허락했다. 매우 추웠지만 바람 한 점 없는 맑은 날이었다. 아침나절 서재에서 내내 시간을 보내고 있자니 지겨운 생각이 들었다. 이때 마침 페어팩스 부인이 편지 한 통을 써서 부치려고 했다. 그래서 내가 부쳐주겠다고 한 뒤 모자와 외투를 걸치고 헤이 마을까지 걸어가기로 했다. 3킬로미터 정도 거리면 겨울 오후 시간에 기분 좋게 산책하기 좋았다. 아델은 페어팩스 부인의 방 난롯가 작은 의자에 편안히 앉아 있었다. 나는 아델에게 가장 좋은 밀랍인형(나는 그 인형을 늘 은종이에 싸서 서랍 안에 보관했다)을 가지고 놀라며 주고 인형이 싫증나면 읽을 동화책도 줬다.

"빨리 다녀오세요, 사랑하는 제인 선생님."

나는 아델에게 입맞춤으로 답해주고 길을 나섰다.

땅은 꽁꽁 얼어붙었으나 바람은 불지 않았다. 길은 호젓했다. 나는 몸이 더워질 때까지 빠르게 걸었다. 그러다가 이 시간과 환경이 주는 즐거움을 꼼꼼히 살펴보고 즐기기 위해 천천히 걷기 시작했다. 이제 막 세 시가 되었다. 종탑 밑을 지나는데 교회 종이 울렸다. 점점 깔려오는 어스름과 옅은 빛을 내며 미끄러지듯 낮아지는 태양이 마음을 사로잡았다. 나는 손필드에서 1.6킬로미터가량 떨어진 길을 걷고 있었다. 그 길은 여름이면 들장미, 가을이면 나무 열매와 블랙베리로 유명한 곳이었다. 지금도 들장미와 산사나무에는 산호 같은 열매가 매달려 있었다. 그러나 이런 겨울철 최고의 즐거움은 완전한 고독과 잎이 다 떨어진 뒤의 고요함이었다. 한 줄기 바람이 불어도 아무런 소리도 나지 않았다. 나뭇잎이 바스락거리며 소리를 내는 동백나무나 상록수가 없었기 때문이다. 잎이 다 떨어진 산사나무나 개암나무 관목은 길 한복판에 깔린 닳아서 하얘진 자갈처럼 꼼짝없이 서 있었다. 양옆으로 멀리 쭉 펼쳐진 들판에도 풀을 뜯어먹는 소 한 마리 보이지 않았다. 이따금 산울타리 속에서 자그마한 갈색 새들이 보이긴 했지만 미처 떨어지지 못한 낙엽처럼 보였다.

이 길은 헤이 마을까지 가는 내내 오르막이었다. 중간쯤 도착한 나는 들판으로 이어지는 울타리 계단에 앉았다. 매서운 추위에도 외투를 꽉 여미고 두 손을 머프(모피 뒷면에 헝겊을 대어 토시 모양으로 만들어서 양쪽으로 손을 넣는 방한용구―옮긴이)에 넣고 있으니 춥지 않았다. 얼마나 추운지 길 위에 깔린 빙판만 봐도 알 수 있었다. 지금은 굳었지만 며칠 전 갑자기 눈이 녹는 바람에 작은 도랑이 넘친 것이었다. 내가 앉은 자리에서는 손필드가 내려다보였다. 눈 아래 펼쳐진 골짜기에서는 흙벽이 있는 잿빛 저택이 가장 눈에 띄었다. 손필드의 숲과 시커먼 떼까마귀들이 사는 숲이 서쪽 하늘을 배경으로 솟아 있었다. 나는 해가 나무들 사이로 내려와 새빨갛게 가라앉아 완전히 사라질 때까지 그대로 앉아 있다가 동쪽으로 몸을 틀었다.

언덕 꼭대기 위로 달이 떠올랐다. 아직은 구름처럼 흐릿했지만 점점 밝아지고 있었다. 달은 숲으로 반쯤 가려진 헤이 마을을 비췄다. 마을의 몇몇 굴뚝에서는 푸르스름한 연기가 뿜어져 나오고 있었다. 마을까지는 아직 1킬로미터 넘게 남아 있었지만 쥐죽은 듯 고요해서 사람들이 도란도란 나누는 말소리가 희미하게 들려왔다. 또 물 흐르는 소리도 귓가에 들렸다. 어느 골짜기인지, 얼마나 깊은지는 알 수 없었다. 헤이 마을 너머엔 야산도 많고 틀림없이 요리조리 그 사이를 흐르는 개울도 많을 터였다.

바로 그때 그 소리를 뚫고 멀리서 또렷하게 시끄러운 소리가 들려왔다. 터벅터벅 걸어오는 말발굽 소리였다. 부드럽게 물결 치며 흐르는 물소리를 몰아내는 듯한 금속성의 말발굽 소리가 분명했다. 마치 새까맣고 또렷하게 그려놓은 단단한 바위산이 나 울퉁불퉁한 참나무 줄기의 전경이 푸른 산, 찬란하게 빛나 는 지평선, 다채로운 구름의 원경을 압도하는 듯했다.

그 소리는 길에서 났다. 말 한 마리가 달려오고 있었다. 길이 구불구불 나 있어 아직 보이진 않았지만 소리는 점점 가까워졌 다. 나는 계단에서 일어나려다가 길이 좁아 그대로 앉아서 말 을 보내기로 했다. 그때만 해도 아직 어린 나이여서 밝고 어두 운 온갖 종류의 공상을 마음속에 품고 있었다. 그중에는 어린 시절에 들었던 이야기도 있었다. 그 기억을 떠올리니 나이가 많 아진 덕분에 예전에는 알지 못했던 활기와 생생함이 더해졌다. 어두컴컴한 가운데 말이 나타나기를 기다리는데, 베시가 들려 준 이야기에 등장하는 '가이트래시'라는 영국 북부 지방의 유령 이 생각났다. 말이나 노새가 커다란 개의 모습으로 주로 외딴 길에 출몰하며 지금 달려오고 있는 저 말처럼 늦은 밤길을 걷는 나그네 앞에 자주 모습을 드러낸다고 했다.

말은 거의 다 왔지만 아직 눈에는 보이지 않았다. 달가닥거리는 말발굽 소리와 함께 뭔가가 산울타리 아랫길로 쏜살같이 달려오는가 싶더니 개암나무 밑동 근처를 커다란 개가 미끄러지듯 지나갔다. 흰 털과 검은 털이 섞여 있어 나무 사이에서도 또렷하게 보였다. 베시가 말한 가이트래시의 모습 그대로였다. 털이 길고 머리가 커다란 사자 같은 개였다. 하지만 개는 그냥 조용히 나를 스쳐 지나갔다. 멈춰 서서 개처럼 보이지 않는 눈빛으로 나를 올려다보지 않을까 걱정했지만 그대로 지나쳐갔다. 그 뒤로 말이 따라왔다. 키가 큰 말에 한 남자가 타고 있었다. 사람이 나타나자 단번에 마법이 풀렸다. 더구나 내가 알기로 마귀는 말 못 하는 짐승의 몸을 빌려 살기는 해도 평범한 인간의 모습을 하지는 않았다. 그러니 이 사람은 가이트래시일 리가 없었다. 그저 밀코트로 가는 지름길을 택한 나그네일 뿐이었다.

그가 지나간 뒤 나도 내 길을 갔다. 몇 걸음이나 걸었을까. 나는 깜짝 놀라 뒤를 돌아보았다. 미끄러지는 소리와 함께 "망할 것! 제길!" 하더니 쿵 떨어지는 소리가 들렸던 것이다. 사람과 말이 넘어져 있었다. 길 위 얇게 얼어 있던 얼음에 미끄러진 것이다. 개는 어느새 되돌아와 주인이 위험에 처한 광경을 지켜보다가 말이 신음하는 소리를 듣더니 덩치에 어울리게 우렁찬 소리로 저녁노을이 지는 언덕 전체가 울리도록 짖어댔다. 개는 쓰러진 사람과 말 곁에서 킁킁거리더니 내게 달려왔다.

그것밖에 할 수 있는 게 없었던 모양이다. 당장 도움을 요청할 데라곤 없었으니까. 나는 개를 따라 나그네에게로 걸어갔다. 나그네는 말에서 빠져나오려고 애쓰고 있었다. 꽤 힘차게 발버둥치는 걸 보니 다치지는 않은 듯했지만 그래도 어떤 상태인지 물어봤다.

"어디 다치신 데는 없나요?"

확실치는 않지만, 그는 입속으로 뭐라고 욕설을 내뱉는 듯했다. 뭔가 주문 같은 것을 외우고 있는 듯 내 물음에 바로 답하지 못했다.

"도와드릴까요?"

내가 다시 물었다.

"그냥 한쪽에 서 있어요."

그는 먼저 무릎을 세웠다가 다시 발로 디디고 일어나며 말했다. 나는 한쪽으로 비켜섰다. 이어서 들어 올리는 소리, 발 구르는 소리, 달그락거리는 소리가 나고 개 짖는 소리와 으르렁거리는 소리에 나는 몇 미터 뒤로 물러났다. 그러나 이 사태가 수습되기 전에 자리를 뜰 생각은 없었다. 다행히도 말은 일어섰고 "파일럿, 앉아!"라는 주인의 명령에 개는 짖어대는 것을 멈췄다. 나그네는 몸을 굽혀 발과 다리가 괜찮은지 확인하더니 어딘가 다친 듯 내가 좀 전까지 앉아 있던 산울타리 계단으로 가서 앉았다.

나는 도움을 주거나 참견이라도 하고 싶었다. 그래서 다시 그에게 다가갔다.

"다쳐서 도움이 필요하시면 손필드 저택이나 헤이 마을에서 사람을 불러올게요."

"고맙지만 괜찮소. 뼈가 부러진 게 아니고 그냥 좀 삐었을 뿐이오."

그는 다시 일어나 걸어보았다. 하지만 이내 "윽" 하는 신음이 새어나왔다. 아직 노을빛이 남아 있는 데다가 달빛도 밝아져 그의 모습을 분명히 볼 수 있었다. 그는 깃에 모피가 달리고 강철 버클을 채운 승마용 외투를 입고 있었다. 자세히는 볼 수 없었지만 키는 보통이고 가슴이 꽤 넓다는 것을 알 수 있었다. 사나운 이목구비에 가무잡잡한 피부, 미간을 찌푸린 얼굴이었다. 그의 두 눈과 찌푸린 눈썹은 되는 일이 없다는 듯 화가 난 표정이었다. 이제 청년은 아니지만 아직 중년은 안 된 서른다섯 살 정도 되어 보였다. 나는 그가 두렵지 않았고 수줍어하지도 않았다. 그가 잘생기고 늠름한 젊은 신사였다면 굳이 됐다는데도 이렇게 서서 질문을 하거나 도와주겠다고 하지 않았을 것이다. 나는 지금껏 잘생긴 청년을 본 적이 없고 살면서 대화를 나눠본 적은 더더욱 없었다. 나는 아름다움과 우아함, 용맹스러움, 매력 등을 이론적으로 존중하고 찬미했지만 그런 요소를 남성이라는 모습을 통해 마주했다면 그것들이 본능적으로 내 어떤 성격과도 공감하지 못하고 또 어울리지도 않는다는 걸 알았을 것이다. 그래서 사람들이 불이나 번개, 또는 그 밖에 화려하기는 하지만 좋아하지 않는 것들을 피하듯 나도 그것들을 피했을 것이다.

예를 들어 내가 말을 걸었을 때 처음 보는 이 남자가 미소를 지으며 사근사근하게 대했거나 도와주겠다는 내 제안을 감사하다며 정중하게 거절했다면 더는 아무 말 하지 않고 내 갈 길을 갔을 것이다. 그러나 그의 찌푸린 얼굴과 무뚝뚝한 태도에 나는 오히려 마음이 놓였고, 가라는 손짓에도 그 자리에 서서 이렇게 말했다.

"이 늦은 시각에, 이런 외딴 길에 다친 사람을 놔두고 갈 수는 없죠. 말에 오르는 걸 보기 전까지는요."

이 말에 그는 나를 쳐다보았다. 조금 전까지는 내 쪽으로 눈길도 주지 않던 사람이 말이다.

"당신이야말로 집에 가야 하지 않겠소. 이 근처에 산다면 말이오. 어디서 오는 거요?"

그가 물었다.

"바로 저 아래에서요. 저는 달이 떠 있으면 늦은 밤이라도 무섭지 않아요. 필요하시면 헤이까지 달려갈게요. 편지 부치러 가는 길이었거든요."

"바로 아래요? 그럼 저 흉벽 달린 집 말이오?"

그가 손필드를 가리켰다. 어슴푸레한 달빛을 받은 저택은 숲 속에서 도드라져 보였다. 숲은 이제 서쪽 하늘과 대비되어 커다란 그림자처럼 보였다.

"네."

"저 저택은 누구 집이오?"

"로체스터 씨 댁입니다."

"로체스터 씨를 아시오?"

"아뇨, 아직 못 뵈었어요."

"그 사람은 거기 살지 않소?"

"네."

"그럼 어디 사는지 아시오?"

"모르겠어요."

"틀림없이 그 댁 하인은 아닌 것 같은데 누구……."

그는 말을 멈추고 내 옷차림을 훑어보았다. 늘 그렇듯 매우 수수한 차림이었다. 나는 검은 메리노 외투에 검정 수달피 모자를 쓰고 있었다. 이 두 가지는 하녀 옷차림의 반만도 못한 것들이었다. 그가 내 신분을 맞히기 어려워하는 듯해서 도와주기로 했다.

"가정교사예요"

"아, 가정교사!"

그가 다시 한 번 말했다.

"아, 잊고 있었군. 가정교사라!"

그러고 나서 그는 또다시 내 옷차림을 살펴봤다. 이 분쯤 지나자 그가 계단에서 일어났다. 몸을 움직일 때 고통스러운 표정이 얼굴에 스쳤다.

"사람을 불러오라고 하지는 못하겠고, 좀 도와주겠소?"

"네, 그럴게요."

"혹시 지팡이로 쓸 만한 우산이 있소?"

"없어요."

"그럼 말의 고삐를 잡은 뒤 끌어다 내게 주시오. 무섭지 않겠소?"

혼자였다면 무서워서 말을 건드리지 못했을 것이다. 그러나 부탁을 받으니 한번 해보고 싶었다. 머프를 벗어 계단 위에 올려놓고 나는 키가 큰 말 쪽으로 다가갔다. 그리고 고삐를 잡아보려고 했지만 사나운 말이 머리 근처에도 못 오게 했다. 애써봤지만 소용없었다. 말이 앞발로 마구 차는 바람에 너무나 무서웠다. 기다리던 그 남자는 한참을 지켜보다가 결국 웃음을 터뜨렸다.

"절대 산을 마호메트 앞으로 옮길 수는 없군요. 그러니 당신은 마호메트가 산으로 가도록 도와주는 수밖에 없겠소. 이리로 와보시오."

나는 그에게 다가갔다.

"실례하오. 어쩔 수 없이 당신 도움을 받아야겠소."

그는 묵직한 손을 내 어깨에 얹더니 내 몸에 의지한 채 절뚝거리며 말에게 다가갔다. 그리고 말고삐를 잡자마자 안장에 올라탔다. 그때 삔 다리가 닿았는지 인상을 찌푸렸다.

그는 악물었던 아랫입술을 풀며 말했다.

"채찍을 좀 집어주시오. 산울타리 아래 떨어져 있소."

나는 채찍을 찾아줬다.

"고맙소. 그럼 헤이 마을까지 가서 얼른 편지를 부치고 최대한 빨리 집으로 돌아가시오."

그가 박차를 가하자 말은 뒷발로 껑충 일어서더니 이내 달리기 시작했다. 개가 그 뒤를 쫓아갔다. 그렇게 사람과 말, 개는 내 시야에서 사라졌다.

거센 바람에 휘날리는
황야의 히스처럼.

나는 머프를 집어 들고 가던 길을 계속 갔다. 뜻밖의 사건이 일어났다가 끝나버렸다. 낭만도 없고 흥미로울 것도 없는 평범한 사건이었다. 그러나 단조로운 내 생활에 단 한 시간이나마 변화가 있었다. 누군가 내 도움이 필요했고 나는 도움을 주었다. 사실 무슨 일을 했다는 점이 기뻤다. 사소하고 일시적인 행위였지만 내가 능동적으로 한 일이었다. 나는 시키는 일만 하는 생활에 싫증이 나 있었다. 게다가 처음 본 그 얼굴은 기억의 화랑에 새 그림을 소개한 것과 같았다. 기존에 걸려 있던 다른 그림들과는 전혀 다른 그림이었다. 남성이며 사납고 늠름한 검은 얼굴이었다. 헤이 마을에 도착해 우체국에서 편지를 부친 뒤에도 그 얼굴이 눈앞에서 어른거렸다. 언덕길을 내려오며 서둘러 집으로 돌아올 때도 그 얼굴이 눈에 선했다. 계단 있는 곳에 당도했을 때 나는 걸음을 멈추고 주위를 둘러보며 귀를 기울였다. 다시 오르막길을 달려오는 말발굽 소리가 들리면서 망토를 걸친 기수나 가이트래시와 비슷한 뉴펀들랜드 종의 개가 다시 나타나지 않을까 싶어서였다. 그러나 내 눈에는 달빛을 맞으며 조용히 서 있는 산울타리와 밑동만 남은 버드나무밖에 보이지 않았다. 1킬로미터 넘게 떨어진 손필드를 둘러싼 나무 사이로 스쳐 지나는 희미한 바람 소리만 내 귓가에 울려 퍼졌다. 바람 소리가 나는 방향을 내려다보던 나는 저택 창가에서 반짝이는 불빛을 발견했다. 불빛을 보니 늦었다는 생각이 들어 서둘러 집으로 향했다.

나는 손필드 저택으로 들어가고 싶지 않았다. 그 집 문지방을 넘어간다는 것은 침체된 생활로 돌아가는 걸 의미했다. 고요한 홀을 지나 어두컴컴한 계단을 올라 쓸쓸한 내 작은 방으로 들어가고, 그 후 차분한 페어팩스 부인과 단둘이 그 기나긴 겨울밤을 보낸다는 건 아까의 산책으로 일깨웠던 작은 흥분을 뭉개버리는 것이나 마찬가지였다. 그리하여 단조롭고 너무 안온하기만 한 생활이라는 족쇄를 내게 채우는 것이었다. 차라리 괴롭고 불안한 생활의 폭풍 속에 내던져져 온갖 고생을 한 뒤 지금 내가 불만을 가지고 있는 평온한 생활을 동경하게 되었더라면 좋았을 텐데. 그렇다. '너무 편한 의자'에 앉아 있기가 지겨워진 사람에게 긴 산책이 좋듯 나 같은 처지라면 편한 의자가 지겨운 사람처럼 움직이고 싶은 게 당연했다.

나는 대문 앞에서 서성거렸다. 잔디밭에서도 시간을 끌었다. 그리고 자갈길을 왔다 갔다 했다. 유리창의 덧문이 다 닫혀 있어 안을 들여다볼 수가 없었다. 내 눈과 영혼은 햇빛이 들지 않는 작은 방들이 많은 컴컴한 동굴 같은 이 음산한 저택에서 벗어나 눈앞에 펼쳐진 푸른 하늘로, 구름 한 점 없는 푸른 바다로 끌려가고 싶어 했다. 달이 그 하늘에서 장엄하게 떠오르고 있었다. 저 아래 산봉우리를 떠나 헤아릴 수 없이 깊고 먼 칠흑같이 어두운 하늘을 향해 떠오르며 위로 솟구치는 듯했다. 달의 뒤를 쫓는 반짝이는 별들을 올려다보는 내 마음은 떨렸고 내 피는 뜨거워졌다. 사소한 일이 나를 땅 위로 불러 내렸다. 홀에 있는 시계가 울렸던 것이다. 그거면 충분했다.

나는 달과 별을 뒤로한 채 샛문을 열고 집 안으로 들어갔다.

홀은 어둡지도 환하지도 않았다. 높이 매달린 청동 램프가 켜져 있었다. 따뜻한 불빛이 홀과 참나무 계단 아래로 퍼졌다. 불그스름한 빛은 식당에서 나오고 있었다. 열린 문 사이로 기분 좋게 타고 있는 벽난로의 불빛이 보였다. 불꽃은 대리석 벽난로나 놋쇠로 된 벽난로용 부집게에 반사되고 진홍빛 커튼과 윤이 나는 가구를 비췄다. 또한 불꽃은 벽난로 근처에 모여 있는 사람들의 모습도 비추었다. 그들을 보고 화기애애한 사람들의 목소리를(그 속에 아델의 목소리가 끼어 있었다) 듣는 순간 문이 닫혀버렸다.

나는 서둘러 페어팩스 부인의 방으로 갔다. 역시 벽난로의 불은 타고 있었으나 촛불도 없고 부인의 모습도 보이지 않았다. 부인 대신에 아까 길에서 마주쳤던 가이트래시 비슷하게 생긴 털이 길고 흑백색이 섞인 커다란 얼룩개 한 마리가 양탄자에 반듯하게 앉아 난롯불을 지켜보고 있었다. 아까 본 개와 너무나 닮아서 나는 다가가 이름을 불러보았다.

"파일럿!"

그러자 개가 벌떡 일어나서 내게 다가와 킁킁 냄새를 맡았다. 쓰다듬어주니 커다란 꼬리를 흔들었다. 하지만 둘이서만 있으려니 그 개가 어디서 왔는지 몰라 너무 무서웠다. 나는 촛불이 필요해 초인종을 울렸다. 개에 대해 물어보고 싶기도 했다. 리어가 들어왔다.

"이 개는 뭐죠?"

"주인님이 데리고 온 개예요."

"누구요?"

"주인님이오. 로체스터 씨가 데려왔어요. 주인님이 방금 도착하셨거든요."

"그렇군요! 그럼 지금 페어팩스 부인도 로체스터 씨와 같이 계시나요?"

"네, 아델 양도요. 다들 식당에 있어요. 존은 의사 선생님을 모시러 갔고요. 주인님이 사고를 당하셔서요. 말이 넘어지는 바람에 발목을 삐셨대요."

"헤이로 가는 좁은 길에서 그러셨다고 하세요?"

"네. 언덕을 내려오는데 말이 얼음 위에서 미끄러졌답니다."

"그래요! 촛불 좀 갖다 주겠어요?"

리어가 촛불을 가져왔다. 곧이어 페어팩스 부인이 들어섰다. 부인은 또다시 같은 이야기를 되풀이하고 외과의사인 카터 선생이 와서 로체스터 씨와 함께 있다고 덧붙였다. 부인은 곧바로 차 준비를 시키러 나갔고, 나는 옷을 갈아입으러 2층으로 올라갔다.

제13장

그날 밤 로체스터 씨는 의사의 권고로 일찍 잠자리에 든 모양이었다. 그리고 이튿날 아침도 늦게까지 일어나지 않았다. 그가 온 것은 사무를 처리하기 위해서였다. 대리인과 몇몇 소작인이 찾아와 면담을 기다리고 있었다.

이제 아델과 나는 서재를 비워야 했다. 방문객을 맞이하는 응접실로 사용해야 했던 것이다. 대신 2층 방 하나에 난롯불을 피우고 나는 그곳으로 책을 옮겼다. 그리고 공부방으로 쓸 수 있도록 정리했다. 나는 하룻밤 사이에 손필드 저택이 크게 변한 것을 알아챘다. 이젠 교회처럼 조용하지 않고 한두 시간마다 현관문 두드리는 소리와 종소리가 들렸다. 큰 홀을 가로지르는 발소리도 자주 들리고 아래층에서 낯선 사람들이 각기 다른 억양으로 이야기하는 소리가 들려왔다. 바깥 세계의 시냇물이 저택 안으로 흘러들어 오고 있었다. 드디어 주인이 돌아온 것이다. 나로서는 그 편이 훨씬 좋았다.

그날은 아델을 가르치는 데 애를 먹었다. 아델은 전혀 공부에 집중하지 못했다. 연신 문 쪽으로 달려가서는 혹시라도 로체스터 씨를 볼 수 있지 않을까 하는 기대를 갖고 난간 너머를 살폈다. 그러고는 반기는 사람도 없는 아래층 서재로 내려갈 핑계를 만들려고 했다. 그쯤은 나도 눈치 채고 있었다. 결국 나는 살짝 화가 나서 아델을 억지로 앉혀놓았다. 그러자 그 애는 쉬지 않고 "내 친구 에두아르 페르팩스 드 로체스터 씨"(나는 그 전까지 주인의 성 말고는 들어본 적이 없었다)를 되풀이하며 무슨 선물을 사왔을까 궁금해했다. 아무래도 전날 밤 짐이 밀코트에 도착하면 그중에 아델이 좋아할 작은 상자가 들어 있을 거라고 로체스터 씨가 알려준 모양이었다.

"분명히 제 선물이 있을 거예요. 선생님 것도요. 아저씨가 선생님 이야기도 하셨거든요. 선생님 이름이 뭐냐고 물어보셨어요. 또 키가 작고 좀 말랐으며 얼굴이 창백하냐고 하셨어요. 그래서 그렇다고 대답했어요. 사실이잖아요. 안 그래요, 선생님?"

나와 아델은 평소와 다름없이 페어팩스 부인의 방에서 식사를 했다. 그날 오후는 날씨가 좋지 않았고 눈까지 내려 공부방에서 시간을 보냈다. 날이 저물어 나는 아델에게 책과 자수 도구를 치우고 나서 아래층으로 내려가도 좋다고 했다. 아래층이 비교적 조용하고 현관 종소리도 더는 들리지 않아 로체스터 씨가 이제 좀 한가해졌을 거라고 생각했기 때문이다. 나는 홀로 창가로 다가갔다. 하지만 아무것도 보이지 않았다. 땅거미가 지고 눈송이가 흩날려 잔디밭의 관목들조차 잘 보이지 않았다. 나는 커튼을 치고 난롯가로 돌아와 앉았다.

타오르는 불 속에서 언젠가 본 듯한 라인 강가의 하이델베르크 성을 그린 그림을 떠올리고 있을 때 페어팩스 부인이 들어왔다. 내가 맞추고 있던 불꽃 모자이크가 깨져버렸고 혼자 있으면 떠오르는 달갑지 않은 무거운 생각들도 사라졌다.

"로체스터 씨가 오늘 저녁 응접실에서 선생님이랑 아델과 함께 차를 마셨으면 하시네요. 종일 바빠서 그전에는 선생님을 보자고 할 수가 없었다고요."

페어팩스 부인이 말했다.

"차는 몇 시에 마시죠?"

내가 물었다.

"아, 여섯 시요. 여기 오면 일찍 주무시고 일찍 일어나세요. 지금 옷을 갈아입는 게 좋겠네요. 같이 가서 도와줄게요. 초는 여기 있어요."

"옷도 갈아입어야 하나요?"

"그게 좋을 거예요. 로체스터 씨가 여기 계시면 저도 늘 저녁

226

에 옷을 갈아입죠."

군이 이런 격식을 차려야 하는 건지 좀 의아했다. 하지만 나는 방으로 가서 페어팩스 부인의 도움을 받으며 검은 모직 옷을 벗고 검정색 비단 드레스로 갈아입었다. 밝은 회색 비단 드레스 말고는 여벌의 옷이 이것밖에 없고 내가 가진 옷들 가운데 가장 좋은 것이었다. 그 옷은 정말 훌륭해서 로우드에서 지낼 때 특별한 날에만 입을 수 있었다.

"브로치를 달아야겠어요."

페어팩스 부인이 말했다. 내게는 템플 선생이 작별 선물로 준 진주 장식 브로치가 있었다. 그걸 달고 우리는 아래층으로 내려갔다. 낯선 사람을 만나는 게 익숙지 않았던 나는 이렇게 격식을 차려 로체스터 씨 앞에 서는 것이 고역이었다. 나는 페어팩스 부인을 따라 식당으로 갔다. 식당에서도 그녀 뒤에 숨어 커튼이 드리워진 아치형 문을 지나 우아한 응접실로 들어갔다.

탁자와 벽난로 선반 위에 촛불이 두 개씩 켜져 있었다. 파일럿은 밝게 타오르는 따뜻한 벽난로 옆에 엎드려 있고 그 옆에는 아델이 앉아 있었다. 로체스터 씨는 한쪽 발을 쿠션에 올린 채 긴 소파에 반쯤 기대어 아델과 개를 바라보고 있었다. 그의 얼굴이 난로 불빛에 적나라하게 드러났다. 넓고 짙은 눈썹과 검은 머리칼을 옆으로 쓸어 넘겨 이마가 더욱 각이 져 보였다. 바로 어제 만난 나그네가 분명했다. 잘생겼다기보다 과감한 성격을 드러내는 코, 화난 듯 보이는 커다란 콧구멍, 단호해 보이는 입과 턱까지 모두 험상궂은 게 틀림없이 그 나그네였다. 외투를 벗은 체격이 각진 얼굴과 잘 어울린다고 생각했다. 키가 크거나 몸이 날씬하지는 않지만 가슴이 넓고 허리가 가늘어 운동선수를 하기에 좋은 체격이었다.

로체스터 씨는 페어팩스 부인과 내가 들어온 걸 알면서도 아는 척할 기분이 아닌 듯 우리가 다가가도 고개를 들지 않았다.

"에어 선생이 왔습니다."

페어팩스 부인이 말했다. 이 말에 그는 고개를 까딱일 뿐 여전히 개와 어린아이한테서 눈길을 떼지 않았다.

"에어 선생에게 앉으라고 하세요."

그가 말했다. 마지못해 한 것처럼 느껴지는 뻣뻣한 인사와 형식적이고 짜증 섞인 말투는 '에어 선생이 왔건 말건 나보고 어쩌라고? 난 지금 그녀와 얘기하고 싶지 않아!'라고 말하는 듯했다.

나는 마음 편히 자리에 앉았다. 온갖 예의를 갖춰 맞아줬다면 아마 어리둥절했을지도 모른다. 그에 걸맞는 고상하고 우아한 답례를 하지 못했을 테니까 말이다. 제멋대로 변덕을 부리니 부담감이 덜했다. 오히려 별난 태도를 가진 상대한테는 품위 있고 차분하게 대하는 것이 유리했다. 게다가 별난 행동이 재미있다는 생각이 들었다. 그가 어떻게 나올지 지켜보는 게 흥미롭기까지 했다.

로체스터 씨는 줄곧 조각상처럼 있었다. 말을 하거나 움직이지도 않았다. 누군가 한 사람은 상냥해야 한다고 생각했는지 페어팩스 부인이 입을 열었다. 늘 그렇듯 친절하고 상투적인이야기였다. 종일 일에 시달리고 다리까지 다쳐 얼마나 아프고괴롭겠냐며 위로하고 그걸 다 참아내다니 대단하다면서 칭찬했다.

"부인, 차를 마시고 싶군요."

그의 대답은 이게 전부였다. 그녀는 재빨리 종을 울렸다. 하녀가 차 쟁반을 가져오자 부인은 민첩하면서도 꼼꼼하게 잔과스푼 등을 차렸다. 나와 아델이 탁자 곁으로 갔지만 주인은 여전히 긴 소파에 앉아 있었다.

"로체스터 씨께 차를 좀 건네주시겠어요? 아델은 엎지를지도모르니까요."

페어팩스 부인이 내게 말했다.

나는 그에게 찻잔을 건넸다. 그가 내 손에서 찻잔을 받아들자 아델은 나를 위해 부탁할 좋은 기회라고 생각했는지 크게외쳤다.

"아저씨, 작은 상자 안에 에어 선생님의 선물도 있어요?"

"누가 선물 얘기를 했니? 선생도 선물을 기대하시오? 선물을좋아하오?"

그는 무뚝뚝한 말투로 묻더니 내 얼굴을 빤히 쳐다봤다. 그 눈빛은 어두울 뿐 아니라 화가 나서 쏘아보는 듯했다.

"잘 모르겠습니다. 받아본 적이 별로 없어서요. 대개는 선물을 받으면 좋아하지요."

"대개는? 나는 지금 선생이 어떻게 생각하는지 묻는 거요."

"그러면 천천히 생각해보고 대답을 드려야겠네요. 선물에도 다양한 면이 있으니까요. 의견을 말하려면 그전에 모든 면을 다 생각해봐야죠."

"에어 선생, 당신은 아델처럼 순진하지 않군요. 그 애는 나만 보면 선물 타령인데 당신은 은근슬쩍 떠보네요."

"제가 아델만큼 선물 받을 자격이 있는 것 같지 않아서요. 아델은 선생님을 안 지가 오래되었고 또 늘 그래 왔으니 달라고 할 수도 있지요. 늘 장난감을 사다 주신다면서요? 하지만 제 경우라면 난감하죠. 저는 낯선 사람이고 선물을 받을 만한 일도 하지 않았으니까요."

"지나치게 겸손하시군! 난 아델을 만난 뒤 선생이 가르치느라 고생했다는 걸 알았소. 총명하지도 않고 특별한 재능도 없는 아이가 얼마 지나지 않았는데 저렇게 나아지다니."

"방금 그 말씀이 저한테는 선물이나 마찬가지예요. 고맙습니다. 학생의 실력이 나아졌다는 칭찬만큼 좋은 선물은 없지요."

"흠!"

로체스터 씨는 이렇게 대답하고는 잠자코 차를 마셨다.

"난롯가로 오시오."

하녀가 차 쟁반을 가져가자 주인이 이렇게 말했다. 페어팩스 부인은 뜨개질 거리를 들고 구석 자리에 앉았다. 아델은 탁자와 옷장 위의 장식품과 예쁜 책을 보여주겠다며 내 손을 잡은 채 방 안 이리저리로 끌고 다니던 중이었다. 우리는 주인이 시키는 대로 다가갔다. 아델은 내 무릎 위에 앉고 싶어 했으나 로체스터 씨는 파일럿과 놀고 있으라고 했다.

"여기서 생활한 지 석 달쯤 됐소?"

"네."

"어디서 왔소?"

"○○ 주의 로우드 학교에서 왔습니다."

"아, 자선기관. 거기는 얼마나 있었소?"

"팔 년입니다."

"팔 년! 정말 강인한 생명력을 가졌나 보군. 누구라도 그런 곳에서는 그 절반만 살아도 쓰러지고 말았을 텐데! 선생이 왜 저세상 사람 같은 몰골인지 알겠소. 어디서 저런 얼굴이 되었을까 궁금했거든. 어젯밤 헤이로 가는 길에서 내게 다가왔을 때 어쩐지 옛날 동화가 생각나서 당신이 내 말에 주문을 걸지 않았나 생각했소. 사실 아직도 의심스럽긴 하군. 그럼 부모님은 어떤 분들이오?"

"안 계세요."

"원래 안 계셨던 건가 보군. 부모님은 기억나요?"

"아뇨."

"그럴 줄 알았소. 그래서 산울타리 계단에 앉아 친구들을 기다리고 있었소?"

"누구요?"

"초록색 옷을 입은 요정들 말이오. 요정들이 나타나기에 딱 좋은 달밤이었잖소. 내가 둥글게 모여 놀고 있는데 가운데를 뚫고 지나갔다고 그 재수 없는 얼음을 깔아놓은 것 아니오?"

나는 고개를 저었다.

"초록색 옷을 입은 요정들은 백 년 전쯤에 전부 영국을 떠났답니다. 헤이로 가는 그 길이나 이 근처 들판 어디에도 요정들은 흔적조차 없는걸요. 여름이나 가을, 겨울 달빛 아래서도 요정들이 뛰노는 모습은 볼 수 없을 거예요."

나도 그처럼 진지하게 대답했다.

페어팩스 부인이 뜨개질을 하다 말고 도대체 무슨 이야기를 하는지 의아하다는 듯 눈썹을 치켜세웠다.

"부모님이 안 계시면 친척이라도 있을 것 아니오. 숙부나 숙모같이?"

로체스터 씨가 말했다.

"한 번도 뵌 적이 없어요."

"그럼 집은?"

"집도 없고요."

"남매나 자매는 있소?"

"없습니다."

"누가 여길 추천해줬소?"

"제가 광고를 냈더니 페어팩스 부인이 답장을 주셨습니다."

"맞습니다."

부인은 이제야 무슨 이야기를 하는지 알고 대답했다.

"저는 하느님께 이분을 선택하게 해주셔서 매일 감사하는 마음이랍니다. 에어 선생은 저에겐 소중한 친구이고 아델한테는 친절하고 세심한 선생님입니다."

"성격까지 얘기해주지 않아도 돼요. 나는 남의 칭찬을 듣고 생각을 바꾸는 사람이 아니니까요. 판단은 내가 해요. 이 선생은 만나자마자 내 말을 넘어뜨렸소."

로체스터 씨가 말했다.

"네?"

페어팩스 부인은 놀란 듯했다.

"다리를 삐게 해줘서 선생에게 고맙다고 해야겠소."

부인은 어리둥절한 표정이었다.

"에어 선생, 도시에서 살아본 적이 있소?"

"없습니다."

"사람은 많이 만나봤소?"

"로우드 학교 학생과 선생들이 전부예요. 그리고 지금은 손필드 식구들이 있고요."

"책은 많이 읽었나요?"

"제가 구할 수 있는 만큼 읽었어요. 많지도 않고 그리 어려운 책들도 아니고요."

"수녀처럼 살았군요. 종교의식은 철저하게 배웠겠네요. 내가 알기로 로우드 학교를 경영하는 브로클허스트 씨가 목사일 텐데, 맞소?"

"그렇습니다."

"그리고 당신들은 수녀들이 원장을 존경하듯 그 사람을 존경했을 거고."

"아닙니다."

"꽤 냉정하군! 신참 수녀가 사제를 존경하지 않다니! 신성모독처럼 들리는데?"

"저는 브로클허스트 씨를 싫어했어요. 하지만 저만 그런 건 아니었어요. 그분은 잔인한 사람이었거든요. 거만하고 시시콜콜 참견했지요. 학생들 머리칼을 잘라버리기도 하고 돈을 아낀다며 잘 들어가지도 않는 질 나쁜 바늘과 실을 사다 줬죠."

"그건 아끼는 게 아닐 텐데."

대화 내용을 알아듣고 페어팩스 부인이 한 마디 거들었다.

"그게 그 사람의 가장 큰 잘못이오?"

로체스터 씨가 물었다.

"위원회가 생기기 전에는 그분이 혼자 물품을 관리해서 우리를 거의 굶기다시피 했어요. 일주일에 한 번씩 긴 설교를 해서 우리를 지겹게 하고 밤마다 자기가 쓴 글 중에서 갑자기 사람이 죽거나 벌 받는 이야기를 들려주는 바람에 우리는 무서워서 편히 잠자리에 들지도 못했어요."

"로우드에는 몇 살에 들어갔소?"

"열 살쯤이었어요."

"그럼 거기 팔 년간 있었으니 지금 열여덟 살이군."

나는 대답 대신에 고개를 끄덕였다.

"산수가 이번만큼은 쓸모가 있군. 그 덕분에 선생의 나이도 맞히고. 당신처럼 생김새와 표정이 딴판이면 나이를 가늠하기가 어렵거든. 그런데 로우드에서는 뭘 배웠소? 피아노는 칠 줄 알아요?"

"조금요."

"그러시겠지. 다들 그렇게 대답하더군. 서재로 가시오. 아, 내 말은 '가보시겠소?'라는 뜻이오. 내가 명령조로 말해도 이해해주시오. 이래라저래라 하는 게 버릇이 되어 쉽게 고쳐지지가 않는군. 그건 그렇고 촛불을 갖고 서재로 가시오. 문은 그냥 열어놓고 피아노를 한번 쳐보시오."

나는 시키는 대로 서재에 가서 피아노를 쳤다.

"그만."

몇 분 뒤에 그가 소리쳤다.

"조금 치는군. 영국의 보통 여학생 몇몇보다는 나을지 몰라도 그다지 잘 치는 편은 아니군."

나는 피아노 뚜껑을 덮고 방으로 돌아왔다. 로체스터 씨가 말을 이었다.

"오늘 아침 아델이 선생이 그렸다면서 스케치 몇 장을 보여주더군요. 전부 선생이 직접 그린 건지는 모르겠소. 다른 그림 선생이 도와줬을 수도 있잖소."

"아니에요, 절대 아니에요!"

나는 소리치듯 말했다.

"아아! 자존심을 건드렸나 보군. 정말 이 그림들을 선생 혼자서 그렸다면 다른 그림들도 가져와 봐요. 확실하지 않은데 그렇게 장담을 하면 안 되지. 짜깁기를 한 건지는 내가 보면 금방 알 수 있소."

"그럼 저는 아무 말씀도 안 드릴게요. 알아서 판단하세요."

나는 화첩을 가져왔다.

"탁자를 가까이 가져와요."

나는 그의 말대로 탁자를 긴 소파 쪽으로 밀었다. 아델과 페어팩스 부인도 그림을 보려고 다가왔다.

"모여들지 말아요. 내가 다 보면 가져가세요. 얼굴을 내 쪽으로 들이밀지 말고."

로체스터 씨가 말했다.

그는 스케치와 수채화를 한 장 한 장 찬찬히 살펴보았다. 그러더니 세 장은 따로 빼놓고 나머지는 보고 나서 옆으로 밀쳐놓았다.

"페어팩스 부인, 이 그림들은 저쪽 탁자로 가져가세요."

그가 계속 말했다.

"아델이랑 같이 보세요. 선생은 (나를 힐끗 보며) 거기 다시 앉아서 질문에 대답하세요. 이 그림들을 한 사람이 그린 건 알겠는데 정말 당신이 그린 거요?"

"네."

"이걸 그릴 시간이 있었소? 시간도 오래 걸리고 생각할 것도 많았을 텐데."

"로우드를 떠나기 전에 두 번의 방학을 보내면서 그렸습니다. 다른 할 일이 없었거든요."

"뭘 보고 그린 거요?"

"머릿속으로 상상해서요."

"지금 당신 어깨 위에 얹힌 그 머리 말이오?"

"그렇습니다."

"그 안에 이런 비슷한 내용들이 또 있소?"

"있겠죠. 어쩌면 좀 더 나은 것들로요."

그는 앞에 그림을 펼쳐놓고 다시 번갈아 자세히 살펴보았다.

로체스터 씨가 열중해 살펴보는 동안 나는 어떤 그림인지 설명하겠다. 우선 그 그림들은 조금도 훌륭하지 않았다. 사실 내 머릿속에서 생생하게 떠오른 것들을 그린 그림이었는데, 그림으로 그리기 전 마음속 눈으로 봤을 때는 매우 매력적이었다. 다만 내 그림 솜씨가 제대로 받쳐주지 못했다. 세 장 모두 내가 상상한 것을 어렴풋이 표현했을 뿐이다.

그림들은 모두 수채화였다. 첫 번째 그림은 넘실대는 바다 위에 낮게 떠 있는 검푸른 구름을 그린 것이었다. 원경은 전체적으로 어두웠고 육지가 없어 가장 가까이에 있는 큰 파도가 전경이었는데 역시나 흐릿했다. 한 줄기 빛이 반쯤 가라앉은 돛대를 비추어 돋보이게 했고 돛대 위에는 크고 시커먼 가마우지가 날개에 물거품을 묻힌 채 보석이 박힌 황금 팔찌를 물고 앉아 있었다. 나는 내가 가진 물감으로 표현할 수 있는 한 가장 밝게 보석을 칠했다. 붓으로 최대한 번쩍거리고 화려하게 그렸다. 새와 돛대 아래 푸른 물결 속에 가라앉고 있는 시체가 보였다. 가마우지가 물고 있는 팔찌를 차고 있던 흰 팔 하나만이 또렷하게 보일 뿐이다.

두 번째 그림은 전경에 산들바람이 불어와 풀잎과 나뭇잎이 한쪽으로 비스듬하게 기울어진 희미한 언덕 꼭대기밖에 없었다. 언덕 너머 위편에는 황혼이 질 무렵의 검푸른 하늘이 펼쳐져 있었다. 하늘 위로는 되도록 흐릿하고 어둡게 그린 한 여인의 상반신이 솟아 있었다. 어두운 이마에는 별이 박혀 있고 그 밑의 윤곽은 마치 안개 속에서 보는 듯 흐릿했다. 새까만 눈은 야성적으로 빛나고 머리칼은 폭풍우나 전류에 찢긴 먹구름처럼 흘러내리고 있었다. 목덜미에는 달빛과 같은 푸른빛이 비치고 그와 비슷한 희미한 빛이 옅은 조각구름을 물들이고 구름 사이로 샛별이 땅 위를 굽어보고 있었다.

세 번째 그림은 북극의 겨울 하늘에 솟은 빙산 꼭대기를 그린 것이었다. 북극광들이 모여 긴 창을 세워놓은 것처럼 지평선을 따라 빽빽하게 들어차 있었다. 이것들이 원경을 이루고 있었고, 전경에는 거대한 머리가 비스듬히 빙산에 기대어 솟아 있었다. 이마 아래에 가지런히 모아 이마를 받치고 있던 가녀린 두 손은 얼굴에 검은 베일을 드리웠다. 그래서 뼈처럼 핏기 없이 새하얀 이마와 절망만을 담고 무의미하게 한 곳을 응시하는 퀭한 한쪽 눈만 보였다. 관자놀이 위에는 형태나 밀도가 구름처럼 흐릿한 검정색 터번이 씌워져 있었고 주름진 터번의 가운데 더 화려한 색의 불꽃을 보석처럼 달아놓은 듯한, 희고 둥근 불길이 빛나고 있었다. 이 파리한 초승달은 '왕관의 닮은 꼴'이었고 '형태 없는 형태'가 왕관을 이루었다.

"이 그림들을 그릴 때 행복했소?"

로체스터 씨가 물었다.

"완전히 빠져들어 있었어요. 그래서 행복했죠. 지금까지 살면서 그림을 그리는 것만큼 즐거웠던 일은 많지 않았어요."

"그렇겠지, 즐거운 일이 별로 없었다고 했으니까. 하지만 선생은 이런 기묘한 빛깔을 섞고 칠하는 동안 예술가의 꿈나라에서 살았겠군. 매일 오래도록 그림을 그렸소?"

"방학이라서 다른 할 일이 없었어요. 아침부터 점심때까지 그리고 낮부터 밤까지 계속 앉아서 그렸지요. 게다가 한여름에는 해가 길어서 그림에 전념하기에 좋았어요."

"그렇게 노력한 결과가 만족스럽소?"

"아직 멀었어요. 머릿속 상상과 그려놓은 작품 사이에 차이가 너무 커서 괴롭고요. 그림마다 제 실력으로는 도무지 표현할 수 없는 상상을 했거든요."

"반드시 그런 건 아니오. 어떤 상상을 했는지 그것의 그림자 정도는 표현했소. 그 이상은 안 되었을 테지만 말이오. 전부 표현해내기에는 예술적 기술이나 지식이 부족했겠지. 그래도 이 그림들은 여학생 솜씨치고는 특별하군. 상상도 요정 같아. 이 샛별 속의 눈은 꿈에서 본 거겠지. 이처럼 또렷하게 그렸는데 왜 반짝이지 않을까? 그건 위에 있는 달빛 때문에 그 빛이 사라진 거지. 그리고 이 엄숙하고 깊은 눈은 무슨 의미를 담고 있는 거요? 바람을 그리는 법은 누가 가르쳐준 거요? 하늘과 산봉우리에 강풍이 불고 있소. 라트모스는 어디서 본 거지? 저건 바로 그리스 신화에 나오는 라트모스 산이오. 자, 그림을 치워요!"

내가 화첩의 끈을 다 묶기도 전에 그는 시계를 보더니 갑자기 소리쳤다.

"아홉 시요. 아델을 이렇게 늦게까지 재우지 않다니? 뭡니까! 아델을 침대로 데리고 가시오."

아델은 나가기 전에 그에게 입맞춤을 했다. 그는 인사를 받았지만 파일럿과 입맞춤한 것만큼도 좋아하지 않았다.

"그럼, 안녕."

그는 문을 향해 손짓하며 말했다. 우리와 같이 있는 것이 싫증나서 내보내고 싶다는 손짓 같았다. 페어팩스 부인은 뜨개질거리를 접었고 나는 화첩을 집어 들었다. 그에게 인사를 건넸지만 그는 형식적으로 고개만 끄덕일 뿐이었다.

나는 아델을 재우고 부인 방으로 갔다.

"로체스터 씨가 그리 별스러운 성격이 아니라고 말씀하시지 않았나요?"

페어팩스 부인에게 물었다.

"그래요. 별난 것 같아요?"

"네, 처음 보는 사람들은 그렇게 생각할 거예요."

"나는 익숙해져서 그런 생각을 안 해봤네요. 그리고 성질이 별나더라도 이해해줘야죠."

"왜요?"

"원래 성격이 그래요. 누구나 타고난 성격은 어쩔 수 없잖아요. 그리고 틀림없이 괴로운 일이 떠올라 정신적으로 불안해서 그러는 걸 거예요."

"무슨 일인데요?

"우선은 가정불화지요."

"하지만 가족이 없잖아요."

"지금은 없지만 전에는 있었죠. 몇 년 전에 형님이 돌아가셨거든요."

"형님이오?"

"네, 로체스터 씨는 재산을 상속받은 지 얼마 안 됐어요. 한구 년쯤 됐나?"

"구 년이면 꽤 긴데 아직도 슬퍼하는 걸 보면 형님을 무척 사랑하셨나 봐요."

"아뇨, 그건 아닐 거예요. 형제 사이에 오해가 있었나 봐요. 형님인 로랜드 로체스터 씨가 우리 주인 에드워드 로체스터 씨한테 좀 섭섭하게 하신 것 같아요. 아버지가 동생을 미워하도록 이간질했다던가. 그 부친께서는 돈에 집착해 여러 가지로 고심을 했나 봐요. 재산은 나누면 줄어들잖아요. 하지만 집안의 체면도 생각해 에드워드 씨께도 좀 나눠줘야겠다는 생각은 한 모양이에요. 그렇게 에드워드 씨가 성년이 됐는데 로랜드 씨와 아버지가 부당하게 일처리를 했대요. 에드워드 씨에게 재산을 나눠주는 대신 곤경에 빠뜨린 거죠. 어떤 상황인지는 정확히 모르겠지만 정신적으로 도저히 받아들일 수가 없었대요. 원래도 너그러운 성격이 못 되고요. 그래서 가족과 연을 끊고 몇 년 동안이나 떠돌아다니면서 살고 있어요. 한 곳에 정착하지도 못하고요. 형님이 유언도 안 남기고 돌아가셔서 손필드의 주인이 되긴 했지만 이 주일 이상 머무르신 적은 없어요. 그리고 이 저택을 싫어하시고요."

"왜 싫어하죠?"

"을씨년스러운가 봐요."

뭔가 얼버무리는 듯한 대답이었다. 나는 좀 더 알고 싶었지만 페어팩스 부인은 로체스터 씨가 고통받는 원인과 내력 등을 알지 못하거나 말하기 싫은 것 같았다. 부인은 자세한 건 자기도 모르고 이야기한 것도 거의 추측일 뿐이라고 했다. 이 문제는 더 이상 말하고 싶어 하지 않은 눈치여서 나도 더는 물어보지 않았다.

제14장

　그 후 며칠 동안 로체스터 씨를 거의 보지 못했다. 오전이면 일 때문에 매우 바쁜 듯했다. 오후에는 밀코트나 주변 지역에서 신사들이 찾아와 가끔 식사를 하고 가기도 했다. 삐었던 다리가 말을 타도 될 만큼 낫자 말을 타고 자주 나갔다. 그리고 밤이 이슥해서야 돌아오는 것을 보면 아마도 신사들을 답례차 방문하는 듯했다.

　그동안 로체스터 씨는 아델을 거의 부르지 않았다. 나는 큰홀이나 계단, 복도에서 이따금 그와 마주쳤다. 그럴 때면 그는 멀찍이서 고개를 끄덕이거나, 차갑게 쳐다보며 아는 체를 하고는 거만하고 쌀쌀맞게 지나치거나, 신사답고 친절하게 인사하며 미소를 짓기도 했다. 그가 변덕스럽게 군다고 해서 기분이

상하지는 않았다. 어차피 나와 상관없는 일일 뿐 아니라 오르락내리락하는 감정 기복의 원인이 나와는 전혀 관련이 없었기 때문이다.

그러던 어느 날 로체스터 씨는 손님과 만찬을 하고 있었는데 사람을 보내어 내 그림을 청했다. 나는 의심의 여지도 없이 손님들에게 보여주려 한다고 생각했다. 그런데 페어팩스 부인 말로는 신사들이 밀코트에서 열리는 공식 모임에 참석하려고 일찍 자리를 떴으나 그날 밤은 비가 오고 날이 궂어 로체스터 씨는 가지 않았다고 했다. 손님들이 모두 돌아가자마자 그는 곧 종을 울려 나와 아델을 아래층으로 불렀다. 나는 아델의 머리를 깔끔하게 빗겼다. 그리고 더 손댈 것도 없는 퀘이커 교도 같은 내 옷차림도 점검했다. 땋아 내린 머리까지 전부 검소했다. 우리는 아래층으로 내려갔다. 아델은 '작은 상자'가 도착했는지 궁금해했다. 착오가 있었는지 상자는 지금까지 도착하지 않았다. 우리가 식당에 들어서자 식탁 위에 바로 작은 상자 하나가 놓여 있었다. 아델은 무척 기뻐했다. 직감적으로 선물 상자라는 것을 알아차린 것이다.

"내 꺼야! 내 꺼!"

아델이 소리치며 달려갔다.

"그래, 드디어 네 상자가 도착했구나. 영락없는 파리 아가씨, 가져가서 신나게 뜯어보렴."

비웃는 듯한 로체스터 씨의 굵은 목소리가 난롯가의 커다란 안락의자에서 들려왔다.

"그리고 해부 순서나 내장 상태는 알려줄 필요 없어. 수술은 조용히 하는 거야, 조용히. 알았어?"

아델은 굳이 이런 주의를 줄 필요가 없어 보였다. 벌써 보물을 들고 소파에 앉아 뚜껑을 묶은 상자의 끈을 푸느라 정신이 없었다. 끈을 다 풀고 은색 포장지를 벗겨내며 그녀는 이렇게 외쳤다.

"아이, 예쁘다!"

그러고는 황홀한 표정으로 바라보았다.

"에어 선생, 거기 있소?"

이때 그는 내가 서 있던 문 쪽을 돌아보려고 몸을 반쯤 일으키며 물었다.

"아! 오셨군. 이쪽으로 와서 여기 앉아요."

그러면서 그는 자기 쪽으로 의자 하나를 끌어다 놓았다.

"애들 떠드는 소리는 딱 질색이오. 나처럼 나이 들어 혼자 사는 남자들은 애들의 혀 짧은 소리를 들어도 별다른 감흥이 없으니까. 철없는 애들과 마주 앉아 저녁 시간을 보내는 건 참을 수 없는 일이오. 에어 선생, 의자를 멀리 끌어가지 말고 내가 놓아둔 그 자리에 앉아요. 빌어먹을! 자꾸 공손하게 말하는 걸 잊어버린단 말이야. 원래 소탈한 노부인처럼 구는 것도 아니지만 말이오. 어쨌든 우리 페어팩스 부인도 신경 써야 하는데. 그 부인을 함부로 대해서는 안 될 거요. 물론 시집온 것이긴 하지만 페어팩스 집안의 사람이니까. 피는 물보다 진하다고 하지 않소."

그는 종을 울려 페어팩스 부인을 불러오라고 했다. 부인은 곧 뜨개질 바구니를 들고 왔다.

"어서 와요, 부인. 자선을 좀 베풀어달라고 불렀어요. 아델한테 선물 얘기는 하지 말라고 일렀는데, 저 애는 말하고 싶어 입이 근질거릴 거요. 아델 이야기를 들어주고 말동무 좀 해줘요. 나한테 그것만큼 큰 자선도 없을 거요."

아델은 페어팩스 부인을 보자마자 자기 소파로 불러 재빨리 상자 안에 들어 있던 도자기와 상아 세공품, 밀랍 인형들을 무릎에 잔뜩 쌓아놓고는 자신이 알고 있는 영어를 총동원해 설명하기 시작했다.

"이제 훌륭한 주인 노릇은 다 끝마쳤군. 손님끼리 서로 재미있게 지내고 있으니 지금부터 나도 가벼운 마음으로 즐겨야지. 에어 양, 의자를 앞으로 좀 더 끌어와요. 아직 너무 멀군. 선생 얼굴을 보려면 푹신한 의자에서 위치를 바꿔야 하는데 그러긴 싫거든."

나는 조금 어두운 구석에 있고 싶은 마음이 간절했지만 시키는 대로 했다. 하지만 로체스터 씨가 이렇게 콕 집어 지시한 것은 그대로 따르는 게 당연한 듯했다. 말했다시피 우리는 식당에 있었다. 식사를 위해 켜놓은 샹들리에 불빛이 식당 안을 비췄고, 커다란 벽난로에서는 새빨간 불이 활활 타올랐다. 진홍빛 커튼은 식당의 높은 창문과 그보다 더 높은 아치형 문에 풍성하게 드리워져 있었다. 아델의 소곤거리는 소리 말고는(감히 큰 소리로 이야기하지는 못했다) 사방이 고요했다. 아델의 말소리 사이사이에 겨울 빗방울이 유리창을 두드리는 소리가 들렸다. 다마스크 비단을 씌운 의자에 앉은 로체스터 씨는 전과 달라 보였다. 그리 심각하지도 않고 침울하지도 않았다. 포도주를 마셔서 그런지 입가에는 미소가 감돌고 눈은 빛났다. 말하자면 저녁 식사를 마쳤을 때의 바로 그 편안한 상태였다. 아침의 냉랭하고 무뚝뚝한 기분은 사라진 채 훨씬 풀어지고 상냥하며 느긋한 분위기를 풍겼다. 그러나 푹신한 의자 등받이에 큼직한 머리를 기대고 앉아 화강암을 깎아놓은 듯한 이목구비와 커다란 검은 눈에 난롯불이 비치는 그의 모습은 여전히 우울해 보였다. 유난히 그의 눈이 크고 검으며 아름다웠기 때문일 것이다. 부드럽지는 않지만 부드러움을 떠올리게 하는 어떤 변화가 그의 눈 깊은 곳에서 이따금씩 나타나곤 했다.

로체스터 씨가 이 분쯤 난롯불을 바라보는 동안 나는 그를 바라보고 있었다. 그런데 그때 별안간 고개를 돌렸다. 그 바람에 그의 얼굴을 뚫어지게 보고 있던 나와 눈이 마주치고 말았다.

"에어 선생, 나를 살펴보고 있었군요. 내가 잘생겼다고 생각하오?"

내가 좀 더 신중하게 굴었더라면 이 물음에 애매하고 예의 바르게 대답했을 것이다. 그러나 어쩐 일인지 나도 모르게 이런 대답이 튀어나왔다.

"아니요."

"하하! 한 방 먹었군. 당신한테는 보통 사람과 다른 특이한 구석이 있소. 두 손을 가지런히 모으고 앉아 카펫만 내려다볼 때는 어린 수녀 같은 데가 있어. 지금처럼 내 얼굴을 뚫어져라 쳐다볼 때 말고 말이오. 그런데 누가 당신한테 질문을 하거나 의견 같은 걸 물어보면 매우 솔직하게 대답한단 말이오. 직설적이거나 무뚝뚝하게 말이지, 도대체 왜 그런 거요?"

"제가 너무 솔직했나 봐요. 죄송해요. 외모에 대한 질문에 곧바로 대답하기가 쉽지 않다고 말씀드려야 했는데요. 사람마다 보는 눈이 다르다거나 외모는 중요하지 않다든가, 뭐 그런 식으로요."

"그렇게 대답할 필요 없어요. 외모는 중요하지 않다고? 그런 말로 좀 전의 무례한 대답을 무마하고 나를 살살 달래주는 척하다가 내 목에 칼을 들이대는군! 자, 말해보시오. 내 어디가 못났다는 거요? 나도 다른 사람들처럼 팔다리도 멀쩡하고 이목구비는 번듯한 거 같은데."

"로체스터 씨, 아까 드린 말씀은 없었던 걸로 해주세요. 얼굴에 대해 삐딱한 말을 하려던 게 아니었어요. 실수였습니다."

"나도 그렇게 생각해요. 하지만 그 말에는 책임을 져야 해요. 나를 평가해보시오. 내 이마가 마음에 들지 않소?"

그가 이마를 덮고 있던 검은 머리칼을 쓸어올렸다. 단단한 이마가 드러났지만 상냥한 인상은 부족했다.

"그럼 멍청하게 생겼소?"

"그럴 리가요. 그보다 박애주의자냐고 묻는다면 무례한 말인가요?"

"또 한 방 먹었군! 내 머리를 쓰다듬는 체하면서 또 한 번 칼을 들이대는군. 어린애들이나 노부인과 어울리기 싫어한다고 말해서 그러는 거겠지. 목소리를 낮춰야겠군! 아가씨, 나는 박애주의자는 아니지만 양심은 있소."

그는 양심을 나타낸다는 이마의 솟은 부분을 가리키며 말했다. 다행히도 이마 위쪽의 꽤 넓은 부분이라 눈에 띄었다.

"그뿐 아니라 마음씨도 부드러웠지. 내가 당신 나이였을 때는 어설프지만 야리야리한 청년이었지. 어려운 처지에 놓여 있거나 불행한 사람들, 어린아이들을 특히 배려했소. 하지만 운명에 혹사당하고 휘둘리면서 나는 고무공처럼 단단하고 질긴 사람이 되었소. 내 딴에는 그런 나 자신이 기특하다 싶은데 말이오. 아직 한두 군데 틈이 벌어져 있고 그 깊은 한가운데는 감정이 도사리고 있지만, 이런 내게도 아직 희망이 있는 건가?"

"어떤 희망이요?"

"고무공에서 인간으로 다시 돌아갈 수 있는 희망 말이오."

'술을 너무 많이 마신게 틀림없어.'

나는 속으로 생각했다. 이런 황당한 물음에 어떻게 답해야 좋을지 몰랐다. 되돌아갈 수 있는지 없는지 내가 어찌 알겠는가?

"에어 선생, 몹시 당황한 것 같군요. 내가 미남이 아니듯이 당신도 미인은 아니지만 그 당황하는 모습은 잘 어울리네요. 더구나 당신의 그 호기심 가득한 눈길이 내 얼굴이 아닌 카펫의 꽃무늬에 꽂혀 있는 게 훨씬 편하오. 계속 당황해요, 아가씨. 오늘 밤 나는 누군가와 이야기를 하고 싶으니까."

로체스터 씨는 의자에서 일어나 대리석 벽난로에 팔을 기대고 섰다. 그러고 있으니 그의 얼굴뿐 아니라 몸매가 뚜렷이 드러났다. 그의 가슴은 팔다리 길이와 비율이 맞지 않을 정도로 유난히 넓었다. 대부분의 사람들은 그가 못생겼다고 생각할 것이 틀림없었다. 그런데 그의 행동거지에는 자연스레 자신감이 넘쳤고 태도도 여유로웠다. 자신의 외모에는 전혀 무관심한 듯 보였다. 타고났는지 아니면 어쩌다 보니 그렇게 된 건지 몰라도 외모의 부족함을 채우고도 남을 정도로 당당한 매력이 넘쳤다. 그래서 그를 보는 사람도 그와 마찬가지로 외모 같은 것에 신경 쓰지 않고 그의 자신만만한 모습을 신뢰하게 되었다. 그가 또다시 말했다.

"오늘 밤 나는 누군가와 어울려 이야기를 해볼 참이오. 그래서 당신을 부른 거요. 난롯불이나 샹들리에, 파일럿은 대화 상대가 될 수 없잖소. 모두 말을 못 하니까. 아델은 좀 낫지만 아직은 멀었고…… 물론 페어팩스 부인도 마찬가지요. 당신만 좋다면 알맞은 상대가 될 것 같은데 말이오. 당신을 처음 여기로 불렀을 때 나는 몹시 당황했소. 그리고 그 뒤로 당신을 거의 잊고 지냈지. 다른 생각들 때문에 당신을 떠올릴 겨를이 없었거든. 하지만 오늘 밤은 편하게 마음먹기로 했소. 번거로운 생각은 떨쳐버리고 즐거운 생각만 하기로 말이오. 지금은 당신 이야기를 듣고 당신에 대해 알게 되니 재미있소. 그러니 말해보시오."

나는 대답 대신 미소를 지었다.

"얘기해보라니까."

그가 재촉했다.

"무슨 말을요?"

"아무거나 하고 싶은 이야기요. 어떤 이야기를 어떻게 할지는 당신 마음이니까."

나는 앉아서 아무 말도 하지 않고 마음속으로 중얼거렸다.

'내가 아무 얘기나 지껄이고 잘난 척을 할 거라고 생각했다면 사람을 잘못 골랐다는 걸 알게 될 거예요.'

"에어 양, 말 안 할 거요?"

나는 꿀 먹은 벙어리처럼 여전히 가만있었다. 그는 내 쪽으로 머리를 약간 기울이더니 내 눈 속으로 뛰어들 듯 쳐다보았다.

"고집 부리는 거요? 화가 난 거군. 그럴 만도 하지. 내가 좀 터무니없고 무례한 요구를 했어, 에어 선생. 용서하시오, 이번 한 번뿐이오. 나는 당신을 아랫사람 부리듯 대할 생각은 없소. 나이도 스무 살 넘게 더 많고 한 세기나 앞서 살았으니 우월하다는 것만 내세울 거요. 그건 정당하니까. 아델이 자주 하는 말처럼 나는 그것을 꼭 지킬 거요. 그래서 그 우월함을 내세워 부탁하건대 무슨 이야기든 좀 해주시오. 한 가지 문제에 빠져 녹슨 못처럼 썩어가는 내 관심을 다른 데로 돌려달라는 말이오."

로체스터 씨는 사과하다시피 자신이 부탁하는 이유를 설명했다. 저렇게 저자세로 나오는데 모른 척할 수가 없었다.

"할 수 있다면 기꺼이 위로해드릴게요. 진심이에요. 하지만 무슨 이야기를 해야 할지 잘 모르겠어요. 그리고 어떤 이야기를 좋아하시는지 제가 어떻게 알겠어요? 궁금한 걸 물어보세요. 그러면 최선을 다해 대답할게요."

"그럼 우선 내가 아까 말했던 이유로 어느 정도 주인처럼 굴고 냉정하거나 때로는 엄하게 굴 권리가 있다는 데 동의하오? 나는 당신 아버지와 비슷한 나이인 데다가 당신이 어느 집에서 어떤 가족과 조용히 사는 동안 나는 지구의 절반을 떠돌아다니며 여러 나라 사람들과 만나 다양한 경험을 했으니 말이오."

"좋을 대로 하세요."

"그건 대답하는 게 아니오. 오히려 애매한 대답으로 더욱 짜증만 나게 하는 거지. 딱 부러지게 대답해봐요."

"단지 저보다 나이가 많고 세상 구경을 많이 하셨다고 해서 제게 명령할 권리는 없다고 생각해요. 저에 비해 우월하다고 하시려면 자신의 시간과 경험을 얼마나 의미 있게 쓰셨는지 그 점이 중요해요."

"흠! 척척 답하는군. 하지만 그 말은 인정할 수가 없소. 왜냐하면 내 경우에는 전혀 맞지 않으니까. 나는 시간과 경험을 악용하지는 않았지만 그다지 의미 있게 쓰지도 못했거든. 그러면 우위 문제는 넣어두지. 그래도 당신은 여전히 간혹 내 명령에 따라야 하오. 명령조라고 언짢아하거나 기분 나빠하지 말아요."

나는 미소 지으며 속으로 로체스터 씨가 괴짜일 거라고 생각했다. 그는 자신의 명령을 받아들이는 대가로 내가 일 년에 30파운드씩 받는다는 사실을 잊은 모양이었다.

"웃는 것도 좋소. 하지만 이야기도 좀 하시오."

그는 내 얼굴에 스치고 지나간 미소를 단번에 알아챘다.

"임금을 받는 아랫사람이 자기 명령에 언짢아하거나 기분 나빠할까 봐 걱정하는 주인은 거의 없을 거라고 생각했어요."

"임금을 받는 아랫사람이라…… 뭐? 당신은 내가 임금을 주는 아랫사람이란 말이지. 아, 그렇지. 임금을 잊고 있었군! 좋아, 그럼 그 이유를 들어 내가 좀 괴롭혀도 괜찮소?"

"아뇨, 그 이유로는 안 돼요. 하지만 그건 잊어버리고 아랫사람이 편하게 지내는지 신경 쓰고 계신다는 이유라면 기쁘게 받아들이겠어요"

"그럼 엄청나게 많은 형식적이고 상투적인 예의는 생략해도 무례하다고 생각하지 않는 거요?"

"저는 격식을 차리지 않는다고 해서 무례하다고 생각하지 않아요. 오히려 격식을 차리지 않는 걸 좋아해요. 하지만 자유의 몸으로 태어난 사람은 누구한테도 복종하지 않을 거예요. 아무리 돈 때문이라고 해도요"

"말도 안 돼! 자유의지를 가진 사람이라도 대부분 돈을 위해 무슨 일이든 복종하게 마련이오. 그러니 그런 생각은 혼자 마음속으로만 해요. 당신이 잘 알지 못하는 일반적인 것들은 아는 체하지 않는 게 좋아요. 하지만 방금 한 말이 정확하지는 않아도 나는 마음속으로 찬성이오. 말한 내용보다 솔직하고 진지한 태도가 특히 마음에 든단 말이오. 흔히 볼 수 없는 태도거든. 솔직하게 말했을 때 돌아오는 건 대부분 형식적이거나 냉담한 대답 아니면 어리석은 오해뿐이오. 학교를 갓 졸업한 가정교사 3천 명 중에 지금 당신처럼 말하는 사람은 한 명도 없을 거요. 듣기 좋으라고 하는 말은 아니오. 당신이 대부분의 사람들과 다르다고 해도 그건 당신이 노력해서 그렇게 된 게 아니오. 그렇게 타고난 거지. 내가 너무 성급하게 결론을 내렸군. 어쩌면 당신이 다른 사람들과 비교해 전혀 나을 바가 없고, 당신의 몇 가지 장점마저 덮어버릴 엄청난 결점이 있는지도 모르니까."

'당신도 그럴지 모르죠.'

이런 생각이 내 머릿속을 스쳤을 때 그와 눈이 마주쳤다. 그는 내 마음을 읽은 눈치였다. 그는 내가 생각만 한 게 아니라 입으로 얘기한 듯 이렇게 말했다.

"그래그래, 당신이 맞아. 나도 결점투성이라는 걸 알고 있다고. 변명하고 싶진 않아. 내가 다른 사람에게 엄격하게 굴 입장은 못 되지. 진심으로 뉘우쳐야 할 여러 가지 행동과 그런 생활을 한 과거가 있으니 말이오. 당연히 비웃음이나 비난을 이웃 사람이 아니라 내게로 돌려야 할 거요. 나는 스물한 살이 되면서 사회생활을 시작했소. 아니, 오히려 (나태한 다른 이들과 마찬가지로 나도 이렇게 된 게 절반은 불운과 좋지 않은 상황 탓을 하고 싶소) 잘못된 길로 떠밀려갔지. 그 이후 줄곧 옳은 길로 들어서질 못했소. 그렇지만 나도 조금 다른 사람이 될 수 있었는지도 모르오. 당신같이 현명하고 때 묻지 않은 사람 말이오. 나는 평화로운 마음과 깨끗한 양심, 더럽혀지지 않은 추억을 가진 당신이 부럽소. 꼬마 아가씨, 흠이나 티 없는 추억은 가장 훌륭한 보물일 거요. 게다가 삶의 활력소가 되지 않겠소?"

"열여덟 살 때 어떠셨는데요?"

"그땐 괜찮았지. 썩은 물이 솟아올라도 악취 나는 시궁창이
되지 않을 정도로 맑고 건강했지. 나도 열여덟 살 때는 당신과
비슷했소. 당신과 꼭 닮았었지. 애초에 선한 사람으로 태어났
으니까. 지금은 그렇게 안 보일지 몰라도 남들과 비교해 꽤 괜
찮은 사람으로 말이오. 에어 선생, 당신은 그렇지 않다고 말하
겠지. 당신의 눈빛에서 그 정도는 눈치 챌 수 있소. 그건 그렇
고 당신은 눈을 통해 속이 드러나지 않게 조심해요. 당신 마음
을 읽는 데 시간이 얼마 걸리지 않으니까. 이건 믿어요. 난 나
쁜 사람은 아니니까. 그렇게 생각하지 마시오. 내게 그런 오명
을 씌우지 말아요. 타고난 성격이라기보다는 오히려 환경 때문
에 돈 많고 쓸모없는 사람들이 흔히 그렇듯 나는 타고난 성격
때문이 아니라 오히려 환경 때문에 온갖 방탕한 생활에 빠진 죄
인일 뿐이오. 내가 왜 당신에게 이런 고백을 하는지 궁금하오?
앞으로 살면서 친구가 당신에게 비밀을 털어놓는 일이 자주 있
을 거요. 자신의 이야기를 하는 것이 아니라 남의 이야기를 들
어주는 게 당신의 장점이라는 걸 다른 사람들도 직감적으로 알
아챌 테니까. 또한 분별없이 행동하는 사람을 경멸하지도 않고
그들의 말을 악의가 아니라 동정심을 갖고 듣는다는 것도 느낄
거요. 그것을 겉으로 표현하지 않아도 충분히 위로와 격려가
될 것이오."

"어떻게 아세요? 그걸 다 어떻게 아시죠?"

"나는 잘 알아요. 그래서 일기를 쓰듯 술술 말하는 거요. 당신은 내가 상황을 극복했어야 한다고 말하겠지. 그랬을 수도 있소. 이겨냈어야 해. 하지만 보다시피 나는 그러지 못했소. 운명이 나를 버렸을 때 냉정할 만큼의 분별력이 남아 있지 않았소. 자포자기했고 타락했지. 그래서 어느 악랄한 얼간이가 비열한 말로 화를 돋워도 나 스스로 그보다 자신이 낫다고 자만할 수가 없소. 나나 그 사람이나 다를 바가 없다고 말할 수밖에 없거든. 좀 더 끈기 있게 버티고 싶었는데 말이오. 아마 하느님은 아실 거요! 에어 양, 유혹을 받아 잘못된 길로 들어서면 후회를 두려워하시오. 후회는 인생의 독이오."

"회개는 독이 아니라 약이라고 하던데요."

"약이 아니오. 사람을 아예 개조한다면 모를까. 나도 바뀔 수 있을 거요. 아직 그 정도 힘은 있으니까 말이오. 하지만 나 같이 족쇄를 차고 무거운 짐을 짊어진 저주받은 사람이 그런 생각을 해봤자 무슨 소용이 있겠소? 게다가 행복도 나를 버렸으니 내게는 즐거움을 좇을 권리가 있지. 어떤 대가를 치르더라도 나는 쾌락을 즐길 거요."

"그럴수록 점점 더 타락할 거예요."

"그럴지도 모르지. 하지만 달콤하고 늘 새로운 쾌락을 좇는다고 해서 꼭 타락한다는 법이 있소? 벌이 들판에서 꿀을 모으

듯 계속 달콤하고 새로운 쾌락을 얻게 될지 모르지."

"벌이 찔러 따끔할 거예요. 쓴 맛이 날거고요."

"어떻게 알지? 맛본 적도 없으면서 말이오. 꽤 진지하고 심각한 얼굴이군. 당신은 이 '카메오 머리'처럼 (벽난로 위에서 '카메오' 조각을 집어들며) 그런 문제는 아는 것이 없지 않소. 당신은 내게 설교할 자격이 없소. 일상 밖으로 벗어난 적도 없고 알 수 없는 삶은 겪어본 적도 없는 애송이니까 말이오!"

"저는 다만 스스로 하신 말씀을 되풀이한 것뿐이에요. 실수는 후회를 불러오고 후회는 인생의 독약이라고 하셨잖아요."

"지금 실수라고 했소? 문득 스치고 지나간 생각이 실수라고 생각하지는 않소. 이건 유혹이라기보다 영감에 가깝소. 포근하게 마음을 달래주지요. 그건 분명해. 자, 그것이 다시 머릿속에 떠오르는군! 단언컨대 악마는 아니오. 빛나는 천사의 옷을 입고 있거든. 이처럼 아름다운 손님이 내 마음속에 찾아들 때는 공손히 맞이해야 한다고 생각하오."

"믿지 마세요. 그건 진짜 천사가 아니에요."

"다시 말하지만 그걸 당신이 어떻게 안다는 거요? 당신은 무엇을 근거로 타락 천사와 신이 보낸 사자를 그리고 인도하는 자와 유혹하는 자를 구별할 수 있단 말이오?"

"표정을 보고 판단했어요. 그 생각이 마음속에 다시 떠올랐다는 말씀을 하실 때 괴로워하셨잖아요. 거기에 귀를 기울이면 반드시 더욱 비참해질 거예요."

"천만에! 그건 세상에서 가장 자비로운 메시지를 전하는 거요. 그리고 덧붙여 말한다면 당신은 내 양심 지킴이도 아니니까 걱정할 것 없소. 자, 들어오라. 아름다운 방랑의 천사여!"

로체스터 씨는 자신의 눈에만 보이는 환영한테 얘기하듯 이렇게 말했다. 그러고 나서 보이지 않은 무언가를 끌어안듯 반쯤 벌렸던 두 팔을 가슴 위로 접었다. 그리고 계속해서 내게 말했다.

"자, 나는 순례자를 만났소. 그는 변장한 신이 틀림없소. 이 신은 이미 내게 덕을 베풀었소. 납골당 같던 내 가슴이 신전으로 변했단 말이오."

그는 다시 내게 말했다.

"솔직히 말씀드리면 저는 도무지 당신을 이해할 수가 없어요. 제 이해력을 벗어나는 얘기들이라 대화를 쫓아가지 못하겠어요. 제가 아는 건 딱 하나예요. 과거 당신은 자신이 바란 만큼 좋은 사람이 아니었고, 그래서 자신의 부족함을 후회하고 있다는 거예요. 제가 이해할 수 있는 것도 하나예요. 부끄러운 추억은 영원한 골칫거리라고 하셨죠. 저는 노력만 하시면 곧 스스로도 인정할 만한 사람이 될 수 있다는 것을 알게 되실 거라고 생각해요. 당장 오늘부터 생각과 행동을 고치기로 마음먹는 것부터 시작한다면 몇 년 안에 티 없이 깨끗한 새 추억들을 갖게 될 거고, 기쁜 마음으로 떠올릴 수 있을 거예요."

"바로 그렇소. 그 말대로요, 에어 선생. 그런데 나는 바로 이 순간에도 지옥으로 향하는 길을 닦고 있소."

"네?"

"부싯돌처럼 단단한 선의의 자갈을 깔고 있는 거지. 물론 이제부터 만나는 사람이나 하는 일도 다를 것이오."

"나아질 거라는 말씀이죠?"

"물론이오. 순수한 광석이 더러운 쇳조각보다 훨씬 좋은 거요. 당신은 나를 의심하고 있군. 나는 나 자신을 의심하지 않소. 내 목적과 동기가 무엇인지 잘 알고 있으니까. 그리고 이 순간 내 목적과 동기가 모두 옳다는 사실을 마치 메디아나 페르시아의 법처럼 결코 바꿀 수 없는 것으로 만들겠소."

"목적과 동기를 위해 꼭 새 법이 필요하다면 그건 절대 정당한 게 아니에요."

"에어 양, 새로운 법은 꼭 필요하지만 정당해요. 전례 없이 복잡한 사안에는 예전과 비교해 복잡한 규칙이 필요하오."

"위험천만한 말 같네요. 남용되기 쉽겠는데요."

"경구를 즐겨 쓰는 현자로군! 맞소. 나는 절대로 남용하지 않겠다고 우리 집 수호신께 맹세할 수 있소."

"하지만 사람은 누구나 실수해요."

"나도 그렇고 당신도 그렇소. 그래서 뭐요?"

"사람은 실수를 하니까 하느님이나 전능하신 분께 맡겨야 할 힘을 자신이 쓰려고 하면 안 된다는 거예요."

"무슨 힘 말이오?"

"공인되지 않은 이상한 행동들을 '이게 옳다'라고 말하는 것 말이에요."

"'이게 옳다.' 그래, 바로 이 말이군. 당신이 꼭 맞는 말을 붙여주었군."

"그럼 그게 옳기를 바랄게요."

나는 의자에서 일어서며 말했다. 도무지 이해할 수 없는 이야기를 계속해봤자 시간 낭비일 듯했다. 그리고 지금의 내 통찰력으로는 상대방의 성격을 도저히 파악할 수가 없었다. 전혀 모르겠다는 확신이 들자 나는 왠지 불안해졌다.

"어디 가시오?"

"아델을 재워야죠. 이미 잘 시간이 지났는걸요."

"스핑크스의 수수께끼 같은 이야기를 하다 보니 내가 무서워졌소?"

"네, 수수께끼 같아요. 하지만 어리둥절하긴 해도 무섭지는 않아요."

"당신은 무서워하고 있소. 자신을 사랑하는 마음에 실수라도 할까 봐 두려운 거지."

"그런 의미에서라면 걱정스러운 건 맞아요. 터무니없는 이야기를 하고 싶지는 않으니까요."

"터무니없는 이야기라도 당신처럼 심각하고 침착한 태도로
한다면 의미 있게 들릴 거요. 에어 양, 당신은 크게 웃어본 적
이 있소? 대답할 필요는 없소. 당신이 웃지 않아서 하는 소리
니까. 하지만 당신은 굉장히 유쾌하게 웃을 수 있는 사람이오.
내 말 믿어요. 내가 애초부터 나쁜 사람이 아니듯 당신도 원래
엄격한 사람이 아니오. 로우드에서의 생활이 계속 당신을 구속
하고 있는 거요. 당신의 성격을 지배하고 목소리를 낮추며 손
발을 묶어놓고 있소. 당신은 오빠, 아버지나 주인 같은 모든
남자 앞에서 활짝 웃거나 자유롭게 말하거나 재빠르게 움직이
는 게 두려울 거요. 하지만 내가 당신 앞에서 격식을 갖춰 행동
할 수 없듯이 언젠가 당신도 내 앞에서 편해질 수밖에 없을 거
요. 그러면 당신의 표정이나 행동도 지금보다 훨씬 더 활기차
고 다양해지겠지. 나는 가끔 당신한테서 꽉 닫힌 새장의 창살
사이로 밖을 엿보는 호기심 어린 새의 시선을 발견하곤 하지.
활발하고 가만히 있을 수 없으면서 의지가 굳은 포로처럼 갇혀
있는 새 말이오. 자유롭게 풀어주면 분명히 하늘 높이 날아갈
거요. 그런데 꼭 가야겠소?"

"벌써 아홉 시예요."

"걱정 말아요. 잠깐만. 아델은 아직 잘 준비가 안 된 것 같
소. 에어 양, 이렇게 벽난로를 등 뒤에 두면 얼굴이 방 안을 향

해 있어서 살펴보기가 아주 좋지. 당신과 이야기하는 동안에도 나는 틈틈이 아델을 보았소. 내가 저 아이를 살펴보는 데는 나름의 이유가 있소. 그 이유는 기회가 되면, 아니 꼭 말해 주겠소. 십 분쯤 전에 상자에서 예쁜 분홍 드레스를 꺼내 보던 그 아이는 정말 황홀한 표정을 지었다오. 저 애의 핏 속에는 교태가 흘러 뇌를 거쳐 골수까지 박혀 있소. '지금 당장 입어볼 거야' 하고 소리치며 방을 뛰어나갔소. 아마 지금쯤 소피와 함께 옷을 입어보고 있을 거요. 그리고 몇 분 안에 돌아오겠지. 어떤 모습을 하고 있을지 눈에 선하오. 막이 올라 무대에 오른 셀린 바렝과 똑같을 거야. 하지만 상관없어. 민감한 내가 충격을 받게 될 것 같군. 그러니 이 예감이 맞는지 지켜보시오."

이내 홀을 사뿐사뿐 걸어오는 아델의 발소리가 들렸다. 로체스터 씨가 예상한 대로 그 애는 전혀 다른 사람이 되어 들어왔다. 입고 있던 갈색 드레스 대신 짧은 치마에 촘촘히 주름을 잡은 장밋빛 새틴 드레스를 입고 있었다. 이마에는 장미 꽃봉오리로 만든 화환을 두르고 비단 양말과 하얀 새틴 구두도 신고 있었다. 아델이 앞으로 뛰어오며 물었다.

"드레스가 정말 잘 어울리죠? 구두랑 양말은요? 제가 춤을 춰볼게요."

아델은 드레스를 펼치며 미끄러지듯 샤세 스텝으로 방 안을 가로질러 로체스터 씨 앞으로 다가갔다. 그러고는 발끝으로 가볍게 한 바퀴를 돌고 나서 그의 발치에 한쪽 무릎을 꿇고 말했다.

"아저씨. 친절을 베풀어 주서서 진심으로 감사드립니다."

그리고 일어서며 말했다.

"아저씨! 엄마가 이렇게 했었죠?"

"똑같구나!"

로체스터 씨가 대답했다. 그리고 나에게 말했다.

"그리고 '이렇게' 내 주머니에서 영국 금화를 빼갔지. 나도 그때는 청춘이었소. 새파랗게 젊었었지. 지금 당신의 싱그러운 빛깔처럼 한때 나도 푸르고 싱그러웠소. 하지만 청춘은 내 손 안에 프랑스의 작은 꽃 한 송이만 남겨두고 가버렸소. 나도 이 꽃을 버리고 싶을 때가 있소. 그 꽃이 피어난 뿌리를 사랑하지도 않는 데다가 그 꽃이 금가루만 먹고 자란다는 걸 알았으니까. 특히 지금처럼 조화 같아 보일 때는 좋아하는 마음이 싹 사라지. 그저 한 가지 선행을 하면 크고 작은 수많은 죄가 속죄될 수 있다는 로마 가톨릭의 교리에 따라서 키우는 것뿐이오. 그 얘기는 때가 되면 다 말해주겠소. 그럼 안녕히 주무시오."

제15장

　로체스터 씨는 그 후 약속대로 그 이야기를 들려주었다. 어느 날 오후 아델과 함께 있다가 정원에서 우연히 그와 마주쳤을 때였다. 아델이 파일럿과 셔틀콕을 가지고 노는 동안 그는 아이를 지켜보면서 너도밤나무 길을 걷자고 했다. 그러고는 아델이 자신이 '대단한 열정'을 바쳤던 프랑스의 오페라 무용수인 셀린 바렝의 딸이라고 말했다.

　셀린은 로체스터 씨보다 더 열렬히 그를 사랑하는 척했다. 그래서 그는 자신이 비록 못생기긴 했지만 셀린은 자신을 우상으로 여기고 있다고 생각했다. 그녀가 아폴로 조각상의 우아한 아름다움보다 자신의 늠름한 체격을 더 좋아한다고 믿었다는 것이다.

"에어 양, 그래서 프랑스 요정이 좋아한다고 하자 영국 남자 도깨비는 매우 으쓱해졌소. 그녀를 호텔에서 살게 해주고 하녀와 마차, 캐시미어 옷에다가 다이아몬드, 값비싼 레이스까지 모든 걸 다 해줬소. 여자에게 푹 빠진 여느 얼간이들처럼 제 손으로 무덤을 파기 시작한 거지. 독창성마저도 없어 남들과 전혀 다를 바 없는 치욕스러운 파멸의 길로 들어섰소. 바보처럼 남들이 가는 길을 그대로 따라간 거요. 나는 당연히 모자란 방탕아와 같은 운명이 되었소. 어느 날 밤 약속도 없이 셀린을 찾아갔는데 집에 없더군. 날씨도 덥고 파리의 길거리를 다니느라 지쳐서 나는 방에 앉아 있었소. 좀 전까지 셀린이 머물렀으니 성스러워진 공기를 들이마신다고 기뻐하면서 말이오. 아니, 이건 과장한 거요. 셀린한테 신성한 미덕이 있다고 생각한 적은 없소. 그녀는 향정 같은 향기를 남겼지. 신성한 향기라기보다는 사향이나 용연향 같았소. 그러다가 온실의 꽃향기와 향수 냄새가 답답해지기 시작해 창문을 열고 발코니로 나갔소. 그날 밤은 달빛도 밝은데 가스등이 켜져 있었고 정말이지 고요하고 평화로웠소. 발코니에 의자가 한두 개 놓여 있기에 앉아서 여송연을 꺼냈소. 실례지만 지금 한 대 피워야겠소."

그는 잠시 이야기를 멈추고 여송연을 꺼내 불을 붙였다. 그러고는 쌀쌀하고 흐린 하늘로 아바나 여송연 연기를 길게 내뿜으며 말을 이었다.

"에어 양, 그 당시에 나는 좋아하는 봉봉 과자를 씹고 있었소. 상스러운 표현이지만 이해해주시오. 초콜릿 과자를 먹다가 여송연도 피우면서 근처 오페라 극장을 향해 화려한 거리를 달리는 마차들을 바라보고 있었지. 훌륭한 영국산 말 두 필이 끄는 우아한 마차 한 대가 빛나는 도시의 밤거리를 달려오는 모습이 또렷하게 보이더군. 내가 셀린에게 사준 마차였지. 그녀는 집에 돌아오고 있었소. 애타는 내 심장은 기대고 있던 철제 난간이 울릴 정도로 마구 뛰었소. 예상대로 마차는 호텔 입구에서 멈췄고 나의 불꽃 같은 셀린이 내렸소. 불꽃이라, 오페라 무용수인 애인에게 딱 맞는 말이었지. 외투를 걸치고 있더군. 따뜻한 6월의 저녁에는 필요도 없는데 말이오. 어쨌건 마차 발판에서 내릴 때 치맛자락 밑으로 언뜻 보인 조그만 발을 보고 셀린이라는 걸 바로 알아챘다오. 발코니 너머로 허리를 굽혀 '나의 천사!'라고 속삭이려던 참이었소. 물론 내 연인에게만 들릴 정도로 말이오. 그런데 그때 그녀 뒤를 따라 마차에서 누군가 뛰어내리더군. 외투까지 걸치고 말이오. 박차가 달린 구두 뒤축이 바닥에 닿는 소리가 들렸고 군모를 쓴 머리가 호텔의 아치형 정문에 들어섰소. 당신은 질투를 해본 적이 없을 거요. 물론 없겠지. 사랑을 해본 적이 없으니 물어볼 필요도 없겠군. 앞으로는 사랑과 질투를 느끼게 되겠지. 하지만 지금 당신의 영혼은 잠들어 있소. 그 잠을 깨워줄 자극이 아직까지 없는 것 같은데. 당신은 지금껏 젊음이 조용히 흘러갔듯 자신의 인생도 그렇게 조용히 흘러갈 거라고 생각하겠지. 눈을 감고 귀를 막은 채 떠내려가면 가까운 개울 바닥에 솟은 바위들도 보이지 않고 그 밑에서 부딪치는 물소리도 들리지 않을 거요. 하지만 내 말을 명심하시오. 언젠가 바위가 많은 물길을 지나게 될 거요. 인생의 모든 흐름이 소용돌이 치고 거품을 일으키며 요란스럽게 산산조각 날 거요. 당신은 험한 바위 끝에 부딪혀 부서지거나 거대한 파도에 실려 더욱 잔잔한 물길로 들어서게 될 거요. 바로 지금의 나처럼 말이오.

나는 오늘 같은 날이 좋소. 강철 같은 저 하늘빛이 좋고 서리에 뒤덮인 황량하고 고요한 이 세상도 좋소. 난 손필드가 좋소. 낡고 외진 것까지도 말이오. 까마귀가 많은 고목과 가시나무들도, 이 집의 잿빛 외벽과 금속 빛 하늘을 비추는 어두운 창문들도 마음에 들어요. 하지만 얼마나 오랜 시간 이 집을 생각하는 것만으로도 진저리를 쳤는지 모른다오. 마치 무서운 전염병이 든 집처럼 피했지. 아직도 내가 얼마나 싫어하는지…….”

로체스터 씨는 이를 갈더니 그만 입을 다물었다. 그러고는 발걸음을 멈추고 단단한 땅바닥을 장화 신은 발로 쿵 하고 내리찍었다. 어떤 기분 나쁜 생각이 그를 사로잡아 움직이지 못하도록 꽉 붙잡고 있는 듯했다.

우리는 너도밤나무 길을 함께 올라가고 있었다. 이때 눈앞에

269

정원이 보였다. 그는 이전에도 그리고 그 후에도 본 적 없는 눈빛으로 저택의 흉벽을 노려보았다. 고통, 수치, 분노, 초조, 증오, 혐오 등의 감정이 그의 검은 눈썹 아래 커다랗게 뜬 눈동자 속에서 싸우고 있는 것 같았다. 서로 간에 치열한 싸움이 벌어졌다. 하지만 또 다른 감정이 솟구쳐 다른 감정들을 물리쳤다.

그는 계속해서 말했다.

"에어 양, 나는 방금 입을 다물고 있던 사이에 내 운명의 여신과 담판을 지었소. 운명의 신이 저기 너도밤나무 옆에 서 있더군. 포레스의 황야에서 맥베스 앞에 나타났던 그 늙은 마녀 말이오. 마녀는 '손필드를 좋아한다고?'라고 물으며 손가락을 쳐들더군. 그러더니 허공에 이런 문구를 쓰며 경고했소. 저택의 정면, 2층과 아래층 창문 사이의 긴 공간에 무시무시한 상형문자를 써내려가더군. '할 수 있으면 좋아해봐! 그럴 용기가 있다면 좋아해 보라고!' 나는 '좋아할 거요. 그만한 용기도 있소'라고 대답했소. 그 말을 지킬 거요. 내가 행복하거나 선하게 살지 못하도록 방해하는 장해물을 모조리 쳐부술 생각이오. 맞소, 선을 위해서요. 나는 예전의 나 그리고 지금의 나보다 더 나은 사람이 되고 싶소. 〈욥기〉의 괴물 리바이어던이 창과 화살, 사슬갑옷까지 부쉈듯이 나는 세상 사람들이 강철이나 무쇠처럼 생각하는 것들을 지푸라기와 썩은 나무로 여기겠소."

이때 아델이 셔틀콕을 들고 그에게 달려왔다.

"저리 가! 떨어져 있어. 아니면 소피한테 가라고!"

로체스터 씨가 사납게 소리쳤다. 계속해서 말없이 걷던 나는 그가 느닷없이 화제를 바꾸자 다시 예전 얘기로 돌아가려고 이렇게 말했다.

"바렝 양이 들어왔을 때 발코니에서 안으로 들어가셨나요?"

때를 놓친 질문에 핀잔을 듣겠다 싶었는데 오히려 인상을 잔뜩 구긴 채 멍해 있던 그가 정신을 차리고 나를 보았다. 어두웠던 그의 얼굴이 밝아졌다.

"아 참! 셀린 얘기를 잊고 있었군! 그래, 그 이야기로 돌아가지. 내 연인이 어떤 기사와 함께 들어오는 걸 본 순간 쉿 하는 소리와 함께 달빛이 비치는 발코니에 똬리를 틀고 있던 파란 뱀이 내 조끼로 미끄러져 올라와 이 분 만에 내 심장 한가운데를 파먹어 들어갔소. 그런데 이상하지 않소?"

그는 다시 화제에서 벗어나더니 이렇게 말했다.

"이런 이야기를 당신한테 털어놓다니. 게다가 당신은 잠자코 듣고만 있군. 마치 당신처럼 세상물정이라곤 전혀 모르는 괴짜 아가씨한테 나 같은 남자가 오페라 무용수 애인 이야기를 들려주는 게 당연한 것처럼 말이오. 하지만 전에도 말했듯이 당신이 잘 들어주니 나도 말할 기분이 나는군. 당신은 진중하고 사려 깊고 조심스러워 비밀을 털어놓기에 안성맞춤이지. 게다가 나는 지금 이야기를 털어놓는 상대가 어떤 마음인지 알고 있소.

남에게 쉽게 물들지 않지. 독특하고 드물어. 그 마음에 해를 입히고 싶지도 않거니와 내가 그러려고 해도 해를 입을 리 없소. 당신과 나는 이야기를 나누면 나눌수록 더 좋을 거요. 왜냐하면 나는 당신을 해치는 일이 없을 거고, 당신은 내게 활력을 되찾아줄 테니까."

그러고는 다시 본론으로 돌아왔다.

"나는 발코니에 남아 있었소. 틀림없이 두 사람이 셀린의 방으로 들어올 거라고 생각했거든. '숨어 있자!' 그래서 나는 열린 창문 사이로 손을 넣어 안을 들여다볼 수 있을 정도의 틈만 남기고 커튼을 쳤소. 그리고 여닫이 창문도 연인들이 속삭이는 소리가 들릴 정도만 열어두었지. 그다음에 재빨리 의자로 돌아가 앉으니 두 사람이 들어오더군. 창문 틈으로 다가가 안을 들여다봤소. 셀린의 하녀가 들어와 램프에 불을 켜서 탁자 위에 올려두고 나갔소. 그러니까 그 둘이 더 또렷이 보이더군. 둘 다 외투를 벗었소. 바렝은 새틴 드레스를 입고 보석으로 치장해 반짝반짝 빛이 나더군. 물론 내가 사준 것들이었지. 함께 온 사내는 장교 제복을 입고 있었소. 내가 알기론 젊은 자작으로 난봉꾼이었소. 사교계에서 가끔 마주치는 망나니 같은 녀석이었지. 나는 깔끔하게 그를 무시해온 터라 그자가 싫다는 생각을 해본 적도 없었소. 그래서 놈을 알아본 순간 질투라는 뱀의 독이빨이 부러져버렸소. 셀린을 향한 내 사랑이 그와 동시에 촛불 꺼지듯 사그라져버렸기 때문이오. 그런 놈 때문에 나를 배신한 여자를 두곤 싸울 가치조차 없었으니까. 그저 경멸스러울 뿐이었소. 하지만 그런 여자에게 속은 내가 더 한심했지. 둘은 대화를 시작했소. 두 사람의 이야기를 듣고 있자니 마음이 진정됐지. 경박하고 돈밖에 모르는 무의미한 대화였소. 듣다 보니 화가 나는 게 아니라 지루해지더군. 탁자 위에 내 명함이 놓여 있었는데 그걸 보곤 나에 대해 이야기하더라고. 두 사람은 나를 그럴듯하게 비난할 능력도 재치도 없었소. 그저 자신들의 저급한 방식으로 치사하게 나를 비웃었지. 특히 셀린은 내 외모상의 결점을 '불구'라고까지 표현하면서 과장하더군. 늘 버릇처럼 내 '남성미'를 찬양하던 여자가 말이오. 당신과는 전혀 달랐지. 우리가 두 번째로 만났을 때 당신은 내가 잘생기지 않았다고 딱 잘라 말했소. 그때 둘이 너무도 달라서 깜짝 놀랐소."

아델이 또다시 달려왔다.

"아저씨, 존이 와서 그러는데 대리인이 아저씨를 뵙기 위해 왔대요."

"아! 그렇다면 간단히 말해야겠군. 나는 창을 열고 그들에게 다가갔지. 셀린한테 더는 돌봐주지 않을 테니 이 호텔을 나가라고 했소. 당장 쓸 돈만 던져줬지. 그녀가 아우성을 치고, 히스테리를 부리고, 애원하고, 항의하고, 발작을 일으켜도 무시

273

했소. 그 자작 놈과는 숲에서 만나기로 약속했지. 그리고 다음 날 아침 나는 그자를 만났소. 병든 병아리 날개같이 가냘프고 허약한 그의 팔에 총알을 한 방 먹이곤 모두 끝났다고 생각했소. 그런데 불행히도 그 6개월이 되기 전에 바렝은 아델을 낳았고 내 핏줄이라고 우기더군. 사실일지도 모르지. 하지만 저 아이 얼굴에서 나같이 험상궂은 얼굴을 닮은 구석이라고는 찾아볼 수 없지 않소. 차라리 파일럿이 나를 더 닮았을 거요. 내가 인연을 끊은 지 몇 년이 지난 뒤 그 여자는 딸을 버리고 음악가인지 가수인지 하는 놈과 이탈리아로 달아났소. 나는 당연히 내가 아델을 길러야 할 책임이 있다고는 생각하지 않았고 그건 지금도 마찬가지요. 내 딸이 아니니까. 하지만 저 애가 몹시 궁핍하다는 소식을 듣고 파리의 진창 속에서 건져다가 여기 데려온 거요. 그리고 영국 시골 정원의 건강한 흙 위에서 제대로 자랄 수 있게 저 애를 가르치려고 페어팩스 부인이 당신을 데려왔소. 하지만 지금 선생은 저 애가 프랑스 오페라 무용수의 사생아라는 사실을 알게 되었으니 본인의 일과 학생에 대해 다른 생각을 하게 될 수도 있지. 언젠가 내게 와서 새로 일자리를 구했다거나 다른 가정교사를 구하라고 할지도 모르고. 안 그렇소?"

"아니요, 아델은 자기 엄마나 당신의 잘못에 책임이 없어요. 저는 아델을 아끼는 데다가 방금 저 애가 고아나 마찬가지라는 것을 알게 되니 오히려 전보다 더 가까워져야겠다는 생각이

드네요. 엄마에게 버림받은 데다가 당신은 자기 딸이 아니라고 하시니까요. 가정교사를 귀찮게 여기는 부잣집 어리광쟁이보다는 가정교사를 친구삼아 의지하는 외로운 고아가 훨씬 예쁘지 않겠어요?"

"그렇게도 볼 수 있군! 그럼 이제 안으로 들어가야겠소. 날이 어두워지는군."

그러나 나는 아델, 파일럿과 함께 좀 더 밖에 머물렀다. 아델과 달리기 경주도 하고 배드민턴도 쳤다. 그러고 나서 집에 들어와 모자와 외투를 벗겨주고 내 무릎에 앉혔다. 아델은 예뻐해주면 정도가 지나쳐 제멋대로 굴지만 오늘은 어지간하면 꾸중도 하지 않고 한 시간이나 그대로 있었다. 프랑스인 어머니한테서 물려받은 듯 영국인 정서에 맞지 않은 천박한 성격이 있었지만 그 애도 나름 장점이 있었다. 그리고 나는 그런 점들을 최대한 인정해주고 싶었다. 그 애의 표정이나 생김새에서 로체스터 씨와 닮은 점을 찾아보았지만 한 군데도 발견하지 못했다. 특징이나 표정의 변화에도 어느 한구석 부녀 사이로 보이는 점이 없었다. 안타까웠다. 조금이라도 자신을 닮았더라면 그는 이 아이를 좀 더 아꼈을 것이다.

그날 밤 나는 내 방으로 돌아온 뒤에야 로체스터 씨가 들려준 이야기를 곰곰이 생각해보기 시작했다. 그가 말한 것처럼 그 이야기의 내용 자체는 조금도 놀랍지 않았다. 돈 많은 영국인이 프랑스의 오페라 무용수를 사랑하다가 배신당한 이야기는 사교계에선 늘 일어나는 일이었다. 하지만 로체스터 씨가 현재에 만족하고 옛집과 환경에서 새롭게 기쁨을 되찾았다는 이야기를 하면서 그때 갑자기 감정의 동요를 드러내던 모습은 확실히 이상해 보였다. 의아한 생각이 들기는 했지만 당장은 설명할 방도가 없어 서서히 그 생각을 접고 그 대신 나를 대하는 주인의 태도를 생각해보았다. 그는 나의 신중한 성격에 대한 찬사로 내게 친절히 대해주는 것 같았다. 나는 그렇게 여기고 받아들였다. 최근 몇 주 동안 나를 대하는 그의 태도에는 변덕이 많이 줄어들었다. 귀찮아하지도 않고 쌀쌀맞거나 거만하게 굴지도 않았다. 우연히 마주치면 반가워하는 듯 보였다. 항상 말을 걸고 내게 웃어 보이기도 했다. 공식적으로 부르면 정중하게 대접해줘 마치 나한테 그를 기쁘게 만드는 힘이 있다고 느껴질 정도였다. 그런 자리 또한 나를 위한 것이 아니라 자기가 좋아서 마련했다는 생각도 들었다.

사실 나는 말을 하기보다는 재미있게 듣는 쪽이었다. 그리고 그는 말하기 좋아하는 성격이었다. 세상물정에 어두운 사람한테 이 세상의 다양한 모습을 들려주는 걸 좋아했다(타락한 모습이나 나쁜 생활방식이 아니라 그 규모와 신기함 때문에 흥미로운 것들 말이다). 나는 그가 설명하는 새로운 생각을 듣거나 그가 펼쳐 보이는 새로운 곳들을 머릿속으로 함께 따라가며 정말 즐거워했다. 단 한 번도 듣기 거북하거나 당황스러웠던 적이 없었다.

　로체스터 씨의 편안한 태도 덕분에 답답한 구속에서 벗어날 수 있었다. 친절하고 솔직하면서 다정하고 점잖게 대해주는 그에게 마음이 끌렸다. 때때로 그가 주인이 아닌 혈육처럼 느껴지기도 했다. 여전히 고압적으로 구는 일도 많았지만 개의치 않았다. 그것은 그저 그의 습관이었기 때문이다. 삶에 이런 새로운 흥밋거리가 더해지면서 나는 정말 행복하고 만족스러워 친척을 애타게 그리워하지 않게 되었다. 가느다란 초승달 같던 내 운명이 점점 커지는 듯했다. 무의미한 내 존재도 의미를 찾아가는 것 같고 건강도 좋아져서 살도 찌고 힘도 세졌다.

　그 당시에도 내 눈에 로체스터 씨가 추남으로 보였을까? 아니다. 그의 얼굴을 보면 감사하고 기분 좋은 생각이 떠올라 가장 보고 싶은 얼굴이 되었다. 방에 함께 있을 때 그의 모습은 환하게 타오르는 불꽃보다도 내 기분을 밝게 해주었다. 그러나 나는 그의 단점을 잊지 않았다. 사실 잊을 수가 없었다. 수시로 내 앞에 드러났으니 말이다. 그는 자기보다 못한 사람에게는 거만하고 냉소적이며 가혹했다. 내게 베푸는 커다란 친절은 다른 사람들한테 가혹하게 구는 부당한 행동을 대신하는 것이라고 혼자 생각했다. 그는 또 이유 없이 우울해하곤 했다. 책을 읽어달라는 부탁을 받고 서재에 가면 팔짱을 낀 채 두 팔에 머리를 파묻고 있다가 고개를 들곤 했다. 그럴 때면 그의 표정은 시무룩하다 못해 악의에 찬 듯 보였는데, 인상을 잔뜩 찌푸린 채 노려볼 때도 있었다. 하지만 나는 그의 우울함이나 엄격함, 과거의 도덕적 실수('과거'라고 한 이유는 지금은 고쳐진 듯 보여서다)의 원인이 잔인한 운명의 장난이라고 생각한다. 나는 로체스터 씨가 환경의 영향과 교육을 받아서, 아니면 운명에 이끌려 완성된 지금의 모습보다 선천적으로 훨씬 더 착한 성품과 고상한 신념, 순수한 취향을 가졌다고 믿었다. 원래 훌륭한 자질을 가졌지만 지금은 이런 부분들이 다소 망가지고 서로 얽혀 있는 거라고 생각했다. 그의 슬픔이 무엇이든 그 때문에 나도 슬펐고 그 슬픔을 덜어주고 싶었다.

나는 촛불을 끄고 침대에 누웠다. 하지만 너도밤나무 길에서 운명의 신이 나타나 손필드에서 할 수만 있다면 행복해져 보라 했다고 말하던 그의 얼굴이 생각나서 쉽사리 잠이 오지 않았다.

'왜 행복해질 수 없지? 왜 이 저택에 머물지 못하지? 곧 이곳을 떠날까? 페어팩스 부인 말로는 한 번에 두 주 이상 여기 머문 적이 없다고 했지만 벌써 팔 주째 머무르고 있는데. 그분이 떠나면 얼마나 쓸쓸할까? 그분 없이 봄, 여름, 가을을 지낸다고 생각하면 제아무리 맑고 화창한 날이라도 전혀 기쁘지 않을 것 같아!'

그러다 잠이 들었는지 졸았는지 모르겠지만 어렴풋이 중얼거리는 소리가 들려 나는 정신이 번쩍 들었다. 기괴하고 서글픈 소리가 바로 내 머리 위에서 들리는 것 같았다. 나는 '촛불을 켜 둘걸' 하며 후회했다. 침대에서 일어나 앉아 귀를 기울였지만 주변은 잠잠했다.

나는 다시 잠을 청했다. 그러나 불안한 마음에 가슴이 두근 거렸다. 정신이 사나웠다. 아래층 홀의 시계가 두 시를 쳤다. 바로 그때 누군가 내 방문을 건드린 것 같았다. 마치 어두운 복도를 손으로 더듬으며 가다가 방문을 스친 듯했다.

"누구세요?"

대답이 없었다. 그 순간 공포로 몸이 오싹해졌다.

문득 나는 파일럿일지 모른다는 생각이 들었다. 파일럿은 이 따금 부엌문이 열려 있으면 로체스터 씨의 침실 근처까지 가기 도 했다. 아침에 주인 침실 앞에 엎드려 있는 모습을 본 적도 있 다. 그런 생각이 들자 조금 안심이 되었다. 나는 다시 누웠다. 아무 소리도 들리지 않자 긴장이 풀렸다. 그리고 온 집안이 고 요해지자 졸음이 몰려왔다. 하지만 그날은 도저히 잠을 잘 수 가 없었다. 등골까지 오싹하게 만든 두려운 사건이 벌어져 잠 귀신도 놀라 달아난 것이다.

악마의 웃음소리였다! 나지막이 숨죽인 듯 굵은 웃음소리가 내 방 열쇠 구멍 너머에서 들려오는 것 같았다. 침대 머리가 방 문 쪽을 향해 놓여 있어서 처음에는 누군가 침대 옆에서, 아니

베개 옆에 웅크린 채 악마처럼 웃고 있다는 생각이 들었다. 일어나 주위를 둘러봤지만 아무도 없었다. 주변을 더 자세히 살피는 동안에도 그 이상한 소리가 다시 들렸다. 방문 판자를 스치는 소리였다. 나는 벌떡 일어나서 방문을 잠갔다. 그리고 "누구세요?" 하고 다시 물었다.

누군가 목구멍을 그르렁거리며 신음하는 소리가 들렸다. 그러더니 곧이어 복도를 지나 3층 계단으로 향하는 발소리가 들렸다. 최근 3층으로 올라가는 계단을 막는 문을 달았는데 그 문이 열렸다가 닫히는 소리가 들리더니 다시 잠잠해졌다.

'그레이스 풀이었나? 혹시 귀신에 씌었나?'

이런 생각이 들자 도저히 혼자 있을 수가 없어서 페어팩스 부인 방으로 가려고 허둥지둥 옷을 입고 숄을 걸쳤다. 떨리는 손으로 빗장을 풀고 문을 열었다. 그런데 방문 바로 옆 복도 매트 위에서 촛불 하나가 타고 있었다. 사방이 연기로 가득 차 눈앞이 온통 뿌옇게 보였다. 이 푸르스름한 연기가 어디서 나오는 건지 이리저리 두리번거리는 사이에 타는 냄새는 점점 더 짙어졌다.

삐걱거리는 소리가 났다. 살짝 열린 문에서 나오는 소리였다. 바로 로체스터 씨의 방문이었다. 그리고 열린 틈으로 연기가 구름처럼 뭉게뭉게 피어나오고 있었다. 더는 페어팩스 부인도, 그레이스 풀도, 그 웃음소리도 생각나지 않았다. 나는 곧장 로체스터 씨의 침실로 뛰어들었다. 불길이 침대를 집어삼킬 듯 주변에서 타오르고 커튼에도 불길이 옮겨가고 있었다. 불길과 연기가 가득한 가운데 로체스터 씨는 깊은 잠에 빠져 꼼짝않고 누워 있었다.

"일어나세요! 어서 일어나요!"

나는 소리를 지르며 로체스터 씨를 흔들었지만 그는 알아들을 수 없는 소리를 중얼거리며 돌아누웠다. 연기 때문에 몸이 말을 듣지 않는 것 같았다. 지체할 틈이 없었다. 불길이 이불까지 타들어 가고 있었다. 나는 대야와 물통이 있는 곳으로 뛰어갔다. 다행히 널찍한 대야와 바닥이 깊은 물통에 물이 가득 차 있었다. 나는 그것들을 가져와 침대와 로체스터 씨에게 끼얹고 다시 내 방으로 뛰어들어가 물병을 가져온 뒤 침대에 물세례를 퍼부었다. 천만다행으로 하늘이 도우셨는지 침대를 집어삼키려던 불길이 꺼졌다.

쉭쉭 하면서 불이 꺼지는 소리, 물을 끼얹고 내던진 물통이 깨지는 소리 그리고 무엇보다 내가 마음껏 퍼부은 물이 후두둑 쏟아지면서 로체스터 씨가 잠에서 깨어났다. 방 안은 컴컴했지만 그가 깨어났다는 것을 알 수 있었다. 자신이 물바다 한가운데서 누워 자고 있었다는 걸 발견한 그가 욕설을 내뱉었기 때문이다.

"홍수라도 났나?"

그가 소리쳤다.

"아니에요, 불이 났어요. 어서 일어나세요. 불은 꺼졌어요. 촛불을 가져올게요."

"도대체 무슨 일이오? 당신 제인 에어 맞소? 나한테 무슨 짓을 한 거요. 마녀나 마법사요? 당신 말고 여기 또 누가 있소? 나를 물에 빠뜨려 죽일 셈이었나?"

"촛불을 가져올게요. 제발 일어나세요. 누군가 음모를 꾸민 거예요. 누가 무슨 짓을 했는지 얼른 알아보세요."

"자, 이제 일어났소. 마른 옷으로 갈아입을 때까지 이 분만 기다려요. 안 젖은 옷이 남아 있나? 옳지, 여기 가운이 있군. 이제 촛불을 가지러 가시오!"

나는 뛰어가서 복도에 놓여 있던 촛불을 가지고 왔다. 로체스터 씨는 촛불을 받아 들고 침대를 살폈다. 모두 타서 새카맣게 그을려 있었다. 이불은 흠뻑 젖고 주변 카펫도 물에 잠겨 있었다.

"이게 어찌 된 일이오? 누가 그랬지?"

그가 물었다.

나는 자초지종을 간단히 설명했다. 복도에서 들려온 괴상한 웃음소리와 3층으로 올라가는 발소리가 들렸고, 내가 연기와 타는 냄새를 맡고 그의 방으로 온 것, 불길을 발견한 다음 물이란 물은 다 가져와서 그에게 쏟아부은 일까지 다 말했다.

로체스터 씨는 심각한 표정으로 귀를 기울였다. 내가 이야기를 할수록 그의 얼굴은 놀란 표정에서 몹시 걱정하는 표정으로 변했다. 이야기를 마쳤는데도 그는 바로 입을 열지 않았다.

"페어팩스 부인을 모셔올까요?"

"페어팩스 부인? 아니, 뭐하러 그녀를 부르겠소? 부인이 뭘 할 수 있다고? 괜히 자는데 방해하지 말아요."

"그럼 리어를 불러올게요. 존 부부도 깨우고요."

"아니, 그냥 가만히 있어요. 당신 지금 숄을 걸치고 있소? 추우면 저기 있는 내 외투를 두르고 여기 의자에 앉아요. 자, 내가 입혀주지. 발은 젖지 않게 의자 위에 올려두고. 잠시 나갔다 올 테니 당신은 여기 그대로 있어요. 촛불은 내가 가져갈 거요. 돌아올 때까지 생쥐처럼 가만히 여기 꼼짝 말고 있어요. 3층에 다녀올 거요. 명심해요. 움직이거나 누굴 불러서는 안 돼요."

로체스터 씨가 방을 나갔다. 나는 멀어지는 불빛을 가만히 지켜봤다. 그가 조심스레 복도를 지나 소리 나지 않게 계단 문을 열고 들어가 문을 닫자 희미한 불빛도 사라졌다. 나는 칠흑 같은 어둠 속에 남겨졌다. 귀를 기울여보았지만 아무런 소리도 들리지 않았다. 꽤 오랜 시간이 흘렀다. 나는 점점 지루해졌고 외투를 입고 있어도 추웠다. 생각해보니 이 집 사람들을 깨우지 말라고 했으니 여기 있을 필요도 없었다. 지시를 어겼다고 로체스터 씨가 언짢아해도 그냥 나가야겠다고 생각하던 순간 희미한 불빛이 다시 복도 벽에 나타났다. 그리고 맨발로 복도 매트를 걷는 소리가 들렸다. 나는 '제발 무서운 것 말고 그분이었으면' 하고 생각했다.

그는 창백한 얼굴에 무척 침울한 표정으로 들어왔다.

"무슨 일인지 알았소. 내 짐작대로군."

그가 촛불을 세면대 위에 내려놓으며 말했다.

"어떻게 된 거예요?"

그는 대답도 없이 팔짱을 낀 채 바닥만 내려다보았다. 그리고 몇 분 뒤 다소 묘한 말투로 물었다.

"당신이 방문을 열었을 때 뭔가 봤다고 했소?"

"아니에요. 복도 매트에 촛불만 있었어요."

"기괴한 웃음소리를 들었다고 하지 않았소? 그전에도 그 소리나 비슷한 소리를 들었을 것 같은데?"

"네, 들었어요. 이 집에서 재봉 일을 하는 그레이스 풀이라는 여자가 그렇게 웃는대요. 이상한 여자예요."

"그렇지, 그레이스 풀이요. 그 여자는 당신 말처럼 이상한 여자야. 그런데 이 문제는 잘 생각해봐야겠소. 오늘 밤 이 사건을 자세히 알고 있는 사람이 나와 당신 둘 뿐이라 다행이군. 당신은 쓸데없이 입을 놀리지 않으니까. 이 일에 대해선 아무 말도 하지 마시오. 이 사태는 (침대를 가리키며) 내가 잘 설명하겠소. 그럼 이제 당신 방으로 가시오. 나는 오늘 밤 서재 소파에

서 자면 될 거요. 벌써 네 시군. 두 시간 뒤에는 하인들이 일어
날 거요."

"그럼 안녕히 주무세요."

나는 그 방을 나서며 말했다.

그러자 그가 놀란 표정을 지었다. 방금 내게 가라고 말하더
니 저렇게 놀란 표정을 짓다니 이해하기 어려웠다.

"뭐요? 벌써 가는 거요, 이렇게?"

그가 외쳤다.

"가라고 하셨잖아요."

"인사도 없이 가라고 하지는 않았소. 고맙다는 말 한두 마디
는 듣고 가야 할 것 아니오. 그렇게 금방 쌩하니 가버리다니!
당신이 내 생명을 구해주었소. 끔찍하고 괴로운 죽음에서 나를
구원해줬지. 그런데 전혀 모르는 사이처럼 그냥 지나가는 게 어
디 있소? 악수 정도는 해야지."

로체스터 씨가 손을 내밀었다. 나도 손을 내밀었다. 그는 한
손으로 내 손을 잡았다가 이어서 양손으로 잡았다.

"당신이 내 생명을 구했소. 큰 빚을 당신에게 지게 되어 기쁘
오. 더는 할 말이 없소. 내가 당신 아닌 다른 사람에게 이런 은
혜를 입었다면 견딜 수 없었을 거요. 하지만 선생이라면 경우가
다르지. 당신에게 입은 은혜는 전혀 부담스럽지 않으니까."

그는 말을 멈추고 나를 찬찬히 살펴보았다. 할 말이 있는 듯

입술이 눈에 띌 정도로 달싹거렸으나 말을 하지는 않았다.

"그럼 다시 한 번 안녕히 주무세요. 이런 경우에는 빚이나 은혜 그리고 부담 같은 말은 어울리지 않아요."

"나는 알고 있었소. 당신이 언젠가 어떤 방식으로든 나를 도와주리라는 걸 말이오. 처음 보았을 때 당신 눈에서 그걸 보았지. 그 눈빛과 미소가 결코(그는 다시 말을 멈췄다), 결코(그의 말이 빨라졌다) 아무 이유 없이 내 마음에 기쁨을 느끼게 해준 게 아니었소. 사람들은 흔히 서로 통하는 사이라고 말하지. 수호신 이야기도 있고. 허무맹랑한 옛날이야기에도 진리는 들어 있지. 내 소중한 수호자여, 잘 자요!"

그전과 달리 그의 목소리와 표정에는 격렬한 감정이 담겨 있었다.

"마침 깨어 있던 게 정말 다행이었어요."

나는 이렇게 말하고 방을 나가려던 참이었다.

"아! 가는 거요?"

"추워서요."

"춥다고? 그래요, 물바다에 서 있었군! 그럼 가봐요. 제인, 어서 가요!"

그렇지만 그는 여전히 내 손목을 놓지 않았고 도저히 뿌리칠 수가 없었다. 결국 다른 방법을 생각해냈다.

"페어팩스 부인이 일어난 것 같아요."

내가 말했다.

"그럼 가봐요."

마침내 그가 내 손을 놓아주었고 나는 내 방으로 돌아왔다. 침대에 누웠지만 잠이 오지 않았다. 아침이 되어 동이 틀 때까지 나는 기쁨의 파도 아래, 걱정이라는 물결이 요동치는 바다 위를 떠다녔다. 이따금 거센 파도 너머로 뷸라(《천로역정》에 등장하는 휴식의 땅―옮긴이)의 언덕처럼 아름다운 해변이 보였다. 그리고 가끔 희망이 깨워준 상쾌한 바람이 내 영혼을 당당하게 그곳으로 날라주는 것 같았다. 하지만 나는 상상 속에서도 그곳에 닿지 못했다. 육지에서 자꾸 바람이 불어와 나를 밀어냈다. 지각이 환상을 몰아내고 분별력이 열정을 억눌렀다. 너무 들떠 있어 쉴 수 없었던 나는 동이 트자마자 자리에서 일어났다.

제16장

잠 못 이루던 밤이 지나고 다음 날이 되자 나는 로체스터 씨
가 보고 싶으면서도 한편으로는 만나기가 두렵기도 했다. 다시
그의 목소리가 듣고 싶었지만 그와 눈을 마주치는 게 두려웠
다. 아침나절 내내 그가 오기를 기다렸다. 자주는 아니었지만
평소에도 이따금씩 공부방에 들르곤 했는데 왠지 그날도 그가
얼굴을 비출 것만 같았다.

그러나 그날 아침은 아델과 조용히 공부를 했을 뿐 아무 일
도 없었다. 아침 식사가 끝나자 로체스터 씨의 침실 근처가 소
란스러워졌다. 페어팩스 부인과 리어, 요리사인 존의 아내 목소
리뿐 아니라 존의 걸걸한 목소리까지 들렸다.

"주인어른이 침대 위에서 돌아가실 뻔했다니까!"

"촛불을 켜놓고 자는 건 늘 위험해!"

"그 와중에 물통을 떠올리시다니 하늘이 도왔네!"

"왜 아무도 안 깨우셨지?"

"서재 소파에서 주무신 것 같은데 감기에 걸리시지 않아야 할 텐데."

한참을 두런두런 잡담을 하다니 뒤이어 걸레로 문질러 닦고 물건을 정리하는 듯한 소리가 들렸다. 점심을 먹으러 아래층으로 내려가는 길에 지나치며 열린 문틈으로 들여다보니 방 안은 아무 일도 없던 것처럼 말끔히 정리되어 있었다. 침대 커튼만 벗겨져 있었을 뿐이다. 리어가 창틀에 올라서서 연기에 그을린 유리창을 닦고 있었다. 이 사건에 대해 무슨 이야기를 들었는지 궁금했던 나는 그녀에게 말을 걸어보기로 했다. 그래서 방으로 들어서려는데 방 안에 또 한 사람이 있었다. 침대 옆 의자에 앉아 새 커튼에 고리를 꿰고 있던 사람은 다름 아닌 그레이스 풀이었다.

밤색 모직 옷에 체크무늬 앞치마와 하얀 목수건을 두른 그레이스 풀은 모자를 쓴 채 평소처럼 뚱한 표정으로 앉아 있었다. 일에 열중해 정신이 팔려 있는 듯했다. 누군가를 죽이려는 여자들한테서 나타날 법한 새파랗게 겁에 질리거나 초조해하는 표정 따위는 없었다. 자신이 노리던 사람이 방에까지 쫓아가 범죄를 추궁(내가 알기로는)했는데도 말이다. 놀랍고 당혹스러웠다. 계속 그레이스 풀을 쳐다보고 있는데 그녀가 고개를 들었다. 놀라지도 않고 죄책감을 느끼거나 발각될까 봐 두려워하는 기색도 없었다.

"선생님, 안녕히 주무셨어요?"

평소와 다름없이 그녀는 차갑고 간결한 말투로 인사하더니 다른 고리와 끈을 집어 계속해서 꿰어나갔다.

'시험을 해봐야겠어. 어쩌면 저렇게 아무렇지도 않을 수 있지? 도저히 정말 이해할 수가 없군!'

나는 속으로 말했다.

"그레이스, 잘 잤어요? 그런데 여기 무슨 일 있어요? 아까 보니 다들 모여서 얘기하는 것 같던데."

"주인어른께서 어젯밤 침대에서 책을 읽으시다가 촛불을 켜놓은 채로 잠이 드셨대요. 그래서 커튼에 불이 붙었는데 다행히 이불이나 가구에 불이 옮겨붙기 전에 깨어나셨대요. 그리고 용케 물통에 있던 물로 불을 끄셨다네요."

"이상한 일이네!"

나는 나지막한 목소리로 그녀를 뚫어지게 쳐다보며 말했다.

"로체스터 씨가 아무도 안 깨우셨다니 말이에요? 그렇게 움직이는 소리를 아무도 못 들은 거예요?"

그레이스 풀은 고개를 들어 나를 쳐다봤다. 뭔가 알고 있는 듯한 빛이 언뜻 보였다. 그녀는 조심스럽게 나를 살피더니 대답했다.

"아시겠지만 하인들 방은 멀리 떨어져 있어서 무슨 소리를 듣기는 어렵죠. 페어팩스 부인과 선생님 방이 가장 가까운데 페어팩스 부인은 아무 소리도 못 들었다고 하시네요. 사람들은 나이가 들면 잠귀가 어두워지잖아요."

그녀는 말을 멈췄다가 무심한 척 의미심장한 투로 덧붙였다.

"하지만 선생님은 젊으시니 잠귀가 밝지 않나요? 아무 소리도 못 들으셨어요?"

"들었어요. 처음에는 파일럿이 내는 소리인 줄 알았어요. 그런데 파일럿은 웃을 수가 없잖아요. 확실히 웃음소리였거든요. 진짜 기괴한 웃음소리요."

나는 유리창을 닦고 있던 리어가 들을 수 없게 작은 소리로 말했다. 그레이스는 한 바늘 분의 실을 끊어서 조심스럽게 왁스칠을 하고 능숙하게 바늘귀에 꿰었다. 그러고 나서 침착하게 말했다.

"그렇게 위험한 상황인데 주인어른께서 웃으셨을 리가요. 아마 분명히 꿈을 꾸셨을 거예요."

"꿈이 아니에요."

그레이스의 뻔뻔하고 냉담한 태도에 살짝 흥분해 말했다. 그녀는 다시 무언가를 알고 있는 듯이 나를 물끄러미 바라보다가 물었다.

"주인어른께도 웃음소리를 들었다고 말씀하셨나요?"

"아침에 말할 기회가 없었어요."

"문을 열고 복도를 내다볼 생각은 안 하셨어요?"

그녀가 나를 심문하는 듯했다. 슬며시 내게서 정보를 캐내려 하고 있었다. 문득 내가 자신의 죄를 알고 있거나 자신을 의심한다는 사실을 그녀가 알아챘다면 해코지를 할 수도 있겠다는 생각이 들었다. 조심해야 했다.

"오히려 방문을 걸어 잠갔지요."

"주무시기 전에 항상 빗장을 지르지 않으시는 거예요?"

'악마 같으니라고! 내 습관을 알아내서 또 음모를 꾸미려고?'

또다시 조심성 없이 화가 치밀어 올랐다. 나는 재빨리 대답했다.

"지금까지는 문을 잠그지 않을 때가 많았죠. 그럴 필요가 없다고 생각했으니까요. 손필드 저택에서 위험하거나 골치 아픈 일을 조심해야 하는 줄 몰랐어요. 그런데 앞으로는 (나는 이 말을 강조했다) 잠자리에 들기 전에 안전한지 꼭 살펴야겠네요."

그러자 그녀가 말했다.

"그러시는 게 좋을 거예요. 저는 여기만큼 조용한 곳을 본 적이 없어요. 그리고 이 저택이 세워진 뒤로 도둑이 들었다는 소리를 한 번도 들어본 적이 없어요. 찬장에 수백 파운드어치는 족히 되는 접시들이 들어 있다는 걸 누구나 알지만 말이에요.

보시다시피 이렇게 큰 집에 하인은 몇 명 안 되고요. 주인님께서 여기 오래 계시지도 않거니와 딸린 식구도 없으니 시중들 일도 별로 없고요. 그래도 항상 지나치다 싶을 정도로 조심하는 게 좋다고 생각해요. 문 잠그는 정도는 금방 할 수 있는 데다가 언제 일어날지 모르는 재앙과 나 사이에 빗장을 지르는 것과 마찬가지거든요. 많은 사람이 모든 걸 하느님 뜻에 맡겨요. 하지만 하느님이 수단까지 생략해주시는 건 아니죠. 수단을 신중하게 사용할 때 축복을 내려주시기도 하니까요."

그레이스는 열변을 토했다. 그녀로서는 정말 긴 이야기를 퀘이커 교도처럼 엄숙하게 말했다.

믿을 수 없을 정도로 침착한 데다가 이해할 수 없으리만치 위선적인 그녀의 모습에 나는 말문이 턱 막혀 그대로 서 있었다. 그때 요리사가 들어와 그레이스에게 말했다.

"풀 부인! 하인들 식사 준비가 다 됐습니다. 내려오실래요?"

"아니에요. 쟁반에 흑맥주 한 병하고 푸딩 좀 담아줘요. 위층으로 올라갈 거예요."

"고기도 좀 드실래요?"

"조금만요. 치즈 한 조각도요. 그거면 돼요."

"사고(sago, 야자수 열매에서 얻어지는 전분을 밀가루처럼 가공한 것—옮긴이)는요?"

"지금은 됐어요. 이따 차 마시는 시간이 되기 전에 아래층으로 내려가서 직접 만들게요."

그러고 나서 요리사가 내게 페어팩스 부인이 기다린다고 하기에 나는 방을 나왔다.

점심을 먹으면서 페어팩스 부인이 커튼이 불에 탄 이야기를 해주었지만 내 귀에는 거의 들리지 않았다. 그레이스 풀이라는 수수께끼 같은 인물에 온 신경이 쏠려 있었기 때문이다. '손필드 저택에서 그녀는 무슨 일을 하는 거지? 왜 오늘 아침에 붙잡히지 않은 걸까? 적어도 해고되어야 하는 거 아냐?' 하는 의문이 들었다. 로체스터 씨는 어젯밤 일어난 일이 그녀의 소행이라고 거의 단정하다시피 말했다. 무슨 말하지 못할 사정이 있어 그녀에게 죄를 묻지 못하는지, 왜 내게 비밀을 지키도록 하는 건지 이상했다. 주인은 대담하고 복수심이 강한 데다가 거만하다. 그런 남자가 자신이 고용한 사람들 중에서도 가장 비열한 사람에게 꼼짝 못 하고 있었다. 그녀의 손바닥 위에서 자신의 목숨을 위협당해도 감히 죄를 밝혀 처벌하기는커녕 책임조차 묻지 못했다.

그레이스가 젊고 예쁘다면 나는 로체스터 씨가 그녀를 경계하거나 두려워한다기보다 그녀에게 애정이 있어서 감쌌다고 생각했을 것이다. 하지만 못생기고 나이 많은 그녀를 보면 그럴 리가 없었다.

'그레이스도 젊은 시절이 있었을 테지. 로체스터 씨와 비슷한 세대니까. 그레이스가 이 집에 꽤 오래 전부터 살았다고 페어팩스 부인이 얘기한 적이 있었지. 예전에도 그리 예뻤을 것 같지는 않지만 부족한 외모는 눈에 보이지 않을 정도로 특별한 매력이 있는지도 몰라. 로체스터 씨는 결단력이 있고 독특한 사람을 좋아하는데 그레이스가 괴짜인 건 맞잖아. 예전에 잠깐 그와 같이 성급하고 고집 센 사람에게 흔히 나타나는 변덕 때문에 저 여자의 손아귀에 붙잡혔을지도 몰라. 그가 거부할 수도 없고 그렇다고 감히 무시할 수도 없도록 그녀가 비밀스러운 영향력을 행사하는 건 아닐까?'

여기까지 추측해보다가 그레이스의 떡 벌어진 어깨와 펑퍼짐한 몸매, 못생긴 데다가 건조하다 못해 거친 얼굴을 떠올리자 '아니, 불가능해. 그럴 리가 없잖아' 하는 생각이 떠올랐다. 하지만 마음속에서 은밀한 목소리가 들렸다.

'너도 예쁘진 않잖아. 하지만 로체스터 씨는 너를 마음에 들어 하지. 어쨌든 그렇게 느낄 때가 있지. 그리고 어젯밤 그분이 했던 말을 잘 생각해봐! 그의 표정과 목소리를 떠올려보라고.'

나는 하나도 빼놓지 않고 또렷하게 기억하고 있었다. 그의 말과 눈빛, 억양까지 생생하게 되살아나는 듯했다. 그때 나는 아델의 등 뒤에서 허리를 숙여 연필 쥐는 법을 가르치며 아이와 공부방에서 그림을 그리는 중이었다.

그때 아델이 놀라 나를 올려다보며 말했다.

"선생님, 무슨 일이에요? 선생님 손가락이 나뭇잎처럼 떨려요. 볼도 빨개졌어요. 앵두처럼 새빨개요."

"아델, 몸을 수그리고 있으니 더워서 그런 거야."

나는 그레이스 풀에 대한 불쾌한 상상을 머릿속에서 서둘러 지워버렸다. 생각하기도 싫었다. 그레이스와 나 자신을 비교해본 뒤 비슷한 곳이 전혀 없다는 결론을 내렸다. 베시 리븐은 내게 귀부인 같다고 했다. 그건 사실이었다. 나는 귀부인처럼 보였다. 그리고 베시가 보았을 때보다 훨씬 더 나아졌다. 혈색도 좋아지고 살도 붙었으며 훨씬 건강하고 생기가 넘쳤다. 또한 그때보다 희망은 더 밝아지고 즐거움도 더 커졌다.

"벌써 저녁이 됐네."

나는 창밖을 바라보며 혼자 중얼거렸다.

'오늘은 로체스터 씨의 목소리와 발소리를 듣지 못했지만 밤이 되기 전에는 들을 수 있겠지. 아침에는 마주치기 두려웠지만 지금은 보고 싶어. 너무 오래 기대가 어긋났더니 초조해지네.'

어둠이 깔리고 아델이 소피와 놀겠다며 아이들 방으로 가버리자 나는 그가 더욱 간절하게 보고 싶었다. 나는 아래층에서 종이 울리지 않는지, 리어가 말을 전하러 오지 않을지 궁금해하면서 귀를 기울였다. 가끔 로체스터 씨의 발소리가 들리는 듯했고 그가 문을 열고 들어올 것 같아 문 쪽으로 고개를 돌리기도 했다. 하지만 문은 굳게 닫혀 있었고 창을 통해 어둠만 스며들었다. 그래도 아직 늦지 않았다. 그는 일곱 시나 여덟 시에 나를 부를 때도 있었다. 이제 겨우 여섯 시니까 시간은 충분했다. 할 이야기가 이렇게나 많은데 오늘밤에는 꼭 만나고 싶었다. 그레이스 풀의 이야기를 꺼내 그의 대답을 듣고 싶었다. 어젯밤의 끔찍한 음모를 꾸민 사람이 그레이스였다면 왜 그렇게 사악한 짓을 비밀로 하는지 물어보고 싶었다. 내 지나친 호기심에 그가 화를 낼 수도 있다는 사실은 중요치 않았다. 나는 그를 화나게 했다가 달래는 것이 즐거웠다. 이 일은 매우 즐거웠는데, 도를 넘지 않는 선이 어딘지 직관적으로 알고 있었다. 상대방을 화나게 하는 경계를 절대 지나치지 않았다. 나는 아슬아슬한 상황에서 이 능력을 시험해보고 싶었다. 매 순간 존경의 형식을 갖추고 내 지위에 걸맞은 예의를 지키면서 두려움이나 긴장감 없이 그를 만날 수 있었다. 그리고 그게 우리 두 사람의 성격과도 잘 맞았다.

마침 누군가 계단을 올라오는 소리가 들렸다. 리어였다. 하지만 페어팩스 부인 방에 차가 준비되었다고 알려주기 위한 것이었다. 나는 아래층으로 내려갈 수 있어서 기뻤다. 로체스터 씨 곁으로 좀 더 가까이 갈 수 있었기 때문이다. 내가 내려가 자리에 앉자 페어팩스 부인이 말했다.

"차를 마시고 싶어 할 것 같아서요. 점심을 별로 안 먹어서 걱정이 돼서요. 오늘 몸이 안 좋은 것 같은데요? 얼굴이 불그스름한 게 열이 있어 보이기도 하고."

"아니에요, 정말 괜찮아요. 평소보다 더 좋은데요."

"많이 드시면 그 말을 믿을게요. 내가 이 한 줄을 뜨는 동안 찻주전자에다 차를 채워주겠어요?"

뜨개질을 다 끝낸 부인이 창문의 덧문을 내리려고 일어났다. 바깥은 빠르게 어두워지고 있지만 되도록 오랫동안 햇빛이 들게 하려고 지금까지 올리고 있었던 것 같다.

"별이 많지는 않지만 날씨는 맑군요. 이 정도면 로체스터 씨가 여행하기에 좋은 날씨네요."

부인이 창밖을 보면서 말했다.

"여행이오? 어디 가셨어요? 나가셨는지 전혀 몰랐네요."

"그랬군요. 아침을 드시자마자 리스 저택에 가셨어요. 밀코트에서 반대편으로 16킬로미터쯤 떨어진 에스턴 씨 댁이죠. 다들 모이신다고 하더라고요. 잉그램 경, 조지 린 경, 덴트 대령과 그 밖에 여러분이 오신다고 하더라고요."

"오늘 밤에 돌아오시나요?"

"아뇨. 내일도 안 오실 거예요. 적어도 일주일은 거기에 머무르실 것 같아요. 그렇게 훌륭한 상류층 신사와 숙녀들이 한자리에 모이면 서둘러 헤어질 리가 없거든요. 온통 고상하고 흥겨운 분위기에 휩싸일 테고, 편안하게 즐길 수 있도록 대접도 잘 받으실 테니까요. 그럴 때는 신사분들이 특별히 인기가 많으신데 로체스터 씨는 재주도 많고 재미있으셔서 다들 좋아한대요. 부인들이 얼마나 좋아하는지 몰라요. 선생님은 부인들이 그분의 외모에 큰 매력을 느끼지 않을 거라고 생각하겠지만, 학식이나 능력 그리고 아마도 많은 재산과 훌륭한 가문 덕분에 외모가 조금 부족하더라도 신경 쓰지 않을 거예요."

"리스에도 부인들이 계시죠?"

"애슈턴 부인과 세 따님이 있는데 참 우아한 아가씨들이에요. 그리고 최고로 아름다운 블랜치 잉그램 아가씨와 메리 잉그램 아가씨가 있죠. 육칠 년쯤 전에 블랜치 아가씨가 열여덟 살이었을 때 본 적이 있어요. 로체스터 씨가 연 크리스마스 무도회와 파티에 왔거든요. 선생님도 그날 연회를 봤으면 좋았을 텐데. 장식이 어찌나 화려하고 불빛도 현란한지 몰라요. 최고 상류층 신사와 숙녀만 족히 오십 명은 오셨을 거예요. 잉그램 아가씨는 그날 파티의 꽃이었답니다."

"잉그램 양을 보셨나요? 어때요?"

"아무렴 봤죠. 연회장 문이 활짝 열려 있었거든요. 크리스마스니까 하인들도 홀에 모여 아가씨들이 부르는 노래와 연주를 들을 수 있게 해주셨어요. 로체스터 씨가 들어오라고 하시기에 한쪽 구석에 앉아 구경했거든요. 그렇게 멋진 광경은 처음 봤어요. 부인들은 전부 화려하게 차려입고 다들, 아니 아가씨들은 거의 다 아름다웠죠. 하지만 잉그램 양은 확실히 돋보이는 외모로 여왕처럼 보였어요."

"어떻게 생겼는데요?"

"키는 크고 가슴은 풍만한 데다가 둥근 어깨에 목선이 길고 우아해요. 그리고 얼굴은 까무잡잡하게 올리브 빛이 돌고 피부는 투명하면서 이목구비는 귀티가 나요. 로체스터 씨처럼 크고 검은 눈은 몸을 치장하고 있는 보석처럼 반짝반짝 빛나더군요. 게다가 윤기가 흐르는 새까만 머리칼은 잘 빗어 뒤쪽으로 땋아 올리고 앞쪽으로 길고 윤이 나는 곱슬머리를 늘어뜨렸어요. 눈처럼 하얀 드레스에 어깨와 가슴에는 황금색 스카프를 걸쳐 옆으로 맸는데 가장자리의 긴 장식 술이 무릎 아래까지 내려왔어요. 머리에는 담황색 꽃을 꽂았는데 풍성하고 새까만 곱슬머리와 잘 어울렸고요."

"다들 감탄했겠네요."

"그럼요. 아름다운 데다가 교양도 있는 분이니까요. 노래도 했지요. 어떤 신사분이 피아노를 연주하고 그 아가씨와 로체스터 씨가 함께 노래를 불렀어요."

"로체스터 씨가요? 노래를 하시는지는 몰랐네요."

"웬걸요! 저음이 얼마나 멋지신데요. 음악에 조예도 깊으시고요."

"잉그램 양은요?"

"성량이 풍부하고 힘 있는 목소리였어요. 즐겁게 노래를 부르더군요. 아가씨의 노래를 듣는 것만으로도 특별한 선물을 받은 것 같았어요. 나중에는 피아노도 치시더라고요. 나는 음악에는 문외한이지만 주인님이 대단히 훌륭한 연주였다고 칭찬하셨어요."

"그런데 예쁘고 재주와 능력도 많은 아가씨가 아직 결혼을 안 하셨나요?"

"안 하셨을 거예요. 그분과 동생은 재산이 많지 않나 봐요. 잉그램 경이 소유한 영지 대부분을 큰아들이 상속받았거든요."

"하지만 돈 많은 귀족이나 신사분들 가운데 누군가는 잉그램 양을 좋아하지 않겠어요. 로체스터 씨 같은 분도 있고요. 로체스터 씨도 부유하잖아요, 그렇죠?"

"아, 그럼요. 그런데 나이 차이가 많이 나지요. 주인님은 이제 마흔이 다 되어가는데 잉그램 양은 스물다섯 살밖에 안 됐거든요."

"그게 어때서요? 차이 나는 결혼도 다들 하잖아요."

"그렇긴 하네요. 하지만 주인님은 그렇게 생각하시지 않는 것 같아요. 그건 그렇고 아무것도 안 드시네요. 차만 마시고 다른 건 손도 안 대시잖아요."

"목이 말라 못 먹겠어요. 차나 한 잔 더 마셔도 될까요?"

내가 로체스터 씨와 아름다운 잉그램 양의 결혼 가능성을 다시 이야기하려는 순간 아델이 들어와 대화 주제가 바뀌었다.

혼자 있게 되자 조금 전에 들었던 이야기를 되짚어보기 시작했다. 내 마음을 곰곰이 들여다보기도 하고 생각과 감정을 살펴보기도 했다. 상상 속에서 끝도 없고 길도 없는 황야를 헤매고 다니는 나를 다시 상식이라는 안전한 우리 안에 데려다 놓으려고 애썼다.

내 마음속 법정에 소환되자 '기억은 어젯밤부터 내가 간직해온 희망이나 바람, 감정을 지난 두 주간 내가 빠져 있던 내 마음 상태의 증거로 내밀었다'. 이성은 앞으로 나와서 늘 그렇듯 있는 그대로 차분하게 내가 어떻게 현실을 거부하고 미친 듯이 이상을 갈구했는지 말했다. 나는 이와 같은 판결을 내렸다.

'지금껏 제인 에어만큼 어리석은 이는 세상에 없었다. 너보다 더한 바보도 달콤한 거짓말로 배를 채우고 꿀인 양 독을 마시지는 않았다.'

나는 또 생각했다.

'로체스터 씨가 너를 좋아한다고? 그분을 기쁘게 해줄 능력이 있다고? 어떤 식으로든 네가 저분에게 각별하다고? 꺼져! 네 어리석음에 넌더리가 날 지경이야. 너는 그분이 어쩌다 호의를 보이면 그저 설레고 좋지. 명문가의 신사이고 산전수전 다 겪은 남자가 자신이 고용한 철부지한테 늘 하는 표현일 뿐인데도 말이야. 너 따위가 감히! 이 불쌍한 멍청아! 너 자신을 위해서라도 좀 더 현명해질 수 없겠니? 어젯밤 있었던 그 짧은 순

302

간을 오늘 아침에도 되새겨봤지? 창피한 줄 알라고! 네 눈을 칭찬했다고? 정말 눈먼 애송이구나! 눈을 똑바로 뜨고 봐. 네가 얼마나 어리석은지! 결혼할 생각도 없고 자기보다 신분도 높은 사람이 추켜세운다고 좋을 게 뭐가 있어? 어떤 여자든 마음속에서 은밀한 사랑을 불태우는 건 미친 짓이라고. 사랑받지 못하고 알아주지 않으면 결국에는 사랑에 빠진 그 사람까지 집어 삼켜버리거든. 그리고 상대가 그 감정을 알아채고 사랑해준다 해도 도깨비불처럼 아무도 모르는 진흙 구덩이로 널 끌고 들어가 버릴 거야.

제인 에어, 너한테 형을 선고하겠다. 내일 거울 앞에 앉아 크레용으로 네 얼굴을 그려봐. 있는 그대로 말이야. 결점을 미화하지 말고 보기 싫은 선 하나도 빼먹지 말고 있는 그대로 그려봐. 마음에 들지 않는 못난 곳까지도 그려야 해. 그리고 밑에다 '의지할 곳 하나 없으며 가난하고 못생긴 어느 가정교사의 초상화'라고 써넣어. 그다음에는 새하얀 종이를 한 장 꺼내는 거야. 팔레트를 꺼내 가장 밝고 아름다우며 깨끗한 색을 섞어. 네가 가진 가장 좋은 낙타털 붓으로 상상할 수 있는 가장 사랑스러운 얼굴을 그려. 페어팩스 부인이 블랜치 잉그램 양의 얼굴을 묘사한 대로 가장 부드러운 색으로 예쁜 선들이 도드라지게 칠해. 검고 윤기 나는 새까만 곱슬머리와 동양적인 눈도 잊지 말고. 뭐? 로체스터 씨의 눈을 그리겠다고? 시키는 대로 해! 칭

303

얼대지 마! 후회하지도 말고! 이제 이성과 결단력만 허용하겠어. 위엄 있지만 조화로운 이목구비, 그리스 조각 같은 목덜미와 가슴을 기억해. 토실토실하고 눈부신 팔과 섬섬옥수를 그려 넣으라고. 다이아몬드 반지와 금팔찌 같은 보석도 잊지 말고. 하늘거리는 레이스와 반짝이는 새틴 드레스, 우아한 스카프와 황금빛 장미꽃 같은 옷차림도 그려. 그리고 그 밑에 '교양 있는 명문가 숙녀 블랜치'라는 제목을 달아. 앞으로 로체스터 씨가 네게 호의를 보이는 것처럼 느껴지면 이 그림 두 장을 꺼내 비교해봐. 로체스터 씨는 마음만 먹으면 아름다운 아가씨의 사랑을 얻을 수 있을 거야. 그런데 너처럼 가난하고 하찮은 서민에게 감정을 낭비할 리 있겠어?'

나는 그림을 그리겠다고 마음먹었다. 결정하고 나니 마음이 진정되어 잠들 수 있었다.

나는 약속을 지켰다. 크레용으로 자화상을 그리는 데는 한두 시간이면 충분했다. 그리고 이 주일도 되지 않아 내 상상만으로 블랜치 잉그램 양의 초상화를 그렸다. 굉장히 아름다운 얼굴이었다. 크레용으로 그린 얼굴과 비교해보니 내 자제심이 바라던 만큼 차이가 극명했다. 이 작업을 한 보람이 있었다. 머리와 손이 바빴기 때문에 영원히 남겨둘 만한 새로운 생각이 마음속에 새겨진 것이다.

얼마 지나지 않아 나는 어렵사리 감정을 억제하는 훈련을 한

성과를 확인할 수 있었고 무척 기뻤다. 훈련 덕분에 이후 일어나게 된 사건을 침착하게 맞닥뜨릴 수 있었다. 준비가 되지 않았다면 남들이 모두 알아챌 정도로 동요했을 것이다.

제17장

일주일이 지나도 로체스터 씨한테서는 아무런 연락이 없었다. 열흘이 지나도 돌아오지 않았다. 페어팩스 부인은 그가 리스에서 곧바로 런던으로 떠나 그 후 다시 대륙으로 건너가 앞으로 일 년간 손필드에 돌아오지 않는다 해도 놀랄 일이 아니라고 했다. 예전에도 갑작스레 떠나곤 했다는 것이다.

그 말을 들으니 이상하게도 서늘한 느낌이 들면서 가슴이 철렁 내려앉는 듯했다. 사실 엄청나게 실망했다. 정신을 가다듬고 내 신조를 되새기면서 감정을 진정시켜야 했다. 꽤 훌륭하게 순간적인 실수를 바로잡고 로체스터 씨의 행동에 내가 엄청난 관심을 가질 만한 이유라도 있는 듯 생각한 것은 오해였다고 마음을 고쳐먹었다. 나는 자격지심에서 나 자신을 비하한 것이 아니다. 오히려 나는 자신에게 이렇게 말했다.

'그저 로체스터 씨의 양녀를 가르치고 그분이 주는 보수를 받는 것 말고 나와 손필드의 주인은 아무 관계도 없는 거야. 네 본분을 다하면 격식을 갖춘 친절한 대우를 받을 자격이 있고, 또 거기에 고마워하면 돼. 로체스터 씨와의 관계는 그뿐이라는 걸 명심해. 그러니 그분을 사모하거나 동경하거나 그분 때문에 괴로워하거나 해서는 안 돼. 너와 그분은 신분이 달라. 그러니 분수를 지켜야지. 그리고 사랑을 원하기는커녕 우습게 보는 사람에게 내 온 마음과 영혼, 에너지를 낭비하지 않도록 나 자신을 아껴야 해.'

나는 평온하게 하루 일과를 해나갔다. 그러나 가끔 머릿속에 손필드를 떠나야 하는 이유가 막연하게 떠올라 무의식적으로 광고 문구를 만들고 새로운 일자리를 추측해보기도 했다. 나는 이런 생각을 억눌러야 할 필요가 있다고 여기지 않았다. 어쩌면 이런 생각이 싹을 틔우고 열매를 맺을지도 모를 일이었다.

로체스터 씨가 떠난 지 이 주일째 되는 날 페어팩스 부인 앞으로 편지 한 통이 도착했다.

"로체스터 씨가 보내셨네요. 이제 돌아오실지 말지 알겠군요."

그녀가 봉투에 쓰인 주소를 보면서 말했다.

부인이 봉투를 열고 편지를 읽는 동안 나는 커피를 마시고 있었다. 우리는 아침 식사 중이었다. 커피가 뜨거웠다. 나는 별안간 얼굴이 새빨갛게 달아오르는 이유를 그 때문이라고 생각했다. 손이 떨려 커피를 절반이나 받침에 쏟은 이유가 뭔지 생각하지 않기로 했다.

"음, 여기가 너무 한적하다고 생각했는데 곧 바빠지게 생겼네요. 적어도 한동안은요."

페어팩스 부인은 여전히 안경을 쓴 채 편지를 펼쳐 들고 말했다.

나는 풀려버린 아델의 앞치마 끈을 여며주고 빵 하나를 건네준 다음 우유도 한 잔 따라주고 나서야 그 이유를 물었다.

"로체스터 씨께서는 곧 돌아오지 않으시려나 봐요?"

"아니에요. 사흘 후에 오신대요. 목요일에요. 그런데 혼자 오시는 게 아니라 몇 분인지 모르겠지만 리스에서 같이 계시던 분들도 함께 오시나 봐요. 가장 좋은 침실을 준비해두고 서재와 응접실도 청소해놓으라고 하시네요. 밀코트의 조지 여관이나 또 다른 곳에서 부엌일을 도와줄 사람들을 구해와야겠어요. 귀부인들은 하녀를, 신사들은 하인을 데리고 올 테니 온 집 안이 발 디딜 틈도 없겠네요."

말을 마친 페어팩스 부인은 서둘러 식사를 마치고 일을 시작하기 위해 급히 자리를 떴다.

부인이 예상한 대로 사흘간 정신없이 바빴다. 그전까지 손필드 저택의 모든 방이 언제나 깨끗이 정돈되어 있다고 생각했는데 그건 내 착각이었다. 여자 셋을 더 써서 쓸고 닦고 손질하고 페인트칠도 했다. 카펫을 털고 그림을 바꿔 달고 거울과 샹들리에를 닦고 침실 벽난로에 불을 피워 이불과 시트를 말렸다. 그전에도, 그 후에도 그런 광경을 본 적이 없었다. 아델은 그 와중에 제멋대로 뛰어다녔다. 손님들 맞이할 준비를 하고 그들을 맞이할 생각에 한껏 들떠 있었다. 소피에게 부탁해 아델이 '의상'이라 부르는 드레스들을 전부 살펴보고 '유행에 뒤떨어진' 옷들은 전부 손질한 뒤 새 옷은 바람에 말려 정리했다. 아델은 방마다 뛰어다니며 침대 위를 올라갔다 내려왔다 하거나 굴뚝에서 요란한 소리를 내며 타오르고 있는 큰 벽난로 앞에 쌓아놓은 매트리스나 베개에 드러눕기도 했다. 아델은 공부에서 해방되었다. 페어팩스 부인이 나까지 동원했기 때문이다. 그래서 나는 온종일 식품저장실에서 그녀와 요리사를 거들었다(때로는 방해가 되기도 했다). 그 덕분에 커스터드나 치즈 케이크, 프랑스식 패스트리 만드는 법과 새의 다리를 꼬챙이에 끼워 요리하는 법, 디저트 장식하는 법 등을 배웠다.

손님들은 목요일 저녁 여섯 시 만찬 시간에 맞춰 도착하기로 되어 있었다. 그동안 나는 생각에 잠길 여유가 없었다. 아델을 빼고 그 누구보다 활기차고 쾌활하게 움직였기 때문이다. 하지만 신나는 기분에 찬물이라도 끼얹듯 나도 모르게 불길한 의혹의 기운이 느껴지고 암울한 추측이 고개를 들곤 했다. 3층으로 통하는 계단의 문이 (최근에는 늘 잠겨 있었다) 서서히 열리면서 모자를 단정히 쓰고 흰 치마와 하얀 목수건을 두른 그레이스 풀이 그 모습을 드러낼 때마다 그런 기분에 휩싸였다. 그녀는 슬리퍼를 신고 소리 없이 복도를 미끄러지듯 내려와 온통 뒤죽박죽인 침실로 들어가 청소하는 사람들에게 벽난로 장작 받침쇠나 대리석 벽난로 장식을 청소하는 방법이며 벽지 얼룩을 지우는 방법을 일러주고 사라졌다. 이렇게 하루에 한 번 부엌으로 내려와 식사를 하고 난롯불을 쬐면서 담배를 한 대 피우고는 위안 삼아 마실 흑맥주 한 병을 들고 음침한 3층 소굴로 돌아갔다. 하루 이십사 시간 중 딱 한 시간만 하인들과 함께 보내다가 나머지 시간은 천장이 낮은 참나무로 만들어진 3층의 자기 방에서 보냈다. 그녀는 그 방에서 지하 감옥에 갇힌 죄수처럼 홀로 앉아 바느질을 했다. 쓸쓸하게 혼자 웃으면서 말이다.

가장 이상한 점은 나를 빼고는 단 한 명도 그레이스의 생활에 주목하거나 궁금해하지 않는다는 것이었다. 이 집에서 그녀의 위치나 하는 일에 왈가왈부하거나 그녀 혼자 떨어져 지낸다고 불쌍하게 여기는 사람이 한 명도 없었다. 언젠가 품팔이 여자와 리어가 그레이스 이야기를 하는 것을 엿들은 적이 있었다. 리어가 뭐라고 하자 품팔이 여자가 대꾸했다.

"월급은 많겠어요, 그렇죠?"

"그럼요. 나도 그만큼만 받았으면 좋겠네. 그렇다고 지금 월급에 불만 있는 건 아니에요. 손필드가 인색하지는 않거든요.

하지만 풀 부인은 그 다섯 배도 넘을 거예요. 그러니 저축까지 하겠지요. 석 달에 한 번씩 밀코트 은행으로 간대요. 마음만 먹으면 여기 일을 그만두고 혼자 살 수 있을 만큼 모았을 거예요. 하지만 여기 오래 있었고 아직 마흔도 안 되어 뭐든 할 수 있고 건강하니까 계속하겠죠. 그만두기는 아직 이르니까요."

"일을 잘하나 봐요."

품팔이 여자가 말했다.

"그럼요. 어떻게 해야 할지 정확히 알아요. 아무도 못 따라갈 정도예요. 그리고 아무나 그 일을 할 수 있는 것도 아니고요. 그 돈을 다 준다고 해도 말이에요."

리어가 맞장구를 쳤다.

"네, 그런데 주인어른은 왜……."

품팔이 여자가 말을 하려다가 멈췄다. 리어가 뒤를 돌아보다 나를 발견하고는 팔꿈치로 그녀를 찔렀던 것이다.

"저분은 몰라요?"

품팔이 여자가 속삭였다.

리어는 고개를 가로저었고 대화가 끊겼다. 그들의 대화를 듣고 내가 내린 결론은 이랬다. 손필드에는 뭔가 비밀이 숨겨져 있고 의도적으로 나만 그 비밀에서 소외된 것이다.

드디어 목요일이 되었다. 전날 밤 모든 준비가 끝났다. 카펫을 깔고 침대 커튼은 꽃 줄로 장식했으며 새하얀 이불을 깔고 화장대도 옮겨다 놓았다. 가구는 반짝반짝 윤이 날 정도로 닦아놓았고 꽃병에는 꽃이 한 아름 꽂혀 있었다. 침실과 응접실은 더없이 밝고 깔끔했다. 싹싹 닦아놓은 큰 홀과 조각으로 장식된 시계뿐 아니라 계단과 난간 모두 반들반들 윤이 났다. 식당 찬장의 그릇들도 반짝반짝 빛이 나고 있었다. 응접실과 내실에는 활짝 핀 희귀한 꽃들이 꽂힌 꽃병이 여기저기에 놓여져 있었다.

오후가 되자 페어팩스 부인은 가진 옷들 가운데 가장 좋은 검은 비단 드레스를 꺼내 입고 장갑을 낀 뒤 금시계를 찼다. 현관에서 손님들을 맞이하고 부인들을 각자의 방으로 안내해야 했다. 아델도 단장하고 싶어 했다. 이날 아델이 손님들에게 소개될 기회는 없을 것 같았지만 그래도 나는 아델을 기쁘게 해주려고 소피에게 짧고 풍성한 모슬린 드레스를 입혀달라고 했다. 하지만 나는 옷을 갈아입을 필요가 없었다. 나는 성역과 같은 공부방에서 불려 나갈 일이 없을 테니까. 이제 공부방은 내 성역이었다. '골치 아플 때 아주 기분 좋은 피난처' 말이다.

여름의 전령처럼 3월 말이나 4월 초면 나타나는 포근하고 화창한 봄날이었다. 날이 저물었지만 저녁 날씨가 여전히 따뜻해서 나는 공부방에서 창문을 열어놓은 채 일하고 있었다. 그때 페어팩스 부인이 옷자락을 바스락바스락 스치는 소리를 내면서 들어와 말했다.

"좀 늦으시나 봐요. 주인님께서 이야기하신 시간보다 한 시간 늦게 만찬을 준비하길 잘했어요. 벌써 여섯 시가 넘었으니 말이에요. 누가 오는지 좀 보라고 존을 대문 밖으로 내보냈어요. 거기서는 밀코트 쪽으로 멀리까지 보이거든요."

그러고는 창가로 다가갔다.

"저기 있네! 존! 뭐가 좀 보이나요?"

그녀가 창밖으로 몸을 내밀고 소리쳤다.

"다들 오고 계세요. 십 분 안에 도착하실 거예요."

아델이 창가로 달려갔고 나도 뒤를 따랐다. 하지만 밖에서는 내가 보이지 않게 커튼 뒤쪽으로 살짝 숨었다.

존이 말한 십 분이 너무나 길게 느껴졌는데 마침내 마차 소리가 들려왔다. 네 사람은 말을 타고 달려오고 그 뒤로 펄럭이는 베일과 물결치는 깃털 장식으로 가득 찬 지붕 없는 마차 두 대가 따라왔다. 말을 탄 사람들 가운데 둘은 젊고 늠름하게 생긴 신사였다. 또 한 남자는 흑마 메스루어를 탄 로체스터 씨였다. 파일럿이 그 앞에서 달리고 있었다. 그리고 한 숙녀가 말을 타고 그의 옆에서 달려왔다. 그들이 선두였다. 그녀의 자줏빛 승마복은 거의 땅에 닿을 듯했고 베일은 산들바람에 길게 펄럭였다. 투명한 베일의 주름 사이로 새까맣고 풍성한 곱슬머리가 반짝거리며 빛나고 있었다.

"잉그램 양이에요!"

페어팩스 부인은 이렇게 외치고 서둘러 아래층으로 내려갔다. 마차 행렬은 마찻길을 따라 저택을 돌아 들어가면서 시야에서 사라졌다. 아델이 아래층으로 내려가겠다고 졸라댔다. 하지만 나는 아이를 무릎에 앉힌 뒤 내려오라고 부르시기 전에는 무슨 일이 있어도 손님들 앞에 나서면 안 된다고 이르며, 그러지 않으면 로체스터 씨가 크게 화를 내실 거라고 타일렀다. 아델은 이야기를 들으며 '자연히' 눈물을 흘렸으나 내가 짐짓 엄한 표정을 지어 보이자 마침내 눈물을 닦았다.

홀은 흥겹고 시끌벅적했다. 신사들의 굵은 음성과 부인들의 낭랑한 목소리가 조화롭게 어우러졌다. 그 가운데서도 크지는 않지만 귀에 뚜렷이 들리는 것은 어여쁘고 멋진 손님들을 크게 반기는 손필드 저택 주인의 듣기 좋은 목소리였다. 그리고 가벼운 발걸음으로 계단을 올라오는 소리가 들렸다. 복도를 경쾌하게 걷는가 싶더니 명랑하고 부드럽게 웃는 소리와 문을 여닫는 소리가 났다. 그러고는 한참 동안 잠잠했다.

"옷을 갈아입나 봐요."

아델은 손님들의 일거수일투족에 귀를 기울이다 이렇게 말하고 한숨을 내쉬었다.

"엄마랑 집에 있을 때 손님이 오시면 저는 응접실이건 침실이건 어디나 따라다녔어요. 하녀가 부인들의 머리를 빗겨주거나 옷 입혀주는 것도 다 봤고요. 정말 재미있었어요. 그렇게 여러

가지를 배우는 거지요."

"아델, 배고프지 않니?"

"배고파요. 밥 먹고 나서 시간이 많이 지난걸요."

"그러면 지금은 부인들이 방에 계시니까 내가 아래층에 가서 먹을 걸 갖다 줄게."

나는 조심스레 은신처에서 나와 곧바로 부엌으로 통하는 뒤쪽 계단을 내려갔다. 부엌은 온통 불이 켜져 있었고 난리법석이었다. 수프와 생선 요리는 당장 상에 내놓아도 될 정도로 준비되었고 요리사는 불이라도 붙은 듯한 몸과 마음으로 냄비 위에 몸을 숙이고 있었다. 하인들 방에서는 마부 둘과 하인 셋이 난롯불을 둘러싸고 서거나 앉아 있었다. 하녀들은 여주인들과 함께 2층에 있는 모양이었다. 밀코트에서 임시로 고용한 품팔이 일꾼들이 사방에서 정신없이 움직였다. 나는 난리 통을 요리조리 빠져나와 간신히 식품창고로 들어가 식은 닭고기와 빵한 줄, 타르트, 접시 한두 개, 나이프, 포크를 얼른 챙겼다. 2층 복도로 돌아와 층계 뒷문을 닫고 있는데 웅성거리는 소리가 커지는 걸 보니 귀부인들이 방에서 나오려는 듯했다. 공부방까지 가려면 그녀들 방을 지나가야 했고 음식을 든 채로 마주치면 깜짝 놀랄 수도 있어 위험했다. 그래서 나는 유리창이 없어 어두운 복도 끝 구석에 가만히 서 있었다. 마침 해가 지고 땅거미가 내리는 중이라 꽤 컴컴했다.

곧이어 각자의 방에서 아름다운 부인들이 나오기 시작했다. 어두컴컴한 가운데도 빛나는 드레스를 입은 채 명랑하고 경쾌한 모습이었다. 그들은 잠시 복도 반대쪽 방에 모여 부드럽고 쾌활한 말투로 이야기를 나눴다. 그러고 나서 투명한 안개가 언덕 아래로 흘러내리듯 소리도 없이 계단을 내려갔다. 이들이 모여 있는 모습을 보고 나는 예전에 본 적이 없는 귀족의 우아함을 느꼈다.

아델은 공부방 문을 빼꼼히 열고 그 모습을 보고 있었다.

"부인들이 정말 예뻐요. 아, 저분들한테 갈 수 있으면 좋겠어요! 식사 후에 로체스터 아저씨가 우리를 부르실까요?"

아델이 영어로 말했다.

"아니, 그러지 않으실 거야. 그것 말고도 로체스터 씨는 생각할 게 너무 많으셔. 오늘 저녁은 부인들 생각을 하지 않는 게 좋겠어. 하지만 내일은 만날 수 있겠지. 자, 저녁 먹자."

아델은 정말 배가 고팠는지 한동안 닭고기와 타르트를 정신없이 먹었다. 먹을 걸 가져온 건 잘한 일이었다. 안 그랬으면 아델과 나 그리고 음식을 같이 먹은 소피까지 세 사람 모두 저녁을 굶을 뻔했다. 아래층 사람들 모두 너무 바빠서 우리 생각을 할 겨를이 없었다. 아홉 시가 넘어서야 후식이 나왔고 열 시쯤에도 하인들은 쟁반과 커피 잔을 들고 이리저리 바삐 움직였다. 나는 평소보다 훨씬 늦게까지 아델이 깨어 있도록 허락했다. 아래층 문이 연신 열렸다가 닫히고 사람들이 부산스럽게 움직이는 소리에 도저히 잠을 못 자겠다고 우겼기 때문이다. 게다가 옷을 갈아입었는데 로체스터 아저씨가 내려오라는 소식을 보내면 정말 애석한 일이라고까지 말했다.

나는 아델이 듣기 싫다고 할 때까지 오랫동안 옛날이야기를 들려주었다. 그러고 나서 기분 전환을 시킬 겸 해서 복도로 데리고 나갔다. 홀의 등불이 환하게 켜져 있어 난간 너머로 하인들이 바삐 왔다 갔다 하는 모습을 보는 것만으로도 아델은 신나했다. 밤이 더 깊어지자 응접실에서 음악 소리가 들렸다. 피아노가 응접실로 옮겨져 있었다. 아델과 나는 계단 꼭대기에 앉아 귀를 기울였다. 곧 풍부한 피아노 선율에 노랫소리가 더해졌다. 감미로운 부인의 목소리였다. 독창이 끝나자 이중창과 합창이 이어졌다. 노래 사이사이 즐겁게 소곤소곤 이야기하는 소리도 들렸다. 한참을 듣고 있던 나는 어느새 내가 온 신경을 집중해 여러 소리 가운데 로체스터 씨의 목소리를 찾아내기 위해 애쓴다는 사실을 깨달았다. 금세 그의 목소리를 찾아냈지만 너무 멀리 있어 불분명하게 들리는 통에 무슨 말을 하는지 알 수 없었다.

시계가 열한 시를 알렸다. 아델을 보니 내 어깨에 머리를 기댄 채 겨우 눈을 뜨고 있었다. 나는 아델을 안아다가 침대에 눕혔다. 손님들은 한 시가 다 되어서야 각자의 침실로 돌아갔다.

다음 날도 전날처럼 날씨가 맑았다. 손님들은 근처로 나들이를 다녀오기도 했다. 이른 아침부터 몇몇은 말을 타고 나머지는 마차를 타고 길을 나섰다. 나는 그들이 나가고 돌아오는 모습을 모두 지켜봤다. 어제와 마찬가지로 여자들 가운데 말을 탄 사람은 잉그램 양뿐이었다. 그리고 어제와 같이 로체스터 씨가 그녀 곁에서 말을 달렸다. 둘은 나머지 일행과 좀 떨어져 달리고 있었다. 창가에 나란히 서 있던 페어팩스 부인에게 말을 건넸다.

"저분들이 결혼할 생각이 없을 거라고 말씀하셨지만 로체스터 씨는 확실히 다른 여성분들보다 저 아가씨를 좋아하는 것 같아요."

"그러네요. 틀림없이 잉그램 양을 좋아하는 것 같아요."

"그리고 잉그램 양도 그런 것 같아요. 마치 은밀한 이야기라도 하듯이 로체스터 씨 쪽으로 머리를 기울이고 있는 걸 보세요. 얼굴을 좀 보고 싶어요. 아직 살짝도 못 봤거든요."

"이따 저녁에 보게 될 거예요. 어쩌다가 주인님께 아델이 숙녀분들께 어쩌나 인사드리고 싶어 하는지 모르겠다고 말씀드렸더니 '아, 그래요! 저녁 식사 후에 응접실로 보내세요. 에어 양도 같이요'라고 하셨어요."

"그저 예의상 말씀하신 거겠죠. 저까지 내려갈 필요는 없을 거예요."

내가 대답했다.

"나도 선생님이 사람들하고 있는 데 익숙지 않아 이런 화려한 모임에서 온통 낯선 사람들 앞에 서고 싶어 하지 않을 거라고 했어요. 그랬더니 그 성질 급한 말투로 '말도 안 되는 소리! 에어 양이 거절하면 내가 특별히 청했다고 하세요. 그래도 끝까지 싫다고 버티면 내가 직접 데리러 올 거라고 해요'라고 하시더군요."

"그렇게까지 수고스럽게 만들 수는 없죠. 썩 내키지는 않지만 다른 방법이 없으니 가야겠네요. 부인도 같이 가실 거죠?"

"아니요. 저는 안 가겠다고 했더니 허락해주셨어요. 안으로 들어갈 때가 가장 거북한데 쑥스럽지 않게 들어가는 방법을 알려줄게요. 숙녀들이 식탁에 앉아 있어서 응접실에 아무도 없을 때 들어가세요. 그리고 마음에 드는 조용한 구석 자리에 앉아요. 신사들까지 다 들어오면 그다음에는 오래 있을 필요 없어요. 그냥 로체스터 씨에게 왔다는 것만 보여주고 빠져나오는 거예요. 아무도 신경 안 쓸 테니까요."

"손님들이 여기 오래 계실까요?"

"이삼 주 정도 계실 텐데 확실히 그 이상은 아닐 거예요. 근래에 밀코트 의원으로 선출되신 조지 린 경은 부활절 휴가가 끝나면 런던으로 가서 등원해야 하니까요. 아마 주인님도 같이 가실 거예요. 그분이 손필드에 이만큼 오래 머무르시다니 놀라울 정도예요."

아델과 함께 응접실에 갈 시간이 다가오자 왠지 두려웠다. 아델은 저녁에 귀부인들한테 소개될 거라는 말을 듣고는 종일 흥분해 있었는데 소피가 옷을 입혀줄 때가 되어서야 얌전해졌다. 옷을 입으면서 어느새 진정된 것이다. 곱슬머리를 잘 빗어 다발을 길게 늘어뜨리고 분홍빛 새틴 드레스를 입은 채 허리띠를 매고 긴 레이스 벙어리장갑을 끼자 판사처럼 엄숙한 표정이 되었다. 옷을 헝클어트리지 말라고 잔소리를 할 필요도 없었다. 옷을 입자 아델은 새틴 치마가 구겨질까 봐 신경 써서 살짝 추켜올리고는 얌전하게 의자에 앉았다. 그리고 내가 준비를 마칠 때까지 거기서 꼼짝도 하지 않겠다고 말했다. 나는 서둘러 준비를 마쳤다. 가장 좋은 드레스를 꺼내 입었는데 템플 선생의 결혼식 때 사서 입은 뒤 여지껏 한 번도 입지 않은 회색 드레스였다. 머리를 재빨리 빗고 하나밖에 없는 장신구인 진주 브로치를 달았다. 그러고서 우리는 함께 아래층으로 내려갔다.

다행히 손님들이 모두 앉아 식사를 하고 있는 식당을 통하지 않고 응접실로 들어가는 문이 또 하나 있었다. 응접실에는 아무도 없었다. 대리석으로 된 벽난로가 조용히 타고 있으며, 탁자 위에는 장식된 아름다운 꽃들 가운데서 촛불이 외롭게 빛나고 있었다.

손님들이 있는 바로 옆방과의 사이에는 아치형 문에 걸린 얇은 진홍빛 커튼밖에 없었지만, 목소리가 작아서 중얼거리는 듯 들릴 뿐 무슨 내용인지 알 수 없었다.

무척 엄숙한 인상을 받고 조용해진 아델은 내가 가리킨 의자에 말없이 앉았다. 나는 창가 쪽 의자로 가서 가까운 탁자에 있던 책 한 권을 집어 읽으려고 했다. 그때 아델이 내 앞으로 의자를 끌고 와서는 이내 내 무릎을 툭툭 쳤다.

"아델, 왜?"

"선생님, 저 예쁜 꽃을 한 송이만 뽑아도 될까요? 의상을 꾸미려고요."

"너는 '의상'에 너무 신경을 쓰는구나. 하지만 한 송이 정도는 괜찮아."

나는 꽃병에서 장미 한 송이를 뽑아 아델의 허리띠에 꽂아주었다. 그 애는 그제야 행복이라는 잔이 가득 채워진 듯 말로 다 할 수 없이 흡족해하며 크게 숨을 내쉬었다. 나는 새어나오는 웃음을 감추려고 고개를 돌렸다. 파리에서 온 이 조그만 아가씨의 옷에 대한 진지함과 타고난 애착은 마음이 아프면서도 어딘가 우스꽝스러운 구석이 있었다.

이때 손님들이 의자에서 일어나는 소리가 나직하게 들렸다. 아치형 문의 커튼이 걷히고 식당이 보였다. 기다란 식탁에 잔뜩 늘어놓은 은그릇과 화려한 디저트용 유리 접시가 샹들리에 불빛을 받아 반짝거렸다. 그리고 한 무리의 귀부인이 서 있는 모습이 보였는데, 그들이 응접실로 들어서자 그 뒤로 커튼이 내려졌다.

손님들은 여덟 명밖에 되지 않았지만 몰려 있으니 어쩐지 더 많아 보였다. 그중 몇 사람은 키가 매우 컸으며, 대부분 흰 옷을 입었다. 모두 폭이 넓은 풍성한 옷차림이어서 마치 안개 때문에 달이 커 보이듯 사람들이 더 커 보였다.

나는 일어나 그들에게 무릎을 굽혀 인사했다. 그러자 한두 명 정도만 답례로 고개를 끄덕였을 뿐 나머지는 그저 쳐다보기만 했다.

귀부인들은 방 안 여기저기로 흩어졌다. 그 모습이 가볍고 경쾌해 마치 흰 깃털을 가진 새들 같았다. 몇몇은 소파와 긴 의자에 몸을 반쯤 기대고 또 몇몇은 몸을 숙여 탁자 위에 놓인 꽃과 책을 들여다보았다. 나머지 사람들은 난롯가에 몰려 있었다. 습관인 듯 모두 낮지만 또렷한 목소리로 이야기를 나누었다. 나는 나중에야 그들의 이름을 알게 됐지만 여기서 말해두는 편이 좋겠다.

먼저 애슈턴 부인과 두 딸이 있었다. 부인은 지금도 그 미모가 남아 있는 걸로 봐서 젊었을 때 분명 미인이었을 것이다. 큰딸 에이미는 몸집이 작은 편인데 생김새나 태도가 순진하고 앳되어 보였다. 반면 몸매는 매력적이어서 흰 모슬린 드레스에 푸른 띠가 잘 어울렸다. 동생 루이자는 언니보다 키가 더 크고 우아했다. 프랑스식 표현으로 '호감 가는 얼굴'이었으며 매우 예뻤다. 두 자매가 모두 백합꽃처럼 우아하고 아름다웠다.

린 경 부인은 크고 통통하며 마흔 살 정도 되어 보였다. 광택이 나는 새틴 드레스로 화려하게 꾸미고 몸을 꼿꼿이 세워 매우 거만해 보였다. 하늘색 깃털과 보석 고리로 장식한 까만 머리에는 반짝반짝 윤기가 흘렀다.

덴트 대령 부인은 린 경 부인만큼 화려하지는 않지만 더 고상해 보였다. 날씬한 몸매에 창백하고 점잖은 얼굴 그리고 아름다운 머릿결을 가졌다. 검은 새틴 드레스에 외국산 고급 레이스 스카프, 진주 장신구는 작위를 가진 린 경 부인의 무지개처럼 화려한 모습보다 훨씬 더 예뻐 보였다.

그러나 가장 눈에 띈 사람은 미망인 잉그램 부인 그리고 딸 블랜치와 메리였다. 어쩌면 키가 커서일지도 모르겠다. 셋 다 여자치고는 키가 매우 컸다. 언뜻 보기에 미망인의 나이는 마흔에서 쉰 살 사이로 여전히 몸매가 아름다웠다. 촛불에 비친 그녀의 머리는 새카맣고 치아도 고르고 좋아 보였다. 모두 그녀를 나이에 비해 아름답다고 평할 듯했다. 겉모습만 놓고 본다면 확실히 미인이었다. 하지만 태도나 얼굴은 참기 어려울 정도로 거만했다. 그녀의 이목구비는 로마인 같았으며 늘어진 이중 턱은 마치 하나의 기둥처럼 목 속으로 사라지고 있었다. 이런 특징은 오만함으로 말미암아 더 도드라지고 깊은 주름까지 생긴 듯 보였다. 기이할 정도로 꼿꼿하게 세워진 턱은 오만이 떠받치고 있는 듯했다. 사납고 매정한 눈은 리드 부인의 눈과 비슷했다. 말투에도 거만함이 묻어 있었다. 말할 때는 입을 크게 벌리고 말하는데 목소리가 낮았고, 듣기 거북할 정도로 말투가 매우 거만하고 독단적이었다. 간단히 말해 정말이지 참을 수가 없었다. 진홍빛 벨벳 드레스를 입고 금실로 수놓은 인도 천으로 만든 숄 터번을 쓴 모습에선 왕실의 위엄이 느껴졌는데, 그녀도 그렇게 생각하고 있는 듯했다.

블랜치와 메리는 키가 똑같았다. 포플러처럼 늘씬했다. 메리는 키에 비해 매우 마른 편이지만 블랜치의 몸매는 달의 여신처럼 풍만했다. 물론 나는 특별히 관심 있게 그녀를 살펴보았다. 페어팩스 부인이 말한 대로 생겼는지, 내가 상상해서 그린 초상화와 조금이라도 닮았는지, 로체스터 씨의 취향에 어울리는 모습인지 보고 싶었다. 이제 그 궁금증이 해소될 참이었다.

몸매는 내가 그린 그림이나 페어팩스 부인의 말과 하나하나 딱 들어맞았다. 풍만한 가슴과 부드러운 어깨선, 우아한 목덜미, 검은 눈동자와 새까만 곱슬머리까지 말이다. 하지만 얼굴은? 그녀의 얼굴은 어머니와 똑같았다. 젊고 주름만 없었을 뿐이다. 좁은 이마와 오만한 생김새, 거만함까지 똑같았다. 다만 무뚝뚝하지는 않았다. 그녀는 끊임없이 미소를 지었다. 하지만 그녀의 웃음은 비웃음이었고 습관적으로 입 꼬리를 내린 채 입가에 거만한 표정을 짓고 있었다.

천재는 자의식이 강하다고 한다. 잉그램 양이 천재인지는 모르겠지만 유독 자의식이 강한 것만은 확실했다. 그녀는 온화한 성격의 덴트 부인과 식물학을 이야기하기 시작했다. 덴트 부인은 식물학을 배운 적이 없는 듯했다. 하지만 그분이 꽃을 좋아하고 그중에서도 야생화가 좋다고 하자 잉그램 양은 자신만만하게 식물학 용어를 늘어놓았다. 나는 속된 말로 그녀가 덴트 부인을 '가지고 놀고 있다'는 걸 알아차렸다. 말하자면 덴트 부인의 무지함을 비웃으며 놀리고 있었다. 교묘하기는 했지만 분명 선의에서 나온 행동은 아니었다. 그녀는 피아노를 쳤는데 연주 실력도 훌륭하고 노래하는 목소리도 아름다웠다. 자기 어머니와는 프랑스어로 대화했는데 유창하고 발음도 정확했다.

메리는 블랜치보다 온순하고 솔직한 인상이었는데, 이목구비가 부드럽고 피부는 더 하얬다. 반면 잉그램 양은 스페인 사람처럼 가무잡잡했다. 다만 메리는 생기가 없었다. 무표정한 얼굴과 눈에는 총기가 보이지 않았다. 할 이야기가 없는지 한번 자리를 잡고 앉자 그 자리에 마치 조각상처럼 미동도 없이 앉아 있었다. 자매는 모두 순백의 드레스를 입었다.

그렇다면 나는 잉그램 양이 로체스터 씨가 선택할 만한 상대라고 생각할까? 잘 모르겠다. 그가 어떤 여성을 좋아하는지 모르니까. 위엄 있고 당당한 여성을 좋아한다면 그녀가 바로 그랬다. 게다가 그녀는 교양이 있고 성격도 활발했다. 대부분의 신사가 그녀를 좋아할 것 같았다. 지금까지 본 바로는 로체스터 씨도 그녀를 좋아하는 듯했다. 이제 둘이 함께 있는 모습을 보면 남아 있는 약간의 의혹이 풀릴 것 같았다.

놀랍게도 아델은 내 발치에 있는 의자에 움직이지도 않고 앉아 있었다. 귀부인들이 들어오자 그 애는 일어나 부인들 앞으로 나가 공손히 인사하며 침착하게 말했다.

"여러분, 안녕하세요?"

그러자 잉그램 양은 조롱하듯 아델을 내려다보며 소리쳤다.

"어머, 인형 같은 아이네."

그러자 린 경 부인이 말했다.

"로체스터 씨의 양녀인가 봐요. 그분이 말한 프랑스 소녀요."

덴트 부인은 친절히 아델의 손에 키스해주었다. 애슈턴 가의 에이미와 루이자는 동시에 소리쳤다.

"정말 예쁘다!"

그러고는 아델을 소파로 데려갔다. 아델은 아가씨들 사이에 앉아 프랑스어와 서투른 영어를 섞어 이야기했다. 아가씨들뿐 아니라 애슈턴 부인과 린 경 부인의 관심을 받으며 마음껏 응석을 부리기 시작했다.

마침내 커피가 나오자 신사들을 불러모았다. 나는 어두운 구석에 앉아 있었다. 불빛이 밝은 방이지만 창문 커튼 뒤에 있으니 몸이 반쯤 가려졌다. 아치형 문의 커튼이 하품하듯 열리더니 남자들이 들어왔다. 부인들과 마찬가지로 무리지어 들어오는 신사들의 모습도 당당하기 그지없었다. 모두 검게 차려입은 신사들은 대부분 키가 컸으며, 젊은 사람도 있었다. 헨리 린과 프레더릭 린 형제는 멋진 청년들이었다. 덴트 대령은 훌륭한 군인다운 모습이었다. 이 지방의 치안판사인 애슈턴 씨도 신사다웠다. 머리는 백발에 가깝지만 눈썹과 수염은 아직 까맸는데 어딘가 모르게 '연극 무대에 오른 노년의 귀족' 같은 느낌이었다. 젊은 잉그램 경은 누이들처럼 키가 크고 얼굴도 잘생겼으나 메리처럼 매사에 심드렁하고 무기력해 보였다. 그는 혈기왕성하거나 두뇌 활동이 뛰어나기보다는 그저 팔다리만 긴 것 같았다.

그런데 이 저택의 주인은 어디에 있는 걸까?

로체스터 씨는 가장 마지막으로 들어왔다. 나는 아치형 문쪽을 보지 않았지만 그가 들어오는 걸 알 수 있었다. 지갑을 뜨고 있던 나는 뜨개바늘과 그물코에 집중하려고 했다. 손에 든 일감만을 생각하고 무릎을 덮고 있는 은구슬과 비단실만 보려고 했다. 하지만 머릿속에 그의 모습이 보이고 마지막으로 그를 보았을 때가 떠올랐다. 그의 말처럼 내가 중요한 봉사를 마친 뒤의 모습이었다. 그는 내 손을 잡고 내 얼굴을 내려다보며 가슴이 벅차올라 터질 듯한 눈빛으로 나를 뚫어지게 바라보았다. 내 마음도 그랬다. 그 순간 우리는 얼마나 가까이 있었던가! 그 후 왜 우리의 처지는 서로 바뀌었을까? 지금 우리는 왜 이렇게 멀어지고 말았는가! 그가 서먹해하며 다가와 말을 걸지는 않을 거라는 생각이 들었다. 그는 내게 눈길 한번 주지 않고 응접실 건너편에 앉아 부인들과 이야기를 나누기 시작했다. 하지만 나는 별로 놀라지 않았다.

로체스터 씨의 관심이 귀부인들에게 쏠려 있어 들키지 않고 그를 쳐다볼 수 있다는 사실을 알게 되자 내 눈은 저절로 그의 얼굴로 향했다. 내 마음과 달리 눈꺼풀이 제멋대로 자꾸 올라가면서 눈동자가 그에게 고정됐다. 이렇게 그를 바라보고 있는 것만으로도 몹시 기뻤다. 소중하지만 가슴 저미는 기쁨이 있었다. 갈증으로 죽어가는 사람이 어렵게 찾아낸 오아시스에 독이 들어 있다는 걸 알면서도 허리를 숙여 그 물을 마시는 듯한 기쁨이었다.

"아름다움이란 보는 사람의 눈에 달려 있다"는 말은 사실이다. 로체스터 씨의 창백하고 가무잡잡한 얼굴, 넓고 각진 이마, 검고 굵은 눈썹, 깊고 움푹 들어간 눈, 선명한 이목구비, 굳게 다문 단호해 보이는 입 등은 활력과 결단성, 굳은 의지를 드러내 보여주지만 일반적 기준에서 보면 잘생기지 않았다. 하지만 내 눈에는 아름다움을 넘어 매력으로 가득 차서 나를 꼼짝 못하게 하는 힘을 가졌고, 나의 모든 감정마저 빼앗은 채 온전히 그에게 사로잡히도록 만들었다.

나는 로체스터 씨를 사랑하려고 하지 않았다. 여러분도 아시다시피 오히려 내 마음속에서 사랑의 싹을 찾아내 뿌리째 뽑아버리려고 애썼다. 그런데 지금 그를 보자마자 사라진 줄 알았던 그 감정이 순식간에 생생하고 강력하게 되살아났다. 그는 나를 쳐다보지 않고도 다시 사랑에 빠뜨렸다.

나는 로체스터 씨와 손님들을 비교하기 시작했다.

린 형제의 당당한 품위, 잉그램 경의 느긋한 우아함, 덴트 대령의 군인다운 당당함까지도 로체스터 씨의 타고난 에너지와 활기 넘치는 모습에 비할 바가 아니었다. 그들의 외양이나 얼굴 표정을 보고도 나는 아무 감정이 느껴지지 않았다. 하지만 대부분의 사람은 그들이 매력적이며 잘생겼다고 말할 것이다. 반면 로체스터 씨는 못생겼으며 우울한 얼굴이라고 말할 것이다. 나는 그들이 미소 짓거나 소리 내어 웃는 모습을 보았지만 아무런 느낌도 들지 않았다. 촛불에도 그들이 짓는 미소만큼의 영혼은 담겨 있을 것이다. 종소리에도 그들의 웃음소리 못지않는 의미가 담겨 있을 것이다. 나는 로체스터 씨의 미소를 보았다. 근엄한 표정이 부드러워지고 눈은 점점 온화해지며 빛이 났다. 또한 눈빛은 날카롭지만 다정했다. 그는 애슈턴 자매와 이야기하는 중이었다. 나는 꿰뚫어보는 듯한 그의 시선을 그 여자들이 무덤덤하게 마주 보는 것이 놀라웠다. 얼굴을 붉히며 눈을 내리깔게 될 거라고 예상했던 것이다. 하지만 그녀들은 아무 느낌도 없는 듯해서 나는 내심 기뻤다.

'저들에게 로체스터 씨는 내게 있어서의 로체스터 씨와 의미가 달라. 그는 저 아가씨들과 다른 부류야. 그는 나와 같은 부류지. 틀림없어. 로체스터 씨가 정말 가깝게 느껴지고 그의 표정이나 행동만 갖고도 무슨 말을 하려는지 다 이해할 수 있어. 신분과 재산의 차이가 우리를 멀리 떨어뜨려 놓고 있지만 내 머리와 가슴, 핏줄과 신경 속에는 정신적으로 그에게 동화되는 무언가가 있어. 불과 며칠 전까지만 해도 나는 그분에게 봉급을 받는 것 말곤 아무런 관계도 없다고 생각했어. 고용주 말고는 다른 어떤 관계로도 생각하지 말라고 했지. 그런데 그건 자연을 거스르는 신성 모독이야! 내가 가진 온갖 착하고 진실하고 건강한 감정이 그의 주변에 몰리고 있어. 하지만 나는 이런 감정을 감춰야 해. 희망을 억눌러야 해. 그가 나를 좋아하지 않는다는 걸 잊어버려선 안 돼. 내가 그와 같은 부류라고 했을 때 내게도 그처럼 사람을 끌어당기는 마법 같은 힘이 있다는 뜻은 아니야. 그저 그와 비슷한 취미와 감정을 느끼고 있다는 뜻이지. 그러니 나는 우리가 영원히 가까워질 수 없다는 사실을 끊임없이 되뇌어야 해. 하지만 내가 숨 쉬고 생각하는 한 그를 사랑할 거야.'

커피가 나왔다. 신사들이 들어온 뒤 부인들은 종달새처럼 생기가 넘쳤으며 대화도 활발해지고 즐거운 분위기가 무르익었다. 텐트 대령과 애슈턴 씨는 정치에 대해 토론했고 아내들은 그 이야기를 듣고 있었다. 거만한 귀부인 린 경 부인과 잉그램 부인은 담소를 나누는 중이었다. 그러고 보니 조지 린 경의 설명을 잊고 있었다. 그는 덩치가 크고 혈색 좋은 이 지방의 대지주로 한 손에는 커피 잔을 든 채 소파 앞에 서서 이따금 대화에 끼어들었다. 프레더릭 린 씨는 메리 잉그램 옆에 앉아서 아주 훌륭한 판화 그림책을 보여주고 있었다. 메리는 그림을 보며 가끔 미소를 지었지만 말을 거의 하지 않았다. 키가 크고 침착한 잉그램 경은 팔짱을 낀 채 작고 발랄한 에이미 애슈턴의 의자 등에 기대서 있었다. 에이미는 그를 올려다보며 굴뚝새처럼 종알거렸다. 그녀는 로체스터 씨보다 잉그램 경을 더 좋아하는 듯했다. 헨리 린 씨는 루이자 애슈턴의 발치에 놓인 낮고 긴 의자에 앉아 있었는데 아델도 함께 앉아 있었다. 그는 아델에게 프랑스어로 말하려 했지만 루이자는 그의 실수를 비웃었다. 그러면 블랜치 잉그램은 누구와 함께 있었을까? 그녀는 홀로 탁자 옆에 서서 우아하게 몸을 숙여 앨범을 보고 있었다. 누가 자신에게 말을 걸어주기를 기다리는 눈치였으나 그녀는 오래 기다릴 것도 없이 직접 상대를 골랐다.

로체스터 씨는 애슈턴 형제 곁을 떠나 블랜치 잉그램과 마찬가지로 혼자 난롯가에 서 있었다. 블랜치는 벽난로의 반대편으로 가서 로체스터 씨와 마주 보았다.

"로체스터 씨, 저는 당신이 아이들을 좋아하지 않는 줄 알았어요."

"안 좋아합니다."

"그럼 저 귀여운 인형은 어쩌다가 맡게 되신 건가요? 어디서 주워오셨어요?"

그녀가 아델을 가리키며 물었다.

"주워온 게 아니라 누군가 내게 놓고 갔지요."

"학교에 보내는 게 좋을 텐데요."

"학교는 비용을 감당하기가 힘들어서요."

"왜요, 저 아이한테 가정교사도 붙여주셨잖아요. 방금 저 애랑 같이 있는 사람을 봤는데……. 아, 아니네. 저 커튼 뒤에 아직 있어요. 당연히 보수를 주시겠지요. 학교에 보내는 것만큼, 아니면 그보다 더 비쌀 텐데요. 둘을 다 데리고 계시니까요."

나는 걱정스러웠다. 아니, 오히려 바랐다고 해야 할까? 나를 언급하게 되면 로체스터 씨가 내 쪽을 볼 것이기 때문이다. 나도 모르게 커튼 뒤로 더 깊이 몸을 숨겼지만 그는 내 쪽을 쳐다보지도 않았다.

"그 문제는 생각해보지 않았네요."

그가 앞을 보며 관심 없다는 듯 말했다.

"그렇겠죠. 남자들은 경제나 상식 같은 건 깊이 생각하지 않으니까요. 가정교사에 대해서는 어머니 말씀을 들어보세요. 어릴 때 메리와 저를 가르친 가정교사가 모두 한 다스는 될 거예요. 그중 절반 정도는 밉살스럽고 나머지는 바보 같은 사람들이었어요. 전부 악마 같았다니까요. 어머니, 그랬죠?"

"내 딸, 뭐라고 했니?"

미망인이 특별한 소유물인 양 딸에게 대답하자 그 딸은 다시 한 번 설명했다.

"가정교사라니, 말도 마라. 그 말만 들어도 속이 탄다니까. 무능하고 변덕스러운 사람들 때문에 죽을 만큼 고생했잖니. 이제 그런 단계를 지나왔으니 하느님께 감사할 뿐이지."

이때 덴트 대령 부인이 독실한 체하는 잉그램 부인에게 허리를 굽혀 귀에 뭐라고 속삭였다. 미망인의 다음 말로 미루어봤을 때 비난받고 있는 족속이 여기에도 하나 더 있다고 알려준 듯했다.

"할 수 없지. 내 말이 뭔가 도움이 됐으면 좋겠네!"

그러고는 좀 더 낮지만 여전히 내 귀에 들리고도 남을 정도의 큰 목소리로 말했다.

"나도 알고 있어요. 내가 사람 얼굴을 좀 볼 줄 아는데, 저 여자 얼굴을 보니 저런 부류들이 가진 결점을 전부 갖고 있네요."

"부인, 그 결점이란 게 뭔가요?"

로체스터 씨가 큰 소리로 물었다.

"나중에 따로 말씀드릴게요."

그녀는 거창한 이야기라도 있는 듯 대답하며 터번을 쓴 머리를 세 번 흔들었다.

"제 호기심이 언제 사라질지 몰라서요. 지금 당장 듣고 싶은데요."

"그렇다면 블랜치에게 물어보세요. 나보다 더 가까이 있으니까요."

"어머니! 저한테 미루지 마세요. 그런 부류를 얘기한다면 한 마디밖에 없네요. 바로 골칫거리라는 거예요. 그들한테 제가 시달린 건 아니에요. 오히려 제가 고생을 좀 시켰죠. 시어도어 오빠와 제가 작당해서 윌슨 선생, 그레이 선생, 주베르 선생을 엄청 골탕 먹였거든요. 메리는 항상 졸아서 적극적으로 끼지는 않았어요. 주베르 선생을 놀릴 때가 가장 재미있었어요. 윌슨 선생은 궁상맞고 허약해서 걸핏하면 울고 기운도 없어 괴롭혀봤자 재미가 없었어요. 그레이 선생은 상스럽고 둔감해 무슨 장난을 쳐도 소용없었고요. 불쌍한 주베르 선생! 벌컥 화내던 모습이 지금도 눈에 선해요. 우리가 끝장을 봤거든요. 차를 쏟아버리고 버터 바른 빵을 뭉개놓고 책을 천장까지 집어던지고 자로 책상을 두드리고 부젓가락으로 벽난로 망을 때리고 난리도 아니었어요. 오빠, 그때 재미있었지?"

"그럼, 그 가여운 노인네는 이렇게 소리쳤지. '이 녀석들!' 그러면 우리가 따끔하게 일러줬잖아. 무식한 주제에 건방지게 우리처럼 영리한 애들을 가르치려 든다고 말이야."

잉그램 경이 느릿느릿 대꾸했다.

"그랬지. 그리고 오빠 가정교사였던 바이닝 씨 있잖아. 우리가 '언짢은 목사'라고 불렀고 얼굴이 창백했던 사람 말이야. 그 사람을 골탕 먹일 때 내가 도와줬잖아. 그가 허락도 없이 윌슨 선생과 사랑에 빠졌으니까. 적어도 우리는 그렇게 생각했지. 그래서 온 집안 사람들이 다 알게 소문을 냈고 그 구실로 골칫거리들을 내쫓았지. 어머니도 눈치 채자마자 부도덕한 짓이란 걸 아셨죠?"

그러자 그 어머니가 말했다.

"당연하지. 그리고 내 생각이 옳았단다. 그런 점에서 반듯한 집안에서 남자와 여자 가정교사가 잠시라도 사귀면 안 되는 이유가 수도 없이 많지."

"세상에 맙소사! 어머니, 일일이 이야기해주지 않으셔도 돼요. 우리도 다 알아요. 순수한 어린아이들에게 나쁜 영향을 끼칠 수도 있어요. 정신이 팔려 일에 소홀해지고요. 서로 돕고 의지하다 보면 대담해지고 건방져져 주인에게 반항하며 들고 일어날 위험도 있고요. 잉그램 대정원의 잉그램 남작 부인, 제 말이 맞죠?"

"백합 같은 내 딸, 너는 늘 옳은 소리만 하는구나."

"그러면 이제 이런 이야기는 그만하고 다른 이야기로 넘어가죠."

하지만 에이미 애슈턴은 이 말을 못 들었는지, 아니면 듣고도 신경 쓰지 않는 건지 부드럽고 순진한 말투로 끼어들었다.

"나랑 루이자도 가정교사를 놀려주곤 했어요. 하지만 우리 가정교사는 성격이 꽤 좋아서 어지간한 건 참아줬어요. 어떻게 해도 화내지 않고 한 번도 우리에게 분노를 드러낸 적이 없었어요. 루이자, 그랬지?"

"맞아요, 없었어요. 우리는 하고 싶은 대로 했거든요. 그분의 책상과 반짇고리를 뒤지기도 하고, 서랍을 뒤집어엎기도 했어요. 그런데도 워낙 착해서 우리가 해달라는 건 뭐든 다 들어주었어요."

그러자 잉그램 양이 입을 삐죽거리며 빈정거리듯 말했다.

"가정교사들의 회고록 발췌본이라도 듣는 것 같네. 그런 일이 벌어지기 전에 다시 한 번 화제를 돌려요. 로체스터 씨, 이 제안에 찬성하십니까?"

"다른 모든 일에서 그렇듯 아가씨의 의견을 지지합니다."

"그럼 제가 새로운 화젯거리를 꺼내야겠군요. 세뇨르 에두아르도, 오늘 밤 노래를 불러주시겠어요?"

"돈나 비앙카의 명령이라면 기꺼이 따라야지요."

"그럼 그대의 폐와 발성기관을 갈고 닦도록 명령을 내리겠어요. 우리의 훌륭한 연주를 위해!"

"거룩하신 메리 여왕님의 리치오(스코틀랜드 메리 여왕의 총애를 받다가 살해된 이탈리아 음악가—옮긴이)가 되는 걸 누가 마다하겠소?"

"리치오 따위가! 바이올린 연주자 리치오는 매력이 없어요. 차라리 해적 보스웰(메리 여왕의 남편으로 나중에 해적이 되었음—옮긴이)이 더 좋아요. 남자란 사악한 구석이 있어야 해요. 역사는 보스웰을 어떻게 평가하는지 모르지만 제가 청혼을 받아들일 정도로 그는 야성적이고 거칠며 영웅적이었죠."

그녀는 곱슬머리가 흔들리도록 고개를 새침하게 돌리며 피아노 앞으로 걸어가면서 말했다.

"여러분, 들으셨죠? 그럼 여러분 중에 누가 가장 보스웰과 닮았죠?"

로체스터 씨가 소리쳤다.

"우선권은 당신에게 있는 것 같군요."

덴트 대령이 말했다.

"정말 감사합니다."

로체스터 씨도 대답했다.

이때 잉그램 양은 여왕처럼 풍성하고 눈처럼 새하얀 드레스를 펼치며 자랑스럽게 피아노 앞에 앉아 멋진 전주곡을 연주하면서 잠시 이야기를 나눴다. 오늘 밤 그녀는 기고만장해 있었다. 그녀의 말과 분위기는 감탄을 넘어 사람들을 놀라게 해주고 싶어 하는 듯했다. 참으로 매력적이고 대담한 여자라는 인상을 심어주려고 작정한 게 분명했다.

그녀가 피아노를 치며 외쳤다.

"저는 요즘 젊은이들에게 질렸어요. 아버지의 장원 대문에서 한 걸음도 떼지 못하고 엄마의 허락이나 보호 없이는 멀리 가지도 못하는 한심한 모습이라니! 곱상한 얼굴이나 흰 손, 조그만 발을 관리하는 데만 온통 관심을 기울이는 사람들! 남자에게 미모가 무슨 소용이라고! 사랑스러운 모습이 마치 여자들만의 특권이 아닌 듯 말이에요. 여자에게 못난 얼굴은 흠이지만 남자에겐 힘과 용기만 있으면 돼요. 남자들은 사냥하고 총을 쏘고 싸움에서 외치기만 하면 되지요. 그 밖의 것들은 의미가 없어요. 제가 남자라면 그런 걸 무기로 삼을 거예요."

그녀는 잠시 멈췄다가 모두 조용하자 다시 말을 이었다.

"제가 결혼한다면 남편과 경쟁하지 않고 저를 돋보이게 하도록 만들 거예요. 왕좌 근처에는 경쟁자를 두고 싶지 않아요. 충성을 맹세하게 할 거예요. 남편의 충성은 자기 자신도 안 되고 오롯이 저한테만 보여야 해요. 로체스터 씨, 이제 노래하세요. 제가 반주를 하지요."

"기꺼이 복종하리다."

로체스터 씨가 대답했다.

"자, 여기 해적의 노래가 있어요. 제가 해적을 애지중지한다는 사실을 아시니 활기차게 부르셔야 해요."

"잉그램 양의 분부라면 물 탄 우유도 술이 될 거요."

"그러면 조심하세요. 노래가 마음에 들지 않으면 어떻게 불러야 하는지 보여줘서 망신을 줄 테니."

"노래를 못하면 오히려 상을 주겠다는 거군요. 못 부르도록 애써야겠네요."

"조심하세요! 일부러 그러시면 거기에 합당한 벌을 내릴 거예요."

"관대함을 보여주시길 바랍니다. 잉그램 양은 인간이 인내할 수 없는 벌을 내릴 힘이 있소."

"어머, 그게 무슨 뜻이에요?"

"실례했습니다. 사실 설명할 필요도 없죠. 당신의 찌푸린 얼굴을 보는 것만으로도 충분히 사형에 맞먹는 형벌이라는 걸 아실 테니까요."

"노래나 부르세요!"

잉그램 양은 다시 피아노에 손을 올려놓고 힘차게 반주를 시작했다.

'지금이 빠져나갈 때다.'

나는 속으로 말했다. 하지만 공기를 가르는 노랫소리에 꼼짝할 수가 없었다. 페어팩스 부인은 로체스터 씨의 목소리가 좋다고 했는데 사실이었다. 그의 목소리는 굉장히 부드럽고 힘 있는 저음에 감정과 설득력이 더해져 사람의 귀에서 가슴으로 파고들어 묘한 감동을 불러일으켰다. 나는 맨 마지막의 깊고 풍부한 바이브레이션이 사라지고 잠시 끊어졌던 이야기가 시작될 때까지 기다렸다. 그리고 숨어 있던 구석 자리에서 일어나 다행히 가까이에 있던 옆문으로 빠져나왔다. 나는 홀로 옆문과 통해 있는 좁은 복도를 가로지르다가 샌들 끈이 풀린 걸 발견하고는 고쳐 매려고 멈춰 섰다. 계단 밑의 깔개에서 무릎을 굽히는데 식당 문 열리는 소리가 나더니 한 신사가 나왔다. 서둘러 일어섰는데, 내 앞에 마주 선 사람은 로체스터 씨였다.

"잘 지냈소?"

그가 인사를 건넸다.

"잘 지냈습니다."

"왜 저 방에서 내게 말을 걸지 않았소?"

나는 같은 질문을 그에게 하고 싶었지만 차마 무례하게 굴 수는 없었다.

"바쁘신 것 같아서 방해하고 싶지 않았어요."

"내가 없는 동안 뭘 하고 지냈소?"

"특별한 일은 없었어요. 늘 그렇듯 아델을 가르쳤죠."

"그런데 안색이 창백해졌소. 한눈에 알아봤지. 무슨 일이라도 있소?"

"전혀 없습니다."

"그날 밤 내게 물세례를 퍼붓다가 감기라도 걸린 거요?"

"아니에요."

"응접실로 돌아가요. 너무 일찍 도망치는 것 아니오?"

"피곤해서요."

그는 잠시 내 얼굴을 바라봤다.

"좀 우울해 보이는군. 무슨 일이오? 어서 말해봐요."

"정말 아무 일도 없어요. 우울하지도 않고요."

"틀림없이 우울해. 너무 우울해서 몇 마디만 더 하면 눈물을 쏟을 것 같군. 벌써 눈물이 맺혀 반짝거리는걸. 이런, 눈썹에서 한 방울 흘러서 마루에 떨어졌네. 내게 시간이 있고 수다스러운 하인들이 여기를 지나다닐 염려만 없으면 그 이유를 물어보겠지만 오늘은 보내주겠소. 하지만 손님들이 머무는 동안 매일 밤 응접실에 오시오. 부탁이니 들어주시오. 이제 가봐요. 그리고 소피한테 아델을 데려가라고 해요. 잘 자요. 내……."

그는 갑자기 말을 멈추더니 입술을 깨문 채 가버렸다.

제18장

　손필드 저택은 매일이 떠들썩하고 즐거웠다. 처음 이곳에 와서 석 달은 얼마나 조용하고 단조롭고 고독했던가! 이 집에 있던 모든 슬픔은 사라지고 우울한 분위기도 더는 느낄 수가 없었다. 집안 구석구석 활기가 넘치고 온종일 사람들로 북적거렸다. 그렇게 고요하던 복도에서 이젠 깔끔한 하녀나 말쑥한 하인을 마주치지 않고는 다닐 수가 없었다. 사람 그림자라곤 비치지도 않던 앞채의 방들 역시 마찬가지였다.

　부엌과 식품저장실, 하인들 방, 홀까지 어딜 가나 활기가 넘쳤다. 응접실은 손님들이 화창한 봄날이 선사한 새파란 하늘과 따뜻한 햇볕을 즐기기 위해 밖으로 몰려나가 텅 비어 있을 때만 조용했다. 날이 굳어 며칠 동안 계속 비가 쏟아져도 그들의 홍을 깨뜨리지는 못했다. 야외에서 놀 수 없으니 실내에서 더욱 활기차고 다양한 오락거리를 찾아 즐기게 된 것이다.

그러던 어느 날 저녁에는 지금까지와는 다른 놀이를 해보자는 제안이 나왔다. 나는 그들이 무엇을 할까 궁금했다. 그들이 말하는 '제스처' 게임이 도대체 뭘 하는 건지 알 수 없었다. 하인들을 불러 탁자도 치웠다. 등불들도 다르게 배치하고 의자는 아치형 문을 향해 반원 모양이 되도록 놓았다. 로체스터 씨와 다른 신사들이 위치를 바꾸라는 지시를 내리는 동안 귀부인들은 종을 울리고 계단을 오르내리며 하녀를 불렀다. 페어팩스 부인이 불려와 숄과 드레스, 커튼 등이 집에 얼마나 있는지 대답했고 하녀들은 3층에 있는 옷장을 뒤져 수놓은 속치마, 새틴 조끼, 유행하는 검은 옷, 레이스 모자 등을 한 아름 가지고 내려왔다. 그리고 그중에서 몇 가지 적당한 것을 골라 응접실 안쪽에 있는 내실로 옮겼다.

그사이 로체스터 씨는 귀부인들을 불러모으더니 자기편을 몇명 골랐다.

"물론 잉그램 양은 우리 편이죠."

그러고선 애슈턴 자매와 덴트 대령 부인도 선택했다. 그가 나를 바라보았다. 덴트 대령 부인의 팔찌 고리가 풀려 다시 채워주느라 내가 그와 가까이 있었기 때문이다.

"선생도 같이 하겠소?"

그가 물었다. 나는 고개를 저었다. 해야 한다고 고집할까 봐 두려웠지만 그는 더 이상 권하지 않았다. 나는 내 자리로 조용히 돌아갔다.

로체스터 씨 팀은 이제 아치형 문 커튼 뒤에 있었다. 상대편인 덴트 대령 팀은 반원형으로 놓아둔 의자에 앉았다. 애슈턴 씨가 나를 보고 같은 편에 들어올 것인지 물어보는 듯했으나 잉그램 부인이 바로 반대하고 나섰다.

"안 돼요. 멍청해서 이런 놀이는 잘 못할 것처럼 생겼어요."

그녀의 말이 내 귀에까지 들렸다.

곧이어 종이 울리고 커튼이 올라갔다. 아치형 문 안쪽에는 로체스터 씨의 편이 된 덩치 큰 조지 린 경이 흰 이불을 뒤집어쓰고 있었다. 그의 앞에 놓인 탁자에는 두꺼운 책 한 권이 펼쳐져 있고, 그 옆에 에이미 애슈턴이 로체스터 씨의 외투를 걸치고 한 손에는 책을 든 채 서 있었다. 보이지 않는 누군가 뒤에서 딸랑딸랑 흥겹게 종을 울렸다. 그러자 아델이 (이 애는 보호자인 로체스터 씨의 편이 되겠다고 떼를 썼다) 꽃바구니를 들고 꽃을 사방에 뿌리면서 폴짝폴짝 뛰어나왔다. 이어서 흰 옷을 입고 긴 베일을 쓴 채 이마에 장미 화환을 두른 아름다운 잉그램 양이 나타났다. 그녀와 로체스터 씨가 나란히 탁자 앞까지 걸어와 무릎을 꿇었다. 마찬가지로 흰 옷을 입은 덴트 대령 부인과 루이자 애슈턴도 두 사람 뒤에 가서 섰다. 무언극이 진행되었고 그게 결혼식이라는 것은 쉽게 알 수 있었다. 극이 끝나자 덴트 대령 편 사람들은 이 분 동안 소곤거리며 상의하더니 마침 내 덴트 대령이 크게 외쳤다.

"신부!"

로체스터 씨는 허리를 굽혀 인사했고 커튼이 내려졌다.

한참이 지난 뒤 다시 커튼이 열렸다. 두 번째는 아까보다 좀 더 공을 들여 준비한 장면이었다. 아까도 말했듯 응접실은 식 당보다 두 계단 정도 높았는데 응접실 안쪽으로 2미터가량 들 어가 있는 계단의 맨 꼭대기 칸에는 대리석으로 된 물독이 놓 여 있었다. 나는 이것이 열대식물로 가득 찬 온실의 장식물이 라는 것을 금방 알았다. 언제나 그 안에는 금붕어가 들어 있었 다. 그렇게 크고 무거운 것을 여기까지 들고 오느라 꽤 고생했 을 것이다.

물독 옆 카펫 위에는 로체스터 씨가 숄을 몸에 감고 머리에 터번을 쓴 채 앉아 있었다. 검은 눈과 가무잡잡한 피부, 이슬람 교도 같은 얼굴이 의상과 썩 잘 어울렸다. 그야말로 아라비아 의 왕족처럼 보였고 교수형 집행자 아니면 교수형을 당하는 사 람 같았다. 이어서 잉그램 양이 나타났다. 그녀도 동양식 옷차 림으로 새빨간 스카프를 허리에 두르고 수놓은 손수건을 관자 놀이에 매고 있었다. 아름다운 양팔을 드러내고 팔 하나는 우 아하게 머리에 물동이를 받치고 있는 듯 올리고 있었다. 몸매와 이목구비까지 전체적인 분위기가 족장정치 시대의 이스라엘 공주 같았다. 그녀가 표현하려는 것도 분명 이것이었다.

잉그램 양은 물독에 다가가 허리를 숙여 물동이에 물을 채우고 그것을 다시 머리로 들어올렸다. 그때 우물가에 있던 남자가 그녀에게 다가가 뭔가를 부탁하는 것 같았다. 그녀는 서둘러 물동이를 내려놓고 그에게 물을 주었다. 그러자 남자는 품에서 작은 상자를 꺼내어 열고는 화려한 팔찌와 귀걸이를 그녀에게 보여주었다. 그녀는 놀라며 감탄하는 표정을 지었다. 남자는 무릎을 꿇고 그녀의 발아래 그 보물을 놓았다. 믿기지 않으면서도 몹시 기쁘다는 표정이 그녀의 얼굴에 나타났다. 남자는 그녀의 팔에 팔찌를 채우고 귀에는 귀걸이를 달아주었다. 그들은 엘리자와 리브가(〈창세기〉 24장에 등장하는 인물들—옮긴이)였다. 그저 낙타만 없을 뿐이었다.

알아맞혀야 하는 편 사람들이 다시 머리를 맞대고 의논하기 시작했다. 그렇지만 그 장면이 표현한 단어나 말에서 의견이 일치되지 않는 듯했다. 덴트 대령이 다른 사람들을 대신해 '전체 장면'을 보여달라고 요청하자 커튼이 내려졌다.

세 번째 막에서는 응접실의 일부분만 보였다. 나머지는 올이 성긴 검은 천으로 칸막이를 쳐서 가려놓았다. 대리석 물독은 사라지고 그 자리에 송판으로 만든 탁자 하나와 부엌에서 쓰는 의자 하나가 놓여 있었다. 방 안의 촛불은 모두 꺼지고 희미한 뿔로 만든 등불만이 그들을 비추었다.

이 지저분한 장면에서 한 사나이가 불끈 움켜쥔 두 주먹을 무릎 위에 얹고 시선은 아래를 향한 채 앉아 있었다. 얼룩진 얼굴에 흐트러진 옷차림과(윗옷은 실랑이라도 벌인 듯 등에서부터 뜯어져 한쪽 소매가 늘어져 있었다) 체념한 듯 찌푸린 얼굴, 마구 헝클어트린 머리칼로 분장했지만 나는 그가 로체스터 씨라는 걸 금방 알아챘다. 그가 움직이자 철컹 하고 쇠사슬 소리가 났다. 손목에 수갑이 채워져 있었다.

"브라이드웰 감옥!"

덴트 대령이 외쳤다. 정답이었다.

한참이 지나 참가자들이 옷을 갈아입고 식당으로 돌아왔다. 로체스터 씨는 잉그램 양을 안내해 들어왔다. 그녀는 로체스터 씨의 연기에 칭찬을 늘어놓았다.

"세 가지 역할 중에서 마지막이 가장 잘 어울렸던 것 아세요? 아, 당신이 몇 년만 더 일찍 태어났어도 정말 용감한 신사 도적이 되었을 텐데!"

"숯검정은 깨끗이 지워졌습니까?"

로체스터 씨가 그녀를 향해 돌아서며 물었다.

"네, 아쉽네요. 악역 분장이 당신 피부색에 정말 잘 어울렸는데 말이에요!"

"길 위의 영웅, 도적을 좋아하는군요?"

"영국 도적을 이탈리아 산적 다음으로 좋아해요. 그리고 무엇보다 지중해 해적을 가장 좋아하죠."

"그렇군요. 내가 누구든 간에 당신은 지금 내 아내라는 사실을 잊지 말아요. 한 시간 전에 여기 계시는 모든 사람이 보는 앞에서 결혼했잖소."

그녀는 얼굴을 붉히더니 소리 내어 웃었다.

"자, 덴트. 이번엔 당신 편 차례예요."

로체스터 씨가 말했다.

덴트 대령 편 사람들이 나가자 로체스터 씨 편 사람들이 대신 자리에 앉았다. 잉그램 양은 대표인 로체스터 씨 오른쪽에 앉았고 나머지는 그들의 양쪽에 앉았다. 나는 더 이상 무대 위에 올라온 사람들을 보지 않았다. 관심을 갖고 막이 오르기를 기다리지도 않았다. 내 관심은 온통 관객석을 향해 있었다. 조금 전까지만 해도 아치형 문 안쪽만을 뚫어지게 바라보던 내 시선이 의지와 상관없이 반원형으로 놓인 의자로 향했다. 덴트 대령 편이 어떤 문제를 골라서 어떻게 연기했는지 전혀 기억나지 않는다. 그러나 각 장면이 끝날 때마다 답을 상의하는 모습은 여전히 눈에 들어왔다. 로체스터 씨가 잉그램 양에게 고개를 돌리자 그녀도 그를 마주 보았다. 잉그램 양은 고개를 로체스터 씨 쪽으로 기울여 그녀의 칠흑 같은 곱슬머리가 그의 어깨에 닿고 뺨에 스칠 정도로 가까이 붙어 있었다. 두 사람은 귓속말을 하고 소곤거리며 눈을 마주치기도 했다. 그 광경을 지켜보던 내 심정이 지금도 생생하게 느껴질 정도다.

독자 여러분, 앞서 말했듯이 나는 로체스터 씨를 사랑하게 되었다. 이젠 그가 내게 신경을 쓰지 않아도, 몇 시간째 함께 있지만 내게 눈길 한번 주지 않아도, 또 그가 아름다운 여성에게 온통 정신이 팔려 있어도 그를 향한 내 사랑을 멈출 수가 없었다. 그녀는 내 옆을 지나가다 옷자락이라도 스칠까 봐 기겁을 했고 어쩌다 그 검고 오만한 눈이 내 눈과 마주치면 볼 가치도 없는 천한 것을 봤다는 듯 서둘러 고개를 홱 돌렸다. 그가 머지 않아 바로 이 아가씨와 결혼할 거라고 확신하게 되었지만, 매일 그의 마음을 사로잡았다고 자신만만해하는 듯한 그녀를 보았지만, 그의 구애하는 모습을 옆에서 지켜보았지만 (상대가 구애하기를 바라는 무심한 태도여서 더 매력적이었고 당당한 태도여서 거부할 수 없었다) 그에 대한 내 마음을 돌이킬 수가 없었다.

이런 상황에 크게 절망할 수도 있었지만 절대로 사랑이 식거나 사랑을 떨쳐버릴 수는 없었다. 여러분은 내가 질투할 만한 일이 너무 많다고 생각할지 모르겠다. 나 같은 여자가 주제넘게 잉그램 양 같은 여자를 질투할 수 있다면 말이다. 그러나 나는 질투하지 않았다. 질투했다고 하더라도 아주 미미하거나 매우 드물었을 것이다. 내 괴로움과 고통은 질투라는 단어로 설명할 수 없었다. 잉그램 양은 질투를 불러일으킬 만큼 대단한 여자가 아니었다. 얼핏 모순되게 들릴 수 있으니 용서하시라. 하지만 진심이다. 그녀의 겉모습은 매우 아름답지만 속마음은 그렇지 않았다. 아름다운 데다가 재주도 뛰어났지만 천성적으로 지성이 부족하고 감정이 메마른 여자였다.

그런 땅에서는 어떤 꽃도 자연스럽게 피어날 수 없고 어떤 열매도 싱싱한 맛으로 사람들을 즐겁게 할 수 없었다. 그녀는 선량하지 않을뿐더러 창의적이지도 않았다. 늘 책에서 읽은 요란한 문구를 따라 할 뿐 자신만의 생각을 표현하지 못했고 애초에 그런 생각조차 없었다. 고상한 감정을 표현하기는 했지만 동정과 연민의 감정을 몰랐고 다정하거나 진실하지도 않았다. 그녀의 이런 모습은 어린 아델에게 노골적으로 적대감을 표현하면서 자주 드러났다. 어쩌다 아델이 가까이 다가가기라도 하면 그때마다 아주 오만하고 무례한 말을 내뱉으며 그 애를 밀쳐냈다. 때로는 방을 나가라고 명령하기도 했고 쌀쌀맞고 표독스럽게 대했다. 나 말고도 면밀하고 날카롭게 그녀의 본모습을 지켜보는 사람이 또 한 명 있었다. 미래의 남편이 될 로체스터 씨였다. 그는 미래의 아내를 끊임없이 관찰했다. 바로 이런 그의 현명함과 조심성, 그가 사랑하는 사람의 결점을 완벽하고 명확하게 파악하고 있으며 그녀를 열렬하게 사랑하지 않는다는 사실이 끊임없이 내 마음을 아프게 했다.

로체스터 씨는 가문이나 정치적 이유로 잉그램 양과 결혼하려는 듯했다. 사회적 지위나 가문이 그와 어울렸기 때문이다. 나는 그가 그녀를 사랑하지 않으며 그녀가 그의 사랑을 받을 만한 자격이 안 되는 사람이라고 생각했다. 바로 이 점이 문제였다. 이런 점 때문에 신경이 쓰이고 괴로웠다. 이런 점 때문에 내 열정이 식지 않고 계속 불타올랐다. 그녀는 그의 마음을 사로잡을 수 없었다.

잉그램 양이 단번에 승리를 거둬 로체스터 씨가 진심으로 그녀를 사랑하게 되었다면 나는 얼굴을 감싸고 벽을 향해 돌아서서 (비유하자면) 죽은 사람처럼 서 있었을 것이다. 잉그램 양이 열정적이며 친근하고 지각 있는 선량하고 고상한 여자였다면 나는 질투와 절망이라는 두 마리 호랑이와 사투를 벌였을 것이다. 그리고 가슴 찢어지는 고통을 느끼며 비탄에 잠겨 그녀의 우월함을 깨닫고 우러러보면서 남은 생을 쥐죽은 듯 살아갔을 것이다. 나는 그녀가 절대적으로 우월하면 할수록 더 깊이 감탄했을 것이다. 그리고 내 마음은 그만큼 더 잠잠해졌을 것이다. 그러나 실제는 그렇지 않았다. 나는 잉그램 양이 로체스터 씨의 마음을 사로잡으려고 애씀에도 불구하고 계속해서 실패하는 모습을 보았다. 그런데 정작 그녀는 자신이 실패했다는 사실조차 몰랐다. 자신의 교만과 자만심이 상대를 더욱 멀어지게 했지만 자신이 쏜 화살이 과녁을 맞혔다고 생각하며 승리에 도취되어 있었다. 이런 모습을 볼 때마다 나는 끊임없이 흥분되는 마음을 힘껏 억눌러야 했다. 잉그램 양이 실패할 때마다 어떻게 하면 성공할 수 있을지 알 수 있었기 때문이다. 그녀의 화살은 계속해서 로체스터 씨의 가슴을 빗나가 털끝 하나 건드리지 못한 채 그의 발밑에 떨어졌다. 그 화살을 더 솜씨 좋은 궁수가 쏘았다면 온통 자존심으로 뒤덮인 그의 가슴을 꿰뚫을 수 있을 듯했다. 그 엄숙한 눈동자에 사랑이 담기도록 그 냉소적인 얼굴을 다정하게 만들었을지도 모른다. 심지어 화살도 없이 평화롭고 조용히 승리할 수도 있을 것이다.

'로체스터 씨와 저렇게 가까이 있는데 왜 그의 마음을 움직이지 못하는 걸까?'

나는 속으로 안타까웠했다.

잉그램 양은 로체스터 씨를 진심으로 좋아할 수 없는 게 틀림없다. 아니면 좋아하지만 진정으로 사랑하지 못하거나 말이다. 정말 사랑한다면 헤프게 미소를 짓거나 끊임없이 눈길을 보내지 않아도 될 것이다. 또한 애써 행동을 꾸며내거나 온갖 애교를 부릴 필요도 없다. 그저 그의 곁에 조용히 앉아 말없이 눈을 내리깔고 있어도 충분히 그의 마음에 다가갈 수 있을 것이다. 지금 잉그램 양과 이야기를 나누는 그의 표정은 딱딱하게 굳어 있었다. 그러나 나는 지금과는 전혀 다른 표정을 본 적이 있다. 겉만 번지르르한 술책이나 계산된 행동으로 유도한 것이 아니라 그냥 자연스레 나타난 표정이었다. 상대는 그저 있는 그

대로 받아들이면 되는 것이다. 가식 없이 그의 질문에 대답하고 필요하면 자연스럽게 말을 건네는 것으로 충분하다. 그러면 그의 표정은 점점 부드러워지고 온화해지며 만물을 포용하는 햇빛처럼 상대의 마음을 따뜻하게 해주었다. 두 사람이 결혼한다면 잉그램 양은 그를 기쁘게 해줄 수 있을까? 그녀는 절대 못할 것이다. 하지만 로체스터 씨를 기쁘게 해줄 수 있다면 그의 아내는 틀림없이 이 세상에서 가장 행복한 여자일 것이다.

이해관계와 연고 때문에 결혼하려는 로체스터 씨의 계획을 나는 아직 한 번도 비난하지 않았다. 그가 그런 결혼을 하려고 한다는 사실을 처음 알았을 때는 매우 놀랐다. 나는 그가 그런 흔한 동기로 아내를 고를 거라고는 생각하지 않았다. 그러나 당사자들의 지위나 교육 등을 생각하면 어릴 때부터 자신들에게 서서히 주입된 관습이나 신념에 따라 행동하는 로체스터 씨와 잉그램 양을 비판하거나 비난하는 건 옳지 못하다는 생각이 들었다. 그들이 속한 계급은 모두 그런 원칙을 지키고 있다. 이해할 수는 없지만 원칙을 지키는 나름의 이유가 있을 것이다. 그러나 내가 로체스터 씨라면 사랑할 수 있는 사람과 결혼할 것이다. 그래야 행복해질 수 있는 게 분명한데도 사람들이 일반적으로 그러지 않는 나만 모르는 이유가 있을 거라고 확신했다. 그렇지 않다면 세상 사람들은 나와 같은 생각으로 배우자를 고르고 바랄 것이 틀림없었다.

그러나 다른 면에서도 나는 로체스터 씨에게 매우 관대해졌다. 예전에는 예민하게 주시하던 그의 단점들을 차츰 잊어버리고 있었다. 그때까지는 그의 성격을 모든 면에서 파악하려고 애썼다. 단점과 장점을 비교해보고 저울질해서 공정하게 평가하려고 했다. 그런데 이제 그의 단점이 보이지 않았다. 예전에 나를 불쾌하게 만들었던 비아냥거리는 말투나 나를 놀라게 하던 냉혹한 태도도 이제는 최고급 요리에 들어가는 맛있는 양념인 것 같았다. 들어가 있으면 톡 쏘는 맛을 내지만 없으면 상당히 심심하리라. 그리고 딱 꼬집어 말할 수 없는 막연한 그 표정이 이제 달라 보였다. 심술궂은 표정이던가 아니면 슬픈 표정이던가, 음험한 표정이던가 아니면 낙심한 표정이던가? 늘 그를 주목하는 사람만 이따금 볼 수 있는, 어느 정도 나타났다가 미처 헤아릴 틈도 없이 금세 사라지는, 마치 화산 언덕을 헤맬 때 갑자기 대지가 흔들리고 땅바닥이 갈라지는 모습을 보기라도 한 듯 언제나 나를 두렵게 하고 기죽게 했다. 나는 이제 그 막연한 표정을 볼 때면 온몸이 마비된 듯 굳어버리는 게 아니라 가슴이 두근거렸다. 피하지 않고 꼭 간파해내겠다는 듯 대담하게 쳐다보았다. 잉그램 양은 참 행복한 사람이라고 생각했다. 언젠가 그녀는 여유 있게 그의 마음 깊은 곳을 들여다보며 저 막연한 표정이 무엇인지 알아내고, 본심을 분석해낼 수 있을 테니 말이다.

내가 주인과 미래의 신부를 지켜보며 그들의 대화에 귀를 기울이고 그들의 행동에 집중하는 동안 다른 손님들은 각자 오락과 재미에 열중해 있었다. 린 경 부인과 잉그램 부인은 아직도 진지한 표정으로 대화를 나누었다. 두 사람은 한 쌍의 커다란 인형처럼 대화 주제가 바뀌면 터번을 쓴 머리를 끄덕이기도 하고, 놀라거나 모르겠다는 표정을 짓기도 하고, 끔찍하다는 표정을 지으면서 두 손을 위로 쳐들기도 했다. 온순한 덴트 부인은 마음씨 착한 애슈턴 부인과 이야기를 나누었다. 가끔 나한테 친절하게 말을 걸기도 하고 미소를 보내기도 했다. 조지린 경과 덴트 대령, 애슈턴 씨 등은 정치와 지방의 정세, 재판과 관련된 이야기를 두고 토론을 벌였다. 잉그램 경은 에이미 애슈턴과 어울렸다. 루이자는 피아노를 치며 린 형제 중 한 사람과 노래를 불렀다. 린 형제 중 나머지 한 사람은 메리 잉그램의 기분을 맞춰주려고 주절주절 이야기를 늘어놓았는데, 상대는 지루하다는 듯 마지못해 듣고 있었다. 가끔은 그들 모두 마치 약속이나 한 것처럼 하던 일을 멈추고 주인공을 보며 귀를 기울였다. 이곳의 주인공은 로체스터 씨와 그 곁에 있는 잉그램 양이었다. 로체스터 씨가 한 시간만 방을 비워도 손님들은 눈에 띄게 따분해했다. 그러다 그가 다시 나타나면 그들의 대화는 금세 활기가 넘쳤다.

로체스터 씨가 집을 비우면 평소 그가 사람들에게 얼마나 활기를 불어넣는지 분명하게 확인할 수 있었다. 일이 생겨 그가 밀코트에서 밤늦게까지 돌아오지 않던 날에는 특히 더했다. 그날은 헤이 마을 건너편 공유지에 얼마 전 천막을 설치한 집시 캠프를 보러 가기로 했다. 그러나 오후에 비가 내려 가지 못했다. 몇몇 신사는 마구간으로 갔고 젊은 사람들은 아가씨들과 당구실에서 당구를 쳤다. 잉그램 부인과 린 경 부인은 조용히 카드놀이를 하며 시간을 보냈다. 블랜치 잉그램 양은 덴트 부인과 애슈턴 부인이 몇 번이나 말을 건넸지만 오만하게 대꾸조차 하지 않고 피아노 앞에 앉아 감상적인 노래를 나지막하게 읊조렸다. 그러더니 서재에서 소설책 한 권을 들고 와서 내키지 않는다는 듯 소파에 기대앉았다. 로체스터 씨가 올 때까지 소설이나 읽으면서 지루한 시간을 때우려는 듯했다. 응접실과 온 집 안이 조용했다. 이따금씩 2층에서 사람들이 당구를 치며 왁자지껄 떠드는 소리가 들려올 뿐이었다.

사방에 어둠이 내리기 시작했다. 벌써 만찬을 위해 옷을 갈아입을 시간이 가까워졌다. 그때 나와 응접실 창가 자리에 앉아 있던 아델이 갑자기 외쳤다.

"로체스터 아저씨가 돌아오셨어요!"

나는 고개를 돌렸고 소파에 앉아 있던 잉그램 양은 쏜살같이 창가로 달려왔다. 다른 사람들도 각자 하던 일을 멈추고 고개를 들었다. 달가닥거리며 자갈을 밟는 바퀴 소리와 첨벙첨벙

물을 튀기며 바닥을 차는 말발굽 소리가 들렸다. 역마차가 다가오고 있었다.

"왜 저런 역마차를 타고 돌아오시는 거지? 검정 말 메스루어를 타고 나가시지 않았나? 파일럿도 같이. 말이랑 개는 어떻게 하신 거지?"

잉그램 양이 말했다.

이렇게 말하며 그녀가 풍성한 의상을 걸친 큰 몸집으로 창가 쪽에 바짝 붙어서는 바람에 나는 척추가 부러질 정도로 몸을 뒤로 젖혀야 했다. 처음에는 정신없이 밖을 보느라 내가 서 있는 줄도 모르다가 나중에 알아채고는 입을 비쭉거리며 다른 창가로 갔다. 역마차가 멈춰 섰다. 마부가 현관 종을 울렸다. 이윽고 여행복 차림의 한 신사가 마차에서 내렸다. 하지만 로체스터 씨가 아니었다. 키가 크고 멋지게 차려 입은 낯선 남자가 보였다.

"짜증 나! 이 성가신 말썽꾸러기 같으니! (아델에게) 누가 너를 이 창가에 앉혀놓고 거짓말을 하게 시킨 거야!"

잉그램 양은 이렇게 소리치더니 아델한테 화를 냈다. 그러면서 내 잘못이라는 듯 성난 눈초리로 나를 노려보았다. 홀에서 웅성거리며 대화하는 소리가 나더니 곧이어 낯선 사나이가 응접실 안으로 들어왔다. 그는 가장 연장자로 보이는 잉그램 부인에게 허리를 숙여 인사했다.

"부인, 제가 날을 잘못 고른 것 같습니다. 마침 로체스터 군이 집에 없군요. 긴 여행으로 지쳐 있어 오랜 친구가 돌아올 때까지 여기 머물렀으면 합니다."

그 남자의 태도는 공손했다. 억양이 다소 특이하게 들렸는데 외국 억양인지는 모르겠으나 어쨌든 순수한 영국 억양은 아니었다. 나이는 로체스터 씨와 비슷한 서른에서 마흔 살 정도로 보였다. 낯빛에 병색이 비치긴 했지만 그것만 빼면 말쑥한 신사였다. 첫인상은 그랬다. 그러나 자세히 살펴보면 뭔가 불쾌한, 아니 왠지 호감이 가지 않는 인상이었다. 이목구비는 반듯하지만 다부진 느낌이 없었다. 눈은 크고 잘생겼으나 생기가 없고 공허해 보였다. 내 생각에 그랬다.

옷 갈아입을 시간을 알리는 종이 울리자 사람들이 뿔뿔이 흩어졌다. 나는 만찬이 끝난 뒤에야 그 남자를 다시 보았다. 그는 마음이 매우 편안한 듯 보였다. 그러나 나는 그의 생김새가 더욱 마음에 들지 않았다. 생기도 없고 쓸데없이 주위를 두리번거리는 등 뭔가 불안해 보였다. 지금까지 본 적 없는 기이한 인상을 풍겼다. 잘생긴 데다 붙임성도 있어 보였지만 기분 나쁜 인상이었다. 달걀형의 매끈한 얼굴은 나약해 보였고, 매부리코와 버찌처럼 조그만 입술은 단호한 인상이 없었다. 심지어 낮은 이마는 자기 주관이 없어 보였고 멍한 갈색 눈동자는 자제력이 부족해 보였다. 나는 늘 앉는 구석 자리에 앉아 벽난로 위에 놓인 촛불에 환하게 비친 그를 바라보았다. 그는 난롯가에 바짝 갖다 놓은 높은 팔걸이의자에 앉아 추운 듯 몸을 웅크린 채 점점 더 불 가까이 다가갔다. 나는 그를 로체스터 씨와 비교해보았다. 내 생각에 (존경심을 갖고 말하지만) 두 사람은 마치 매끈한 거위와 매서운 독수리, 온순한 양과 날카로운 눈을 가진 개와 같았다.

그 남자는 로체스터 씨와 자신이 오랜 친구 사이라고 했다. 그들은 분명 묘한 친구 사이일 것이다. 실로 "양 극단은 만난다"라는 옛 말을 정확하게 보여주는 사례인 듯했다. 몇몇 신사가 그의 곁에 앉았고 그들이 주고받는 이야기가 내 귀에도 이따금 들렸다. 처음 이야기는 알아들을 수가 없었다. 가까이 있던 루이자 애슈턴과 메리 잉그램의 말소리 때문에 끊어질 듯 간간이 들려오는 남자들의 대화가 제대로 들리지 않았다. 그녀들은 낯선 손님에 대해 이야기하면서 그를 "꽃미남"이라고 불렀다. 루이자는 "사랑스러운 분"이라고 칭찬하며 그를 "흠모한다"고 말했다. 메리는 "작고 귀여운 입과 멋진 코"를 예로 들면서 자신이 매력적이라고 생각하는 이상형이라고 말했다.

"게다가 온순한 성품을 나타내는 이마 좀 보라고! 정말 매끈하지? 내가 정말 싫어하는 주름 하나 없어. 그리고 차분한 눈빛과 미소까지!"

루이자가 말했다.

그때 맞은편에 있던 헨리 린 씨가 연기되었던 헤이 마을 소풍에 대해 의논할 것이 있다면서 여자들을 불렀다. 나는 안도했다. 드디어 난롯가에 모인 사람들 이야기에 집중할 수 있었다. 나는 곧 낯선 손님의 이름이 메이슨 씨라는 것을 알게 되었다. 그는 열대 지방에서 이제 막 영국에 도착했다고 했다. 그 때문인지 안색이 좋지 않고 집 안에서도 외투를 입은 채 난롯가에 바짝 붙어 있는 것도 그 때문이었다. 자메이카니 킹스턴이니 스패니시타운 이야기가 나오는 걸로 보아 서인도제도에서 온 것을 알 수 있었다. 나는 그가 로체스터 씨와 거기서 처음 만나 친구가 되었다는 사실에 몹시 놀랐다. 그는 로체스터 씨가 서인도제도의 더위와 태풍, 우기를 싫어한다고 했다. 여행을 많이 다닌다는 사실은 페어팩스 부인한테 들어 익히 알고 있었지만, 유럽 내에서만 돌아다니는 줄 알았다. 훨씬 더 먼 나라까지 갔다는 이야기는 한 번도 들은 적이 없었다.

이런 생각에 잠겨 있는데 전혀 뜻밖의 사건이 일어나 생각의 끈이 끊어져 버렸다. 누군가 방문을 열자 덜덜 떨고 있던 메이슨 씨가 난로에 석탄을 더 넣어달라고 부탁했다. 아직 남은 석탄 덩어리가 빨갛게 달아 있긴 했지만 불길은 꺼져 있었다. 석탄을 가져온 하인이 방을 나가면서 치안판사인 애슈턴 씨 옆에서 걸음을 멈추고 나지막이 소곤거렸다. "노파가…… 아주 귀찮게……"라는 말이 들려왔다. 그러자 애슈턴 씨가 말했다.

"안 나가면 차꼬를 채우겠다고 해."

그러자 덴트 대령이 끼어들었다.

"아니, 잠깐만! 내보내지 말아요, 애슈턴. 어쩌면 쓸모가 있을지도 몰라. 부인과 상의해보자고."

그리고 대령은 큰 소리로 외쳤다.

"숙녀 여러분! 집시 캠프를 구경하러 헤이 공유지에 가기로 하지 않았습니까? 그런데 여기 있는 샘의 말이 하인들 방에 지금 집시 노파가 나타났다고 합니다. '귀하신 분들'의 점을 쳐드리겠다면서 버티고 있답니다. 한번 만나보시겠습니까?"

"대령님, 설마 그런 천한 사기꾼 편을 들어주시는 건 아니죠? 당장 쫓아버리세요!"

잉그램 부인이 외쳤다.

"부인, 아무리 나가라도 해도 말을 듣지 않습니다. 다른 하인들도 어쩌지 못하고 있습니다. 지금 페어팩스 부인이 곁에 앉아 제발 가라고 애원하시지만 난롯가 의자에 자리를 차지하고서는 여기로 오기 전에는 꼼짝도 하지 않겠다고 우기고 있습니다."

하인이 말했다.

"그럼 어쩌자는 거야?"

애슈턴 부인이 물었다.

"여러분의 점을 치겠다는 겁니다. 꼭 봐드리겠대요."

"어떻게 생겼어?"

애슈턴 자매가 동시에 물었다.

"끔찍하게 못생겼어요. 까마귀처럼 새카맣고요."

"그럼 진짜 마법사인가! 어서 불러봅시다!"

프레더릭 린이 소리쳤다.

"그래요. 이런 재미있는 기회를 놓치면 아까울 것 같은데요."

형제가 맞장구를 쳤다.

"애들은 도대체 무슨 생각인지?"

어머니 린 경 부인이 말했다.

"그런 허무맹랑한 짓은 저도 찬성할 수가 없네요."

잉그램 부인이 거들었다.

"하지만 허락해주세요. 저도 제 미래를 점쳐보고 싶어요. 샘, 그 노파를 들이라고 해요."

블랜치 잉그램 양이 피아노 의자를 휙 돌리며 거만하게 말했다. 지금까지 그녀는 아무 말 없이 악보만 뒤적이고 있었다.

"블랜치, 생각해봐……."

"알아요. 어머니가 하시는 생각은 저도 다 했어요. 하지만 해봐야겠어요. 샘, 얼른!"

"네, 좋아요! 좋아!"

젊은 신사 숙녀들이 모처럼 의견일치를 본 듯 외쳤다. 하인은 여전히 망설이며 말했다.

"생긴 게 흉해서……."

"어서 데려오라고!"

잉그램 양이 버럭 소리를 지르자 샘이 나갔다. 이내 사람들은 흥분하기 시작했다. 한바탕 야유와 농담이 오가는 가운데 샘이 돌아왔다.

"안 오겠답니다. 노파 말이 속물들 앞에 나타나기 싫다고 하네요. 자기를 다른 방으로 안내하고 점치고 싶은 사람은 한 분씩 오시라는데요."

샘이 말했다.

"거봐라, 우리 공주님. 노파는 이 집에 기어들어 올 생각이라고. 그러니 엄마 말 들어요, 천사 아가씨. 그리고……."

잉그램 부인이 딸을 설득하려고 했지만 그녀는 어머니의 말을 끊었다.

"당연히 서재로 안내해야지. 나도 속물들 앞에서 점을 보고 싶지는 않아. 나 혼자 듣겠어. 서재는 아직 좀 따뜻한가?"

"네, 아가씨. 그런데 어딘가 서툴러 보이는데요."

"잔말 말고 시키는 대로 해. 멍청이 같으니."

샘은 다시 나갔다. 사람들은 또다시 몹시 궁금해하면서 기대에 부풀어 신난 표정이었다.

"준비가 다 됐습니다. 어느 분이 처음으로 오실 건지 알려달랍니다."

샘이 다시 들어와 말했다.

"부인들이 가기 전에 내가 먼저 그 노파를 한번 보는 게 좋겠군. 샘, 신사 한 분이 간다고 전해줘."

덴트 대령이 말했다. 잠시 후 샘이 돌아왔다.

"남자 점은 안 본다고 합니다. 결혼하신 부인도 오실 필요가 없다고 하네요. 결혼 안 한 젊은 아가씨만 보겠답니다."

샘이 가까스로 웃음을 참으며 말했다.

"어이쿠! 까다롭기는!"

헨리 린이 소리쳤다. 그때 잉그램 양이 엄숙한 표정으로 일어섰다.

"제가 먼저 갈게요."

그녀는 선두에서 성벽을 기어올라 돌파구를 열려는 결사대 대장처럼 말했다.

"오, 귀여운 내 딸아! 사랑하는 내 딸, 블랜치! 그만둬라. 다시 생각해보렴!"

어머니의 애절한 말에 잉그램 양은 대꾸도 하지 않고 어머니 앞을 지나 덴트 대령이 열어준 문으로 나갔다. 그리고 서재 문을 열고 들어가는 소리가 들렸다. 한동안 조용했다. 잉그램 부인은 무슨 큰일이라도 난 듯 두 손을 비벼댔다. 메리는 감히 나설 엄두가 안 난다고 했다. 에이미와 루이자 애슈턴은 숨죽여 킥킥거렸지만 약간 겁먹은 듯한 표정이었다. 시간은 천천히 흘러갔다. 십오 분가량 지나자 서재 문이 다시 열렸다. 잉그램 양이 아치형 문을 지나 들어왔다. 그녀는 웃어넘길까? 그저 농담으로 받아넘길까? 호기심이 가득 찬 모두의 시선이 그녀에게로 향했다. 그러자 그녀는 뚱한 표정과 차가운 눈빛으로 사람들을 보았다. 당황하거나 즐거워하는 기색도 아니었다. 그녀는 한 마디도 하지 않고 터벅터벅 걸어와 자리에 앉았다.

"블랜치, 그래 뭐라고 해?"

잉그램 경이 물었다.

"언니, 뭐래?"

메리가 물었다.

"어땠어? 기분이 어때? 진짜 점쟁이 맞아?"

애슈턴 자매가 물었다. 잉그램 양이 대답했다.

"네, 네, 여러분. 재촉하지 마세요. 궁금한 것도 많고 믿기도 잘하는 여러분의 머리는 흥분도 쉽게 하네요. 여러분뿐 아니라 어머니까지 이 일을 진지하게 생각하는 걸 보니 이 집에 악마와 손잡은 진짜 마녀가 왔다고 생각하시나 봐요. 제가 만난 사람은 그냥 떠돌이 집시였어요. 손금이나 보고 흔히들 하는 말이나 지껄이던데요. 제가 궁금해한 건 풀렸어요. 아까 애슈턴 씨가 검주시던 대로 내일 아침에 저 할망구한테 차꼬나 채워버렸으면 좋겠네요."

잉그램 양은 책을 들고 의자에 기대앉았다. 그리고 더는 말을 하지 않으려 했다. 나는 거의 삼십 분이나 잉그램 양을 지켜 보고 있었지만 그녀는 책장을 단 한 장도 넘기지 않았다. 시간 이 갈수록 안색이 점점 어두워지더니 못마땅하고 실망한 기색 이 역력했다. 분명 좋지 않은 이야기를 들은 듯했다. 침울해져 말도 없이 앉아 있는 것으로 보아 말과 달리 집시의 말을 심각 하게 받아들이는 듯했다.

메리와 에이미, 루이자는 혼자서는 도저히 못 가겠다면서도 모두 점을 보고 싶어 했다. 그러자 샘의 중재로 협상이 시작됐 다. 응접실과 서재를 왔다 갔다 하느라 샘의 다리가 아파올 무 렵에야 마침내 까다로운 점쟁이 노파한테서 세 사람이 같이 와 도 좋다는 허락을 어렵사리 받아냈다. 잉그램 양이 들어갔을 때와 달리 그들 셋이 들어가자 소란스러워졌다. 서재에서 신경 질적으로 킥킥대는 웃음소리와 가느다란 비명이 새어나왔다. 대략 이십 분이 지나자 그들이 문을 벌컥 열고 반쯤 정신이 나 간 사람들처럼 홀을 가로질러 뛰어 들어왔다. 세 사람은 동시 에 외쳤다.

"저 점쟁이는 보통이 아냐! 다 알아맞혔어. 우리에 대해 전부 알고 있어!"

헐떡거리며 들어온 그녀들은 남자들이 얼른 가져다준 의자에 털썩 주저앉았다. 자세히 말해보라고 재촉하자 그녀들은 자신 들이 아주 어렸을 때 했던 말이나 행동들을 노파가 다 알아맞히고, 자신들 집 서재의 책이나 장식품뿐 아니라 친척들한테 받은 기념품까지 꿰고 있다고 했다. 또 그녀들의 마음속을 들여다보고는 각자의 귀에다 대고 그녀들이 세상에서 가장 좋아하는 사람의 이름과 바라는 소원을 알아맞혔다고도 했다.

그러자 신사들은 좋아하는 사람과 소원을 말해보라고 다그쳤다. 아가씨들은 얼굴이 발갛게 달아올라 소리를 지르고 몸을 떨더니 킥킥거릴 뿐이었다. 한편 나이 지긋한 부인들은 자신들이 어르고 달래며 만류하는데도 듣지 않는다며 걱정하는 말을 연신 주고받았다. 나이 많은 신사들은 껄껄 웃었고 젊은 남자들은 아가씨들의 두근거리는 마음을 가라앉혀주려고 부산하게 움직였다. 소란스러운 장면에 온 정신을 빼앗긴 채 가만 앉아 있는데 바로 옆에서 기침 소리가 났다. 돌아보니 샘이 서 있었다.

"선생님, 실례합니다. 집시가 이 방에서 결혼하지 않은 아가씨 한 명이 아직 안 왔다면서 젊은 여자분들이 점을 다 치기 전까지는 돌아가지 않겠다고 하네요. 선생님을 말하는 것 같은데, 어떻게 할까요?"

"아, 그러면 가봐야죠."

나는 흔쾌히 허락했다. 뜻하지 않게 궁금증을 풀 기회가 주어져 오히려 기뻤다. 방 안에 있는 사람들이 모두 방금 돌아와 벌벌 떨고 있는 세 아가씨를 둘러싸고 소란을 떨고 있는 사이에 살그머니 방을 빠져나와 조용히 문을 닫았다.

"원하시면 제가 홀에서 기다려드릴게요. 노파가 겁을 주면 바로 부르세요. 들어갈게요."

샘이 걱정스러운 표정으로 말했다.

"아니에요, 샘. 부엌으로 가요. 하나도 안 무서워요."

나는 전혀 무섭지 않았다. 오히려 꽤 흥미롭고 흥분됐다.

제19장

내가 들어갔을 때 서재는 매우 조용했다. 진짜 점쟁이인지 아닌지 모를 그 노파는 난롯가의 안락의자에 편안히 앉아 있었다. 빨간 외투를 입고 검은 모자를 썼다. 모자에 줄무늬 손수건이 달려 있어 턱 아래를 묶는 챙이 넓은 집시 모자였다. 탁자 위의 촛불은 꺼져 있었고 노파는 난롯불 가까이 몸을 숙이고 그 불빛으로 기도서 같은 작은 책을 읽고 있었다. 노파들이 대부분 그렇듯 입 안에서 중얼거리며 책을 읽었다. 내가 들어갔는데도 노파는 책 읽기를 멈추지 않았다. 한 구절을 마저 다 읽고 싶은 듯했다.

나는 카펫 위에 서서 손을 녹였다. 응접실에서는 난로에서 멀리 떨어져 앉아 있어 손이 시렸다. 지금 나는 그 어느 때보다 침착했다. 짐시 노파의 모습이 전혀 무섭지 않았다. 노파는 책을 덮고 천천히 고개를 들었다. 모자챙에 얼굴 한쪽이 가려졌지만 기묘하게 생겼다는 것은 알 수 있었다. 얼굴 전체가 갈색과 검은 색이었다. 턱 밑에 하얀 손수건 아래로 삐져나온 헝클어진 머리카락이 턱을 지나 뺨을 절반이나 덮고 있었다. 그 눈이 과감하게 나를 똑바로 쳐다봤다.

"그래, 점을 보고 싶은가?"

눈빛만큼 단호한 목소리였다.

"할머니, 저는 상관없으니까 마음대로 하세요. 미리 말씀드리지만 저는 그런 걸 믿지 않아요."

"말도 건방지게 하는군. 그럴 줄 알았다니까. 문턱을 넘어 들어오는 발소리만 듣고도 알아챘지."

"그래요? 귀가 밝으시네요."

"그럼. 눈도 밝고 머리도 빨리빨리 돌아."

"장사하려면 그러서야겠지요."

"그래, 아가씨 같은 손님을 상대할 때는 특히나 필요하다고. 그런데 아가씨는 왜 떨지 않는 거지?"

"춥지 않으니까요."

"얼굴이 창백해지지도 않고."

"아프지 않아서요."

"점을 봐달라고 하지도 않는군?"

"저는 바보가 아니에요."

노파는 챙 넓은 모자와 턱 아래 묶은 손수건 아래서 킬킬대며 웃었다. 그리고 짧은 검은색 파이프를 꺼내 불을 붙이고 담배를 피우기 시작했다. 한참 동안 이 진정제를 만끽하던 노파가 굽어 있던 몸을 일으키고 파이프를 입에서 떼더니 난롯불을 응시하며 천천히 입을 뗐다.

"당신은 춥고 아파. 그리고 바보야."

"증명해보세요."

나는 심드렁하게 대꾸했다.

"몇 마디면 돼. 당신이 추운 건 외롭기 때문이야. 당신 가슴 속에 있는 불꽃을 활활 타오르게 해줄 상대가 없어. 당신은 아파. 인간에게 주어진 가장 숭고하고 달콤한 최고의 감정과 동떨어져 있으니까. 그리고 당신은 바보야. 괴로워할망정 그 감정을 끌어당기지도 않고 당신을 기다리는 감정에 단 한 발짝도 다가가지 않으니 말이야."

노파는 다시 파이프를 입에 물더니 힘주어 빨았다.

"할머니는 대저택에 고용되어 혼자 사는 사람들한테는 다 그렇게 말하시겠죠."

"누구에게나 그렇게 말할 수는 있지만 누구한테나 맞는 이야기는 아니지."

"저 같은 경우에는 맞고요."

"그렇지. 당신 같은 경우면 딱 맞지. 하지만 당신과 똑같은 상황에 있는 사람이 또 있나?"

"아마 수천 명은 될걸요."

"한 명도 못 찾을걸. 자기가 얼마나 독특한 상황에 있는지 안다면 말이야. 행복이 가까이에 있어. 손만 뻗으면 잡을 수 있지. 행복해질 수 있는 조건은 전부 갖췄어. 이제는 그것들을 하나로 모으기만 하면 돼. 운명이 그것들을 떨어뜨려 놓았거든. 그걸 한데 모으면 행복이 찾아올 거야."

"저는 수수께끼를 잘 못 풀어요. 한 번도 답을 맞힌 적이 없어요."

"손금을 보여줘 봐. 좀 더 쉽게 말해주지."

"돈을 내라는 뜻이죠?"

"당연하지."

나는 1실링을 건넸다. 노파는 호주머니에서 낡은 양말을 꺼내 동전을 넣고 꽁꽁 묶은 다음 다시 집어넣었다. 그녀가 손을 내밀어보라고 했다. 내가 손을 내밀자 그녀는 가까이 다가와서는 손바닥을 만지지는 않고 들여다보기만 하면서 말했다.

"예쁜 손이군. 이런 손금은 읽을 수가 없어. 손금이 거의 없거든. 게다가 손바닥에 뭐가 있겠어? 운명은 거기에 쓰여 있지 않아."

"저도 그렇게 생각해요."

"아니, 운명은 얼굴에 쓰여 있지. 이마와 눈가, 입술 선에. 무릎을 꿇고 고개를 들어봐."

"아, 이제야 현실적으로 들리기 시작했어요. 이제 할머니 말을 좀 믿을 수 있을 것 같아요."

나는 노파에게서 50센티미터쯤 떨어진 곳에 무릎을 꿇었다. 그녀가 난롯불을 뒤적거리자 불꽃이 확 살아났다. 환한 빛이 내 얼굴을 비췄지만 자리에 앉아 있는 노파의 얼굴에는 더 짙은 그늘이 드리워졌다.

노파는 한참 동안 내 얼굴을 들여다보더니 말했다.

"오늘밤 무슨 생각을 하면서 여기로 왔지? 환등기에 비친 형체들처럼 눈앞을 스쳐 지나다니는 화려한 사람들과 저 방에 앉아 있는 내내 무슨 생각이 들었을까? 당신은 그들과 교감하면서 대화를 나눌 수 없지. 저들이 살아 있는 사람이 아니라 그저 사람 형상을 한 그림자인 것처럼 말이야."

"자주 지루하고 졸렸지만 슬프지는 않았어요."

"그렇다면 미래에 대한 속삭임으로 기분을 들뜨고 기쁘게 해주는 비밀스러운 희망이라도 있나?"

"아니요. 가장 큰 희망은 열심히 번 돈을 저축해 언젠가 내 힘으로 빌린 조그만 집에 학교를 세우는 거예요."

"영혼이 살아가기에는 자양분이 부족하군. 저 창가 쪽에 앉아서……. 나는 당신의 습관도 알고 있지."

"하인한테서 들었죠?"

"오, 영리한 체를 하는군. 뭐, 그랬을지도 모르지. 사실 하인들 가운데 아는 사람이 있긴 해. 풀 부인이라고."

그 이름을 듣고 나는 벌떡 일어섰다.

'당신이…… 당신이 안다고? 역시 뭔가 미심쩍었어!'

나는 마음속으로 생각했다.

수상한 노파가 계속해서 말을 이었다.

"너무 놀라지 말아요. 풀 부인은 믿을 만한 사람이야. 입이 무겁고 침착해서 누구나 믿을 수 있지. 그런데 당신은 창가 자리에 앉아 앞으로 세울 학교 생각만 했나? 눈앞에 소파나 의자를 차지하고 앉아 있는 사람들 가운데 관심 가는 사람이 없었나? 얼굴을 바라보지 않아도 호기심을 갖고 일거수일투족을 곤두세우고 있는 사람이 없었나?"

"저는 거기에 있는 모든 사람의 얼굴과 행동을 쳐다봐요."

"하지만 그중 딱 한 사람을 골라낸 적이 없었나? 아니면 두 사람?"

"자주 그래요. 두 사람의 표정이나 모습이 한 가지 이야기를 하는 듯 보이면요. 쳐다보고 있으면 재미있어요."

"어떤 이야기가 가장 재미있지?"

"뭐, 고를 것도 없어요. 거의 같은 이야기죠. 연애 말이에요. 그리고 하나같이 결혼이라는 재앙을 맞는 걸로 끝나요."

"그런 단조로운 이야기를 좋아하나?"

"관심 없어요. 저하곤 상관없는 일이거든요."

"상관이 없다고? 젊고 생기 있고 건강한 데다가 지위와 재산까지 갖추고 있는 아름답고 매력적인 아가씨가 한 신사의 눈앞에 앉아 미소 짓고 있는데도 말이오. 당신이……."

"제가 뭐요?"

"당신이 알거나 혹시 좋아하는 사람 앞에서 말이오."

"저는 여기 있는 신사들을 몰라요. 거의 말 한 마디 못 해봤고요. 어떻게 생각하느냐고 묻는다면 어떤 분은 점잖고 당당한 중년 신사고 또 어떤 분들은 젊고 패기 넘치는 미남이라고 생각해요. 하지만 틀림없이 신사분들 모두 자유롭게 자기가 좋아하는 숙녀의 미소를 받을 수 있을 거예요. 그리고 저는 그런 것에 신경 쓰지 않고요."

"여기 있는 신사들을 모른다고? 그중 아무와도 단 한 마디도 나눠보지 않은 건가? 그럼 이 집 주인과도?"

"이 저택의 주인은 지금 집에 안 계세요."

"심오한 말이야. 절묘하게 둘러대는군. 주인은 오늘 아침 밀코트에 가셨고 오늘 밤이나 내일 돌아오시겠지. 그렇다고 아는 사람 명단에서 그분을 빼버리다니? 마치 이 세상에 없는 사람처럼 지워버리는 거야?"

"아니에요. 지금 할머니가 하신 말씀과 로체스터 씨가 무슨 상관인지 모르겠어요."

"나는 남자들에게 미소를 보내는 숙녀들 이야기를 하는 거야. 요즘 로체스터 씨의 눈에 너무 많은 미소가 흘러들어 가는 바람에 찰랑찰랑 넘치기 직전인 두 개의 잔처럼 그분 눈가에도 미소가 넘쳐흐르는 것 같거든. 그건 못 봤나?"

"로체스터 씨는 손님들과 즐겁게 보낼 권리가 있어요."

"그분의 권리 이야기를 하자는 게 아니야. 요즘 이 집에서 시도 때도 없이 가장 활발하게 로체스터 씨의 결혼 이야기가 흘러나오는데 전혀 못 들었어?"

"열심히 들어줘야 말이 많아지는 법이니까요."

이건 집시 노파가 아니라 나 자신에게 하는 말이었다. 이때 노파의 기괴한 말투와 몸짓에 나는 꿈속에서 있는 듯했다. 예상치 못한 말들이 그녀의 입에서 계속 쏟아져나오더니 마침내 나는 신비로운 거미줄에 걸린 것이다. 지난 몇 주일 동안 눈에 보이지 않는 요정이 옆에 앉아 내 심장의 고동을 하나하나 기록하고 심장 뛰는 것을 지켜본 것이 아닌가 싶을 정도였다.

"열심히 들어주면? 그렇군. 로체스터 씨는 몇 시간이고 앉아서 즐겁게 이야기하는 매력적인 입술에 귀를 기울였지. 로체스터 씨는 기꺼이 듣고 있었고 그런 즐거움이 주어져 감사해하는 듯했는데, 당신은 느끼지 못했나?"

노파가 말했다.

"감사했다고요? 얼굴에서 감사해하는 기색을 전혀 보지 못했는데요."

"보지 못했다고! 그러면 그의 얼굴을 샅샅이 살피긴 했다는 말이군. 그럼 감사하지 않았다면 어떤 표정이던가?"

나는 대꾸하지 않았다.

"사랑을 보았군, 그렇지? 그리고 앞으로 있을 그분의 결혼과 행복한 신부를 본 거지?"

"말도 안 돼요. 당신 점괘도 틀릴 때가 있네요."

"그럼 뭘 봤지?"

"신경 쓰지 마세요. 저는 여기 물어보러 왔지 고백하러 온 게 아니니까요. 로체스터 씨가 결혼한다면서요?"

"물론이지. 아름다운 잉그램 양하고."

"곧 하나요?"

"보아하니 금방 할 듯하더군. 틀림없이 가장 행복한 한 쌍이 될 거야. 당신은 뻔뻔하게 그걸 의심하고 있군. 이제 그 뻔뻔함을 고쳐요. 그분이 그렇게 아름답고 고결하고 재치 넘치고 재주 많은 아가씨를 사랑하는 건 당연한 일이지. 아가씨도 마찬가지일 거고. 그분 자체가 아니라 해도 적어도 재산은 사랑하겠지. 잉그램 양이 로체스터 씨의 재산을 보고 결혼 생각을 한다는 걸 알고 있지. 한 시간쯤 전에 잉그램 양에게 재산 이야기를 해줬더니 그녀가 놀라울 정도로 우울한 표정을 짓더군. 하느님, 용서해주소서. 입 꼬리가 아래로 축 처지더군. 그 아가씨의 가무잡잡한 구혼자에게 조심하라고 일러줘야지. 다른 사람이 더 길고 확실한 재산 목록을 가지고 나타나면 금방 밀려날 테니까."

"할머니, 저는 로체스터 씨의 점을 보러 온 게 아니에요. 제 점을 보러 왔다고요. 그런데 지금까지 제 이야기는 하나도 안 해주셨잖아요."

"당신 점괘는 아직 확실치가 않아. 얼굴을 살펴보면 한 부분이 다른 부분과 상반되거든. 운명의 신은 당신 몫으로 작은 행복을 줬어. 그건 내가 알지. 아주 조심스럽게 당신을 위해 한쪽에 떼어놓는 걸 봤다고. 손을 뻗어 그걸 잡을지는 당신한테 달려 있지. 그걸 당신이 잡을지 말지를 내가 봐주지. 카펫 위에 다시 한 번 무릎을 꿇고 앉아봐."

"너무 오래 걸리지 않았으면 좋겠어요. 얼굴이 난롯불에 그을릴 것 같아요."

나는 무릎을 꿇고 앉았다. 노파는 내 쪽으로 상체를 숙이지도 않고 의자에 기대앉아 나를 그저 가만히 바라보기만 했다. 그러고는 중얼거리기 시작했다.

"눈동자 속에 불꽃이 일렁이고 눈은 이슬처럼 반짝거리는군. 부드러운 눈빛에는 풍부한 감정이 담겨 있고, 내가 횡설수설해도 미소를 지어주지. 맑은 눈동자에는 여러 가지 감정이 끊임없이 떠올라 미소가 사라지면 슬픔이 어리고 눈가에는 권태가 깃들어 있어. 외로워서 우울해지는 거지. 시선이 나를 피하는군. 더는 탐색하지 못하게 하려는 거지. 벌써 진심을 읽었는데도 비웃는 듯한 눈빛으로 애써 부정하는 듯해. 감정이 풍부하고 우울하다는 내 말을 부인하고, 자존심이 세고 신중하다는 것만 인정하는군. 훌륭한 눈이야.

입을 얘기하자면 머리로 생각한 것은 무엇이든 이야기하려 하지만 마음으로 느낀 것은 거의 입에 담지 않는군. 자유롭게 움직이고 변화하는 입술을 영원히 고독하게 침묵하도록 할 수는 없을 거야. 많이 떠들고 자주 웃고 상대한테 인간적인 애정을 가져야 해. 입술도 적당하군.

당신 팔자에 가장 큰 골칫거리는 이마야. 이마가 이렇게 말하고 있어. '자존심과 환경 때문에 어쩔 수 없다면 혼자 살 수 있어. 행복을 사겠다고 영혼을 팔 수는 없지. 나한테는 타고난 보물이 있어. 외부의 즐거움이 모두 가로막히고 내가 감당할 수 없는 대가를 요구하더라도 이 보물만 있으면 난 살아갈 수 있어.' 이렇게도 외치는군. '흔들리지 않는 이성이 나를 지배하고 있어. 그러니 감정이 터져 나와 깊은 낭떠러지로 몰고 갈 수 없게 할 거야. 열정이 진짜 야만인처럼 미쳐 날뛰고 욕망은 온갖 헛된 꿈을 그릴지 몰라. 하지만 판단력이 마지막으로 모든 것에 대한 결론을 내릴 거야. 그리고 선택하겠지. 폭풍이 일고

지진이 나고 화재가 발생해도 나는 양심의 명령에 따르는 저 조곤조곤한 목소리를 따르겠어.'

이마여, 말을 잘했군. 그 말을 존중하겠어. 나는 양심과 이성의 조언을 고려해 계획도 세웠지. 옳은 계획이라고 믿어. 행복이 내민 술잔 속에 수치심이나 회한이 약간이라도 들어 있다면 순식간에 청춘은 사라지고 꽃이 시든다는 걸 알고 있어. 나는 희생이나 슬픔, 죽음을 원치 않아. 내 취향이 아니지. 나는 돌봐주고 싶지 망가뜨리고 싶진 않아. 나는 보답을 받고 싶지 피눈물, 아니 그냥 눈물도 흘리게 하고 싶지 않아. 미소 짓고 애정을 담은 말을 건네며 즐겁게 결실을 맺을 거야. 그거면 충분해. 내가 아주 아름다운 망상을 하면서 지껄이고 있었군. 지금이 순간이 영원히 계속되면 좋겠지만 감히 그렇게 바랄 순 없겠지. 지금까지 나는 철저히 스스로를 자제했소. 내가 하기로 맹세한 행동만 해왔지. 하지만 더는 힘에 부치는군. 에어 양, 일어나요. 그리고 이 방에서 나가시오. 이제 연극은 끝났소."

여긴 어디지? 내가 깨어 있었나? 꿈을 꾸었나? 노파의 목소리가 변했다. 그녀의 말투나 행동, 모든 것이 거울 속의 내 얼굴을 보듯 낯이 익었다. 마치 내 입으로 말하고 있는 듯했다. 일어서긴 했지만 나는 나가지 않았다. 노파를 살펴봤다. 난롯불을 뒤적인 뒤 다시 한 번 보았다. 노파는 모자를 얼굴 쪽으로 바짝 잡아당기며 내게 나가라고 손짓했다. 난로 불빛이 노파의 손을 비췄다. 정신을 차린 나는 뭔가 발견할 기회를 노리며 그 손을 살펴봤다. 그것은 더 이상 노인의 쭈글쭈글한 손이 아니었다. 둥글고 탄력 있는 손, 균형 잡힌 부드러운 손가락이었다. 새끼손가락에 낀 굵은 반지가 반짝거렸다. 나는 앞으로 고개를 숙여 손을 살폈다. 전에 수도 없이 봤던 보석이었다. 다시 얼굴을 쳐다보았다. 상대는 고개를 돌리지 않았다. 오히려 끈을 풀어 모자를 벗고 고개를 내밀었다.

"제인, 나를 알아본 거요?"

익숙한 목소리였다.

"그 붉은 망토를 벗어보세요. 그리고…….."

"끈이 엉켜버렸소. 도와주시오."

"잘라버리세요."

"그렇다면 빌린 옷아, 가버려라!"

로체스터 씨는 망토를 벗어던졌다.

"이게 무슨 해괴한 생각이에요."

"성공했지 않소? 그렇지?"

"아가씨들에게는 그랬겠지요."

"당신은 아니고?"

"저한테는 집시인 척하신 게 아니잖아요."

"그러면 내가 누구인 척했다는 거요? 나 자신?"

"아뇨, 뭔지 설명할 순 없어요. 어쨌든 저한테서 뭔가를 끌어

내려고, 아니 끌어들이려고 했잖아요. 말도 안 되는 소리로 제가 말도 안 되는 소리를 하도록 만들려고 했죠. 이건 옳은 행동이 아니에요."

"제인, 용서해줄 거요?"

"좀 더 생각해보기 전에는 모르겠어요. 돌이켜봐서 제가 크게 실수하지 않았으면 용서해드릴게요. 하지만 정말 이건 옳지 않은 짓이에요."

"당신은 아주 올바르고 현명하게 처신했소. 매우 신중하고 합리적이었지."

돌이켜 생각해보니 대체적으로 그랬던 것 같다. 사실 재미도 있었다. 하지만 나는 거의 시작부터 경계하고 있었다. 왠지 상대가 뭔가 감추고 있다는 의심이 들었다. 나는 집시나 점쟁이들이 그 노파처럼 느낀 것을 표현하지 않는다는 사실을 알았다. 더구나 목소리를 꾸며내며 얼굴을 감추려고 전전긍긍하는 것도 눈치 챘다. 그러나 나는 그레이스 풀이 아닐까 생각했다. 그녀는 내게 살아 있는 수수께끼이자 미스터리 중에서도 미스터리였기 때문이다. 로체스터 씨일 거라고는 짐작도 하지 못했다.

"무슨 생각을 하는 거요? 도대체 그 심상치 않은 미소는 무슨 뜻이오?"

로체스터 씨가 물었다.

"놀라면서 자축하고 있는 거예요. 이제 나가봐도 되죠?"

"아니, 조금만 더 있다가. 저기 응접실에 있는 손님들이 뭐하고 있는지 알려주시오."

"집시 이야기를 하겠죠."

"앉아봐요. 어떤 이야기를 했는지 알려줘요."

"너무 오래 있지 않는 게 좋겠어요. 벌써 열한 시가 다 됐을 거예요. 아, 참! 아침에 떠나신 뒤에 낯선 신사 한 분이 오셨어요. 아세요?"

"낯선 신사? 몰랐소. 누구지? 오기로 한 사람이 없는데. 돌아갔소?"

"아뇨. 오랜 친구 사이라면서 실례지만 돌아오실 때까지 기다리겠다고 하던데요."

"그랬다고? 자기 이름은 밝혔나?"

"메이슨 씨라고 하셨어요. 서인도제도 자메이카의 스패니시 타운에서 오셨다고."

이때 로체스터 씨는 내 곁에 서 있었다. 나를 의자로 데리고 가려 했는지 내 손을 잡고 있었다. 그런데 내 말을 듣고 나서 그는 손을 부들부들 떨더니 내 손을 꽉 움켜쥐었다. 입가의 미소도 사라졌다. 경련이 일어나 숨이 턱 막혀버린 것 같았다.

"메이슨! 서인도제도!"

그는 마치 한 단어만 말하는 기계 같은 말투로 외쳤다.

"메이슨! 서인도제도!"

그는 이 말을 세 번이나 반복했고 얼굴은 점점 잿빛으로 변했다. 자신이 뭘 하고 있는지도 모르는 듯했다.

"어디 편찮으세요?"

내가 물었다.

"제인, 지난번에 어깨를 빌려주겠다고 했지. 이번에 그것을 빌려도 되겠소?"

"네, 그럼요. 제 팔도 잡으세요."

그는 의자에 앉더니 나도 자기 옆에 앉혔다. 두 손으로 내 손을 잡고 비볐다. 그러면서 매우 불안하고 서글픈 표정으로 나를 바라봤다.

"내 작은 친구여, 우리 둘만 조용한 섬에 있으면 좋겠소. 골 칫거리나 위험 같은 것도 없고 끔찍한 기억도 다 사라지면 얼마나 좋을까."

그가 말했다.

"제가 도울 수 있는 일이 있나요? 필요하다고 하시면 목숨도 바칠게요."

"제인, 도움이 필요하면 꼭 당신에게 청하겠소. 약속하리다."

"고마워요. 뭘 해야 할지만 알려주세요. 최대한 애써볼게요."

"우선 식당에서 와인 한 잔만 가져다주시오. 손님들은 밤참을 먹고 있을 거요. 메이슨이 거기에 있는지, 지금 뭘 하는지도 말해줘요."

나는 식당으로 갔다. 로체스터 씨의 말대로 모두 식당에서 밤참을 먹고 있었다. 하지만 다들 식탁에 앉아 있지는 않았다. 밤참은 탁자 위에 차려져 있었다. 손님들은 각자 접시나 유리 잔에 음식을 골라 담아 손에 들고 여기저기 삼삼오오 모여 서 있었다. 다들 매우 즐거워 보였다. 웃고 떠드는 소리에 활기가 넘쳤다. 메이슨 씨는 난롯가에서 덴트 대령 부부와 이야기를 나누고 있었는데 다른 사람들처럼 즐거워 보였다. 나는 포도주를 잔에 따라 가지고 서재로 돌아왔다. 그 모습을 잉그램 양이 인상을 찌푸리며 지켜보았다. 그녀는 내가 무례한 짓을 한다고 생각했을 것이다.

백짓장처럼 창백하던 안색이 평소대로 돌아왔지만 로체스터 씨는 여전히 심각한 표정을 짓고 있었다. 그는 포도주 잔을 받아 들었다.

"봉사의 요정인 당신의 건강을 위해 건배!"

그는 포도주를 들이켜고 빈 잔을 돌려주었다.

"제인, 다들 뭐하고 있소?"

"웃으면서 이야기하고 계셨어요."

"다들 이상하거나 심각해 보이지는 않았소? 괴상한 이야기라도 들은 것처럼 말이오."

"전혀요. 다들 농담하고 유쾌한 분위기였어요."

"메이슨은?"

"그분도 웃고 계셨어요."

"저 사람들이 다 같이 몰려와 내게 침을 뱉는다면 당신은 어떻게 하겠소?"

"방에서 내쫓아버려야죠. 할 수만 있다면요."

로체스터 씨가 희미하게 미소를 지었다.

"하지만 내가 저 사람들 앞에 나타났을 때 다들 나를 차갑게 외면하고 비웃는다면? 그러면서 자기들끼리 수군거리다가 한 명 한 명 나가버려 결국 나 혼자만 남겨진다면 그때는 어쩌겠소? 당신도 같이 나갈 거요?"

"안 그럴 것 같아요. 저는 그 방에 함께 남아 있겠어요."

"나를 위로하려고?"

"네. 제가 할 수 있는 한 온 힘을 다해 위로하려고요."

"그런데 사람들이 내 곁에 있지 못하게 한다면?"

"저는 아마 사람들이 그렇게 하는지도 모를 거예요. 알게 된다고 해도 전혀 상관하지 않겠어요."

"그럼 나를 위해 세상의 비난을 무릅쓸 수 있다는 거요?"

"저는 그럴 만한 친구를 위해서라면 비난 같은 건 감수할 수 있어요. 특히 당신 같은 분이면 당연히 그래야죠."

"이제 응접실로 돌아가요. 조용히 메이슨에게 가서 귓속말로 로체스터 씨가 돌아왔고 만나고 싶어 한다고 전해요. 그다음 그를 여기로 안내해주고 돌아가요."

386

"네."

나는 시키는 대로 했다. 손님들은 내가 망설이지 않고 그들 사이를 지나치자 모두 나를 빤히 쳐다봤다. 나는 곧바로 메이슨 씨에게 다가가 로체스터 씨의 말을 전한 다음 그를 서재로 안내한 뒤 2층으로 올라갔다.

밤이 깊었다. 침대에 누운 뒤 꽤 늦은 시각이 되어서야 손님들이 각자 침실로 들어가는 소리가 들렸다. 그 가운데 로체스터 씨의 목소리도 들렸다.

"메이슨, 이쪽이야. 여기가 자네 방일세."

그의 목소리는 활기찼다. 밝아진 그의 말투를 듣자 내 마음이 한결 편해졌다. 그리고 이내 잠이 들었다.

제20장

그날은 침실에 커튼을 치고 창문의 덧문을 내리는 걸 깜빡했다. 유난히 하늘이 맑게 개어 있던 그날 밤, 휘영청 밝은 보름달이 내 방 유리창 너머까지 비추는 바람에 나는 그 빛에 눈이부셔 잠에서 깼다. 한밤중에 일어나 눈을 뜨니 은백색의 둥근달이 보였다. 아름다우면서도 몹시 경건했다. 나는 몸을 반쯤일으켜 팔을 뻗어 커튼을 치려고 했다.

그런데 그때 귀청이 찢어질 듯 날카롭고 거친 비명 소리가 손필드 저택에 울려 퍼졌다. 그와 동시에 그날 밤의 고요와 평온함도 모두 깨지고 말았다.

맙소사! 이게 웬 비명 소리지.

맥박이 뛰지 않고 심장도 멎어버린 듯했다. 뻗었던 팔도 마비된 듯 움직이지 않았다. 비명은 그쳤다. 누가 그랬건 사람이라면 그렇게 무시무시한 비명을 연달아 지르지는 못할 것이다. 안데스 산맥에 사는 커다란 날개를 가진 콘도르도 구름으로 뒤덮인 봉우리 속에서 두 번 연속해서 그렇게 울부짖을 수는 없을 것이다. 그처럼 온 힘을 다해 소리 지르고 나면 한동안 쉬지 않고는 또 그렇게 소리 지를 수 없을 테니까.

비명 소리는 3층에서 들려왔다. 그렇다, 바로 내 머리 위에서 나는 소리였다. 내 방 바로 위층에서 이번에는 다투는 소리가 들려왔다. 소리로 미루어보아 격렬한 싸움인 듯했다. 그러더니 반쯤 숨이 막힌 목소리도 들렸다.

"사람 살려! 사람 살려! 사람 살려!"

다급한 듯 세 번이나 외쳤다.

"아무도 없어?"

누군가 외치더니 거칠게 비틀거리며 발을 쿵쿵 구르는 소리가 계속됐다. 그리고 회반죽을 바르고 널빤지를 덧댄 벽을 통해 이런 소리가 들렸다.

"로체스터! 로체스터! 제발 좀 와줘!"

어느 침실 문이 열리고 누군가 복도를 달려갔다. 아니 돌진하고 있었다.

이번에는 쿵쿵 뛰는 소리가 머리 위 3층 바닥에서 들렸다. 그러자 쿵 하고 무언가 넘어지더니 잠잠해졌다.

나는 무서워서 온몸이 부들부들 떨렸지만 아무 옷이나 걸치고 방에서 뛰쳐나갔다. 자고 있던 사람들은 비명을 지르거나 잠에서 깨어 겁에 질려 수군거리고 있었다. 차례로 방문이 열리더니 사람들이 하나둘 나와 어느새 복도를 가득 채웠다. 신사와 부인들도 방에서 나왔다.

"그게 뭐였지?", "누가 다쳤소?", "무슨 일이오?", "촛불을 가져와요!", "불이라도 났나?", "도둑이 들었소?", "어디로 가야 하지?" 등 사방팔방에서 떠들어대는 소리가 들렸다. 달빛이 없었더라면 모두 칠흑 같은 어둠 속에 서 있었을 것이다. 모두 이리저리 정신없이 뛰어다니다 한데 모여서는 넘어지고 난리법석이었다. 이 소란에서 쉽게 벗어날 수 없을 것 같았다.

"도대체 로체스터 씨는 어디 있는 거지?"

덴트 대령이 소리쳤다.

"침대에도 없던데."

"여기 있소! 여기! 다들 진정하세요. 가고 있습니다."

외치는 소리가 들렸다.

그러더니 복도 끝에 있는 문이 열리면서 로체스터 씨가 촛불을 들고 나타났다. 막 3층에서 내려오고 있었다. 한 여성이 곧장 그에게 달려가 팔을 붙잡았다. 잉그램 양이었다.

"무슨 끔찍한 일이라도 생겼나요? 얼른 알려주세요. 무서운 이야기더라도 당장 해주세요."

"잡아당기거나 숨 막히게는 하지 말아 주시오."

로체스터 씨가 대답했다. 애슈턴 자매가 그에게 달려가 매달렸고 헐렁한 흰 잠옷을 입은 두 미망인은 돛을 활짝 펼친 배처럼 전속력으로 그에게 달려갔다.

"괜찮아요! 괜찮아!"

로체스터 씨가 외쳤다.

"이건 그냥 《헛소동》(셰익스피어의 희곡—옮긴이)의 예행 연습일 뿐입니다. 여러분, 물러서세요. 그러지 않으면 무시무시한 꼴을 보게 될 겁니다."

이렇게 말하는 그의 표정은 정말 험악했다. 검은 눈에 불꽃이 일고 있었다. 애써 감정을 억누르고 마음을 가다듬은 그는 이렇게 덧붙였다.

"하녀 하나가 악몽을 꿨더군요. 그게 답니다. 흥분을 잘하고 신경질적인 여자예요. 자기가 꾼 꿈을 진짜 유령이나 그 비슷한 것이 나타난 걸로 착각했나 봅니다. 그리고 놀라서 발작을 일으킨 거지요. 이제 모두 각자 방으로 돌아가세요. 집안이 조용해져야 그 여자를 진정시킬 수 있을 테니까요. 신사분들이 숙녀분들에게 모범을 보여주세요. 잉그램 양, 난 당신이 이 별것 아닌 소동 따위는 개의치 않는다는 걸 보여주시리라 믿겠소. 한 쌍의 비둘기 같은 에이미 양과 루이자 양, 우아하게 각자의 방으로 돌아가 주시오. (미망인들을 향해 말했다.) 부인들, 이렇게 추운 복도에 오래 서 있으면 틀림없이 감기에 걸리실 겁니다."

이렇게 로체스터 씨가 달래고 지시하자 모두 각자의 침실로 돌아갔다. 나는 그가 돌아가라고 하기 전 아무도 모르게 방으로 돌아왔다. 방을 나올 때 아무도 몰랐던 것처럼 말이다.

그러나 나는 잠자리에 들지 않았다. 반대로 조용히 옷을 입었다. 비명 소리가 난 뒤 들린 시끄러운 소음과 말소리는 나만 들었을 것이다. 그 소리가 바로 내 윗방에서 들렸기 때문이다.

나는 이 집을 공포에 몰아넣은 소리가 하녀의 악몽이 아니며 로체스터 씨가 손님들을 진정시키려고 지어낸 이야기라고 확신했다. 그래서 만일의 사태에 대비해 옷을 챙겨 입은 것이다.

창가에 앉아서 달빛을 받아 고요한 정원과 은색으로 빛나는 들판을 바라보며 나도 모르는 뭔가를 한참 기다렸다. 울부짖고 싸우는 소리가 들렸으니 무슨 사건이 벌어질 것만 같았다.

그러나 아니었다. 주변은 다시 고요해졌다. 중얼대는 소리와 인기척은 점차 사라져 한 시간쯤 지나자 손필드 저택은 다시 사막처럼 조용해졌다. 깊은 밤 한가운데 온 세상이 잠들어 있는 듯했다. 그동안 달이 기울려 하고 있었다. 춥고 어두운데 더는 앉아 있고 싶지 않아서 나는 옷을 입은 채 침대에 눕기로 했다. 소리가 나지 않게 카펫 위를 걸어 창가에서 침대로 갔다. 구두를 벗으려고 허리를 굽히는데 조심스럽게 똑똑 방문 두드리는 소리가 들렸다.

"저를 찾으시는 건가요?"

"일어나 있소?"

예상했던 목소리가 들렸다. 바로 이 집 주인의 목소리였다.

"네."

"옷도 입은 채로?"

"네."

"그럼 조용히 나와요."

조용히 밖으로 나가니 로체스터 씨가 촛불을 들고 복도에 서 있었다.

"당신 도움이 필요해요. 이리 와요. 천천히 그리고 조용히."

내 실내화는 얇아서 카펫이 깔린 복도 위를 고양이처럼 살금 살금 걸어갈 수 있었다. 그는 미끄러지듯 복도를 지나고 계단을 올라갔다. 그리고 불길한 3층에 도착해 어둡고 천장이 낮은 복도에서 멈춰 섰다. 나 또한 그를 따라가다 멈춰 섰다.

"방에 해면이 있소?"

"네."

"염제는? 각성제 말이오."

"있어요."

"가서 둘 다 가져와요."

나는 방으로 돌아가 세면대 위에 놓인 해면과 서랍에 들어 있던 염제를 찾아왔다. 그는 열쇠를 손에 들고 여전히 나를 기다리고 있었다. 그리고 작고 검은 문으로 다가가 열쇠를 자물쇠 구멍에 넣고 잠시 멈추더니 내게 다시 물었다.

"피를 보면 속이 뒤틀린다거나 쓰러지거나 하지는 않소?"

"괜찮을 것 같아요. 아직 본 적은 없지만."

나는 이렇게 대답하면서도 오싹한 기분이 들었다. 하지만 몸이 얼어붙거나 쓰러질 것 같지는 않았다.

"손을 이리 줘봐요. 갑자기 기절하면 안 되지."

나는 내 손을 건넸다.

"따뜻하고 떨리지도 않는군."

그는 이렇게 말하고 열쇠를 돌려 문을 열었다. 페어팩스 부인이 저택을 구경시켜주던 날 본 적이 있는 방이었다. 그때는 방한쪽에 휘장이 걸려 있었다. 지금은 그 휘장 한쪽이 걷혀 있고 그 안쪽에 지금까지 감춰져 있던 문이 보였다. 문은 열려 있고 방 안에서 불빛이 새어나왔다. 거기서 마치 개가 싸우는 듯 으르렁거리며 잡아채는 듯한 소리가 들렸다. 로체스터 씨가 촛불을 내려놓고 내게 말했다.

"잠깐 기다려요."

그러고는 안으로 들어갔다. 커다란 웃음소리가 들려왔다. 처음에는 시끄럽다가 마지막에는 "하! 하!" 하는 그레이스 풀의 마귀 같은 웃음소리가 들려왔다. 그 여자가 거기 있었다. 누군가 낮은 목소리로 로체스터 씨에게 말을 걸었지만 그는 대꾸도 하지 않고 뭔가를 정리하는 듯했다. 그리고 다시 나와 문을 닫았다.

"이리 와요, 제인!"

나는 커다란 침대 반대편으로 갔다. 침대 커튼이 방을 꽤 많이 가리고 있었다.

침대 머리맡에 안락의자가 놓여 있고 한 남자가 겉옷을 벗은 채 앉아 있었다. 그 남자는 미동도 없이 머리를 뒤로 기댄 채 눈을 감고 있었다. 로체스터 씨가 그 남자를 촛불로 비추었다. 나는 창백하고 죽은 것처럼 보이는 그 얼굴이 누군지 알아봤다. 바로 메이슨 씨였다. 그의 한쪽 팔과 한쪽 셔츠가 피로 흠뻑 젖어 있었다.

"촛불을 들어요."

로체스터 씨의 말에 나는 촛불을 받아 들었다. 그는 세면대에서 물이 담긴 대야를 가져왔다.

"들고 있어요."

나는 시키는 대로 했다. 로체스터 씨는 해면을 가져가 대야에 담갔다가 꺼낸 뒤 시체 같은 메이슨 씨의 얼굴을 적셨다. 그리고 염제가 든 병을 건네받아 그의 코로 가져갔다. 메이슨 씨가 이내 눈을 뜨면서 신음했다. 그는 상처 입은 메이슨 씨의 셔츠를 벗겼다. 팔과 어깨에 붕대가 감겨 있었다. 로체스터 씨는 줄줄 흘러내리는 피를 해면으로 닦아냈다.

"위험한 상태인가?"

메이슨 씨가 중얼거렸다.

"무슨 소리! 아니야, 살짝 긁힌 것뿐일세. 맥없이 있지 말고 버티게! 지금 당장 내가 가서 의사를 불러오겠네. 아침이면 자네는 다른 곳에 가 있을 거야. 그리고 제인……."

"네?"

그가 말을 이었다.

"당신은 여기서 한두 시간쯤 이 사람과 같이 있어 줘요. 내가 한 것처럼 피가 흐르면 닦아내고. 이 사람이 정신을 잃으면 저 세면대에 있는 물을 한 컵 떠서 입술에 갖다 대고 염제를 코 가까이로 가져가요. 무슨 일이 있어도 이 사람에게 말은 걸지 말아요. 그리고 리처드, 자네가 이 여자에게 말을 건다면 목숨을 거는 거나 마찬가지일세. 입을 열었다가 괜히 흥분하기라도 하면 그 뒤는 장담 못 하네."

가엾은 남자가 다시 신음했다. 몸을 움직일 수 없는 듯했다. 죽음의 공포인지 아니면 어떤 다른 공포를 느끼는 건지 도저히 꼼짝달싹할 수 없는 듯 보였다. 로체스터 씨는 피범벅이 된 해면을 내 손에 쥐여주었다. 나는 그가 하던 대로 해면으로 피를 닦기 시작했다. 그는 잠시 나를 바라보다가 "명심해요, 아무 말도 하지 말아요" 하고는 방을 나갔다. 문이 잠기는 소리가 나더니 그의 발소리도 점점 멀어져 더는 들리지 않게 되었다. 그러자 묘한 기분이 들었다. 그렇게 나는 3층의 비밀스러운 작은 방에 갇혔다. 깊은 밤 한가운데 내 눈과 손 아래에는 창백한 피투성이의 남자가 있었다. 겨우 저 문 하나로 살인자의 공격을 막기엔 역부족일 것이다. 그렇다. 간담이 서늘했다. 다른 건 다 참을 수 있지만 그레이스 풀이 내게 달려들 거라고 생각하면 소름이 끼쳤다.

그러나 나는 내 자리를 지켜야 했다. 이 핏기 없는 얼굴을 지켜봐야 했다. 새파란 입술은 말을 금지당한 채 꾹 닫혀 있었고 공포로 멍해진 눈은 떴다 감았다를 반복하며 방 안을 두리번거리다가 나를 바라보기도 했다. 나는 대야 속 핏물에 연신 손을 담가 흘러내리는 피를 닦아냈다. 그러는 사이 촛불 심지를 잘라주지 않아 불빛이 희미해졌다. 검은 그림자가 나를 둘러싼 커튼 위에 어른거리고 커다랗고 오래된 침대 커튼의 아랫자락에서 점점 커지더니 맞은편의 거대한 옷장 위에서 흔들거렸다. 열두 장의 판으로 나눠진 옷장에는 각 판마다 짝을 맞춰 열두 제자의 무서운 얼굴이 하나씩 그려져 있었다. 그 옷장 맨 꼭대기에는 흑단목 십자가에 박힌 고난의 그리스도상이 올려져 있었다.

여기저기서 그림자가 움직이고 불빛이 깜빡거리면서 이번에는 잔뜩 찌푸린 턱수염이 난 의사 '누가'가 나타났다가 다음에는 긴 머리칼이 물결치는 성 요한이 나타났다. 곧이어 유다의 악마 같은 얼굴이 판 밖까지 점점 커지더니 사탄 자신인 배신자의 얼굴로 생생하게 변해갔다.

나는 이 모습을 지켜보면서 안쪽 방에 있는 야수인지 악마인지 모를 뭔가가 움직이는 소리에도 귀를 기울여야 했다. 그런데 로체스터 씨가 방에 들어갔다 나온 다음부터는 마법에라도 걸려 꼼짝하지 못하는 듯했다. 밤새 긴 간격을 두고 겨우 세 번 정도 소리가 들렸다. 처음에는 걸을 때 마룻바닥이 삐걱거리는 소리가 나더니 개가 으르렁대는 소리가 다시 잠깐 들렸고 사람이 나지막하게 신음하는 소리도 들렸다.

그동안 여러 생각이 나를 괴롭혔다. 도대체 무슨 죄이기에 인간의 탈을 쓰고 외딴 저택에 들어와 살면서 집주인이 내쫓을 수도 없고 막을 수도 없는 것일까? 도대체 무슨 비밀이 있기에 한밤중에 불이 나고 사람이 피까지 흘리게 된 걸까? 평범한 여자의 얼굴과 모습을 하고 있으면서 악마의 웃음소리를 내고 돌연 썩은 고기를 찾는 듯 사나운 짐승의 소리를 내는 그 존재는 대체 뭘까?

그리고 내가 내려다보고 있는 이 남자, 평범하고 조용한 이 낯선 남자는 어쩌다 무시무시한 거미줄에 걸려들었을까? 저 복수의 여신은 왜 그에게 덤벼들었을까? 이 남자는 침대에서 자고 있어야 할 늦은 시간에 왜 이 방을 찾아온 것일까? 나는 분명 로체스터 씨가 아래층 침실을 내주는 소리를 들었다. 그런데 왜 여기로 온 걸까? 또한 왜 폭행인지 배반인지 뭐든 간에 이렇게 고분고분 당하고 있는 걸까? 왜 로체스터 씨가 시키는 대로 순순히 사실을 감추고 있는 걸까? 왜 로체스터 씨는 아무 말도 하지 말라고 했을까? 손님이 상처를 입었고 지난번에는 끔찍하게도 그 자신이 죽을 뻔했다. 그런데 그는 그 두 번의 사건을 은폐하려고 했다. 마지막으로 내가 보기에 메이슨 씨는 로체스터 씨에게 매우 순종적이었다. 로체스터 씨는 순한 메이슨 씨를 완전히 좌지우지하고 있었다. 둘 사이의 대화 몇 마디만 듣고도 확실히 알 수 있었다. 예전부터 적극적인 한쪽이 수동적인 상대방을 이끌어온 듯했다. 그런데 로체스터 씨는 메이슨 씨가 왔다는 말을 듣고 왜 놀랐던 걸까? 지금은 말 몇 마디로 어린아이 다루듯 하면서 몇 시간 전에는 이처럼 온순한 사람의 이름만 듣고도 벼락을 맞은 나무처럼 부들부들 떨었다.

아! 나는 "제인, 이럴 수가…… 이럴 수가" 하고 중얼거리던 로체스터 씨의 표정과 창백한 안색을 잊을 수가 없었다. 내 어깨 위에서 떨리던 팔의 감촉도 잊히지가 않았다. 그의 굳센 의지를 꺾고 건장한 몸을 떨리게 만들었다면 결코 사소한 문제는 아닐 것이다.

'언제 오실까? 언제 오시는 거지?'

나는 속으로 외쳤다.

밤은 깊어가고 피 흘리는 환자는 축 늘어져 신음하고 있는

데 날은 밝지 않고 구해줄 사람도 소식이 없었다. 나는 새하얗게 변한 메이슨 씨의 입술에 쉴 새 없이 물을 축여주고 정신을 차리도록 염제를 코에 갖다 대었다. 그러나 별 효과가 없는 듯했다. 몸이 고통스러운지, 마음이 고통스러운지, 출혈이 심해서 그러는지, 아니면 세 가지가 다 섞여 그러는지 그는 점점 기진맥진해졌다. 자꾸만 신음을 하고 약해지더니 정신을 잃은 듯보였다. 나는 그가 죽을지도 모른다는 생각이 들자 두려웠다. 하지만 그에게 말을 건넬 수가 없었다.

마침내 촛불이 다 타버렸다. 촛불이 꺼지자 창문 끝자락에 회색 빛줄기가 비쳤다. 새벽이 다가오고 있었다. 곧이어 파일럿이 뒷마당 저 멀리에 있는 개집에서 뛰쳐나와 짖는 소리가 희미하게 들렸다. 희망이 되살아났다. 터무니없는 희망이 아니었다. 오 분쯤 지나자 누군가 열쇠를 꽂고 문을 여는 소리가 들렸다. 드디어 보초를 서던 내 임무가 끝났다는 뜻이다. 두 시간도 되지 않았는데 몇 주일이 지난 것처럼 길게 느껴졌다.

로체스터 씨와 의사가 함께 들어왔다.

"카터, 그럼 조심해주게."

로체스터 씨가 의사에게 말했다.

"삼십 분을 줄 테니 상처를 치료하고 붕대를 감은 다음 아래층으로 환자를 옮겨야 하네."

"움직여도 괜찮을까요?"

"염려하지 말게. 심각한 정도는 아니니까. 긴장한 거야. 정신을 차리게 해줘야 하네. 자, 시작하게."

로체스터 씨는 두꺼운 커튼을 걷고 무명으로 된 블라인드를 올려 빛이 방 안으로 최대한 많이 들어오도록 했다. 벌써 날이 밝아오는지 장밋빛으로 물든 구름 몇 점이 동쪽 하늘을 점차 밝히고 있었다. 놀랍기도 하고 힘도 났다. 그런 다음 로체스터 씨는 메이슨 씨에게 다가갔다. 의사는 이미 치료를 시작했다.

"자, 친구. 좀 어떤가?"

로체스터 씨가 물었다.

"나는 그녀의 손에 죽게 될까 봐 두렵네."

메이슨 씨가 들릴 듯 말 듯 대답했다.

"절대 그럴 리 없어! 용기를 내라고! 이 주일 정도만 지나면 멀쩡해질 걸세. 피를 좀 흘리기는 했지만 그것뿐이야. 카터, 위험하지 않다고 이 사람을 안심시켜주게."

"제 양심을 걸고 약속드리겠습니다. 제가 좀 더 빨리 왔더라면 이렇게 피를 많이 흘리지 않았을 텐데. 그런데 어쩌다 이렇게 됐죠? 어깨살이 베인 것만 아니라 찢어지기까지 했어요. 이런 상처는 칼로 난 게 아닌데요. 여기 이로 문 자국이 있네요."

카터 씨가 붕대 감기를 마치고 말했다.

"그녀가 나를 물어뜯었어. 로체스터가 칼을 빼앗자 호랑이처럼 나를 물어버린 거지."

메이슨 씨가 중얼거렸다.

"물러서지 말았어야지. 곧바로 맞서 싸웠어야 했어."

로체스터 씨가 말했다.

"하지만 그런 상황에서 뭘 할 수 있겠나! 끔찍했어."

메이슨 씨가 몸서리치며 대꾸했다.

"그럴 줄은 정말 몰랐어. 처음에는 정말 차분해 보였다고."

"내가 미리 경고했잖나. 그녀 곁에 가까이 가려면 최대한 조심하라고. 내일까지 기다렸다가 나와 함께 갔으면 될 것을. 오늘 밤에, 그것도 혼자 가다니 어리석은 짓이었네."

로체스터 씨가 말했다.

"조금이라도 도움이 되지 않을까 생각했지."

"생각! 생각이라고 했나? 그래, 도저히 듣고 있을 수가 없군. 하지만 결국 자네는 벌을 받고 말았네. 내 충고를 무시한 대가로 충분히 벌을 받은 것 같으니 더는 말하지 않겠네. 카터, 서두르게 서둘러! 이제 곧 해가 뜰 거야. 그때까지 이 친구를 내보내야 하네."

"거의 다 됐습니다. 어깨에 난 상처에는 붕대를 다 감았고 팔에 난 다른 상처도 좀 살펴봐야겠어요. 여기도 이에 물린 상처가 있네요."

"그녀가 피를 빨아먹었어. 내 심장의 피를 모조리 빨아먹겠다고 했어."

메이슨 씨가 말했다.

나는 로체스터 씨가 몸서리치는 것을 보았다. 얼굴에 혐오감과 공포심, 증오가 뚜렷이 떠오르며 일그러졌다. 하지만 그는 그저 이렇게만 말했다.

"아, 리처드. 조용히 하게. 그녀의 헛소리는 신경 쓰지 말고. 그 이야기는 두 번 다시 꺼내지도 마."

"나도 잊어버렸으면 좋겠네."

"이 나라를 떠나면 잊어버릴 걸세. 스패니시타운으로 돌아가면 그 여자가 죽거나 땅에 묻혔다고 생각하게 될 거야. 아니, 아예 생각할 필요도 없네."

"오늘 밤 일을 어떻게 잊겠나!"

"그렇지 않대도! 기운 좀 차리게. 두 시간 전에는 죽을 줄 알았다가 지금은 살아서 멀쩡히 말도 하고 있지 않나. 카터가 벌써 치료를 마쳤군. 거의 다 됐네. 내가 금세 자네를 말쑥하게 만들어주겠네."

그러더니 그는 돌아온 뒤 처음으로 나를 보며 말했다.

"제인, 이 열쇠를 가지고 아래층 내 침실로 가요. 방 앞쪽으로 그대로 쭉 가면 의상실이 나올 거요. 그 안 옷장 맨 위 서랍에서 깨끗한 셔츠와 네커치프를 가져와요. 빨리."

나는 그가 말한 대로 침실로 가서 옷장에서 물건을 찾아 가지고 돌아왔다.

"이제 침대 저편으로 가요. 옷을 갈아입혀야 하니까. 하지만 방에서 나가지는 말아요. 또 부탁할 게 있을지도 모르니까."

시키는 대로 나는 침대 반대편으로 갔다.

"제인, 아래층에 내려갔을 때 혹시 일어난 사람은 없었소?"

곧 로체스터 씨가 물었다.

"아뇨, 조용했어요."

"리처드, 자네를 감쪽같이 보내주겠네. 그러는 편이 자네나 저 뒤편에 있는 가엾은 사람을 위해 더 나을 걸세. 오랫동안 남들 눈에 띄지 않으려고 애썼는데 결국 이런 식으로 드러내고 싶지는 않아. 이봐 카터, 조끼를 입혀주게. 자네 모피코트는 어디 있지? 이렇게 추운 날씨에 1킬로미터도 훨씬 넘는 거리를 코트 없이 갈 수는 없지 않나. 자네 방에 있나? 제인, 메이슨 씨 방이 바로 내 옆방이니 가서 모피코트를 가져와요."

나는 다시 달려가서 안감과 가장자리가 모피로 된 커다란 코트를 가져왔다.

"또 부탁할 게 있소."

로체스터 씨는 지치지도 않는지 또다시 말했다.

"내 방에 다시 갔다 와주시오. 당신이 벨벳 신을 신고 있어서 얼마나 다행인지 몰라. 아둔한 하인들은 이런 상황에서 절대 도움이 안 될 텐데. 내 화장대 가운데 서랍에 들어 있는 작은 약병과 유리잔을 꺼내 와요, 빨리!"

나는 얼른 달려가서 물건을 가지고 돌아왔다.

"이제 됐군! 자, 의사 양반. 약을 좀 먹여야겠네. 내가 책임지지. 로마에서 이탈리아 사기꾼한테 산 강장제일세. 카터, 자네 같으면 그런 놈은 걷어차 버렸을 텐데. 마구잡이로 사용하면 안 되지만 가끔은 효과가 있거든. 지금 같은 상황에선 말이야. 제인, 물 좀 가져와요."

로체스터 씨가 물잔을 내밀었다. 나는 세면대 위에 있는 물병에서 물을 반쯤 따랐다.

"그거면 돼요. 이제 약병 주둥이를 물에 적셔요."

나는 그렇게 했다. 그는 물잔에 진홍색 약물을 열두 방울 떨어뜨린 뒤 메이슨 씨에게 건넸다.

"마시게. 이거면 한 시간 정도는 기력이 날 거야."

"해로운 건 아니겠지? 염증이 생기지는 않을까?"

"마셔! 마셔! 마시라고!"

메이슨 씨가 잔을 들이켰다. 버텨봤자 소용없을 것이 뻔했다. 옷도 다 입혀져 있었다. 창백해 보였지만 더는 상처투성이에다가 피범벅으로는 보이지 않았다. 로체스터 씨는 메이슨 씨가 약을 마신 뒤 삼 분 정도 앉아서 쉬게 한 다음 그의 팔을 잡았다.

"혼자 일어설 수 있을 걸세. 한번 해보게."

메이슨 씨가 일어섰다.

"카터, 반대쪽 어깨를 부축해주게. 리처드, 기운 내서 걸어봐. 그래, 그거야!"

"기분이 좀 낫군."

메이슨 씨가 말했다.

"그럴 걸세. 제인, 당신이 먼저 뒤쪽 계단으로 내려가 쪽문으로 나가서 마당에 있는 역마차 마부에게 준비하라고 일러줘요. 금방 나갈 테니. 내가 자갈길 위를 덜컹거리면서 가지 말라고 해서 마당 밖에 있을지도 몰라요. 그리고 누가 있으면 계단 밑으로 와서 기침을 해줘요."

벌써 다섯 시 반이었다. 동이 트려 하고 있었으나 부엌은 아직 컴컴하고 조용했다. 쪽문은 닫혀 있었다. 나는 되도록 소리 나지 않게 문을 조심스레 열었다. 마당은 쥐죽은 듯 고요했지만 대문은 활짝 열려 있었다. 그리고 마구를 찬 말과 역마차가 있었다. 마부는 마차 밖 마부 석에 앉아 있었다. 나는 그에게 다가가 지금 신사분들이 나오신다고 일렀다. 그가 고개를 끄덕였다. 나는 조심스럽게 주변을 살피면서 귀를 기울였다. 이른 아침, 온 세상은 고요하게 잠들어 있었다. 하인들 방의 창문에도 커튼이 드리워져 있었다. 조그만 새들은 하얀 꽃들이 활짝 핀 과수원 나무 위에서 지저귀고 있었다. 뒤뜰 한편에 둘러친 담장 너머로 새하얀 화환처럼 나뭇가지가 드리워져 있었다.

닫힌 마구간에서 이따금 말들이 발굽으로 바닥을 차는 소리만 들릴 뿐 사방이 조용했다.

그때 신사들이 나타났다. 메이슨 씨는 로체스터 씨와 의사의 부축을 받아 웬만큼 걸을 수 있는 듯했다. 두 사람은 메이슨 씨를 마차에 태웠고 뒤이어 카터 씨도 올라탔다.

"잘 돌봐주게."

로체스터 씨가 카터 씨에게 말했다.

"완쾌될 때까지 자네 집에서 묵게 해주고. 나도 하루 이틀 내로 찾아가 어떤지 확인하겠네. 리처드, 좀 어떤가?"

"로체스터, 신선한 공기를 마시니 살 것 같네."

"카터, 이 친구 쪽 창문은 열어두게. 바람도 없으니. 리처드, 잘 가게."

"로체스터!"

"뭔가?"

"그녀를 잘 부탁하네. 최선을 다해 따뜻하게 대해주고. 그녀를……."

메이슨 씨는 말을 맺지 못하고 왈칵 울음을 터뜨렸다.

"최선을 다하겠네. 지금까지 그랬고 앞으로도 그럴 걸세."

이렇게 대답하며 로체스터 씨는 문을 닫았고 마차는 떠났다.

"하지만 이 모든 게 끝이 있다면 좋겠군!"

그는 이렇게 말하며 육중한 대문을 닫고 빗장을 질렀다.

모든 일이 끝나자 로체스터 씨는 멍하니 느릿느릿한 발걸음으로 과수원 가장자리에 둘러친 담장에 나 있는 문을 향해 움직였다. 내 할 일이 다 끝났다고 생각한 나는 집으로 들어가려던 참이었다. 하지만 그가 "제인!" 하고 나를 불러 세웠다. 그는 문을 열고 서서 나를 기다리고 있었다.

"이리 와서 잠깐 신선한 공기를 마셔요. 저 집은 마치 지하 감옥 같군. 그렇지 않소?"

"제 눈에는 훌륭한 저택인걸요."

"아직 경험이 없어 눈에 마법이 씌어 있으니 그렇게 보이는 거요. 금박은 진흙이고, 비단 휘장은 거미줄이며, 대리석은 가짜 석판이고, 반짝반짝 윤이 나는 목재는 쓸데없는 나뭇조각과 벗겨져 떨어질 나무껍질에 불과하다는 걸 당신이 미처 모르고 있는 거요."

그러더니 그는 녹음이 우거진 담장 안을 가리켰다.

"이거야말로 보이는 모든 것이 그대로 진실하고 향기롭고 순수하지."

길 한쪽에는 스톡, 수염패랭이꽃, 앵초, 삼색 제비꽃 등 온갖 고풍스러운 꽃이 들장미나 다양한 풀과 섞여 피어 있었다. 로체스터 씨는 그 길을 거닐었다. 소나기가 내렸다가 개었다가를 반복하던 4월의 어느 날, 아름답고 맑은 봄날 아침을 만나 드디어 보게 된 싱그러운 광경이었다. 구름으로 얼룩진 동쪽 하늘에 이제 막 태양이 올라오고 있었다. 그 빛은 꽃들을 만개시키고 이슬이 내린 과수원의 나무들과 그 아래로 난 한적한 길을 비췄다.

"제인, 꽃 한 송이 받겠소?"

그가 살짝 핀 장미꽃 한 송이를 따서 내게 건넸다.

"고맙습니다."

"제인, 일출을 좋아하오? 태양이 높이 떠올라 기온이 올라가면 하늘에 떠 있는 옅은 구름은 서서히 사라지겠지. 이런 차분하고 향기로운 분위기는 어떻소?"

"네, 정말 좋아해요."

"제인, 이상한 하룻밤을 보냈소."

"네."

"하룻밤 사이에 안색이 창백해졌군. 내가 메이슨 곁에 당신만 남겨두고 갔을 때 무섭지는 않았소?"

"안쪽 방에서 누가 나올까 봐 무서웠어요."

"문을 잠가놨지. 열쇠는 내 주머니 속에 있었고. 내가 조심성 없는 목동처럼 내 귀여운 양을 무방비하게 늑대 소굴 앞에 놔둘 리 없잖소. 당신은 안전했소."

"그레이스 풀은 아직도 여기서 사나요?"

"그렇지! 그 여자 때문에 골치 아파할 필요는 없소. 머릿속에서 아예 지워버려요."

"하지만 그 여자가 있는 한 당신은 안전하지 않을 것 같아요."

"걱정하지 말아요. 내가 알아서 조심할 테니."

"어젯밤 걱정하시던 위험은 이제 사라졌나요?"

"메이슨이 영국을 떠나기 전에는 확신할 수 없지. 그 후에도 마찬가지겠지만. 제인, 내게 산다는 건 언제 터져 불을 뿜어낼지 모르는 분화구 위에 서 있는 것과 같소."

"하지만 메이슨 씨는 쉽게 설득할 수 있는 분처럼 보이던데요. 당신 말을 잘 따르시더라고요. 그분이 당신을 무시하고 의도적으로 해를 끼치지는 않을 것 같아요."

"그렇지. 메이슨은 내 뜻을 거역하지 않을 거요. 또 알면서 해치려고 할 리도 없고. 하지만 어느 순간 무의식중에 한 마디 떠벌린다면 내 삶은 아니더라도 내 행복을 영원히 빼앗아갈지도 모르오."

"메이슨 씨한테 조심하라고 이르세요. 그리고 당신이 무엇을 걱정하시는지 알려주고 그 위험을 피할 수 있는 법도 알려주시면 되잖아요."

로체스터 씨는 냉소적으로 웃으며 내 손을 잡았다가 황급히 놓았다.

"어리석기는! 내가 그렇게만 할 수 있다면 위험할 일이 뭐가 있겠소? 곧바로 위험이 사라졌겠지. 메이슨을 알고 나서부터 그는 내가 '이렇게 해라' 하면 그대로 했지. 하지만 이번에는 그럴 수가 없소. '리처드, 나한테 해를 끼치지 않게 조심해'라고 말할 수는 없지. 왜냐하면 메이슨은 자신이 내게 해를 입힐 수 있다는 것조차 알아서는 안 되니까. 어리둥절한 표정이군. 좀 더 헷갈리게 해주지. 당신은 내 귀여운 친구지, 아닌가?"

"저는 당신을 위해 일하고 옳은 일이라면 뭐든 시키시는 대로 할 거예요."

"바로 그거요. 당신이 그럴 거라는 걸 난 알고 있소. 당신이 나를 돕거나 기쁘게 할 때, 다시 말해 당신이 콕 집어 말한 것처럼 '옳은 일이라면 뭐든' 나를 위해 일하고 나와 함께할 때 당신의 걸음걸이나 표정, 눈빛이나 얼굴에선 자연스럽게 만족스러운 기색이 떠오르지. 그런데 당신이 옳지 않다고 생각하는 일을 시켰다면 한달음에 뛰어가지도 않을 거고 민첩하게 움직이지도 않을 거야. 의욕 넘치는 눈빛이나 생기 넘치는 표정도 없겠지. 그 대신 침착하고 창백한 얼굴로 나를 보며 '안 돼요. 그러면 안 돼요. 옳지 않은 일은 할 수 없어요'라고 하겠지. 마치 항성처럼 바뀌지 않을 거야. 당신도 내게 영향을 미치고 있소. 그리고 내게 상처를 줄 수도 있어. 내 약점을 절대로 보여줘서는 안 되겠군. 당신은 성실하고 다정하기는 하지만 나를 꼼짝하지 못하게 만들 수도 있으니."

"저만큼만 메이슨 씨를 두려워할 필요가 없다면 당신 역시 안전하실 거예요."

"제발 그랬으면 좋겠군! 제인, 여기 정자가 있군. 앉아봐요."

로체스터 씨가 말한 정자는 담장 한가운데 담쟁이덩굴이 타고 올라간 아치였다. 그 아래 소박한 나무 벤치가 놓여 있었다. 그는 내가 앉을 자리를 남겨두고 앉았다. 하지만 나는 그의 앞에 섰다.

"앉아요. 벤치가 길어서 두 사람은 충분히 앉을 수 있소. 내 곁에 앉는 게 싫은 거요? 그렇소? 이것도 옳지 않은 일인가?"

대답하는 대신 나는 그 자리에 앉았다. 거절하는 건 어리석은 일 같았다.

"친구, 태양이 아침 이슬을 마시고 오래된 정원에 핀 꽃들이 전부 깨어나 기지개를 켜고, 새들이 밭에서 아침밥을 구해 아기 새들에게 날라다 주며, 일찍 일어난 꿀벌들이 부지런히 일을 시작하는 동안 당신에게 어떤 이야기를 해주지. 자기 일이라 생각하고 진지하게 들어줘요. 우선 내 얼굴을 보면서 당신 마음이 편안한지 말해봐요. 그리고 내가 당신을 붙잡고 있는 게 잘못인지, 아니면 당신이 내게 붙들려 여기 있는 게 잘못이라고 생각하는지 말해봐요."

"아뇨, 괜찮아요."

"제인, 그렇다면 상상력을 펼쳐봅시다. 당신이 명문가에서 자라 좋은 교육을 받은 소녀가 아니라 어릴 때부터 지금까지 제멋대로 자란 개구쟁이 소년이라고 생각해보시오. 머나먼 외국에 사는데 거기서 치명적인 실수를 저지른 거지. 어떤 실수건 동기건 그것은 중요하지 않아. 하지만 그 결과가 평생 따라다니면서 당신을 괴롭힌다고 칩시다. 잊지 말아요. 나는 '범죄'를 말하는 게 아니오. 법의 심판을 받아야 하는 그런 불법 행위를 말하는 게 아니라 실수를 말하는 거요. 일의 결과를 도저히 견딜 수 없어서 벗어나려고 방법을 마련한 거지. 정상적이지는 않지만 불법이거나 비난받지도 않을 행위요. 그런데 여전히 당신은 불행해. 인생의 문턱에서 희망이 사라져버렸거든. 한낮인데도 일식 때문에 깜깜하다고. 그리고 해가 질 때까지 일식이 끝나지 않을 것 같지. 고통스럽고 저열한 잡념만이 당신의 기억을 떠오르는 게 만드는 영양분이지. 당신은 안식과 쾌락에서 행복을 찾으려고 여기저기 떠돌아다니지. 쾌락은 열정 같은 건 없는 육체적인 즐거움을 말하는 거요. 이성을 마비시키고 감정을 망가뜨리지. 당신은 떠돌아다니면서 몇 해를 보내고 마음이 지치고 영혼이 시든 채 고향에 돌아왔소. 그러다가 누군가를 알게 되었지. 어디서 어떻게 만나게 됐는지는 중요치 않아. 어쨌든 당신은 이십 년 동안 찾아 헤맸지만 한 번도 만나보지 못했던 선하고 밝은 성품을 이 낯선 친구한테서 발견했어. 싱그럽고 건강하고 티 없이 맑고 순수하더군. 이런 친구와 어울리면서 전보다 더 좋은 날들이 찾아왔다고 느꼈소. 소원은 더 간절해지고 감정은 순수해졌소. 삶을 다시 시작하고 싶어졌고, 앞으로 남은 삶을 더 가치 있게 보내고 싶어진 거요. 당신이라면 그러기 위해 관습적인 장해물을 뛰어넘을 수 있겠소? 당신의 양

심이나 이성으로는 절대 받아들일 수 없는 그저 관습적인 장해
물 말이오."

로체스터 씨는 말을 멈추고 내 대답을 기다리는 듯했다. 뭐
라고 해야 하지? 현명하고 만족스러운 답을 알려줄 착한 요정
이 있었으면! 헛된 바람이겠지! 서풍은 내 주변 담쟁이덩굴에게
속삭였지만 그 숨결을 말로 전달해줄 상냥한 공기의 요정이 없
었다. 또한 새들은 나무 위에 앉아 노래했지만 달콤하긴 해도
알아들을 수 없었다.

로체스터 씨가 다시 물었다.

"죄를 짓고 떠돌아다니다가 이제 죄를 뉘우치고 편히 쉬기를
바라는 사람이 우아하고 다정한 이와 평생을 함께하면서 마음
의 평화와 삶을 얻기 위해 세상의 평가 따위는 무시해도 괜찮
겠소?"

내가 대답했다.

"떠돌아다니는 사람의 안식이나 죄인의 갱생은 절대 같은 인
간에게 달려 있지 않아요. 남자든 여자든 모두 죽게 마련이에
요. 철학자들은 지혜가 부족해 말을 더듬기도 하고 기독교인
들이라고 모두 독실하지는 않죠. 당신이 아시는 분이 괴로워하
거나 실수를 저질렀다면 바로잡을 힘과 괴로움을 덜어줄 위안
을 같은 인간한테서 구하지 말고 더 높은 존재로부터 구하도록
해보세요."

"하지만 수단 말이오, 수단! 그 일을 하시는 하느님께서 수단을 정하시잖소. 비유 같은 건 빼고 말하리다. 나는 속되고 방탕하고 불안정한 사람이었소. 하지만 나를 치유해줄 수단을 찾았다고 믿소. 그건 바로……."

그가 말을 멈췄다. 새들은 계속해서 노래하고 나뭇잎은 가볍게 살랑거렸다. 새들은 노래를 멈추고 끊어진 이야기를 들으려 하지 않았다. 하지만 새들이 그랬다면 한참 동안이나 기다릴 뻔했다. 꽤 오랫동안 침묵이 계속됐기 때문이다. 마침내 나는 고개를 들어 입을 열지 않는 그의 얼굴을 바라보았다. 그가 나를 뚫어지게 바라보고 있었다.

"귀여운 내 친구여."

그는 전혀 다른 말투로 나를 불렀다. 부드럽고 진지하던 그의 얼굴도 무정하고 냉소적인 표정으로 바뀌어 있었다.

"당신은 내가 잉그램 양을 좋아한다는 걸 알아챘겠지? 우리가 결혼하면 나를 완전히 새사람으로 만들어줄 것 같지 않소?"

그는 벌떡 일어나 길 끝까지 걸어갔다가 다시 콧노래를 흥얼거리며 돌아왔다. 그리고 내 앞에 멈춰 서서 말했다.

"제인, 밤을 새워서 얼굴이 창백해졌소. 잠을 방해한 나를 원망하지 않소?"

"원망한다고요? 아니에요."

"정말 아니라면 악수합시다. 이런, 손이 몹시 차군! 어젯밤 방문 앞에선 따뜻했는데. 제인, 또다시 나와 함께 밤을 지새워 줄 거요?"

"필요하시다면 언제든지요."

"이를테면 내 결혼식 전날 밤 말이오. 분명히 잠이 오지 않을 거요. 밤새 나와 함께 있어주겠다고 약속하겠소? 당신한테는 내 애인 이야기도 할 수 있소. 벌써 당신은 그 사람을 봤고 또 잘 알잖소."

"약속할게요."

"흔치 않은 여자야. 제인, 그렇지 않소?"

"맞아요."

"여장부지, 진짜 여장부. 키도 크고 풍만한 몸매에 피부는 가무잡잡하지. 카르타고의 여인들이 가졌을 법한 머릿결을 하고. 저런! 텐트와 린이 마구간에 있군. 당신은 저쪽 문으로 나가 숲을 지나 집으로 들어가요."

나와 로체스터 씨는 각자 다른 길로 걸어갔다. 그리고 뒤뜰에서 쾌활한 그의 목소리가 들렸다.

"메이슨은 오늘 아침 떠났습니다. 해뜨기 전에 출발하는 바람에 새벽 네 시에 일어나 배웅을 했지요."

416

제21장

예감이란 묘하다. 교감도 그렇고 전조도 마찬가지다. 이 셋이 합쳐져 하나의 수수께끼가 만들어지며, 인류는 아직까지 그 문제를 풀 수 있는 열쇠를 찾지 못했다. 나는 지금까지 살아오면서 한 번도 예감을 비웃은 적이 없다. 이상한 예감들을 받아봤기 때문이다. 나는 교감이 존재한다고 믿는다. 예를 들어 멀리 떨어져 오랫동안 만나지 못했지만, 각자 태생을 따라 올라가 보면 같은 조상을 가진 먼 친척들끼리 교감한다. 이런 작용은 인간의 머리로는 도저히 이해할 수 없다. 그리고 전조는 아마 자연과 인간 사이의 공감일지도 모르겠다.

내가 여섯 살밖에 되지 않았던 어린아이였을 때의 일이다. 어느 날 밤 베시 리븐이 마사 애벗에게 어린아이가 나오는 꿈을 꾸었는데 그런 꿈은 자신이나 친척에게 분명 문제가 생길 징조라고 말했다. 곧 내 기억에서 잊힐 뻔했던 그 일은 어떤 사건이 일어나 영원히 내 기억에 새겨졌다. 바로 다음 날 베시가 여동생의 임종을 지키러 고향에 내려가게 된 것이다.

요즘 나는 그때 베시가 했던 말과 그 일이 자주 떠올랐다. 왜냐하면 지난 일주일 동안 거의 하루도 빠짐없이 아기가 나오는 꿈을 꾸었기 때문이다. 어린아이를 팔에 안은 채 달래기도 하고 무릎에 앉혀 흔들며 놀기도 했다. 또 어느 때는 어린아이가 잔디밭에서 들국화를 만지작거리거나 흐르는 시냇물에 두 손을 담그고 물장난치는 모습을 지켜보기도 했다. 꿈속에서 어린아이의 기분이나 표정이 어떻든 간에 일곱 날 밤을 내리 잠만 잤다 하면 꿈속에 나타나는 것이었다.

나는 계속 똑같은 생각이 반복되고 한 가지 이미지가 되풀이되어 나타나는 것이 너무 싫었다. 잘 시간이 다가오고 환상이 나타날 시간도 점차 가까워지면 나는 초조해졌다. 비명을 들었던 그 달 밝은 밤에도 깨어나기 전에 아기가 나오는 꿈을 꿨다. 다음 날 오후, 누군가 나를 찾아와 페어팩스 부인의 방에서 기다린다는 소식을 듣고 아래층으로 내려갔다. 방 안에는 하인 차림의 남자가 나를 기다리고 있었다. 검은 상복을 입고 상장을 두른 모자를 손에 들고 있었다.

내가 들어가자 그는 자리에서 일어나며 말했다.

"아마 기억 못 하시겠지만 저는 리븐입니다. 팔구 년 전 아가씨께서 게이츠헤드에 사실 때 리드 부인의 마부였어요. 아직도 거기에 살고 있고요."

"오, 로버트! 잘 지냈어요? 기억하죠. 가끔씩 조지아나의 갈색 조랑말을 태워주셨잖아요. 베시는 잘 지내요? 베시와 결혼하셨다면서요?"

"네, 아내는 아주 잘 지냅니다. 고맙습니다. 두 달 전에 셋째를 낳았는데 산모와 아이 모두 건강해요."

"그 집 식구들도 다 잘 계시죠?"

"죄송스럽게도 나쁜 소식이 있습니다. 그분들은 잘 지내지 못하세요. 매우 큰 곤경에 빠지셨지요."

"누가 돌아가신 건 아니길 바라요."

로버트 리븐의 검은 상복을 보며 말했다. 그는 자기 모자의 상장을 내려다보며 대답했다.

"일주일 전에 존 도련님이 런던의 셋방에서 돌아가셨어요."

"존이?"

"네."

"리드 부인께서는 어떠세요?"

"아유, 말도 마세요. 뭐 이런 불행한 일이 다 있는지. 존 도련님은 몹시 방탕하게 사셨어요. 지난 삼 년 동안을 어지러운 생활에 빠져 지냈는데 이번에 돌아가신 것도 아주 충격적이었어요.”

“베시한테 잘 지내지 못한다고 들었어요.”

“잘 지내지 못하는 정도가 아니라 최악이었어요. 나쁜 사람
들과 몰려다니면서 건강도 망치고 재산도 탕진했지요. 결국 빚
을 지고 교도소에 잡혀갔어요. 마님께서 두 번이나 꺼내주셨
지만 나오기가 무섭게 다시 옛 친구들과 그 생활로 돌아가더
군요. 정신력이 강하지 못하셨거든요. 더구나 같이 몰려다니
던 파렴치한들이 존 도련님을 제 생전에 듣도 보도 못할 정도
로 속여먹었어요. 삼 주 전쯤에 존 도련님이 게이츠헤드에 와서
마님께 있는 재산을 전부 달라고 하셨어요. 마님께서는 거절하
셨지요. 존 도련님이 방탕하게 사시는 바람에 집안 살림은 벌
써 오래전에 거덜이 났거든요. 존 도련님은 어쩔 수 없이 그냥
돌아갔는데, 그러고 나서 죽었다는 소식이 도착한 거예요. 어
떻게 돌아가셨는지는 아무도 모르는 거죠! 자살이라는 소문도
있고.”

나는 잠자코 있었다. 정말 끔찍한 소식이었다. 로버트 리븐
은 다시 말을 이었다.

“마님께서는 오래전부터 건강이 좋지 않으셨어요. 살집은 늘
어났는데 기력은 떨어지셨죠. 게다가 재산까지 줄어드니 가난
에 대한 두려움으로 건강이 급격히 나빠지신 거죠. 그런 데다
가 존 도련님의 사망 소식이 너무 급작스러웠어요. 그 소식을

듣고 마님은 뇌졸중을 일으키셨어요. 사흘이나 입을 열지 못하다가 지난 화요일부터 좀 나아지신 것 같더군요. 그런데 무슨 말씀을 하고 싶어 하시는 것처럼 보였어요. 집사람한테 자꾸만 어떤 몸짓을 하면서 웅얼거리셨대요. 그러다 어제 아침에야 집사람이 마님께서 아가씨 이름을 부르신다는 걸 알아차렸고요. 결국 다 들어 보니 '제인을 데려와. 사람을 보내. 그 애한테 할 말이 있어'라고 하시더래요. 마님께서 제정신이신지, 정말 무슨 뜻이 있어서 그러신지 잘 몰라 집사람이 아가씨들한테 그 이야기를 하면서 제인 아가씨를 모셔오자고 했대요. 아가씨들은 처음에 그 제안을 거절하셨대요. 하지만 마님 상태가 자꾸 나빠지고 몇 번이나 '제인, 제인' 하시니까 결국에는 동의하신 거지요. 저는 어제 게이츠헤드에서 출발했습니다. 아가씨께서 준비만 되시면 내일 아침 일찍 모시고 출발할까 하는데요."

"네, 준비하죠. 꼭 가봐야 할 것 같네요."

"저도 그렇게 생각해요. 집사람도 아가씨께서 거절하지 않으실 거라고 하더라고요. 하지만 가시기 전에 허락을 받아야 하지 않나요?"

"그래야죠. 지금 말하려고요."

나는 그를 하인들 방으로 데려가 존 부부에게 신경 써달라고 부탁하곤 로체스터 씨를 찾아 나섰다.

아래층 방들을 모두 찾아봤지만 로체스터 씨는 없었다. 뒤뜰과 마구간, 마당에도 보이지 않았다. 페어팩스 부인에게 그를 보았는지 물어보니 잉그램 양과 당구를 치고 있을 거라고 했다. 나는 당구실로 서둘러 갔다. 공 부딪치는 소리와 왁자지껄하게 떠드는 소리가 났다. 로체스터 씨, 잉그램 양, 애슈턴 자매 그리고 그들을 흠모하는 사람들까지 모두 시간 가는 줄 모른 채 흥겹게 당구를 치고 있었다. 신나게 놀고 있는 사람들을 방해하려니 선뜻 용기가 나지 않았다. 그러나 지체할 수 없는 일이라서 용기를 내어 로체스터 씨에게 다가갔다. 내가 다가가자 곁에 있던 잉그램 양이 내 쪽으로 돌아서서 도도하게 노려보았다. 그 눈빛은 마치 '이 기분 나쁜 게 뭘 바라는 거야?'라고 묻는 듯했다. 내가 "로체스터 님!"이라고 나지막이 부르자 그녀는 내게 물러가라는 듯한 동작을 취했다. 나는 당시 그녀의 모습을 지금도 기억한다. 우아하고 눈부신 모습이었다. 하늘색 크레이프 천으로 된 실내복을 입고 옅은 파란색 스카프로 머리를 묶었다. 그녀는 적극적으로 게임에 임하고 있었는데, 자존심이 상해도 거만한 표정은 여전했다.

"저 여자가 당신에게 볼일이 있나 봐요?"

잉그램 양이 로체스터 씨에게 말했다. 그는 '저 여자'가 누군가 싶어 돌아보더니 미묘하게 얼굴을 찡그렸다. 그의 이상하고 애매모호한 감정 표현 중 하나였다. 그러고는 당구봉을 내려놓고 나를 따라 방에서 나왔다.

"제인, 무슨 일이오?"

그는 문을 닫더니 문에 등을 기댄 채 물었다.

"괜찮으시면 한두 주 휴가를 갔으면 해서요."

"무슨 일로? 어디 가려고?"

"제가 아는 부인이 몹시 편찮으셔서 뵈러 가려고요. 사람을 보내셨거든요."

"편찮은 부인이라니, 그 부인은 어디 사시오?"

"○○ 주 게이츠헤드요."

"○○ 주? 거긴 160킬로미터가 넘게 떨어진 곳이잖소. 도대체 누가 그렇게 먼 데서 자기를 보러오라고 사람을 보낸 거요?"

"리드 가의 리드 부인이에요."

"게이츠헤드의 리드? 게이츠헤드에 리드라는 치안판사가 있었는데."

"그분의 미망인이에요."

"그 미망인과는 어떤 관계요? 어떻게 그 미망인이 당신을 알고 있는 거요?"

"리드 씨가 제 외삼촌이세요. 어머니의 오빠요."

"그랬군! 지금까지 그런 말은 안 했잖소. 늘 친척이라고는 아무도 없다고만 했지."

"저를 친척으로 생각하지 않으시거든요. 외삼촌은 돌아가셨고 외숙모는 저를 내쫓으셨어요."

"아니 왜?"

"가진 것 하나 없는 제가 귀찮았으니까요. 그리고 저를 싫어하셨어요."

"그런데 리드 씨에게 자식들이 있지 않소? 당신한테는 외사촌이 되겠지? 어제 조지 린 경이 게이츠헤드의 리드 씨 이야기를 했소. 그 지역에서 최고 악질의 망나니라고 하던데. 그 자리에서 잉그램 양이 조지아나 리드 이야기도 했지. 일 년 전인가 이 년 전에 런던에서 뛰어난 미모로 인기가 대단했다고 말이오."

"존 리드는 죽었대요. 자신도 파멸하고 집안도 파산 직전까지 몰아갔는데 자살했다나 봐요. 그 소식을 듣고 리드 부인은 충격을 받아 뇌졸중으로 쓰러지셨고요."

"저런! 그런데 당신이 그의 어머니에게 무슨 도움이 되겠소? 제인! 쓸데없는 일이오. 도착하기도 전에 돌아가실지 모르는 사람을 보겠다고 160킬로미터나 달려가다니. 게다가 당신을 내쫓았다면서!"

"네, 하지만 오래전 일이잖아요. 그때와는 상황도 많이 달라졌고요. 지금은 도저히 리드 부인의 바람을 모른 체할 수가 없어요."

"얼마나 가 있을 거요?"

"되도록 짧게요."

"일주일만 있겠다고 약속해요."

"약속은 안 드리는 게 낫겠어요. 어쩔 수 없이 어기게 될 수도 있잖아요."

"아무튼 꼭 돌아와야 해요. 미망인이 무슨 핑계를 대면서 계속 같이 살자고 설득해도 넘어가지 않겠지?"

"그럼요! 일을 다 마치면 꼭 돌아올 거예요."

"누구와 함께 가지? 160킬로미터나 되는 먼 거리를 혼자 여행할 수는 없잖소."

"외숙모께서 마부를 보내셨어요."

"믿을 수 있는 사람이오?"

"네. 그 집에서 십 년을 넘게 지냈는걸요."

그는 잠시 생각에 잠겼다.

"언제 출발할 셈이오?"

"내일 아침 일찍 떠날 거예요."

"그럼 돈이 필요하겠군. 빈손으로 여행할 순 없지. 아마 가진 돈이 얼마 없을 거요. 내가 아직 보수를 주지 않았으니 말이오. 제인, 돈이 얼마나 있소?"

그가 미소를 지으며 물었다.

지갑을 꺼내 열어보니 얼마 되지 않은 돈이 들어 있었다.

"5실링 있습니다."

그는 내 지갑을 가져가더니 들어 있는 돈을 자신의 손바닥 위에 쏟아놓고는 잔돈푼이 우습다는 듯 바라보며 피식 웃음을 터트렸다. 그러고는 곧바로 자신의 지갑을 꺼냈다.

"받아요."

그가 지폐 한 장을 건넸다. 50파운드짜리 지폐였다. 하지만 그가 내게 지급할 돈은 15파운드밖에 되지 않았다. 나는 그에게 거스름돈이 없다고 말했다.

"거슬러줄 필요가 없다는 것 잘 알잖소. 봉급이니 받아둬요."

나는 처음에 받기로 했던 금액보다 더 많이 받을 순 없다고 말했다.

그러자 그는 인상을 찌푸리고 있다가 문득 무슨 생각이라도 떠오른 듯 이렇게 말했다.

"맞아, 맞아. 지금 한꺼번에 다 주지 않는 게 좋겠어. 50파운드를 다 주면 거기에 삼 개월이나 있을지도 모르지. 10파운드짜리가 있군. 이거면 충분하겠소?"

"네, 이제 저한테 5파운드 빚지신 거예요."

"그러니 꼭 받으러 와요. 나머지 40파운드는 내가 보관하고 있을 테니."

"기회가 생겼으니 다른 용건도 한 가지만 말씀드려도 될까요?"

"용건? 뭔지 궁금하군."

"머지않아 결혼할 거라고 하셨잖아요?"

"그랬지. 그래서요?"

"그렇게 되면 아델은 학교에 보내는 게 좋을 거 같아요. 왜 그래야 하는지는 아실 거라고 생각해요."

"신부에게 걸리적거리지 않도록 말이오? 그러지 않으면 신부가 함부로 대할 게 확실하니까? 그 말에도 일리가 있군. 맞소, 당신 말대로 아델은 학교에 가야겠지. 물론 선생은 알게 뭐냐는 듯 곧장 떠나버릴 테고?"

"그렇게 되지 않길 바라지만 그때는 어딘가 다른 일자리를 구해야겠죠."

"그렇겠지."

로체스터 씨는 괴상하면서도 우스꽝스럽게 얼굴을 일그러뜨리며 코웃음을 치듯 말했다. 그러고는 잠시 동안 내 얼굴을 들여다봤다.

"리드 부인이나 딸들에게 다른 자리를 알아봐 달라고 간절하게 부탁이라도 할 건가?"

"아니요. 친척들과는 그런 부탁을 해도 될 만한 사이가 아니에요. 제가 광고를 낼 거예요."

"이집트의 피라미드도 걸어 올라가겠군! 위험을 무릅쓰고 광고를 한다는 거요? 10파운드 대신에 1파운드짜리 금화 하나만 줄 걸 그랬소. 9파운드는 돌려주시오. 내가 어디 쓸 데가 있으니까."

"저도 쓸 데가 있어요. 무슨 일이 있어도 절대 돈을 내드릴 수 없어요."

나는 지갑 든 손을 뒤춤에 감추며 응수했다.

"이런 구두쇠 같으니! 돈 꿔달라는 요청을 거절하다니! 제인, 5파운드만 줘요."

"5실링은커녕 5펜스도 안 돼요."

"그럼 그냥 돈 구경만 하게 해줘요."

"안 돼요, 믿을 수가 없어요."

"제인."

"네?"

"한 가지만 약속해주시오."

"제가 할 수 있는 거라면 뭐든 약속할게요."

"광고를 내지 말아요. 일자리 찾는 문제는 나한테 맡겨요. 때가 되면 내가 알아봐 주겠소."

"기꺼이 그러지요. 그 대신 신부가 집에 들어오기 전 아델과 제가 무사히 집을 떠날 수 있게 해주시겠다고 약속해주세요."

"좋아, 좋소! 맹세하겠소. 그럼 내일 출발이오?"

"네, 아침 일찍 떠날 거예요."

"저녁 식사 후에 응접실로 내려올 거요?"

"아니요. 떠날 채비를 해야죠."

"그러면 잠시 작별인사를 해야 하지 않겠소?"

"네."

"사람들은 헤어질 때 어떻게 하지? 알려주시오. 나는 영 모르겠군."

"잘 지내라고 말하거나 다른 하고 싶은 말을 하죠."

"그럼 해봐요."

"로체스터 님, 그동안 잘 지내세요."

"그럼 나는 뭐라고 해야 하오?"

"똑같이 하셔도 돼요."

"에어 양, 그동안 잘 지내시오. 이게 끝이오?"

"네?"

"너무 짧은 것 같지 않소? 너무 딱딱하고 쌀쌀맞아. 다른 방법이 좋겠는데. 뭔가 좀 더 덧붙이면 어떨까. 악수를 해볼까. 아니지, 그것도 별로군. 제인, 당신은 잘 지내라고만 하고 말거요?"

"그거면 충분해요. 진심 어린 말 한 마디로도 충분히 마음을 전할 수 있어요."

"물론 그렇지. 하지만 그저 '잘 지내요'라니 너무 허전하고 냉정하잖소."

'얼마나 더 오래 문에 기대서 있을 생각이지? 얼른 짐을 싸야 하는데.'

나는 속으로 생각했다.

그때 저녁 식사를 알리는 종이 울렸고 로체스터 씨는 말 한 마디 남기지 않고 방으로 들어가 버렸다. 그날 더는 그를 보지 못했고, 나는 다음 날 그가 일어나기 전에 길을 떠났다.

5월 1일 오후 다섯 시경, 나는 게이츠헤드 저택의 문지기 집에 도착했다. 나는 저택에 들어가기 전 그곳에 먼저 들렀다. 무척 깨끗하고 아담했다. 장식용 창문에는 작고 하얀 커튼이 걸려 있고 마룻바닥에는 얼룩 하나 없었다. 벽난로 철망과 연장은 반짝반짝 윤이 났고 난롯불이 활활 타오르고 있었다.

베시는 난롯가에 앉아 갓난아이에게 젖을 먹이고 아들 로버트와 그 누이는 한쪽 구석에서 얌전히 놀고 있었다.

"어머! 오실 줄 알았어요!"

내가 들어가자 리븐 부인이 외쳤다.

"그래요, 베시. 너무 늦지 않았을 거라고 믿어요. 리드 부인은 좀 어때요? 아직 아무 일 없는 거죠?"

나는 그녀에게 입을 맞추며 물었다.

"괜찮으세요. 며칠 전보다 의식도 또렷하고 마음도 많이 안정되셨어요. 의사 선생님이 한두 주는 더 버티실 거라고 말씀하셨어요. 그래도 완전히 회복되지는 못할 거래요."

"요즘도 내 이야기를 하세요?"

"요즘은 아침에만요. 아가씨가 왔으면 한다고 말씀하셨어요. 지금은, 아니 십 분 전에 올라가 봤을 때는 주무시고 계셨어요. 마님께서는 오후 내내 정신없이 주무시다가 여섯 시나 일곱 시쯤

430

일어나세요. 그러니 여기서 한 시간 쯤 쉬시다가 나랑 같이 올라가요."

로버트가 들어오자 베시는 잠든 아기를 요람에 눕히고 그를 반겼다. 그러고 나서 내게 얼굴이 창백하고 피곤해 보인다며 모자를 벗고 차를 마시라고 권했다. 그녀의 환대를 받으니 기뻤다. 나는 어렸을 때처럼 베시가 여행 복장을 벗겨주는 대로 고분고분하게 있었다.

이리저리 바삐 움직이는 베시를 보고 있으니 옛 기억들이 빠르게 밀려왔다. 그녀는 쟁반 위에 가장 좋은 사기 찻잔을 내오고 빵과 버터를 자른 뒤 차와 같이 먹을 케이크를 구웠다. 그러면서 틈틈이 예전에 내게 그랬듯 아들 로버트와 딸 제인을 토닥거리거나 어르곤 했다. 베시는 가벼운 걸음걸이와 예쁜 외모 그리고 급한 성격까지 여전했다.

차가 준비되자 나는 탁자에 가까이 가려 했다. 그러나 베시는 예전과 다름없는 단호한 말투로 그대로 앉아 있으라고 했다. 난롯가에서 차를 마셔야 한다는 것이었다. 그러면서 토스트 접시와 커피 잔이 놓인 작고 둥근 탁자를 내 앞으로 가져왔다. 마치 어렸을 적 그녀가 아이들 방 의자 위에 몰래 가져온 맛있는 음식을 차려놓고 내게 먹이던 때와 똑같았다. 나는 미소를 지으며 예전 그때처럼 그녀가 시키는 대로 따랐다.

베시는 내가 손필드 저택에서 행복하게 지내는지 그리고 그 집 안주인은 어떤 분인지 궁금해했다. 손필드 저택에는 바깥주인밖에 없다고 하자 훌륭한 신사인지, 내가 그분을 좋아하진 않는지 물었다. 나는 주인은 못생겼지만 매우 신사답고 내게도 친절하게 대해줘서 만족스럽다고 대답했다. 그리고 최근 그 저택에 머물고 있는 화려한 손님들 이야기를 자세하게 들려주었다. 베시는 이런 소소한 이야기를 매우 재미있어하며 들었다. 딱 그녀가 좋아하는 종류의 이야기였다.

이런저런 이야기를 나누다 보니 한 시간이 훌쩍 지나갔다. 베시는 내게 다시 모자를 씌우고 옷을 입혀주었다. 나는 그녀를 따라 저택으로 향했다. 구 년 전 지금 올라가는 이 길을 내려올 때도 베시가 곁에 있었다. 깜깜하고 안개가 낀 몹시 추운 1월의 어느 날 아침이었다. 나는 법의 보호는커녕 신에게서도 버림받은 듯한 절망적이고 원통한 마음으로 머나먼 미지의 목적지인 로우드의 싸늘한 피난처를 찾아 원수 같은 이 집을 떠났다. 바로 그 원수 같은 집이 다시 내 눈앞에 솟아 있었다. 내 앞날은 여전히 불투명하고 내 마음은 아직도 아팠다. 나는 자신이 세상을 떠돌아다니는 사람처럼 느껴졌다. 하지만 이제는 나 자신과 내 능력에 대해 좀 더 확고한 믿음이 생겼고 억압이 두려워 기죽지 않았다. 사소한 잘못으로 받았던 큰 상처도 이제 거의 아물었고 늘 타오르던 분노의 불꽃도 꺼져버렸다.

"우선 식당으로 가시죠. 아가씨들은 거기 계실 거예요."

베시가 앞장서서 홀을 지나며 말했다.

나는 작은 식당으로 들어갔다. 방 안의 모든 가구가 내가 처음으로 브로클허스트 씨와 만난 그날 아침과 똑같이 그대로 놓여 있었다. 그가 서 있던 카펫도 여전히 난로 앞에 깔려 있었다. 책장을 얼핏 보니 비윅의 《영국 조류사》 두 권이 예전처럼 세 번째 선반에, 《걸리버 여행기》와 《아라비안나이트》가 그 위 칸에 꽂혀 있었다. 생명이 없는 것들은 변함이 없었지만, 살아 있는 사람들은 알아볼 수 없을 만큼 변해 있었다.

눈앞에 젊은 귀부인 둘이 있었다. 한 사람은 잉그램 양만큼 키가 크긴 했지만 매우 가냘퍼 보였다. 게다가 혈색이 좋지 않고 심각한 표정을 하고 있었다. 일자로 내려오는 검은색 모직 드레스, 빳빳하게 풀을 먹인 리넨 깃, 관자놀이부터 뒤로 빗어 넘긴 머리, 수녀가 달 법한 흑구슬 장식과 십자가 등 매우 검소한 차림새를 한 모습이 마치 금욕주의자처럼 보였다. 비록 얼굴이 길쭉하고 낯빛이 창백해 예전 모습은 찾아보기 어려웠지만, 그녀가 일라이자라는 걸 알 수 있었다.

그렇다면 나머지 한 명은 조지아나가 분명했다. 하지만 내가 기억하는 날씬하고 요정 같던 열한 살짜리 소녀가 아니었다. 예쁘고 반듯한 이목구비에 아련한 파란 눈, 황금색 곱슬머리를 가진 밀랍인형처럼 아름답고 풍만한 데다가 성숙한 처녀였다. 조지아나도 검은 옷을 입고 있었지만 언니와는 전혀 달랐다. 미끈하게 잘 어울려서 몸에 딱 맞았다. 금욕적인 일라이자의 차림새와 달리 맵시가 있었다.

자매는 각자 어머니의 특징을 하나씩 가지고 있었다. 마르고 핼쑥한 언니는 어머니처럼 흑수정 같은 눈을 가졌고 꽃같이 화려한 동생은 어머니의 턱선을 닮았다. 조금 더 부드럽기는 하지만 턱선 때문에 어딘지 모르게 인상이 좀 딱딱해 보였다. 그것만 아니라면 정말 요염하고 귀여워 보였을 것이다.

내가 들어서자 두 사람은 일어나서 나를 맞았다. 그리고 둘 다 나를 "에어 양!"이라고 불렀다. 일라이자는 무표정한 얼굴로 무뚝뚝하게 짧은 인사를 건네고는 곧바로 의자에 앉더니 나를 잊어버린 듯 난롯불만 바라보았다. 조지아나는 "잘 지냈어?"라고 묻고는 여행이나 날씨가 어땠는지 등을 느긋한 말투로 물어보았다. 그러면서도 나를 머리끝에서 발끝까지 곁눈질로 훑어봤다. 이제 그녀의 시선이 주름 잡힌 칙칙한 메리노 외투를 가로질러 수수한 장식이 달린 모자에 머물렀다. 젊은 여자들은 자신이 상대를 '괴짜'라고 여긴다는 사실을 말하지 않고도 상대에게 알릴 수 있다. 굳이 무례한 말이나 행동을 하지 않아도 오만한 눈초리, 쌀쌀맞은 태도, 무심한 말투만으로도 충분히 자신의 감정을 표현할 수 있다.

그러나 드러내놓고 표현하든, 은근히 표현하든 비웃음은 전처럼 내게 큰 영향을 미치지 못했다. 놀랍게도 나는 나를 철저히 무시하는 언니와 비웃음 섞인 시선으로 바라보는 동생 사이에 태연히 앉아 있었다. 일라이자에게 화가 나지도 않았고 조지아나 때문에 당황하지도 않았다. 사실 나는 달리 생각할 거리가 있었다. 지난 몇 달 사이 내 마음속에서는 그들은 결코 일으킬 수 없을 정도로 강렬한 감정이 끓어오르고 있었다. 그들이 내게 줄 수 있는 고통보다 더 강렬한 고통과 즐거움을 느끼고 있어 그들의 태도에 조금도 구애받지 않았다.

"리드 부인은 좀 어떠세요?"

나는 차분히 조지아나를 바라보면서 물었다. 내가 곧장 이런 말을 건네자 그녀는 뜻밖의 건방진 소리에 코웃음을 쳐야겠다고 마음먹은 듯 말했다.

"리드 부인? 아, 엄마 말이야? 건강이 너무 약해지셨어. 오늘 밤은 뵐 수 없을 것 같은데."

"올라가서 내가 왔다고 전해주면 고맙겠어요."

조지아나가 깜짝 놀라며 눈을 동그랗게 뜨고 나를 사납게 노려봤다.

"리드 부인이 특별히 나를 보고 싶어 하셨다면서요. 나는 쓸데없이 시간을 끌고 싶지 않아요."

나는 단호한 목소리로 말했다.

"엄마는 저녁에 성가시게 하는 걸 싫어하셔."

일라이자가 대꾸했다.

나는 곧바로 일어나서 청하지도 않는데 조용히 모자와 장갑을 벗었다. 그리고 베시가 아마 주방에 있을 테니 리드 부인이 오늘밤 나를 만날 수 있을지 알아봐 달라고 해야겠다고 말했다. 그러고는 말 그대로 베시에게 가서 일을 부탁하고 그다음 일도 지시했다. 여태까지 나는 오만한 태도 앞에서 한껏 위축되었다. 일 년 전까지만 해도 이런 대접을 받았다면 곧바로 다음 날 아침 게이츠헤드를 떠나기로 결심했을 것이다. 하지만 지금은 그게 어리석은 생각이라는 걸 알고 있었다. 나는 외숙모를 만나기 위해 160킬로미터가 넘는 거리를 달려왔다. 그러니 그녀가 나아지시든 돌아가시든 그때까지 곁에 있어야 했다. 오만하고 어리석은 딸들에게 휘둘릴 수는 없었다. 나는 가정부를 불러 빈방으로 안내해달라고 했다. 그리고 한두 주 정도 머무를 예정이니 트렁크를 방으로 옮겨달라고 말한 뒤 나도 그 뒤를 따랐다. 그러다 층계참에서 베시와 마주쳤다.

"마님께서 일어나셨어요. 아가씨가 왔다고 전했는데 알아보실지 같이 가봐요."

그 방은 너무나 잘 알고 있어 안내받을 필요도 없었다. 예전에 벌을 받거나 야단을 맞으러 늘 불려가곤 했다. 나는 베시보다 앞서 문을 살짝 열었다. 날이 어두워지는 시간이라 탁자 위에 갓을 씌운 등불이 켜져 있었다. 네 개의 기둥이 있고 호박색 커튼이 쳐진 커다란 침대와 화장대, 팔걸이의자, 발판까지 예전과 똑같았다. 지난날 나는 셀 수도 없을 만큼 자주 내가 하지도 않은 잘못 때문에 이 발판 위에 올라가 무릎을 꿇고 벌을 받으며 용서를 빌었다. 나는 가까운 한쪽 구석에 한때 나를 공포에 떨게 했던 회초리가 있는지 살펴봤다. 언제나 그곳에 숨어 있다가 악마처럼 날뛰며 나의 떨리는 손바닥과 잔뜩 움츠러든 목을 내려치곤 했다. 나는 침대로 다가가 커튼을 젖히고 높이 쌓아올린 베개 위로 몸을 숙였다.

나는 리드 부인의 얼굴을 생생하게 기억했다. 기억 속의 그 모습을 찾으려고 애썼다. 세월이 복수심을 가라앉히고 분노와 증오심을 달래주는 건 정말 다행스러운 일이다. 나는 분노와 증오심에 가득 차서 그녀의 곁을 떠났다. 하지만 이제는 그녀에게 아무런 감정도 남아 있지 않았다. 그저 큰 고난을 겪은 그녀가 측은했고 내게 준 상처를 모두 잊고 용서하고 싶은 마음만 간절했다. 다시 화해하고 다정하게 손을 잡고 싶었다.

낯익은 얼굴이 거기 있었다. 엄하고 인정머리라곤 없는 얼굴, 그 무엇도 누그러뜨릴 수 없는 특이한 눈과 약간 치켜 올라간 고압적이고 포악스러운 눈썹까지 그대로였다. 얼마나 많은 시간 증오와 미움을 가득 담고 나를 노려보았던가. 그 거친 선을 더듬고 있자니 어린 시절의 공포와 슬픔이 생생하게 떠올랐다. 나는 허리를 굽혀 그녀에게 입을 맞췄다. 그녀가 나를 보았다.

"제인 에어냐?"

그녀가 말했다.

"네, 리드 외숙모. 몸은 좀 어떠세요?"

언젠가 나는 이 여자를 다시는 외숙모라고 부르지 않겠다고 맹세했다. 하지만 이제 그 맹세를 지키지 않는다고 해서 잘못 같지는 않았다. 나는 이불 밖으로 삐져나온 그녀의 손을 꽉 잡았다. 그녀도 내 손을 다정하게 잡아주었더라면 나는 진심으로 기뻐했을 것이다. 하지만 천성적으로 냉정한 사람이 금세 부드러워질 리 없었고 오래된 미움이 기다렸다는 듯 사라질 리도 없었다. 리드 부인은 손을 빼면서 외면하듯 고개를 돌리더니 오늘 밤 날씨가 따뜻하다고 말했다. 그녀가 또다시 차가운 시선으로 나를 보자 나는 단번에 그녀의 생각과 감정이 전혀 바뀌지 않았고 앞으로도 바뀌지 않으리라는 걸 알았다. 나는 그녀의 냉랭한 눈빛, 친절이 통하지 않고 눈물에도 변하지 않는 그 눈을 보고 끝까지 나를 나쁜 사람으로 여길 작정이라는 걸 알았다. 내가 좋은 사람이라고 생각한다면 그녀는 크게 기뻐하기보다는 그저 굴욕적이라고 느낄 것이다.

그 순간 나는 슬픈 마음이 바뀌어 화가 났다. 그래서 그녀의 천성이나 의지를 눌러 이겨버리겠다고 마음먹었다. 어렸을 때처럼 눈물이 솟아올랐지만 애써 참았다. 나는 그녀의 머리맡에 의자를 가져가 앉은 뒤 베개 위로 몸을 숙였다.

"사람을 보내 저를 부르셨죠? 그래서 제가 왔어요. 외숙모께서 회복되실 때까지 여기 머무를 작정이에요."

"물론 그랬지! 내 딸들은 만나봤니?"

"네."

"그럼 그 애들한테 내가 하고 싶은 말을 네게 할 수 있을 때까지 여기 머물기를 바란다고 말하렴. 오늘 밤은 너무 늦었다. 그리고 기억이 잘 나지 않아. 분명 하고 싶은 말이 있었는데. 가만…… 뭐였더라."

불안한 눈빛과 변한 말투는 한때 건강하던 몸이 얼마나 망가졌는지를 보여줬다. 그녀는 안절부절못하고 뒤척거리며 이불을 몸 쪽으로 바짝 끌어당겼다. 내 팔꿈치가 이불 한쪽 모서리를 눌러 이불이 움직이지 않자 그녀는 버럭 화를 냈다.

"일어나! 짜증나게 이불을 꽉 누르지 말라고. 네가 제인 에어냐?"

"네, 제인 에어예요."

"내가 그 애 때문에 얼마나 속을 썩었는지 몰라. 그런 골칫덩어리를 떠맡게 되다니. 이해할 수 없는 성미에다 별안간 화를 내지를 않나, 게다가 이상하게도 남의 행동을 지켜보니 매일 매 순간 내가 화가 안 나겠느냐고. 한번은 미쳤거나 악마라도 덮어 쓰인 듯 내게 대들었어. 그때 그 애처럼 말하고 그런 표정을 짓는 아이는 난생처음 봤어. 난 그 애를 이 집에서 쫓아버리고 정말 기뻤지. 로우드에서는 다들 그 애를 어떻게 대했을까? 열병이 돌아 많은 학생이 죽었다고 했어. 그런데도 그 애는 안 죽더라고. 하지만 나는 죽었다고 했지. 그 애가 죽기만을 바랐으니까!"

"외숙모, 이상한 소원이네요. 그 애를 왜 그렇게 미워하신 거예요?"

"난 그 애 엄마가 싫었어. 남편은 하나밖에 없는 누이동생을 무척이나 사랑했지. 그녀가 신분이 낮은 사람과 결혼하자 가족들이 인연을 끊겠다고 했을 때도 그이는 혼자 반대했어. 누이동생이 죽었다는 소식을 듣자 남편은 넋 나간 사람처럼 흐느껴 울었어. 누이동생의 아기를 데려오고 싶어 했지. 내가 차라리 유모에게 맡기고 양육비를 주자고 그렇게 애원했는데도. 그래서 처음 본 순간부터 그 애가 미웠어. 비쩍 말라서 허약해 보이는데 칭얼대기까지 하면서 밤새 울었어. 그것도 다른 애들처럼 우렁차게 우는 게 아니라 훌쩍거리고 칭얼댔단 말이야. 남편은 그게 가여워서 친자식처럼 길렀지. 우리 아이들이 그 나이였을 때보다 더 다정했다니까. 남편은 우리 애들과 그 거지 같은 애를 친해지게 하려고 애썼어. 하지만 귀여운 내 새끼들은 따라주지 않았어. 그러자 남편은 그 애를 싫어한다고 우리 애들한테 화를 냈지. 병에 걸려 다 죽어가면서도 마지막까지 그 애를 자기 곁으로 불렀어. 그리고 죽기 한 시간 전에 나한테 그 애를 끝까지 키우겠다는 맹세를 하도록 시켰지. 차라리 구빈원에서 가난뱅이 애를 데려다 키우는 게 나았을 거야. 하지만 남편은 나약했어. 천성적으로 마음이 여렸지. 존은 제 아버지를 닮은 구석이 하나도 없어. 나와 제 외삼촌을 닮았지.

딱 깁슨 집안 사람이라니까. 아, 돈을 달라는 편지를 보내 나를 그만 좀 괴롭혔으면! 더는 그 녀석한테 줄 돈도 없는데 말이야. 우린 점점 쪼들리고 있어. 하인도 절반은 내보내고 집도 일부분은 닫아버리거나 세를 줘야 해. 하지만 난 그럴 수가 없어. 그럼 앞으로 어떻게 지내지? 수입 중 3분의 2는 빌린 돈의 이자를 갚는 데 들어가 버리는데. 존은 도박에 미쳐 늘 돈을 잃기만 하지. 불쌍한 녀석! 사기꾼들에게 시달리고 있어. 헤어나오지 못하고 타락해버렸지. 게다가 끔찍한 몰골을 하고 있는 그 애를 보면 부끄러울 지경이야."

그녀는 점점 더 흥분했다.

"나는 그만 가는 게 좋겠어요."

나는 침대 건너편에 서 있던 베시에게 말했다.

"그럴 것 같네요. 아무튼 밤이 가까워지면 저렇게 말씀하시지만 아침에는 좀 더 차분해지세요."

나는 자리에서 일어났다.

"기다려! 할 말이 또 있다고. 존이 나를 협박해. 자기가 죽든지 나를 죽이든지 하겠다고 계속해서 위협한다니까. 가끔 그 애가 목을 크게 다치거나 시커멓게 퉁퉁 부은 채 누워 있는 꿈을 꿔. 이렇게 되다니. 고생이 이만저만이 아니야. 걱정거리가 태산인데 어떻게 하지? 어디서 돈을 구하지?"

리드 부인이 외쳤다.

베시는 겨우 부인을 달래 진정제를 먹였다. 이윽고 부인은 진정되는 듯하더니 꾸벅꾸벅 졸기 시작했다. 나는 방을 나왔다.

열흘이 지나도록 나는 부인과 다시 이야기를 나누지 못했다. 그녀는 횡설수설하다가 혼수상태에 빠지기를 반복했다. 의사는 그녀를 자극해 힘들게 만들 만한 일은 절대 하지 말라고 주의를 주었다. 그동안 나는 되도록 일라이자, 조지아나와 잘 어울려 지내려고 했다. 두 자매는 처음에는 몹시 냉랭했다. 일라이자는 하루의 절반을 바느질이나 독서, 편지 쓰기 등을 하면서 보냈고 나와 조지아나에게는 거의 한 마디 말도 건네지 않았다. 조지아나는 자기가 기르는 카나리아와는 몇 시간이고 말도 안 되는 대화를 나누면서도 나는 철저히 무시했다. 나는 할 일도 없고 놀 거리도 없다고 어쩔 줄 몰라 하는 모습을 보이고 싶지 않았다. 챙겨간 화구로 소일거리 삼아 그림을 그렸다.

나는 필통과 도화지 몇 장을 챙겨 그들과 멀찍이 떨어진 창가에 앉곤 했다. 그리고 시시각각 바뀌는 상상이라는 만화경 속에 순간적으로 떠오르는 풍경들을 멋진 그림장식으로 그리는 데 몰두했다. 바위 사이로 언뜻 보이는 바다, 수평선 위로 떠오르는 달, 그 달을 가로질러가는 배 한 척, 우거진 갈대와 창포, 연꽃 관을 쓰고 연꽃 속에서 튀어나온 물의 요정, 산사나무 꽃으로 만든 화관을 쓴 채 바위종다리 둥지 안에 앉은 작은 요정까지.

어느 날 아침, 나는 얼굴 하나를 그리기 시작했다. 어떤 얼굴이 될지 알 수도 없고 상관도 없었다. 나는 검은 연필을 잡고 뭉툭하게 만든 다음 그림을 그려나갔다. 먼저 도화지에 넓고 툭 튀어나온 이마와 턱이 각진 얼굴선을 그렸다. 나는 그 윤곽선이 좋았다. 내 손가락은 부지런히 이목구비를 채워넣었다. 이마 밑에는 짙고 가로로 쭉 뻗은 눈썹을 그렸다. 그다음에는 당연히 콧구멍이 넓고 콧대가 쭉 뻗은 또렷한 코를 그리고, 절대 작지 않으면서 자유로이 움직이는 입을 그렸다. 가운데가 또렷하게 갈라진 단단해 보이는 턱, 물론 검은 구레나룻도 필요했다. 그리고 칠흑 같은 머리칼이 관자놀이 위를 촘촘히 덮고 이마 위에서 물결치듯 구불거리게 그렸다. 이제 눈을 그릴 차례였다. 마지막까지 눈을 남겨둔 이유는 가장 신중하게 그려야 했기 때문이다. 눈은 큼직하게 그렸다. 형태가 잘 잡혔다. 속눈썹은 검고 길며 커다란 눈동자가 반짝거렸다.

'됐어! 하지만 약간 부족해. 더 강렬하고 영혼이 담긴 눈빛이어야 해.'

나는 그림의 전체적인 인상을 보면서 생각했다.

그러고는 눈빛이 더욱 밝게 보이도록 음영을 짙게 넣었다. 칠을 한두 번 더하니 그림이 완성되었다. 내 눈앞에 있는 것은 다름 아닌 친구의 얼굴이었다. 저 아가씨들이 내게 등을 돌리고 앉아 있더라도 무슨 상관이람! 나는 그림을 들여다보았다. 그와 꼭 닮은 그림을 보니 미소가 절로 지어졌다. 나는 그림에 마음을 빼앗겼다.

"아는 사람 얼굴을 그린 거야?"

어느새 다가온 일라이자가 물었다. 나는 상상해낸 얼굴이라고 대답하며 서둘러 도화지 밑에 감췄다. 물론 거짓말이었다. 사실 로체스터 씨의 얼굴을 실제와 아주 똑같이 그린 그림이었다. 그러나 나 말고 그녀와 다른 누구에게 이 그림이 무슨 의미가 있겠는가. 조지아나도 다가와서 그림을 보았다. 다른 그림들은 매우 마음에 들어 했지만 이 그림을 보더니 못생긴 남자라고 했다. 둘 다 내 그림 실력에 놀란 듯했다. 그들에게 초상화를 그려주겠다고 제안하자 차례로 내 앞에 앉았고 나는 연필로 그들의 윤곽선을 그렸다. 조지아나는 자기 화집을 보여주었다. 내가 수채화를 그려주겠다고 하자 그녀는 금방 기분이 좋아져 내게 정원으로 산책을 가자고 했다. 우리는 밖에 나간 지 채 두 시간도 되지 않아 비밀 이야기를 털어놓는 사이가 되었다. 그녀는 이 년 전쯤 런던 사교계에서 보냈던 화려한 겨울과 그곳에서 온갖 찬사를 듣고 주목받았던 이야기를 자세히 들려주었다. 심지어 나는 그녀가 어느 귀족과 만났다는 사실도 눈치 챘다.

오후가 지나고 저녁이 되면서 그 증거가 점점 늘어났다. 조지아나는 온갖 달콤한 대화를 들려주고 감상적인 장면을 묘사해주었다. 간단히 말하면 내게 상류사회에 관한 소설 한 권을 즉석에서 써준 것이나 다름없었다. 대화는 매일같이 이어졌지만 주제는 한결같았다. 그녀 자신, 자신의 사랑, 자신의 슬픔만을 이야기했다. 이상하리만치 어머니와 오빠의 죽음, 당장 눈앞에 닥친 가족의 암담한 현재와 미래에 대해서는 단 한 마디도 하지 않았다. 그녀의 마음은 과거의 화려한 즐거움과 미래에 다가올 방탕한 삶에 대한 열망으로 가득 차 있었다. 매일 어머니의 침실을 찾아갔지만 오 분 이상 머무르는 법이 없었다.

일라이자는 여전히 내게 말을 걸지 않았다. 사실 그녀는 이야기를 나눌 시간도 없어 보였다. 나는 여태껏 그녀처럼 살아본 적이 없었다. 하지만 무엇을 하는지, 아니 그렇게 부지런히 움직인 결과가 뭔지 말하기도 어렵다. 그녀는 자명종까지 맞춰가며 아침 일찍 일어났다. 아침 식사 전에는 뭘 하는지 모르겠지만, 식사 후에도 시간을 일정하게 쪼개 매시간 해야 할 일을 정했다. 하루에 세 번 그녀는 어떤 작은 책을 갖고 공부했다. 살펴보니 성공회의 기도서였다. 한번은 내가 그 기도서 중에 가장 마음을 끄는 부분이 어디냐고 물었더니 "전례법규"라고 대답했다. 또 하루 세 시간은 거의 카펫만 한 크기의 진홍빛 천 가장자리를 금실로 꿰매며 보냈다. 어디에 쓸 것인지 물어보니 최근 게이츠헤드 근처에 새로 세워진 교회의 제단을 덮을 거라고 했다. 두 시간 동안은 일기를 썼고 두 시간은 자신의 텃밭을 가꿨다. 나머지 한 시간은 장부를 정리했다. 친구도 대화도 원하지 않는 듯했다.

나는 일라이자가 나름대로 행복했을 거라고 생각한다. 규칙적인 일과에 충분히 만족하고 있었으니까. 그리고 그녀는 때맞춰 하는 규칙적인 일과를 변경하게 만드는 일이 생기면 그 어느 때보다도 화를 냈다.

어느 날 저녁 일라이자는 다른 때보다 이야기를 하고 싶은 기분이었는지 내게 이런 말을 했다. 존의 행실과 파산 위기에 처한 가족이 엄청난 고민거리였지만 이제 마음을 가다듬고 굳게 다짐한 게 있다고 했다. 자신의 재산은 안전하게 관리하고 있으니 어머니가 돌아가시면 오랫동안 바라던 계획을 실행에 옮기겠다는 것이다. 그녀는 태연하게 어머니가 회복되거나 오래 버티실 리 없을 거라고 말했다. 영원히 규칙적인 생활을 할 수 있는 은둔처를 찾아 천박한 세상과 경계를 치고 살아가겠다고 했다. 나는 조지아나도 같이 갈 것인지 물어보았다. 물론 아니었다. 조지아나와 일라이나 사이에는 공통점이 하나도 없었다. 과거에도 마찬가지였다. 그녀는 무슨 일이 있어도 조지아나와 함께 사는 부담을 지고 싶지 않다고 했다. 조지아나와 자신은 각자의 길을 가야 한다는 것이다.

조지아나는 내게 속마음을 털어놓을 때 말고는 하루의 대부분을 소파에 누워서 보냈다. 그러면서 집안 분위기가 너무 우울하다고 조바심을 냈고 깁슨 숙모가 자기를 런던으로 초대해 주기를 끊임없이 바라면서 시간을 보냈다.

"다 끝날 때까지 한두 달만 떠나 있을 수 있다면 정말 좋을 텐데."

그녀가 말했다. '다 끝난다'는 말이 무슨 뜻인지 굳이 물어보지 않았지만, 어머니의 죽음과 장례식 뒤에 따라올 우울함을 말하는 듯했다. 일라이자는 빈둥빈둥 투정만 부리는 대상이 눈앞에 없는 듯 동생의 게으름과 불평에 전혀 신경 쓰지 않았다. 그러던 어느 날 자신의 출납 장부를 덮어놓고 수를 놓다가 동생에게 이렇게 말했다.

"조지아나, 세상에 너처럼 허영심 많고 어리석은 인간은 없을 거야. 넌 세상에 태어나지 말았어야 해. 인생을 낭비하고 있으니까. 이성적인 인간이라면 반드시 자신을 위해, 자기 힘으로, 자신의 삶을 살아야 해. 한데 너는 너가 무능하다면서 남의 힘에만 의지해 살려고 하잖아. 남자든 여자든 너처럼 뚱뚱하고 나약하며 아무 쓸모없는 인간을 기꺼이 책임져줄 사람은 찾을 수 없을 거야. 그러면 너는 구박을 받았다느니 무시당했다느니 불행하다느니 하면서 울부짖을 거야. 네게 삶이란 끊임없는 변화와 자극의 무대여야만 하고, 그게 아니면 너는 감옥 같다고 느끼겠지. 넌 남한테 칭찬받고 구애를 받고 입에 발린 찬사를 들어야 하고, 음악과 춤과 사교계가 없으면 안 돼. 안 그러면 축 처져서 시들시들해지겠지. 남의 노력이나 의지와 상관없이 너 자신의 노력과 의지로 살 방법을 연구해볼 생각은 없니? 하루를 여러 부분으로 쪼개봐. 그리고 시간마다 할 일을 정하는 거야. 십오 분, 십 분, 단 오 분이라도 틈이 있으면 안 돼. 매시간 할 일이 있어야 해. 그리고 일을 순서대로 체계 있게 규칙적으로 해봐. 너도 모르게 하루가 후딱 지나버릴걸. 그러면 남의 도움 없이 시간을 보낼 수 있을 거야. 친구나 대화, 연민 같은 것도 필요 없어. 간단히 말하자면 독립적으로 사는 거지. 이 충고를 명심해. 처음이자 마지막으로 하는 충고니까. 그럼 너는 어려운 일이 있어도 나나 다른 사람이 필요 없을 거야. 내 말을 안 듣고 지금처럼 빈둥대면서 이것저것 바라기만 하고 징징댄다면 네 어리석음의 결과로 끔찍하고 견디기 어려운 고통을 겪게 될 거야. 솔직히 말할 테니 잘 들어. 지금부터 하는 말은 두 번 다시 하지 않을 거야. 그리고 나는 꼭 그렇게 하고 말 거야. 어머니가 돌아가시면 난 너와 인연을 끊을 거야. 어머니의 관이 게이츠헤드 교회의 납골당으로 운구된 날부터 너와 나는 전혀 모르는 사이인 거야. 우리는 우연찮게 같은 부모한테서 태어났지만 그런 하찮은 이유로 나를 붙잡아둘 수 있을 거라는 생각

448

은 아예 하지 않는 게 좋아. 분명히 말하지만 이 세상 모든 사람이 멸망하고 우리 둘만 남아도 나는 너를 여기 버려두고 새로운 세계로 갈 거야."

이렇게 말하고 일라이자는 입을 다물었다.

그러자 조지아나가 말했다.

"굳이 장황한 설교 같은 건 할 필요 없어. 언니보다 이기적이고 냉정한 사람은 아마 이 세상에 없을 거야. 그리고 언니가 나를 뼈에 사무치게 미워한다는 걸 알아. 언니가 에드윈 뷔어 경의 일로 내게 쓴 계략만 봐도 알 수 있지. 내가 언니보다 신분이 높아지거나 작위를 갖거나 언니는 감히 얼굴도 들이밀 수 없는 화려한 사교계에 진출하는 걸 참을 수 없었던 거야. 그래서 스파이와 밀고자가 되어 내 앞날을 영원히 망쳐버린 거라고."

이렇게 말한 뒤 조지아나는 손수건을 꺼내 코를 풀면서 한 시간이나 울었다. 일라이자는 차갑고 태연하게 일만 했다. 관용과 진실을 하찮게 여기는 사람들이 있다. 그래서 한 사람은 참을 수 없을 정도로 독했고 또 한 사람은 무시당할 정도로 경박했다. 감정에 판단력이 빠지면 물을 타서 밍밍해진 약과 같다. 하지만 판단력이 감정을 통해 부드러워지지 않으면 너무 쓰고 거칠어 도저히 인간이 삼킬 수 없다.

비바람이 부는 오후였다. 조지아나는 소설책을 읽다가 소파 위에서 잠이 들었다. 일라이자는 새로 지어진 교회에서 열리는 성도제 예배에 참석하러 갔다. 종교 문제에 있어 그녀는 엄격한 형식주의자여서 아무리 궂은 날씨라도 신도로서의 의무를 다 하기 위해 교회에 나갔다. 날씨가 좋건 나쁘건 매주 일요일이면 세 번씩 교회에 가고 평일에도 기도회가 있으면 빠짐없이 참석했다.

나는 2층으로 올라가 방치된 채 죽어가는 부인을 보리라 마음먹었다. 하인들도 들쑥날쑥 그녀를 돌보았고 지켜보는 사람이 거의 없으니 고용된 간호사는 틈만 나면 방을 빠져나갔다. 베시는 성실하지만 남편과 아이들을 챙겨야 해서 자주 오지 못했다. 예상대로 방에는 아무도 없었다. 물론 간호사도 없었다. 환자는 꼼짝 않고 누워 있었다. 혼수상태인 듯했고 창백한 얼굴이 베개에 파묻혀 있었다. 난롯불은 꺼져가고 있었다. 나는 난로에 땔감을 더 넣고 이불을 정돈했다. 그리고 지금 나를 쳐다볼 수 없는 그녀를 한동안 지켜보다가 창가로 걸어갔다.

빗방울이 거실 유리창에 부딪히고 바람은 거세게 휘몰아쳤다.

나는 생각했다.

'한 사람이 저기 누워 있다. 저 사람은 곧 땅 위 비바람이 없는 곳으로 떠나겠지. 육신에서 벗어나려고 발버둥치고 있는 그 영혼은 해방되고 나면 어디로 갈까?'

이런 거대한 신비에 대해 골똘히 생각하자 문득 헬렌 번스가 떠올랐다. 그리고 그녀가 숨을 거두기 전 육체를 떠나면 영혼

450

은 평등하다던 그녀의 신조와 믿음이 생각났다. 여전히 그녀의 목소리가 귓가에 생생했다. 평온하게 죽어가며 아버지의 품으로 되돌아가고 싶다고 속삭이던 그녀의 창백하고 경건한 표정, 수척한 얼굴, 숭고한 눈빛이 떠올랐다. 그때 뒤쪽 침대에서 힘없는 목소리가 들렸다.

"거기 누구지?"

나는 리드 부인이 며칠 동안이나 말을 하지 않았다는 걸 알고 있었다. 그렇다면 좀 회복된 걸까?

"저예요, 리드 외숙모."

"저라니? 누구냔 말이야. 누구지?"

그녀는 놀라고 다소 경계하는 듯한 눈빛으로 나를 보았다. 하지만 격렬한 반응은 아니었다.

"전혀 모르겠어. 베시는 어디 갔지?"

"외숙모, 문지기 집에 있어요."

"외숙모라고? 누가 나를 외숙모라고 불러? 너는 깁슨 가문 사람이 아니지. 나는 네가 누군지 알아. 그 얼굴, 눈 그리고 이마가 낯익어. 너는 마치! 그래, 제인 에어를 닮았구나!"

나는 잠자코 있었다. 내가 제인이라고 밝히면 그녀가 충격을 받을까 봐 걱정스러웠다.

"하지만 내가 잘못 봤겠지. 이제 내 머리를 믿을 수가 없어. 제인 에어를 만나고 싶어 했더니 전혀 다른 사람을 그 애와 닮았다고 생각했네. 더구나 팔 년이면 꽤 많이 변했을 텐데."

나는 나긋나긋한 말투로 그녀에게 내가 바로 만나고 싶어 하셨다던 바로 그 제인 에어라고 말해주었다. 그녀가 정신을 차려 나를 알아보는 듯하자 베시가 그녀의 남편을 보내 나를 손필드로 불렀다고 설명했다.

잠시 후 그녀가 말했다.

"내 상태가 매우 안 좋다는 걸 알고 있다. 살짝 돌아누우려고 해도 팔다리가 마음대로 움직이질 않아. 그래서 죽기 전에 마음이라도 편해지고 싶었다. 건강할 때는 아무것도 아닌 일도 지금 같은 처지가 되고 나니 나를 괴롭히는구나. 여기 간호사는 있니? 너밖에 없어?"

나는 우리 둘뿐이라고 했다.

"나는 네게 두 가지 잘못을 저질렀어. 그리고 이제 와서 후회하고 있다. 하나는 너를 내 자식처럼 키우겠다고 남편에게 약속해놓고 그걸 어긴 것이고, 또 하나는……."

부인이 중얼거렸다.

"이제 와서 별로 중요하지 않은 일을……. 내가 낫고 있는지도 모르는데 저 애한테 너무 굽히고 들어가려니 괴로워."

그녀는 돌아누우려고 애썼지만 잘 되지 않았다. 순간 그녀의 표정이 달라졌다. 뭔가 변화가 생긴 모양이었다.

"그래, 그냥 끝내버려야지. 저세상이 눈앞에 있는걸. 제인에게 말하는 게 낫겠어. 내 화장대 서랍을 열고 안에 있는 편지를 가져오너라."

나는 시키는 대로 했다.

"그 편지를 읽어봐."

그녀가 말했다.

짧은 편지에는 이렇게 쓰여 있었다.

부인, 죄송하지만 제 조카인 제인 에어의 주소와 근황을 알려주시면 고맙겠습니다. 저는 편지를 보내 그 아이를 마데이라로 데려오려고 합니다. 저는 하늘이 도와 상당한 재산을 모았지만 미혼이라 자식이 없습니다. 그래서 제인을 양녀로 삼고 제가 죽은 다음에는 가진 재산을 전부 물려주려고 합니다.

마데이라에서 존 에어

삼 년 전에 보낸 편지였다.

"이 얘기를 왜 이제야 말해주시는 거죠?"

내가 물었다.

"네가 너무 싫어서 잘되게 도와줄 수가 없었다. 그래 제인, 나는 네가 한 짓을 잊어버릴 수가 없었어. 나한테 사납게 덤비고 세상에서 제일 밉다고 어린애답지 않은 표정과 목소리로 나를 비난하던 걸 생각만 해도 몸서리가 쳐진다. 내가 너를 끔찍이 잔인하게 대했다고 말했어. 네가 마음속에 담아둔 앙심을 쏟아내던 그때 내 기분이 어땠는지 절대 잊지 못해. 마치 내가 야단치고 다그치던 짐승이 사람의 눈으로 나를 보면서 사람 목소리로 저주하는 것처럼 무서웠어. 물을 좀 다오. 얼른!"

나는 그녀에게 물을 한 모금 먹여주며 말했다

"외숙모, 더는 그런 생각하지 마시고 다 잊어버리세요. 팔 년 전 화가 나서 했던 말인데 용서해주세요. 그때 저는 어렸잖아요. 벌써 팔구 년이나 지난걸요."

그녀는 내 말에 전혀 귀를 기울이지 않았다. 물을 마시고 한 숨 돌리더니 말을 이었다.

"나는 그걸 잊을 수가 없었다. 단 하루도 말이야. 그래서 복수를 했지. 네가 삼촌에게 입양되어 편안히 살면서 명문가의 숙녀가 되는 꼴을 도저히 볼 수 없었으니까. 그래서 네 삼촌에게 답장을 보냈지. '실망시켜 죄송하지만 제인은 로우드에서 발진 티푸스에 걸려 죽었습니다' 하고 말이야. 이제 내가 거짓말을 했다고 편지를 보내. 어서 당장 내 거짓말을 알리렴. 너는 나를 괴롭히려고 태어났을 거야. 너만 아니었으면 나도 그런 짓을 꿈에서라도 저지르지 않았을 거다. 마지막 순간에도 그 일이 생각나 너무 괴롭구나."

"외숙모, 이제 그런 일들은 잊어버리세요. 용서하는 마음으로 저를 대해주시면……."

"나는 절대 너를 이해할 수 없을 것 같아. 구 년 동안 어떻게 해도 꾹 참고 묵묵하게 지내던 네가 왜 십 년째 되던 해에 울분을 터뜨렸는지 이해할 수가 없어."

"외숙모가 생각하시는 것처럼 제가 그렇게 나쁜 애는 아니에요. 성미는 급하지만 앙심을 품거나 하지는 않는다고요. 아주 어렸을 땐 외숙모만 받아주신다면 기꺼이 외숙모를 사랑할 거라고 생각했어요. 그래서 이제라도 진심으로 화해하고 싶어요. 제게 입맞춤을 해주세요."

나는 내 볼을 외숙모의 입술 가까이에 댔지만 그녀는 입을 맞추려고 하지 않았다. 내가 침대 위에 몸을 숙여 자기를 눌러 무겁고 답답하다고만 했다. 그리고 다시 물을 달라고 했다. 나는 그녀를 일으켜 물을 먹였다. 그러고 나서 그녀를 눕히고 얼음같이 차고 축축한 손을 감싸 쥐었지만, 힘없는 손가락은 내 손을 빠져나갔고 멍한 시선도 내 눈을 피했다.

"그럼 저를 사랑하든 미워하든 마음대로 하세요. 저는 외숙모를 깨끗하게 용서했어요. 이제는 하느님께 용서를 구하고 마음을 편하게 가지세요."

마침내 내가 말했다.

끊임없이 고통받는 가엾은 여자! 지금까지 그렇게 살아왔는데 이제 와서 마음을 고쳐먹기엔 너무 늦었다. 그녀는 살면서 나를 끊임없이 미워하고 죽어가면서도 미워했다. 이때 간호사가 들어왔고 베시도 뒤따라 들어왔다. 그래도 나는 외숙모가 행여 무슨 표현이라도 할까 싶어 삼십 분이나 머뭇거렸다. 하지만 아무 반응도 없었다. 그녀는 갑자기 상태가 나빠져 혼수 상태에 빠졌고 다시는 깨어나지 못했다.

그날 밤 열두 시에 외숙모는 세상을 떠났다. 나뿐 아니라 딸들도 임종을 지키지 못했다. 다음 날 아침 모두 끝났다고 들었을 뿐이다. 벌써 입관까지 마친 상태였다. 일라이자와 나는 그녀를 보러 갔다. 엉엉 소리 내어 울던 조지아나는 차마 볼 수가 없다고 했다.

한때 튼튼하고 활발했던 세라 리드의 몸은 뻣뻣하게 경직되어 있었다. 부싯돌과 같은 눈은 차가운 눈꺼풀에 덮여 있었지만 이마와 인상 깊은 얼굴에는 그녀의 무정한 영혼이 여전히 어려 있는 것 같았다.

주검은 기이하고 엄숙하게 느껴졌다. 나는 우울하고 괴로운 심정으로 시신을 바라봤다. 아련하거나 즐겁거나 연민이나 희망, 평온함도 느껴지지 않았다.

나는 외숙모를 잃어 상실감에 빠진 게 아니라 오직 그녀가 겪은 고통만이 마음에 남아 비통했다. 그리고 나도 이렇게 죽지 않을까 걱정이 되어 침울해졌다.

일라이자는 무덤덤하게 어머니를 바라봤다. 그리고 입을 열었다.

456

"꽤 오래 사실 수 있는 체질인데 걱정을 많이 해서 수명이 짧아지셨어."

잠깐 동안 일라이자의 입술이 떨리더니 그녀는 돌아서서 나갔다. 나도 뒤따라 나갔다. 우리 둘 다 눈물 한 방울 흘리지 않았다.

옮긴이 최인하

이화여자대학교 국어국문학과를 졸업하고 미국에서 어학연수를 한 뒤, 수년간 국내외에서
통번역 및 국제 인턴으로 활동하면서 경력을 쌓았다. 성균관대학교 번역대학원에서 본격적
으로 번역 공부를 한 뒤 번역학과 석사학위를 취득하고 현재 출판번역에이전시 베네트랜스
에서 전문 번역가로 활동 중이다

제인 에어 1

1판 1쇄 발행 2015년 8월 10일

지은이 샬럿 브론테
옮긴이 최인하
발행인 오영진 김진갑
발행처 (주)심야책방

출판등록 2013년 1월 25일 제2013-000028호
주소 서울시 마포구 월드컵북로5가길 12 서교빌딩 2층
전화 02-332-3310 **팩스** 02-332-7741

종이 월드페이퍼(주)
인쇄·제본 현문자현(주)

ISBN 979-11-86283-71-4 04840
      979-11-95377-30-5 (set)